기표의 형태

The Shape of the Signifier

1967년부터 역사의 종언까지

기표의 형태

월터 벤 마이클스 지음 | **차동호** 옮김

앨피

정체성의 시대에 '무엇을 믿느냐'고 묻다

만약 우리가 종이 위에 쓴 단어들이 서로 구분 가능한 기표와 기의로 이루어진 완벽한 사인들signs, 즉 작가의 의도된 의미를 체현하는 사인들이 아니라 단지 잉크 자국에 지나지 않는 표시들marks, 즉 일정한 물리적 형태를 가지는 표시들이라면, 과연 무슨 일이 일어날까? 그리고 만약 이것이 단지 의미의 문제가 아니라, 모더니티와 포스트모더니티, 혹은 냉전과 그 이후의 역사적 변화와 관련되는 것이라면 무슨 일이 일어날까? 달리 표현해서, 만약 우리의 '견해에 대한 믿음', 즉 진리에 대한 반대의 가능성과 작가적 의도와 텍스트적 의미의 동일성에 대한 믿음이 우리의 '정체성에 대한 주장', 즉 상대주의적 관점의 차이의 허용과 무한히 다양한 해석을 가능케 하는(달리 말해, 특정한 의미가 없는) 표시들로 이루어진 텍스트에 대한 주관적 반응에 대한 주장으로 전환된다면 무슨 일이 일어날까?

이 질문들에 대한 답변을 시도하는 미국의 문학비평가 월터 벤 마이클스의 2004년 저서 《기표의 형태: 1967년부터 역사의 종언까지》는 20세기 후반의 문학 담론과 특히나 이론 분야(예컨대, 자크 데리다의 해체주의, 주디스 버틀러의 구성주의적 정체성주의, 리처드 로티의 상대주의, 옥타비아 버틀러의 과학소설, 토니 모리슨의 《빌러비드》의 인종적 영혼, 그리고 브렛 이스턴 엘리스의 잔혹서사 등등)에 무슨 일이 있었는지 흥미를 가지는 사람들은 꼭 한번 살펴볼 필요가 있는 책이다. 더욱 일반화해서, 자본의 전지구화의 시대에 우리가 사용하는 '언어'에 무슨 일이 일어났는지 궁금한 사람들, 프랜시스 후쿠야마의 《역사의 종언》과 그의 뒤이은 소비에트 연방의 헤게모니 종말 이후 자본주의 승리에 관한 선언과 새뮤얼 헌팅턴의 '문명의 충돌' 담론, 마지막으로 특정 국가와 믿음 체계 사이의 분쟁과 갈등을 대체하기 시작한 9/11 사태 이후 '테러리즘과의 전쟁'과 같은 쟁점들에 궁금증을 느끼는 사람이라면 일독을 권한다.

이 책의 저자 마이클스는 이와 같은 역사적-이론적 변화를 여러 가지 방식으로 설명한다. 하지만 그의 요점을 가장 간략하게 설명하는 방식은 다음과 같다. 이러한 역사적-이론적 변화는 "텍스트의 존재론에 관한 질문에서 주체의 중심성에 관한 주장으로의 전환"으로 정의될 수 있다고 말이다. 마이클스는 '텍스트란 무엇인가'에 관한 질문, 즉 '텍스트는 작가가 그것을 통해 의미하고자 의도하는 것이 된다'는 믿음이 '텍스트는 주체 혹은 독자가 받아들이는 것'이라는 주장, 즉 '텍스트의 의미를 결정하는 것은 주체 혹은 독자의 정체성'이라는 주장으로 변이되는 것에 초점을 맞춘다.

따라서 마이클스에게 '믿음'의 문제는 '정체성'의 문제와 근본적으로 다르다고 말하는 것은, 곧 '텍스트는 작가가 의도하는 것을 의미한다'고 말하는 것과 동일하다. 그리고 작가의 의도가 중요하다고 말하는 것은, 독자 주체의 주관적 입장은 중요하지 않다고 말하는 것이다. 고로, 마이클스에 따르면 두 종류의 사람들이 존재한다. 한편으론, 믿음(사유와 의도)이 중요하다고 믿는 사람들이 존재한다. 이들은 텍스트와 예술 작품의 '의미' 혹은 정치적 행위의 '의미'는 그 창조자들이 의도하고자 하는 것이라고 믿는다. 이 사람들은 텍스트에 관한 옳은 혹은 그른 해석이 존재한다고 생각하고, 그런 까닭에 해석자들 가운데 이견과 반목이 존재할 수 있다고 생각한다. 다른 한편으론, 정체성(심리적·문화적·인종적)이 가장 중요하다고 주장하는 사람들이 존재한다. 이 사람들은 특정 텍스트, 예술 작품, 정치적 행위가 의미하는 것은 그것을 수용하는 주체의 심리적·문화적·인종적 정체성이 결정짓는다고 주장한다. 고로 이들은 텍스트에 관한 옳은 혹은 그른 해석은 존재할 수 없다고 생각하고, 그런 까닭에 해석자들 가운데 이견과 반목은 있을 수 없고 오직 해석자들의 정체성 차이만이 존재한다고 생각한다.

결론적으로, 오늘날 우리 사회는 '견해'를 믿고 '정체성'은 추구하지 않는 사람들과 '견해'를 믿지 않고 '정체성'을 추구하는 사람들로 이루어진다. 마이클스에 의하면, 대다수의 사람들, 특히 자유주의적 사고를 가진 사람들은 전자가 아닌 후자에 속한다. 마이클스 자신은 전자의 관점을 채택한다. 왜냐하면 정체성보다 견해가 중요하다고 생각하는 사람들은 특정 견해에 대해서 좋거나 혹은 나쁘다고, 혹은 옳거나 그르다고 말할 수 있기 때문에 궁극적으로 여러 상이한 종류의 사상과 믿음 체계들의 인식론적·미학적·도덕적 가치들에 대해 논쟁할 수 있는 공통의 지반 위에 존재하기 때문이다. 그리고 이 논쟁은 결국 수호할 가치가 있는 것은 옳은 사상과 믿음, 즉 보편적으로 적용될 가치가 있는 자유와 평등의 사상과 공산주의적 평등의 사상이라는 것을 전제할 수 있기 때문이다.

끝으로 이 책이 나오기까지 (역자보다 더욱 깊고 정확한 원문 이해를 통해) 원고 수정과 정리, 편집에 정성을 아끼지 않은 앨피 편집부, 번역 과정에서 역자의 거듭된 물음에 기꺼이 응해 주고 함께 논의해 준 황혜령, 김용규 선생님께 깊은 감사를 드린다.

차례

텅 빈 책장들

The Blank Page

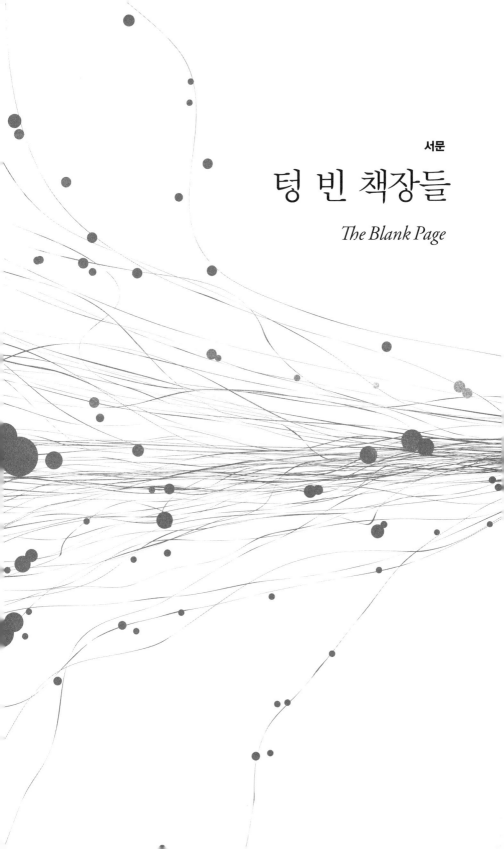

■ 일러두기

옮긴이 주 옮긴이 주는 〔 〕로 표기했다.

강조 주요 저자와 작품명, 개념 등을 별도의 고딕체로 처리하여 독자의 이해를 도왔다.

기호 책 제목과 장편소설과 장편시는 《 》, 단편소설과 단편시, 논문과 장章, 영화나 드라마, 미술과 음악 작품명 등은 〈 〉로 표시했다.

원어 표기 인명이나 지명은 외래어 표기용례를 따랐다. 단, 널리 알려진 이름이나 표기가 굳어진 명칭은 그대로 사용했다. 본문에서 주요 인물(생몰연대)이나 도서, 영화 등의 원어명은 맨 처음, 주요하게 언급될 때 병기했다.

출처 표시 주요 인용구 뒤에는 괄호를 두어 간략한 출처를 표시했다. 상세한 서지 사항은 책 뒤 〈참고문헌〉 참조.

도서 제목 본문에 나오는 도서 제목은 원 제목을 번역 표기하는 것을 원칙으로 하되, 국내에 번역 출간된 도서는 그 제목을 따랐다.

수전 하우Susan Howe(미국 시인 겸 비평가)는 《반점The Birth-mark》에서 이렇게 말한다.

토머스 셰퍼드Thomas Shepard(청교도 목사)의 《자서전Autobiography》은 원래 "가죽으로 장정된 작은 수첩에 절반에 걸쳐" 씌어졌다고. 따라서 이 수첩을 뒤집어서 반대로 읽으면, 하우가 "동일한 작가에 의한 또 하나의 서사"라고 부르는, 나중에 편집자들이 "메모"라고 부른 "더 즉흥적인 것"을 발견할 수 있다고.[1]

《자서전》과 이 메모들 사이에는 "86쪽의 텅 빈 원고"(58)가 존재한다. 《자서전》의 모든 주요 판본에서 이 메모의 발췌본은 텍스트 뒤에 수록되어 있다. 하우는 "그 어떤 편집자도 셰퍼드가 하나의 책에 여러 페이지의 간격을 둔 두 개의 원고를 남겼으므로 이 원고를 읽기 위해서는

---

[1] Susan Howe, *The Birth-mark* (Hanover, N.H.: Wesleyan University Press, 1993), 57, 58, 59.

다른 원고를 거꾸로 뒤집어야 한다는 사실"을 눈여겨보지 않았다(60)고 말한다. 물론 《자서전》과 메모들 사이에 있는 86쪽의 텅 빈 원고를 수록한 판본도 없다. 원본을 접한 사람은 사람은 (《자서전》에 추가하여 혹은 《자서전》의 일부로서) 86쪽의 '텅 빈 원고'를 '읽을' 수 있지만, 책으로 출간된 주요 판본 독자는 이를 읽을 수 없다. 과연 두 부류의 독자가 동일한 텍스트를 읽었다고 할 수 있을까? 86쪽에 달하는 텅 빈 종이들은 텍스트의 일부인가? 텅 빈 책장을 눈으로 훑으며 읽는다고 느끼는 독서란 과연 어떤 종류의 독서인가? 혹은 아무 글씨도 써져 있지 않은 책장들이 전체의 일부로 여겨지는 종류의 텍스트는 과연 무엇인가?

하우가 지적하는, 논쟁이 될 만한 편집자들의 '결정'은 이뿐만이 아니다. [편집자] 랠프 프랭클린Ralph Franklin의 복사 판본 《에밀리 디킨슨의 시 원고본The Manuscript Books of Emily Dickinson》과 《에밀리 디킨슨의 원본 서한The Master Letters of Emily Dickinson》의 만남, 즉 토머스 존슨Thomas Johnson의 디킨슨 시 판본은 원본을 재생산한 것이 아니라 파괴했다는 주장도 있다.

하우는 단어와 문자들 간의 불규칙적인 간격도 시 의미의 '일부'라고 보기 때문에, 이 간격의 불규칙성을 없애 버린 존슨의 판본은 시의 의미를 변형시킨 것이 된다. 하우가 보는 디킨슨은, 앤 허치슨Anne Hutchinson[17세기 미국에서 활동한 영국 출신 종교가로 교회의 율법을 부정하고 신의 개인적 은총을 강조했다.]의 전통을 잇는 도덕불요론자道德不要論者(antinomian)이다. 이렇게 보면 자신의 시를 미출간 상태로 놔둔 디킨슨의 선택은 저항의 형식, 다시 말해 "은총 언약"(1)에 대한 전념의 표현이 되고, 존슨과 그보다는 덜하지만 프랭클린의 "재배열과 수정"은 "행위 언약"(2), 즉 "의미 생산이 사회적 권위의 통제 아래로 들어오는 것"(140)에 대한 전념의 표현이 된다.

따라서 하우에 따르면, 시들을 (자의적으로) 연 단위로 배열하고 "표류하는 표시들"(2)을 무시하는 편집자의 행위는 시들의 "물리적 즉각성을 억압시킴"(146)으로써 본래의 의미를 제한하는 처사이다.

하지만 디킨슨이 본래 의도한 '의미'를 행위가 아닌 은총과 연결짓는 것, 더 근본적으로는 의미 그 자체에 몰두하는 것은, 존슨 판본에 대한 거부와, 더 일반적으로는 편집자의 행위에 대한 거부와 다소간 골치아픈 관계를 형성한다. 왜냐하면 의미의 사회적 통제에 대한 수전 하우의 염려는, 하우가 디킨슨 텍스트의 "물리적 즉각성"에 기울이는 관심, 즉 하우 자신도 "무의미"(7) 혹은 "횡설수설"(2)로 여기는 얼룩이나 줄표들(8) 같은 "표시marks"에 그녀가 기울이는 관심으로 인해 복잡해지기 때문이다. 텍스트의 의미를 변형시키는 편집에 반대하는 것과 텅 빈 책장과 표류하는 표시들, 즉 그 어떤 의미도 없다고 여겨지는 "의미의 반대편"(148)에 속하는 텍스트 요소를 생략하는 행위에 반대하는 것은 다른 문제이다.

이렇게 보면, 하우 본인이 다른 편집자들보다 더 디킨슨의 도덕불요론에 반대하는 것처럼 보인다. 디킨슨은 시의 문자(법칙은 아니더라도)를 옹호하는 인물이기 때문이다. 그럼에도 하우의 《반점》이 디킨슨 텍스트의 존재론에 관한 가장 독창적인 숙고로 평가받는 것은, 축어적인 것에 대한 이 같은 옹호, 즉 문자와 더불어 '얼룩진 문자' 그리고 표시와 '공간'에 대한 옹호 때문이다.

수전 하우는 초기 작품인 《나의 에밀리 디킨슨My Emily Dickinson》에서는 존슨의 판본에 대해 어떤 비판도 하지 않았고, 디킨슨 원고에 있는 얼룩과 표시에도 관심을 쏟지 않았다. 오히려 "그녀의 글쓰기 과정을 더욱 명확히 이해하는 데 필수적인" 프랭클린 복사 판본을 보는 독자가 거의 없다는 사실에 유감을 표시했다.[2] 그런데 《반점》에 이르러서는, 프랭클린 복사 판본이 아닌 존슨 판본의 독자들은 디킨슨을 읽는 것이 아니게 되었다. 왜냐하면 디킨슨의 텍스트가 "물질적 대상"으로 이해되는 이상, 즉 "페이지 위의 활자 … 단어의 형태들 … 종이 그 자체의 공간"(157)이 작품의 본질적인 요소로 이해되는 이상, 존슨 판본의 수정된 버전은 그러한 물질적 대상에 부합하지 않기 때문이다.[3]

실제로 하우의 관점에서 모든 디킨슨 판본의 문제점은, 디킨슨의 시를 텍스트로 편집해야 한다는 바로 그 생각이다. 하우는 "그 어떤 인쇄된 버전도 부응할 수 없는"(152) 특징들(디킨슨이 '알파벳 티(t)'를 교차시키는 방식 같은)에 관심을 가진다. 다시 말해, 하우는 시가 '그림'이 됨으로써 텍스트가 되는 방식을 중지시키는 데 관심이 있는 것이다. 이것이 하우가 텍스트를 "물질적 대상"(60)으로 바꾸어 설명하는 바의 요점이다.

'텍스트성'은 텍스트와 그 물질성 사이의 불일치에 의거한 개념이다.

---

[2] Susan Howe, *My Emily Dickinson* (Berkeley: North Atlantic Books, 1985), 35.

[3] 나의 요점은 더 일반적인 것이다. 여기서 나는 중대한 특징들을 중대하게 만드는 것들에 대한 특별한 설명을 요구하는 것이 아니라, 단지 그 특징들의 재생산성에 대한 설명을 요구하는 것이다. 다시 말해, 만약 내가 한 예술 작품의 중요한 특징들은 재생산될 수 없다고 생각한다면(그것이 재생산된다면 그 중요한 특징이 모두 사라진다고 생각한다면), 나는 그 작품에 대한 판본은 존재할 수 없다고 생각하는 것이다. 따라서 디킨슨의 시가 그림으로 이해되어야 하는가라는 질문은, 그녀 시의 판본이 서가에 꽂힌 휘트먼Whitman의 책 《풀잎들Leaves of Grass》의 복사본과 같은 지위를 갖는지 아니면 벽에 걸린 프라 안젤리코Fra Angelico의 그림 〈수태고지Annunciation〉의 복사본과 같은 지위를 갖는지 묻는 것이다.

서로 다른 두 권의 책(두 개의 상이한 물질적 대상)이 동일한 책이라고 말해질 수 있는 것은 바로 이 때문이다. 그 결과, 텍스트는 어떤 순서에 따라 배열된 단어 같은 중대한 특징들로 구성되는 것으로 이해되고, 이 특징들을 재생산하는 것은 모두 그 텍스트를 재생산하는 것이 된다.

이에 따라 어떤 판본을 비판하는 것은 그것이 이 중대한 특징들을 인식하고 재생산하지 못한다고 말하는 것이고, 존슨에 대한 하우의 비판 역시 이러한 방식을 취한다. 하지만 디킨슨의 시를 그림으로 인식하는 것과 시의 '물리적 즉각성'에 몰두하는 것은 좀 더 급진적인 비평에 속한다고 할 수 있다. 왜냐하면 텍스트가 '물질적 대상'과 동일한 것이 되는 한, 그것은 편집 가능한 어떤 것이 되는 것을 중지하는 것이고, 따라서 텍스트가 되는 것을 완전히 중지하는 것이기 때문이다.

바로 이것이 하우가 문자를 표시로 변환시키고, "횡설수설"하는 기호의 "얼룩, 줄표, 얼룩진 문자, 간격들"에 가치를 부여할 때 말하고자 하는 바이다. 얼룩과 얼룩진 문자들은 편집이 불가능하다. 그것들은 오로지 재생산될 수만 있다. 그러므로 디킨슨 텍스트의 유일하게 가능한 판본은 복사본, 즉 판본이 아니라 재생산이 되는 판본이다. 이렇게 보면 텍스트는 그 의미로부터 분리되기 때문에, 그 의미를 생산하는 중대한 특징을 식별하려는 시도 자체가 불가능해진다. 혹은, 어떤 중요한 특징도 식별될 수 없다는 사실은 거꾸로 모든 특징이 중대하다는 것을 의미한다. 왜냐하면 만약 디킨슨이 알파벳 티(t)를 교차시키는 방식이 작품의 의미를 바꾸는 중대한 요소라는 생각이 이치에 맞지 않는 것이라면(즉, 어떤 방식으로 교차되든지 간에 알파벳 티(t)는 티(t)일 뿐이다), 문자를 표시로 고쳐 설명하는 주장의 요점은 반대로 이 방식을 중대하게 만드는 것이기 때문이다. 인쇄된 티(t)와 손으로 쓴 (혹은 '얼룩진') 티(t)는 동일한 문자이지만 동일한 표시는 아니다. 다시 말해, 둘의 형태shape는 동일하지 않다.

하우가 가리키는 텍스트의 모든 특징(가령, 단어와 문자들 사이의 공간, 종이의 질 등등)이 다 마찬가지다. 이 특징들에 변화를 주는 것은 텍스트에 변화를 주는 것인데, 이는 이 특징들이 텍스트의 의미를 변화시켰기 때문이 아니라 하우가 《반점》을 집필하기 1년 전에 폴 드 만Paul de Man이 한 에세이(《칸트의 현상성과 물질성Phenomenality and Materiality in Kant》 (1983))에서 텍스트의 "감각적 외양sensory appearance"이라고 칭한 바를 변화시켰기 때문이다.[4] 복사본이 재생산하는 것은 이 외양이다. 복사본은 문자들이 어떻게 보이는지, 그것들이 서로 얼마나 떨어져 있는지를 우리에게 보여 준다. 복사본의 요점은 독자에게 텍스트의 의미를 전달하는 것과 함께, 텍스트의 물리적 특징들에 대한 경험을 재생산하는 것이다.

하지만 시(편집되는 텍스트)를 그림(편집되지 않고 재생산되는 것)으로 변형시키는 것은 예술 작품을 '물질적 대상'과 완벽하게 동일시하는 것이 아니다. 왜냐하면 그림의 재생산조차도 그림에 본질적인 것은 무엇인가라는 관념, 그림을 그림으로 만드는 것은 무엇인가라는 모종의 관념에 의존하기 때문이다(실제로 예술 작품이 재생산되기 위해서 재생산되어야 하는 것은, 무언가를 생각하는 것은 예술 작품을 예술 작품으로 만드는 것이 무엇인지를 생각하기 위한 하나의 장치라는 점이다). 그리고 이런 종류의 모

---

4 Paul de Man, *Aesthetic Ideology* (Minneapolis: University of Minnesota Press, 1996), 81.

든 관념은 그림이 되는 물질적 대상과 물질적 대상 그 자체의 구분과 관련이 있다.

예컨대, 그림의 재생산은 결코 그것이 그려진 것과 동일한 종이 위에서 이루어지지 않을 것이다. 그렇다고 해서 이것이 재생산된 그림이 원래의 것과 동일하지 않음을 의미하는가? 우리는 한 필름에서 뽑은 두 장의 사진을 동일한 사진이라고 말한다. 하지만 두 사진이 동일한 사진이라는 사실이 이 둘을 동일한 대상으로 만들지는 않는다. 마찬가지로, 디킨슨 시들의 복사본도 오로지 그녀가 만든 표시의 형태만을 재생산한다. 이런 의미에서 복사 판본도 존슨 판본과 똑같이 물질적 대상에 전념하는 데 실패한다. 어차피 복사 판본도 그 대상의 어떤 면모들이 예술 작품으로 간주되는지를 결정짓는 일련의 상이한 기준들만을 가질 뿐이다.

대상의 물질성에 진정으로 전념하는 것은, 이 같은 모든 기준을 중단하는 것이 될 것이다. 만약 디킨슨이 시를 쓰고 있다고 생각한다면, 우리는 올바른 단어들을 올바른 순서대로 배열하는 것이 중대한 사안이라고 생각할 것이다. 디킨슨이 그림을 그리고 있다고 생각한다면, 우리는 올바른 형태를 올바른 위치에 두는 것이 중대한 사안이라고 생각할 것이다. 그렇지 않고 동일한 (재생산된) 대상을 원한다면, 모든 것이 중대한 사인이 될 것이다. 그때는 디킨슨이 시를 쓰고 있는지 그림을 그리고 있는지 더 이상 상관하지 않을 것이다.

텍스트의 물질성에 관한 관심사가 디킨슨의 의도에 관한 관심에서 처음 유발되었음에도 불구하고, 텍스트의 물질성을 이야기하게 되면 우리는 더 이상 디킨슨에 대해 어떤 원칙적인 관심을 가질 수 없다. 디킨슨이 그 대상의 생산에 의심할 여지없이 중대한 인과적 역할을 수행했다고 할지라도, 그 대상의 물질성에 대한 우리의 관심은 디킨슨의 관여와는 무관하게 텍스트의 모든 특징에 대한 집중을 요구한다. 따라서 하우의 디킨슨 탐구가 갖는 가장 급진적인 형식은 디킨슨에 대한 어떤 무관심을 생산한다. 왜냐하면 디킨슨이 신경 쓰지 않은 것들(잉크의 종류 같은)이 그녀가 진정 신경 썼던 것들(문자의 형태 같은)만큼이나 중대한 것이 되기 때문이다. 따라서 물질적 대상을 단순히 하나의 물질적 대상으로 보는 것은 디킨슨이 신경 썼던 것과 그녀가 신경 쓰지 않았던 것 간의 구분을 없앤다.

가장 철두철미한 물질주의는 누군가 그 대상을 만들었다는 사실을 부인하지는 않지만, 그 대상이 누군가에 의해 만들어진 것이 아닌 양 그것을 다루는 것이다. 이런 까닭에 드 만은 《미학적 이데올로기Aesthetic Ideology》의 중심부에 위치한 칸트 관련 에세이에서, 칸트가 '비목적론적인nonteleological' 것의 중요성을 주장하는 순간들을 강조한다. 여기서 "물질적 시야"에 종사하는 사람의 모범적 예로, "그 쓰임새를 알지 못하는 집을 바라보는 … 야만인"(81)이 제시된다. 왜냐하면 그 야만인은 집을 "어떤 목적 혹은 용도와 철저히 단절된 것"(88)으로 봄으로써 오로지 집의 '감각적 외양'만을 보기 때문이다. 이 사람은 사물을 "정신이 아닌 눈에"(82) 나타나는 방식으로 바라본다. 다시 말해, 책이 무엇인지 혹은 단어가 무엇인지 모르는 누군가가 디킨슨의 시나 셰퍼드의 《자서전》을 보는 방식과 동일한 방식으로 그 집을 바라본다.

86쪽에 달하는 텅 빈 종이가 대상의 일부분(드 만은 워즈워스William Wordsworth의 〈나의 영혼을 잠들게 한 선잠A Slumber Did My Spirit Seal〉의 두 연 사이에 있는 "빈 공간"을 이 "순수한 물질성"의 예로 언급한다)으로 간주되는 까닭은, 그것이 이 대상을 만든 사람이 애초에 지녔던 '목적'과 관련해서 중요하기 때문이 아니라 (그것이 대상의 '감각적 외양'의 일부분이 되는 한) 그것이 독자가 그것을 만든 사람의 애초 의도를 참조하지 않고 읽거나 보는 것의 일부분이기 때문이다. 여기서 독자가 보는 것의 어느 부분이 예술 작품의 일부로 간주되어야 하는가라는 질문(말하자면, 86쪽에 걸친 텅 빈 종이는 《자서전》의 판본에 수록되어야 하는가?)은 대답되지 않고 회피된다. 따라서 예술 작품 속에 있는 것은 무엇인가라는 질문(대상에 대한 질문)은, 독자가 보는 것은 무엇인가라는 질문(주체에 대한 질문)으로 대체된다.

"물질적 시야"(82)에 대한 드 만의 단언은, (불가피하게 혹은 필연적으로) 텍스트의 의미(와 그 의미를 해석하는 기획)라는 생각을 독자의 경험이라는 생각 그리고 의미와 해석 둘 다에 대한 무관심, 더욱 급진적으로는 이 둘에 대한 거부로 대체하는 결과를 낳는다. 왜냐하면 '물질적 시야'가 보는 것(대상의 물질성을 표시하는 것)은, 어떤 드 만 연구자가 말했듯 "완벽하게 그 의미를 소거"하거나,[5] 드 만이 말하는 것처럼 "눈 그 자체는 이해하는 것을 철저히 거부하기"(127) 때문이다. 한 마디로, 이해의 대상들은 아직 "목적 혹은 용도와 단절되지" 않은 대상들인 것이다.

만약 셰퍼드의 《자서전》을 이런 대상으로 생각한다면, 그 텅 빈 86

---

[5] Andrzej Warminski, "'As the Poets Do It': On the Material Sublime," in *Material Events: Paul de Man and the Afterlife of Theory*. ed. Tom Cohen, Barbara Cohen, J. Hillis Miller, and Andrzej Warminski (Minneapolis: University of Minnesota Press, 2001), 18.

쪽이 어떤 목적을 수행하는 것으로 의도되었는지 안 되었는지를 결정해야만 그것을 재생산할지 안 할지를 결정할 수 있다. 텅 빈 86쪽을 재생산할지 안 할지에 관한 논의는, 곧 디킨슨 시 판본에 원본에 있는 행 바꿈들을 재생산할지 안 할지에 관한 하우와 편집자 랠프 프랭클린의 논의와 같은 맥락이다. 프랭클린은 재생산해서는 안 된다고 생각한다. 하우에 따르면, 랠프는 원고에서 행이 끝나는 지점이 종이의 크기와 같은 물리적 특징과 디킨슨 특유의 손글씨가 만들어 낸 "종이 위에서 우연히 발생한 물리적 행 바꿈보다는" 시의 형식을 따라야 한다고 생각했다 (145). 이에 맞서 하우는, 디킨슨은 "행 바꿈에 부주의하지 않았고," "시의 구역에서는 하나의 단어, 하나의 단어를 둘러싼 공간, 각각의 문자, 모든 표시, 침묵 혹은 소리가 형식의 내적 법칙을 담지한다"고 주장한다. 달리 말해, 하우는 복사본의 행 바꿈이 "우연"이 아니라, "무주제적 작시作詩 의도를 나타낸다"(139)고 주장한다. 따라서 하우와 프랭클린 사이의 논쟁은 우연적인 것은 무엇이고 우연적이지 않은 것은 무엇인지를 다투는 논쟁, 즉 의도적인 것은 무엇이고 의도적이지 않은 것은 무엇인지에 관한 논쟁이다.

하지만 드 만의 '물질적 시야'의 관점에서 보면, 이 논쟁은 핵심을 벗어난다. 문제의 핵심은, 의도적으로 행해진 것이 무엇인지, 이를 결정하는 것은 무엇인지를 묻는 것이 아니라, 마치 의도적으로 행해진 것은 아무것도 없는 것처럼, 마치 모든 것은 우연적으로 행해진 것처럼 대상을 다루는 것이다. 우연적으로 생산된 표시와 공간은 '이해'의 대상이 아니다.

디킨슨의 의도는 무엇인가라는 질문은 디킨슨이 의도한 바에 대한 물질주의적 무관심으로 인해 부적절한 질문이 된다. 따라서 가장 급진적인 순간에 드 만은 해석하기 어려운 발화 행위(다수의 의미들을 암시하는 듯 보이는 발화 행위)를 전혀 의미 없는 발화 행위, 즉 해석 불가능한 '소음'으로 설명할 것이다.[6] 그리고 앞서 봤듯이, 하우 역시 가장 급진적인 순간에 셰퍼드의 텅 빈 86쪽은 재생산되어야 하고, 디킨슨 텍스트의 모든 측면(철자 및 구두점과 함께 표류하는 표시들, 단어와 문자 사이의 공간, 무작위적인 잉크 자국들)이 재생산되어야 한다고 주장하면서 시를 이해할 수 있는 것이 아니라 이해할 수 없는 것, 즉 "무의미"와 "횡설수설"로 보게 될 것이다.

하지만 이러한 의미 없는 것에 대한 몰두가 지금까지 살펴본 것처럼 물질적 대상에 대한 몰두의 가장 급진적인 형식이라고 할지라도, 이것이 유일하거나 일반적인 것은 아니다. 무의미가 "여백에 쓴 메모의 본질적인 의미"(7)라는 포Edgar Allan Poe의 언급을 인용하며, 하우는 "작품"과 "여백의 메모"를 구분한다. 단어와 달리, "여백의 표시는 즉각적인 반영이다"(15). 이 표시는 작품이 아니라 (반점처럼) 작가의 존재의 표시다.

이는 마치 러셀 체니Russell Cheney(20세기 전반기 미국 화가)가 매티슨F. O. Matthiessen(20세기 전반기 미국문학 비평가 겸 교육자)의 편지 뒷면에서 쇼핑 목록

---

[6] 드 만을 읽는 많은 해설자들(워민스키는 중요한 예외이다)은 이 두 현상(텍스트는 여러 의미들을 가진다/텍스트는 의미를 가지지 않는다)을 동일한 것으로 본다. 어떤 의미에서 이는 실수이지만, 다른 의미에서는 실수가 아니다. 나의 책이 전하는 요점 중 하나는, 텍스트는 하나 이상의 의미를 가진다(텍스트는 작가가 의도한 바 이상의 의미들을 가진다)는 명백히 논란의 여지가 없는 생각이 사실은 텍스트는 의미를 전혀 가지지 않는다는 다소간 부적절한 생각의 변형된 형태에 지나지 않는다는 것이다.

을 발견했을 때, 체니에게는 편지 내용이 아닌 그 쇼핑 목록이 매티슨이 살았던 삶의 "실제 장면"을 생산한 것과 같다. "나는 그 실제성에 숨이 막혔다. 마치 너에게 다가가서 너를 만지고 있는 것 같았다"(14). 여기서 쇼핑 목록이 발휘한 강력한 힘은 그 자체의 의미가 아니라 그 목록이 매티슨과 맺는 물리적 연관성에서 나온다. 다시 말해, 쇼핑 목록이 체니에게 미치는 영향은 매티슨이 의도한 것(당연히 이는 단순히 '표류하는' 표시들이 된다)에 대한 재현이 아니라 매티슨의 물리적 존재에 대한 증거로서, 즉 그가 있었던 장소에 대한 흔적으로서 미치는 영향이다.[7] 만약 표시의 이해 불가능성이 때로 일종의 회의론(텍스트가 무엇을 의미하는지 알 수 없다)처럼 보인다면, 의미에 대한 이 회의론은 여기서 무언가를 경험하는 기회로 전환된다. 그 순간, 체니는 매티슨의 텍스트를 이해하는 것이 아니라 마치 자신이 매티슨의 몸을 만지고 있는 듯한 느낌을 받게 된다. 표시가 가장 '실제'적이 되는 순간은 그것이 무의미해질 때이다.

하지만 텍스트가 물질적 대상으로 변환될 때 취하는 가장 흔한 형식은, 하우가 (리처드 시버스Richard Sieburth를 인용하며) 말한 것처럼, 독자가 텍스트 의미의 "수동적 소비자"가 아니라 "능동적 참여자"(19)로 등장하는 것과 관계가 있다. 물론 여기서 중요한 것은 의미의 부재가 아니라 의미의 다수성multiplicity이다. 축하할 일(때로는 한탄할 일)은 하나의 텍

---

[7] 증거로 기능하는 표시들과 의미로 기능하는 표시들의 차이는 신체에 의해 남겨진 물리적 흔적과 신체에 의해 만들어진 재현의 차이다. 모래에 남겨진 나의 발자국은 내가 있던 장소에 대한 증거이다. 내가 모래 위에 쓴 단어들("나는 여기에 있었다")은 내가 있던 장소에 대한 증거일 뿐만 아니라 내가 있던 장소에 대한 진술이다.

스트가 서로 다른 상황에 놓인 서로 다른 독자들에게 가질 수 있는 서로 다른 의미들이다. 하지만 독자의 참여에 대한 관심이 드 만의 물질적 시야만큼이나 텍스트의 의미를 부적절하게 만든다는 것을 알아내기란 그리 어렵지 않다.

일단 우리(의 시야)가 보는 것, 즉 텍스트가 우리로 하여금 생각하도록 만드는 것에 관심을 가지게 되면, 원칙적으로 우리는 드 만이 원하는 대로 텍스트가 무엇을 의미하는지에 대한 질문에 무관심해진다. 실제로 해석에 대한 드 만의 엄격하고 심지어 금욕주의적인 비판이 서로 다른 독자들이 서로 다르게 읽는 것에 대한 감상주의적 축하를 받을 만한 심원한 진리인지, 아니면 독자들의 이 감상주의가 드 만의 금욕주의를 구성하는 심원한 진리인지 알아내기란 쉽지 않다. 여하튼 텍스트는 아무것도 의미하지 않는다는 주장이, 텍스트는 서로 다른 사람들에게 서로 다른 것을 의미한다는 주장과 정확히 동일한 실제 가치를 지닌다는 것이 밝혀질 것이다. 동일한 텍스트가 상이한 의미들을 가질 수 있다고 보는 독자들은 텍스트가 무엇을 의미하는지에 관해 서로 다른 믿음을 지닌 독자들이 아니다. 그들은 텍스트가 무엇을 의미하든지 간에 상관없이 그 텍스트에 상이한 반응을 보이는 독자들이다. 즉, 그들은 텍스트를 다르게 해석하는 것이 아니라 다르게 경험하는 것이다.[8]

---

[8] 《물질적 사건들Material Events》 서문의 저자들(톰 코헨, J. 힐리스 밀러, 바버라 코헨)은 텍스트에 대한 경험을 드 만과 관련짓기를 거부하고, 그것을 지난 20년간 문학 이론을 특징지어 온 미학적 이데올로기로서의 후기 드 만적인 '타락'과 관련짓는다. "역사주의, … 실용성(신실용주의), 설명적 형식과 경험주의들, … 재현에 대한 전통 인문주의적 호소, 주체(정체성 정치학), 혹은 더 일반적으로, 경험의 … 수사

텍스트를 해석하는 것과 텍스트를 경험하는 것의 차이를, 드 만은 '인식적' 양식의 '언어'와의 대면과 "모든 구속에서 벗어나고 더 이상 인식의 제약에 의존하지 않는 강력한 힘을 자신의 내부에서 발견하는" 언어와의 대면의 차이로 설명한다(79). '인식의 언어'(133)는 내가 이해하는(혹은 곡해하는) 언어이다. 나는 그것이 무엇을 의미하는지를 안다(혹은 안다고 생각한다). 하지만 드 만이 말하는 '힘의 언어'와 내가 맺는 관계는 "인식이 아닌 순수한 정동affect〔공감적 상태의 감정. 순수 감정. 이후 '감정'으로 통일〕(89)의 관계이다. 바로 이것이 이 언어를 '힘power의 언어'라고 부르는 것, 드 만이 "영향력force"의 언어라고 부르는 것의 요점이다(122).

텍스트를 이해하는 것과 텍스트의 영향력을 느끼는 것은 다른 것이다. 영향력으로서의 언어는 "실제로 일어나고 실제로 발생하는 어떤 것의 물질성을 가진다"(134). 하우의 물질적 대상처럼(즉, "독자가 읽는" 86쪽의 텅 빈 종이처럼), 드 만의 물질적 사건(말하자면, "워즈워스의 《루시Lucy》 연작 중 하나인 〈나의 영혼을 잠들게 한 선잠〉의 첫 번째 연과 두 번째 연 사이의 빈 공간"(89))은 "세상에 하나의 흔적을 남긴다." 다만, 하우는 이 흔적들에 대한 자신의 몰두를 그 흔적들이 의도적이라는("부주의하지" 않다는) 사실에 근거하여 정당화하기도 하고 반대로 명백히 의도적이지 않은 데도(심지어 "무작위적이고" "표류하는" 표시도 작가 존재의 흔적으로 보존되어야 한다) 정당화하는 반면에, 드 만의 물질주의는 훨씬 더 철저하다. 드

학은 … 이러한 타락의 예시들이다"(xi). 하지만 여기서 나의 요점은 "감각적 외양"에 대한 드 만의 전념, 즉 "그 자체로" "이해를 거부하고" "외양을 보는" "눈"(127)에 대한 그의 전념에는 경험(과 주체)에 대한 호소가 내장되어 있다는 것이다.

만의 물질주의는 작가가 의도하는 것과 독자가 믿는 것, 즉 텍스트의 의미와 그 의미에 대한 독자의 해석과 아무 관련이 없다.

실제로 '미학적 이데올로기'라는 제목이 붙은 에세이들의 중요한 요점은, 드 만의 물질주의 관점에서 볼 때, 이데올로기(그 자체)를 "의미의 환영illusion of meaning"으로 일컬어지는 것과 동일시하는 것, 그 환영에 대한 대안("실제로 일어난" 것)을 이른바 "역사"라는 것과 동일시하는 것이다. "역사는 … 인식의 언어로부터 힘의 언어가 등장하는 것이다"(133). "문자의 물질성"이 지식에 대한 것이라면, "실제 역사의 물질성"(11)은 이데올로기에 대한 것이다. 따라서 《미학적 이데올로기》가 요청하는 것은 이데올로기에서 물러나서 역사로 나아가는 것이다.

하지만 1996년 《미학적 이데올로기》가 출간되었을 당시, 드 만이 '역사의 출현'이라고 특징지은 것을 다른 사람들은 '역사의 종말'이라고 특징짓고 있었다. 왜냐하면 프랜시스 후쿠야마Francis Fukuyama가 《역사의 종말》에서 설명하듯, 냉전의 종식이 이데올로기의 종말을 의미하지는 않는다고 할지라도, 그것은 "인류의 이데올로기적 진화"의 "종말"을 의미했고, 따라서 드 만의 물질주의만큼이나 이데올로기를 부적절한 것으로 만들었기 때문이다.[9] 포스트역사post-history 세계에서 사회주의와 자유주의의 갈등은 "끝없는 기술적 문제들의 해결"과 "세밀한 소비자 수요의 만족"(25)으로 대체될 것이다. '사람들은 무엇을 믿는가'라는 질문을 '사람들은 무엇을 원하는가'라는 질문으로 대체하면서, 후쿠야마의 포스트

---

[9] Francis Fukuyama, "The End of History?" in *The New Shape of World Politics*, edited with an introduction by Fareed Zakaria (New York: Norton, 1997), 2.

역사주의posthistoricism는 드 만이 인식의 문제를 영향력의 문제로 대체한 것과 똑같은 과정을 되풀이한다.

역사의 종말기에 영향(힘)으로 돌아가는 것은 역사의 시작기에 영향으로 돌아가는 것과 동일한 결과를 낳는다. 네가 원하는 것과 내가 원하는 것의 차이는 단지 너와 나의 차이다. 네가 보는 것과 내가 보는 것의 차이는 단지 네가 서 있는 곳과 내가 서 있는 곳의 차이다. 말 그대로, 그것은 주체 위치subject position 상의 차이다.[10]

이렇게 텍스트의 존재론에 관한 질문에서 주체의 최우선성에 대한 주장으로 옮겨 가는 것은, 내가 일찍이 과거 작업에서 펼친 두 개의 분리된 주장과 기획들을 하나로 합치는 것이다. 하나는, (스티븐 냅과 공동으로 쓴) 〈이론에 반대하여Against Theory〉에서 개진한 것으로, 텍스트는 오로지 그 저자가 의도한 것만 의미할 수 있다는 주장이다. 다른 하나는 《우리의 미국Our America》(1995)에서 다룬 정체성에 반대하는 주장, 즉 내가 누구인지에 대한 설명이 내가 하는 행위와 내가 고수하는 믿음을 정당화해 준다는 주장에 반대하는 주장이다.

---

[10] 미리 말하지만, 이러한 이유로 "'존재하기'의 언어를 '원하기'의 언어, 즉 "정체성을 고정된 위치로 공식화하는 것을 와해시키는" 언어로 대체하는 형식을 취하는 방식의 정체성 비판은, 사실상 주체 위치의 최우선성을 비판하는 기능을 하는 것이 아니라 그것을 개선 수정하는 기능을 한다. Wendy Brown, "Injury, Identity, Politics," in *Mapping Multiculturalism*, ed. Avery F. Gordon and Christopher Newfield (Minneapolis: University of Minnesota Press, 1996), 163-64. 존재하는 것에 대한 대안은 원하는 것이 아니라 믿는 것believing이다.

'너는 누구인가'라는 질문은 특정 종류의 문학 이론에서 오랜 기간 중심적인 부분을 차지해 왔다. 이는 독자가 텍스트의 의미를 결정하는 데 중요한 역할을 한다는 주장에서 명백히 나타나고, 텍스트의 의미는 그것을 저술한 언어의 통사론적·의미론적 규칙들로 결정된다는 주장에서 은연중에 나타난다(고 이 책은 주장할 것이다). 비록 내가 과거 책을 쓸 당시에는 정체성에 대한 비판《우리의 미국》)이 의도에 대한 옹호《이론에 반대하여》)와 어떤 의미심장한 방식으로 관련될지를 알지 못했다고 할지라도, 지금 이 책에서 펼칠 주장은 이 둘이 서로 관련될 뿐만 아니라 각각의 주장은 다른 쪽 주장을 수반한다는 것이다. 믿음상의 차이가 정체성상의 차이로 설명될 수 없다고 여기는 것은, 텍스트는 오직 저자가 의도한 것만을 의미한다고 생각하는 것과 같다.

이 주장은 이미 서문 앞에서 제시했는데, 다만 내 주장의 반대편에 서서 이야기했다. 반대편 진영의 주장은 '텍스트는 무엇에 의거하는가', 더 근본적으로는, '텍스트는 무엇인가'(텍스트에는 무엇이 있고 무엇이 없는가, 무엇이 그것의 일부분으로 간주되고 간주되지 않는가)라는 질문을 저자의 의도에 상관없이 사유하는 것이다. 나의 요점은, 만약 이렇게 사유하려 한다면 텍스트의 물질성뿐 아니라 그 물질성을 통해 독자의 주체 위치에 몰두하고 있는 자신을 발견하게 된다는 것이다.

텍스트의 물질성에 몰두할 수밖에 없다. 텍스트 작가가 텅 빈 86쪽을 텍스트의 일부로 간주했는지 아니면 그럴 의도가 없었는지가 중요한 문제가 아니라면, 그 텅 빈 페이지가 거기에 있다는 단순한 사실이 결정적인 문제가 되기 때문이다. 그렇게 되면 주체 위치의 최우선성에 몰두할 수밖에 없다. 왜냐하면 '거기에 있는 것은 무엇인가'라는 질문은 항상 나로부터 거기에 있는 것은 무엇인가라는 질문, 즉 '내가 보는 것은 무엇인가'라는 질문이 되기 때문이다. 다시 말해, 그 86쪽이 저자가 의도한 결과물이 아니라 단지 거기에 있기 때문에 텍스트의 일부로 간주된다면, 거기에 있는 모든 것(해당 텍스트가 놓인 탁자, 탁자가 놓인 방, 책장, 탁자, 방이 불러일으키는 감정)이 텍스트의 일부로 간주되어야 한다.

어째서 그러한가? 이 모든 것이 이 86쪽에 대한 내 경험의 일부이기 때문이다. 일단 저자의 의도에 대한 관심을 포기하면(저자가 예술 작품이 놓인 그 방을 예술 작품의 일부로 간주하는 것을 의도했는지 안 했는지를 신경 쓰지 않는다면), 우리 경험의 일부가 되는 모든 것을 작품의 일부로 간주하지 않을 어떤 원칙적인 이유가 사라지기 때문이다. 그리고 우리의 경험은 종종 매우 유사하지만, 그만큼 항상 약간씩은 상이하다. 네가 서 있는 곳은 내가 서 있는 곳과 다를 것이고, 네가 느끼는 것은 내가 느끼는 것과 다를 것이며, 네가 누구인지는 내가 누구인지와 다를 것이다.

저자의 의도를 중요하게 여긴다면 독자의 주체 위치는 중요하지 않다고 여길 것이고, 반대로 저자의 의도를 중요하지 않게 여긴다면 독자의 주체 위치가 유일하게 중요한 것이 될 것이다. 이것은 이론적인 주장이지 역사적인 주장이 아니고, 당연히 〈이론에 반대하여〉는 철저히 이론적인 에세이였다. 하지만《우리의 미국》은 정체성에 대한 비판과 더불어 정체성의 고안과 전개를 중대한 어떤 사건의 역사로 바라보았다. 그리고 이 책《기표의 형태》또한 역사적 차원을 담고 있다.

여기서 내가 관심을 갖는 것은, 텍스트의 존재론에 대한 근대적 관심사와 내가 독특한 근대적 형태의 정체성 관념(《우리의 미국》이라고 특징지은 바 있는 것의 대두가 보이는 역사적 동시성(과 이 둘의 이론적 연결성)이다. 만약 모더니즘이 예술 작품을 하나의 대상으로 여기는 관심과 예술 작품과 독자 혹은 청중의 관계에 대한 천착으로 정의된다면, 이 미학적 관심사는 그 자체로 인종적 정체성의 뒤따른 고안과 그것의 다원화된 형식의 문화적 정체성 및 특권화된 주체 위치 그 자체로의 변형 속에서 창출된 것이다. 《우리의 미국》은 이 역사의 상대적으로 앞선 시기를 다루었다면, 《기표의 형태》는 좀 더 최근의 시기를 다루었다.

이러한 최근의 순간을 명명하는 한 가지 이름이 '포스트모더니즘postmodernism'이다. 이 책의 부제가 '1967년부터 역사의 종말까지1967 to the End of History'인 까닭은, 1967년은 마이클 프리드Michael Fried가 비평문 〈예술과 대상성Art and Objecthood〉을 발표한 해이기 때문이다. 여러 작가들에게 이 책은 포스트모더니즘의 '포스트(후기)'를 선언하는 사건으로 기억된다. 1982년 포스트모던 비평가 크레이그 오웬스는 프리드의 이 논문이 "애도 작업"이었다며, 그것이 애도한 것은 "모더니즘의 죽음"이라고 평했다.[11]

이런 의미에서 부제에 담긴 두 시기, 포스트와 모더니즘은 시작과 종말뿐 아니라 두 개의 종말, 즉 모더니즘의 종말과 역사의 종말을 의미한다. 물론 이데올로기적 논쟁의 종말 선언이 이데올로기적 논쟁을 끝낸 것은 아니다. 이 선언은 우리 시대를 논쟁에 대한 질문(우리의 충돌은 이데올로기적인 것인가? 문화적 혹은 경제적인 것인가?)이 중심이 되는 시대로

---

[11] Craig Owens, *Beyond Recognition* (Berkeley: University of California Press, 1992), 110.

정의했다.[12] 그리고 모더니즘의 종말 선언(모더니즘이 무엇인지를 설명하는 것에 관심을 둔 비범한 회화와 조각의 등장과 동시에 이루어진)은 무엇보다 모더니즘의 존재론에 몰두하는 것이 지닌 지속적인 긴급성(혹은 새로운 긴급성)을 나타내는 역할을 했다.

정치학에서 자본주의의 대안이었던 사회주의의 몰락이 정체성에 관한 질문에 새로운 중요성을 부여했듯, 예술에서 이론의 부상(미국에서 모더니즘을 설명하는 기술로 고안되어, 포스트모더니즘을 생산하는 기술로 변형되었다고 할 수 있는)은 '어떤 종류의 주체가 어떤 종류의 대상에 수반되는가'라는 질문을 대단히 본질적인 것으로 만들었다.

물론 이 질문은 다른 방식으로, 즉 대상이나 주체에 대한 질문으로 던져지고 답해질 수 있다.[13] 앞서 살펴본 대로 하우의 《반점》에서 질문

---

[12] 한편으로 나는 냉전의 종식을 텍스트성을 주장하는 문학 이론가들과 정체성을 주장하는 사회 이론가들이 단언해 온 것, 즉 의견 불일치의 종말, 부적절성, 혹은 가장 순수하게 표현해서 불가능성을 정치학의 차원에서 단언하는 기회로 이해한다. 다른 한편으로 나는 냉전이 지속되는 동안 모든 사람들이 정체성적 차이보다 이데올로기적 차이에 더 많은 관심을 기울였다고 주장하지 않고 그 사실을 믿지도 않는다. 그리고 나는 모든 차이들을 정체성적인 것들로 다시 설명하려는 오늘날의 모든 광범위한 시도들을 모든 사람들이 받아들이고 있다는 이야기도 분명히 믿지 않는다. 내가 믿는 것은 정체성과 이데올로기를 둘러싼 일련의 논쟁들이 모더니즘적 문제틀을 형성해 왔다는 것, 즉 우리가 모더니즘과 포스트모더니즘이라고 칭하는 것들이 이 문제틀을 다루는 두 가지 상이한 방식이라는 것이다.

[13] 이 질문은 상호 관계(대상에 대한 설명이 주체에 대한 설명을 요구하는 방식과 주체에 대한 설명이 대상에 대한 설명을 요구하는 방식)가 불분명해지는 방식으로 제기될 수도 있다. 예컨대, 모더니즘은 "각각의 예술"이 "그것만의 작동과 기능들을 통해서 그것만의 고유한 효과들을 결정짓는 것"을 조건으로 하는 것이라는 클레멘트 그린버그Clement Greenberg의 설명과, "표면의 편평함flatness"이 회화라

은 대상(표시)에 관한 것이고, 이런 방식의 질문은 문학 이론에서 '해체deconstruction' 관련 논쟁과 1960~70년대 예술 이론에서 벌어진 '미니멀리즘Minimalism' 논쟁을 이끈 주된 문제였다. 약간 다른 방식을 통하기는 하지만, 이 질문은 트라우마trauma에 대한 후기정신분석적 관심사와 컴퓨터 바이러스를 모델로 하는 언어 및 컴퓨터를 모델로 하는 과학소설의 인간 이해에서도 중심적인 문제였다.

이를 문학 이론으로 한정하여 본다면, 하우가 관심을 갖는 바는 종종 '기표의 물질성the materiality of the signifier'이란 이름으로 불려 왔다. 그리

는 "매체"에 대단히 중요한 것으로 등장했다는 그의 주장("Modernist Painting," in *The Collected Essays and Criticism*, ed. John O'Brian [Chicago: University of Chicago Press, 1993], 86)은 회화의 존재론에 대한 물음과 전적으로 관련되는 동시에 대상으로서의 회화와 그것을 관람하는 주체와의 관계와는 거의 완벽히 무관한 것으로 이해될 것이다. 이는 마치 매체로서의 회화에 대한 관심이 그에게는 대상으로서의 회화에 대한 관심으로 잘못 설명되는 것처럼 보이고, 마치 회화와 여타 예술들 간의 관계를 향한 그의 방향성이 회화가 관람자와 가지는 관계에 대한 문제로부터 그를 멀어지도록 만드는 것 같다.
그리고 포스트모더니즘에 관한 프레드릭 제임슨Fredric Jameson의 명석하고 중요한 설명은 그린버그의 이런 방식을 정확히 정반대로 수행한다. 즉, 그린버그는 모더니즘에서 주체의 문제가 대단히 본질적인 것이 되는 상태를 불분명하게 만드는 반면에, 제임슨은 포스트모더니즘에서 대상의 문제가 대단히 본질적인 것이 되는 상태를 불분명하게 만든다. 우리는 제임슨의 《포스트모더니즘》 책에서 건축물에 부여되는 장소의 우월성을 생각해 볼 수 있다. 장소의 우월성은 "미학적 생산"을 "상품 생산" 내로 포섭하는 것에서 나타날 뿐만 아니라, "개인들이 이동하고 집결하는 새로운 양식"이 되는 "새로운" 종류의 "공간"이다(*Postmodernism* [Durham, N.C.: Duke University Press, 1991], 5, 40). 여기서는 이동하고 집결하는 개인들이 실제로 독자나 관람자는 아니라는 점(그들은 그들이 사용하는 건물을 해석하지 않는다)만 제외하면 독자나 관람자의 경험에 대한 물음이 다른 무엇보다 중요하다.

고 나는 여기서 기표의 물질성에 대한 전념(텍스트는 본질적으로 그것의 물리적 특성들로 구성된다는 생각에 전념하는 것)은 그러한 전념을 쏟고 있다고 스스로 자각하는 극소수의 사람들뿐 아니라, 기표의 물질성을 비판적으로 사유하는 많은 사람들과 기표의 물질성이라는 말조차 들어 본적 없는 더욱 많은 사람들에게 대단히 중요한 문제라고 주장하려 한다.

내가 나의 주장을 말하는 또 하나의 논쟁적인 방식은, 텍스트의 존재론에 대한 이러한 견해는 독자의 위치와 관련한 병행적인 혹은 보완적인 견해를 수반한다고 말하는 것이다. 나는 지금 텍스트가 그 물리적 특징들(자크 데리다가 '표시들'이라고 부르는 것)로 구성된다고 생각하는 사람은 텍스트의 의미가 그것을 접하는 독자의 경험으로 주되게 결정된다고 생각하도록 요구받고, 고로 '독자는 누구인가'라는 질문(정체성의 최우선성에 대한 전념)은 기표의 물질성에 대한 전념 속에 내장되어 있다고 주장하고 있다. 이 주장이 의미하는 바는, 인종적·문화적 차이의 범주에 심히 몰두하는 인물들(가령, 정치학자 새뮤얼 헌팅턴과 소설가 토니 모리슨)은 드 만처럼 문화에 주의를 기울이지 않을 수 없었던 인물과 동일한 부류에 속한다는 것이다.

믿기 어렵겠지만, 주디스 버틀러의 재再의미화resignification 견해를 따르는 것은 테러리즘에 대한 조지 W. 부시의 견해를 따르도록 요구받는 것이고, 부시의 테러리즘 견해를 따르는 것은 재의미화에 대한 버틀러의 견해를 따르는 것이 된다. 이렇게 보면, 86쪽에 이르는 텅 빈 페이지를 텍스트의 일부로 간주할 것인가 하는 문제는 테러리즘에 대한 입장뿐 아니라 '텍스트는 한 가지 이상의 의미를 갖는가'와 같은 명백히 문학적인 물음들과 '노예제, 홀로코스트 같은 역사적 사건들을 우리가 기억하는 것이 중요한가'(혹은 우리가 그렇게 할 수 있다는 것은 진실인가)와 같은 더욱 일반적인 사회적 물음들에 대한 입장을 생성해 낸다. 즉, 홀로코스트의 중요성에 관한 나의 입장이 86쪽에 이르는 텅 빈 종이가 토마스 세퍼드의 《자서전》의 일부분으로 간주되어야 하는지에 관한 입장을 생성해 내는 것이다.

물론 나는 내가 하나의 입장을 고수하는 것에서 비롯된다고 주장하는 모든 입장을 사람들이 실제로 고수한다고 말하는 것은 아니다. 이는 역사적인 것이라기보다는 훨씬 이론적인 것이다. 왜냐하면 이는 사람들이 실제로 믿고 원하는 바를 설명하는 것 말고도(그리고 그것을 설명하는 대신에), 그들이 (일관성을 가진다면) 무엇을 믿어야 하는지를 설명하는 것과 관련되기 때문이다. 이런 이유로 나는 원래 이 책을 순수하게 이론적인 관점에서 설정하고, 나의 논의를 이론적 텍스트들에 대한 이론적 주장들로 제한하는 것에 목표를 두었다. 하지만 곧 이런 제한이 너무 편협한 것임이 확실해졌다.

한편으로 내가 지금 설명하는 텍스트의 해석(우리가 텍스트의 의미에 대해 지니는 믿음)과 텍스트의 경험(텍스트가 우리에게 보이는 방식과 우리로 하여금 느끼도록 만드는 방식) 간의 차이는 분명히 역사적인 현상이 아니다. 발화 행위의 경험과 발화 행위의 해석은 항상 중첩되었지만, 결코 동일한 실체들이 아니었고 앞으로도 아닐 것이다. 하지만 경험을 특권화하는 것, 즉 해석을 경험으로 고쳐 설명하고 사실상 해석 개념 자체를 없애려는 광범위한 노력은 역사적인 현상이다. 또한, 이 이론적 주장(혹은 내가 볼 때는 실수인 주장)이 믿음이 아닌 경험을 특권화할 뿐만 아니라, 이 특권화를 결코 우리에게 일어난 적이 없는 것들을 (배우는 대신에) 경험의 가능성으로 확장시키려는 소설들(모리슨의 《빌러비드》 혹은 레슬리 마몬 실코의 《죽은 자의 연감》)의 증식을 동반한다는 것은 역사적인 현상이다.

따라서 내가 최근 미국의 미학적·이론적 생산의 실제 역사로 적절하게 간주될 수 있는 것을 쓰고자 충분한 작품들에 대한 충분한 설명을 제공하려고 심히 애쓰지는 않는다고 할지라도, 나는 그 역사가 어떤 모습을 띠는지를 보여 줄 어떤 제안을 하고자 노력했다. 다시 말해, 나는 내가 논의하는 작품들과 더불어 다른 여러 작품들이 배치될 수 있는(적어도 그 역사가 상상될 수 있는) 일종의 격자를 제공하고자 했다.

이러한 격자, 즉 이 책은 세 개의 장으로 구성되었다. 첫 번째 장인 〈포스트역사주의Posthistoricism〉는 냉전의 종말 직전과 직후 시기를 다루고, 이데올로기적 차이(즉, 의견 불일치)를 문화적·언어적, 혹은 지리적 차이로 재설정하는 몇몇 기술들technologies(가령, 다문화주의)를 살펴본다. 이 장에서는 그러한 기술들이 강력하지만 비일관된 환원적 물질주의, 즉 일련의 흥미롭고도 야심찬 소설들(캐시 애커, 옥타비아 버틀러, 브렛 이스턴 엘리스, 킴 스탠리 로빈슨의 소설들)과 후쿠야마와 헌팅턴뿐 아니라 주디스 버틀러, 도나 해러웨이, 특히 리처드 로티의 이론적 글들에서 동시다발적으로 전개되는 물질주의에 의거하는 방식을 입증한다.

두 번째 장의 제목은 '전前역사주의Prehistoricism'이다. 왜냐하면 이 장은 주체 위치가 갖는 최우선성의 실제 전역사prehistory를 설명할 뿐만 아니라, 그러한 최우선성이 얼마나 자연에 대한 특유의 비공인된 호소에 근거하는지를 보여 주기 때문이다. 이 장은 1960년대 후반부터 1970년대까지의 예술 이론(여기서 중심인물들은 마이클 프리드와 로버트 스미스슨 Robert Smithson이다. 이들은 1968년 '전역사와 후역사pre and post-history'를 동일한 '의식성'[14]의 부분들로 설명한 바 있다)과 문학 이론(여기서 중심인물은 드 만이지만, 논의는 자크 데리다의 주요 텍스트로 확장된다)에서 제기된 일련의 이론적 사안들을 주로 다룬다. 신디 셔먼과 제임스 웰링의 몇몇 사진들을 통해 특정 예술 실천에서 중시되는 의미와 재현 문제를 다루고, 심층생태학deep ecology이 재현에 대한 해체주의적 비판과 갖는 친연적인 관계를 살핀다.

세 번째 장인 〈역사주의Historicism〉는 이른바 '역사주의 소설'(역사에 관한 것일 뿐만 아니라 역사적 과거의 현존에 관한 것) 논의로 시작해서 '반역사주의antihistoricist 소설'에 대한 논의로 나아간다. 토니 모리슨, 레슬리 마몬 실코, 아트 슈피겔만, 스티븐 그린블랫은 주요 역사주의자들이고, 브렛 이스턴 엘리스와 새뮤얼 딜레이니는 반역사주의자들이다. 역사주의가 이제는 친숙한 문화적 정체성과 문화적 유산 또는 학습되지 않고 재현되고 경험되고 전송되는 사건들에 대한 전념과 관련된다면, 반역사주의는 문화가 아닌 계급에 대한 전념과 악마적·성적 형태의 자유주의적 자본주의 및 그것을 발생시킨 원칙(계약의 자유) 둘 다에 대한 전념과 관계가 있을 것이다. 이 장은 노예제에 대한 보상을 주장하는 심원한 역사주의적 기획에 찬성하고 반대하는 주장들을 거쳐, 현재의 정의를 과거의 불의와 구분지으라고 촉구하는 것으로 끝난다.

---

[14] Robert Smithson, *The Collected Writings*, ed. Jack Flam (Berkeley: University of California Press, 1996), 85.

이 책을 끝맺는 결론부의 제목은 '무의미의 제국Empires of the Sense-less'이다. 여기서 중심이 되는 텍스트는 하트Micheal Hardt와 네그리Antonio Negri의《제국Empire》이고, 중심 주제는 정치적 계획을 그 어떤 정치적 믿음도 없이 상상하려는 노력이다. 테러리즘과 대량살상무기와의 전쟁이 이에 해당한다. 하지만 결론부의 주된 관심사는, '후기정치적인 것the postpolitical'이라 불리는 것의 증상과 이를 정당화하는 데 (재)등장한 이른바 '삶정치적인 것the biopolitical'이다. 신체들 간의(내의) 차이들은 여기서 모든 비이데올로기적인 차이들에 대한 주장(더욱 정확히 말해서, 차이 그 자체의 중요성에 대한 주장)에 동의하는 것으로 이해될 것이다. 다시 말해, 믿음상의 차이와는 전혀 관련이 없는 이런 차이들(인종적·성적·언어적, 심지어 문화적 차이)이 근본적인 것으로 등장한 것이다. 드 만적 의미에서는 그 어떤 것도 '인식적'이지 않은데 말이다.

서로 다른 신체를 가졌다고 해서 서로 다른 믿음을 갖지는 않는다. 아니, 서로 다른 믿음을 지닌 사람들조차 그 믿음이 이데올로기가 아니라 문화를 구성한다고 이해되는 한 서로 반대할 이유가 없다. 여기서 최근에 부각된 '문화' 개념의 명성, 즉 포함과 배제의 드라마와 그에 동반되는 동화와 절멸의 드라마의 명성이 나온다. 우리는 우리가 보기에 그릇된 믿음을 가지고 있는 사람들이 그 믿음을 버리는 것(즉, 그릇된 믿음이 사라지는 것)을 걱정하지 않는다. 우리가 걱정하는 것은 문화가 사라지는 것이다. 문화라는 것이 의견 불일치disagreement로부터 차이difference를 떼어 내는 최고의 기술이 된 것이다.

문화는 또한 불평등inequality으로부터 차이를 떼어 내는 최고의 기술이 되었다. 최근 정치적 담론에서 '노동자worker'라는 용어는 대부분 '이

민자immigrant'라는 용어로 대체된 것처럼 보인다는 알랭 바디우Alain Ba-diou의 언급을 상세히 설명하면서, 슬라보예 지젝Slavoj Žižek은 "이런 방식으로 노동자를 착취하는 계급 문제는 인종주의와 불관용 같은 다문화주의적 문제로 변형된다"고 지적한다.[15]

두 문제 간의 차이는 대단히 중요하다. 왜냐하면 노동 착취가 계급적 차이의 핵심인 이상 계급적 차이는 불가피하게 불평등과 결부되지만, 문화적 차이는 그렇지 않기 때문이다. 실제로 그리고 항상 그렇지는 않다고 할지라도 이론상, 문화는 평등하다. 그런데 이론상 그리고 실제로, 계급은 평등하지 않다. 이렇게 볼 때, 문화의 대두 혹은 소위 새로운 사회운동의 대두, 혹은 정체성과 정체성 형성 문제의 대두, 혹은 (가장 일반적으로) 주체 문제의 대두는 불평등과 더불어 살아가는 법을 배우는 좌파적 방식으로 기능한다.[16] 혹은 지젝이 말하듯 "전 지구적인 자유주의적 민주주의 질서의 도래"(후쿠야마가 '역사의 종말'이라고 한)와 더불어 살아가는 법을 배우는 방식으로 기능한다.[17]

---

[15] Slavoj Žižek, "Class Struggle or Postmodernism," in Judith Buder, Emesto Ladau, and Slavoj Žižek, *Contingency, Hegemony, Universality* (London: Verso, 2000), 130.

[16] 여기서 적절한 요점은, 믿음의 논리가 정체성의 논리와 양립할 수 없는 것처럼, 계급의 논리 역시 정체성의 논리와 양립할 수 없다는 것이다. 계급이 어째서 정체성이 아닌지에 대한 설명으로는 John Guillory, *Cultural Capital* (Chicago: University of Chicago Press, 1993)과 Walter Benn Michaels, "Autobiography of an Ex-White Man: Why Race Is Not a Social Construction," *Transition 73*, 7 (1998): 122–43, reprinted in *The Futures of American Studies*, ed. Donald E. Pease and Robyn Wiegman (Durham, N.C.: Duke University Press, 2002), 231–47을 볼 것.

[17] 이 기획과 맺어지는 지젝의 복잡다단한 관계에 대해서는 '종지CODA'를 볼 것.

이 방식을 부르는 이름에는 여러 가지가 있다. 문명의 충돌, 제국의 부상, 테러와의 전쟁 등이 가장 최근의 정치적 이름들이다. 하지만 믿음이 아닌 주체 위치로 조직되고, 계급이 아닌 정체성으로 구성되는 세상을 상상하려는 노력은 포스트모더니즘postmodernism, 포스트구조주의 poststructuralism, 포스트역사주의posthistoricism와 같은 일반적인 사상 범주들을 통해서도 널리 확산된다.

이러한 노력, 즉 주체 위치와 정체성으로 이루어지는 세상의 구성이 이 책의 주제이고, 그것 자체의 해체까지는 아니더라도 그것의 이론적 구성틀을 해체하는 것이 이 책의 목표이다. 비록 이 책의 많은 부분이 정치적·문화적 이론에 관한 질문들에 관여한다고 할지라도, 더 많은 부분은 수전 하우처럼 자신의 텍스트 이론을 예증하고 설명하는 시도들을 통해 더욱 강력한 표현을 만들어 내는 일련의 실천들에 초점을 맞출 것이다.

실제로《반점》의 강력한 힘을 생산하는 것은, 물질적 대상으로서의 텍스트에 대한 강력한 몰두와 그러한 몰두를 설명할 때 나타나는 불안정성이다. 하우는 표시나 빈 공간을 의미화의 형식, 즉 "무주제적 작시 의도"의 표현으로 이해하다가도, 그것을 의미를 재현하는 것이 아닌 신체를 기록하고 반영하는 '흔적'으로 전환시킨다. 그래서 때로 표시가 '횡설수설'이 될 때, 그것이 반영하는 것 또한 부적절한 것이 되고 만다.

이런 불안정성과 대조적으로, 드 만의《미학적 이데올로기》를 특징 짓는 것은 기호가 아닌 표시에 대한 (즉, "모든 의미적 깊이를 상실한" "순수하게 형식적인" 것으로서 "순수하게 물질적인" 것에 대한) 외곬적인 몰두이다. 그래서《미학적 이데올로기》에서 기호를 표시로 대체하는 것은, (일단 주체가 이를 동일화의 구조로 철저히 이해하기만 한다면) 이와 동일한 과정을 거쳐서 생산되는 주체의 등장이 주체성 정치학의 형성은 물론이고 포스트역사주의 미학의 형성에도 매우 근본적이고 중요해진다.

1장

포스트역사주의

Posthistoricism

역사의 종말 The End of History

1989년 모스크바에서 역사가 끝났을 때, 끝난 것은 무엇인가?

적어도 부분적으로는 옳은 한 가지 답변은 냉전이 끝났다는 것이다. 하지만 소련에 대한 미국의 승리에 가장 고무된 사람들조차 냉전의 종식이 역사의 종말을 의미한다고 생각하지 않았고, 《**역사의 종말**The End of History》을 쓴 **프랜시스 후쿠야마**Francis Fukuyama에게도 소련의 급격한 쇠락과 (차후에 밝혀진) 몰락은 실제 승리, 즉 1988년에 이미 일어났고 '사회주의의 본질'을 '경쟁'으로 설명한 미하일 고르바초프의 연설을 들으며 후쿠야마가 일찍이 감지했던 승리의 증상에 불과했다.[1] 만약 사회주의의 본질이 경쟁으로 설명되는 것이라면, 사회주의는 적어도 그 지도자들에

---

[1] Francis Fukuyama, "Second Thoughts," *National Interest*, summer 1999, 16.

게는 자본주의로 전환된 것이다. 따라서 역사의 종말을 가져온 것은 미국에 대한 소련의 도전, 그 종식이 아니었다. 그것은 자유주의적 자본주의에 대한 사회주의의 도전의 종식이었다.

후쿠야마에 따르면, 역사가 끝날 때 끝나는 것은 사회적 조직의 이상적 형태에 대한 근본적인 의견 불일치다. 그는 "서구의 승리"는 "서구적 사상"(1)의 승리, 즉 자유민주주의의 승리였다고 주장한다. 공산주의의 실패가 사상으로서의 자유민주주의에 대한 그 어떤 적절한 대안도 마련하지 못하는 이상, 더 이상 그 누구도 자본주의에 대한 사회주의의 이론적 우수성을 주장하지 못하는 이상, 이데올로기적 갈등이라고 불릴 수 있는 것은 끝났다는 것이다.

비록 후쿠야마의 가설은 즉각적이고 강도 높은 회의론에 부딪혔지만, 그리고 역사가 끝났을 때 미국을 둘러싼 각종 국내외적 갈등들까지 끝난 것은 아니지만(9/11 국제무역센터 공격과 뒤이은 테러와의 전쟁은 냉전과는 다른 갈등이 존재함을 일깨웠다), 모든 회의론과 갈등은 결국 후쿠야마의 가설을 사실로 확신하는 방식으로 이해되어 왔다.

결국 테러리즘은 이데올로기가 아니라 전술이고, 따라서 테러리즘의 동기를 유발하는 것으로 이해되는 믿음들에 대해 전쟁을 선포하는 것이 아닌 테러리즘에 대해 전쟁을 선포하는 것은 원칙적으로 그 믿음들의 이데올로기적 중요성을 무시하는 것이다.[2] 그 믿음들은 테러를 낳

---

[2] 여기서 요점은, 최근 테러리즘과의 전쟁의 한 형식으로서 냉전을 드는 것이 후쿠야마의 주장과 동일선상에 놓이는 것은 테러리즘이 사회주의와 달리 이데올로기가 아니기 때문일 뿐만 아니라 테러범을 단순히 범죄자로 취급하는 담론, 즉 '왜곡된'

는 원인으로서만 유의미하다. 가난이 범죄의 원인으로만 이해되는 것과 같은 이치다. 그래서 나는 앞으로 테러와의 전쟁 담론이 테러범들의 믿음을 부적절한 것으로 만들 뿐만 아니라, 테러범과 그 피해자들이 실질적으로는 그 어떤 믿음도 갖지 않는다고 생각하게 만든다고 주장할 것이다.

일반적으로 말해, '**전지구화**globalization'의 등장은 아감벤Giorgio Agam-ben과 지젝Slavoj Žižek 등이 후쿠야마와 동일한 방식으로 '후기정치학post politics'의 세상이라고 설명하는 데 합의하는 세상에서 발생하는 갈등을 총망라하는 격자를 제공한다. 부분적으로는 전지구화가 그 자체로 자본주의의 승리를 가리키는 또 다른 이름이기 때문이고, 다른 한편으로는 전지구화가 자본주의의 승리를 이데올로기가 아닌 '지형topography'으로 번역하게 하면서 가져온 변화 때문이다. 전지구화는 현상 그 자체와 그 현상에 대한 반대를 모든 정치적 사상으로부터 분리시키고, 그 현상과 반대를 동의하는 혹은 저항하는 신체들(매우 광범위한 일련의 저자들이 우리에게 "내바치라"고 촉구하는)에 매력적으로 연결시켰다.[3]

이데올로기(가령, 이슬람교)에서 동기를 얻거나 아예 동기를 결여하는 사람(악인)으로 취급하는 담론에서 드러나는 것처럼, 테러리즘에 동기부여를 하는 것은 이데올로기일 것이라는 생각이 애당초 거부되기 때문이다.

[3] 이 특정한 공식은 주디스 버틀러의 것이다("Competing Universalities," in *Contingency, Hegemony, Universality*, 178). 그리고 여기서 신체는 글쓰기의 맥락에 적용되기 때문에, 이 신체는 아서 슐레진저, 리처드 로티, 슬라보예 지젝 등에서 장차 우리가 보게 될 신체를 포기하려는 정치적 열의를 가리킬 뿐만 아니라 하우, 캐시 애커 혹은 심지어 돈 드릴로에서 나타나는 문학적 등가물, 즉 글을 무엇보다 신체의 흔적으로 상상하는 것을 가리킨다.

그러나 미국인들에게 후기이데올로기적인 것의 위험성을 일깨우는 데에는 전지구화나 테러와의 전쟁까지도 필요하지 않았다. 1991년에 이미 역사가 **아서 슐레진저**Arthur Schlesinger는 "냉전의 소멸"은 "사람들의 예상처럼 역사의 종말을 가져오지 않았다"고 강조하면서, 냉전의 종식은 "이데올로기적 갈등"을 제거했을 뿐, "이데올로기적 경쟁의 소멸이 제3세계의 민족적·부족적 대치에 대한 초강대국의 규제를 제거해 버린" 탓에 세상은 냉전 때보다 "더욱 위험한" 장소가 되었다고 주장했다.[4] 하지만 슐레진저의 《미국의 분열The Disuniting of America》(1991)의 요점은, 강대국들이 더 이상 제3세계의 치안 유지에 관여하지 않는다는 것이 아니다(슐레진저는 제3세계에 거의 아무 관심이 없다). 그가 말하려는 바는, 서구의 이데올로기적 승리가 그 자체로는 더 이상 이데올로기적이지 않고 제3세계만큼이나 제1세계와 제2세계에서도 발생할 가능성이 큰 '대치'들을 가능하게 만들었다는 것이다. 국가를 하나로 결합하는 공산주의가 없는 상태에 놓인 소련을 몰락시킨 것도 바로 이 대치였다.

《미국의 분열》이 진정으로 걱정하는 것은, 자본주의가 없는 상태(왜냐하면 이제는 모든 사람이 자본주의자이기 때문에)에서 미합중국을 하나로 결합시킬 것이 무엇인가 하는 것이다. 만약 다문화주의가 문제가 되는 것이 오직 공산주의가 문제가 되는 것을 중지했기 때문이라면, 다문화주의가 공산주의를 대신해 하나의 해결책이 될 수 있는 것은 또한 공산주의가 해결책이 되는 것을 중지했기 때문이다. 다시 말해, 슐레진저

---

[4] Arthur Schlesinger Jr., *The Disuniting of America* (New York: Norton, 1992), 9-10.

와 그의 반대자들은 모두 이데올로기적 투쟁의 새로운 부적절성에 대한 후쿠야마의 논지를 공유한다.

레슬리 마몬 실코Leslie Marmon Silko의 열성적인 다문화주의적 소설 《죽은 자의 연감Almanac of the Dead》(《미국의 분열》과 똑같이 1991년에 출간된, 미국의 분열을 말 그대로 유럽 정복자들에 대항하는 '아메리카 토착민들'의 혁명으로 재현한)에서 혁명을 주도하는 세력은, 그 어떤 '정치적 정당' 혹은 마르크스주의적 '이데올로기'와도 단절된 인디언들이다[5]("그 인디언들은 국제적 마르크스주의에 신경 쓸 필요가 없다고 봤다"(326)). 후쿠야마가 상상하는 것만큼이나 극적인 형태로 공산주의의 이상향을 거부하는 실코의 인디언들은 그들의 혁명적 조직화를 원조하고자 파견된 쿠바의 마르크스주의자를 처형한다. 마르크스주의적 교리를 배우는 것에 지쳐서, 그리고 특히 동지 바르톨로메오가 그들의 "부족주의"를 "민족주의의 매춘부, 자본주의의 얼간이"(526)로 비난하는 것에 지쳐서, 그들을 그를 교수형에 처한다.

프랜시스 후쿠야마는 이 비이데올로기적 갈등을 "**후기역사적인 것**post-historical"이라고 부른다. 이 갈등은 슐레진저가 두려워하고 실코가 희망하는 것처럼 미국에 어떤 위협을 가하지만, 자유주의 자본주의에는 어떠한 위협도 가하지 않는다. 오직 마르크스주의만이 자유주의 자본주의를 위협할 수 있다. 왜냐하면 오직 마르크스주의만이 자유주의 자본주의의 이상적인 상태, 즉 '근본적인' 모순이 없는 까닭에 이전의 사회

---

[5]   Leslie Marmon Silko, *Almanac of the Dead* (New York: Penguin, 1991), 513.

체제들이 처했던 폐기의 위협으로부터 원칙상 아무런 영향도 받지 않는 사회체제로 여겨지는 상태에 이의를 제기할 수 있기 때문이다.

마르크스에 따르면, 자본주의가 계급 구조에 토대하는 한, 그것은 필연적으로 불평등과 갈등을 양산하고, 따라서 그 자체 내부에 어떤 다른 것, 즉 공산주의로 전환될 씨앗을 내포하고 있다. 따라서 후쿠야마는 공산주의와의 대결에서 승리하는 자본주의의 능력이야말로 마르크스의 오류를 입증한다고 말한다. 자본주의에는 "근본적인 모순"이 존재하지 않고, "계급 문제는 성공적으로 해소되었으며"(11), 사실상 "근대 미국의 평등주의eqalitarianism는 (정확히 "마르크스가 상상했던 계급 없는 사회의 근본적인 성취를 나타내기" 때문에) 모순의 종말(역사의 종말)을 나타낸다.

여기서 중요한 대목은, 계급 문제가 해소되었다는 주장이다. 자본주의에 대한 마르크스주의적 비평이 일축될 수 있는 것은 오로지 이 주장이 진리인 경우이기 때문이다. 마르크스는 자본주의가 불가피하게 그 자신을 파괴하는 모순을 생산한다고 주장했고, 후쿠야마는 이 주장을 부인한다. 이 주장을 부인하는 과정에서 후쿠야마는 실제로 존재하는 자본주의가 경제적 불평등 문제를 해소했다고 말할 필요는 없었다. 그리고 실제로 그는 이 문제를 말하지 않았다. 후쿠야마는 "미국에는 부유한 사람들과 빈곤한 사람들이 존재하지 않는다고 혹은 부자와 빈자 간의 격차가 최근에 증가하지 않았다"고 말하지 않는다. 그는 단지 "경제적 불평등의 근본 원인은 우리 사회의 근원적인 법적·사회적 구조와는 아무 관련이 없다"고 말한다. 다시 말해, 실제로 존재하는 자본주의에는 불평등이 존재하지만, 자본주의는 원칙적으로 그런 불평등을 필요로 하지 않고 불평등을 야기하지도 않는다는 것이다. 역사의 종말기에 그런 불평등은 존재하지 않아야 한다. 그런데 우리는 이미 역사의 종말기에 도달했으므로, 이 같은 경제적 불평등의 현존은 "자유주의에 내재하는 산물"이 아니라 "전근대적인 조건의 역사적 유산"으로 이해되어야 한다.

이 주장이 의미하는 바는, 마르크스주의는 자본주의를 계급 체계로 설명함으로써 오류를 범했다는 것이고, 마르크스주의자에게 자본주의가 생산한 계급적 차이로 보이는 것이 사실은 본질적으로 전前자본주의적이고 전前자유주의적인 역사의 단계들에서 유전되는 '집단들' 간의 차이라는 것이다. 따라서 "미국에서 흑인의 빈곤은 자유주의의 내적 산물이 아니라 노예제의 형식적 폐지 이후에도 오랫동안 지속되어 온 '노예제와 인종주의의 유산'이다."

이런 관점에서는 흑인들은 경제적 계급에 속하지 않고, 경제적 계급의 착취가 "우리 사회의 사회적 구조"의 한 기능이라는 사실이 부인된다(만약 흑인들이 계급에 속한다면 마르크스는 옳은 것이 될 것이고, 자유주의 자본주의는 그것이 아무리 역사적으로 지배적인 체계가 되었다고 할지라도 역사의 정점은 아닌 것이 될 것이다). 이에 따라 미국의 흑인들은 '집단'에 속하게 되고, 집단의 '문화적·사회적 특징들'은 '역사적 유산'이 된다.[6] 그리고 자본주의의 원칙들은 궁극적으로 이러한 특징들(과 그것들이 낳는 불평등)이 사라지도록 만들 것이다.

---

[6] 여기서 후쿠야마의 견해는 랜달 로빈슨의 견해와 동일하고(*The Debt: What America Owes to Blacks* 〔New York: Plume, 2000〕), 더욱 일반적으로 흑인들에 대한 금전적 보상운동을 옹호하는 사람들의 견해와 동일하다. 이 견해에 대한 비판으로는 이 책 제3장의 '망각하기' 부분을 볼 것.

그렇다면 마르크스주의의 패배는 그저 우연히 실제로 존재하는 사회주의의 패배이고, 실제로 존재하는 자유주의의 승리다. 그것은 본질적으로 마르크스주의라는 사상의 패배이고, 후쿠야마가 보기에는 계급투쟁과 계급에 대한 마르크스주의적 사상의 패배다. 후쿠야마가 말하는 '집단들'이 무엇이든지 간에, 그의 요점은 이 집단들이 계급은 아니라는 것이고, 실코가 말하는 '사람들'이 쿠바의 마르크스주의자 바르톨로메오를 처형할 때, 그 사람들은 계급에 속하지 않는다는 것이다.

실제로 실코의 책에서 혁명주의자들이 이 쿠바인을 제거할 수밖에 없었던 것은, 그가 경제적 분석의 최우선성을 주장하고 인디언들이 벌인 역사적 투쟁의 적절성을 인정하지 않으면서(500년에 이르는 유럽의 억압과 인디언이 벌인 저항의 연대기를 그는 듣지 않는다) 마치 그들이 계급에 속하기라도 한 듯 그들을 대했기 때문이다. "동지 바르톨로메오는 … 토착적 역사를 싫어한다. 동지 바르톨로메오는 아메리카 토착민들의 대학살을 부인한다"(531). 실코가 "역사에 대한 범죄들"이라고 말하는 것은 "사람들"에 대한 범죄들이다. 왜냐하면 실코가 주장하는 '사람들'은 경제의 산물이 아니라 후쿠야마의 '집단들'처럼 역사의 산물이기 때문이다. 다시 말해, 실코와 후쿠야마는 둘 다 현재의 불평등을 동시대 자유주의 자본주의의 기능이 아니라 그 자체로 역사적인 사건의 기능으로 간주한다는 점에서 반反마르크스주의자들이다. 다만, 후쿠야마가 그 역사적 유산의 제거를 바란다면, 실코는 그 유산의 회복을 원할 뿐이다. 후쿠야마가 주장하는 흑인을 희생자로 만드는 것은 자본주의가 아니라 역사이다. 이것이 바로 마르크스가 틀린 이유이다. 실코가 주장하는 인디언들을 구원하는 것은 사회주의가 아니라 역사이다. 이것이 바로 동지 바르톨로메오가 죽어야 하는 이유이다.

하지만 만약 자유주의에서 '사람들'이 이데올로기적 실체나 경제적 실체가 아니라면, 그들은 무엇인가? 그들은 이데올로기적 실체가 될 수 없다. 왜냐하면 마르크스주의의 패배와 더불어 한 종류의 사람들은 다른 종류의 사람들과 이데올로기를 근거로 구분될 수 없어졌기 때문이다. 이데올로기적 차이는 더 이상 존재하지 않는다. 또한, '사람들'은 경제적 실체가 아니다. 왜냐하면 마르크스주의의 패배와 더불어 자유주의 자본주의의 구성적 요소를 계급으로 특징짓는 마르크스주의적 방식은 이제 믿을 수 없어졌기 때문이다. 문제시되는 차이들은 단지 우연히 경제적인 것이 되었을 뿐이다. 그렇다면 자유주의의 승리는 사람들 간의 차이들을 부적절한 것으로 만들었다고 할 수 있다.

마이클 린드 Michael Lind는 《**다음 세대 미국인의 나라**The Next American Nation》(1995)에서, 바로 이처럼 생각하는 이들이 후쿠야마 같은 이른바 "민주적 보편주의자들"이라고 말한다.[7] 하지만 린드는 미국인들이 "단 한 종류의 사람들"(260), 여타의 사람들과는 구분되는 하나의 사람들이라고 주장한다. 슐레진저와 실코가 분명히 했듯, 역사의 종말이 가져오는 실질적인 결과는 차이를 제거한 것이 아니라 차이를 변형시키고, 사람들이 생각하는 것들 간의 차이(이데올로기적 차이)와 사람들이 소유하는 것들 간의 차이(계급적 차이)를 사람들이 누구로(혹은 무엇으로) 되는 것들

---

[7] Michael Lind, *The Next American Nation* (New York: Free Press, 1995), 3.

간의 차이(정체성적 차이)로 대체한다고 린드는 주장한다.[8] 오로지 역사의 종말기에만 모든 정치학이 **정체성의 정치학**이 될 수 있다.

따라서《죽은 자의 연감》에서 "공산주의자들"이 "부족 사람들"(481)로 교체된다고 할지라도, 실코의 혁명적인 인디언 여성 영웅은 마르크스주의라는 이데올로기를 맹렬히 비난하는 만큼이나 열정적으로 마르크스라는 "사람"을 숭배한다. "마르크스라는 사람과 마르크스주의는 별개이다"(519). 마르크스라는 사람은 "부족적 사람," 즉 "사막의 부족 사람들인 유대인으로서의 마르크스"(520)이다. 마르크스주의자 마르크스가 사람이 계급에 속한다는 것을 가르쳤다면, "부족적 유대인" 마르크스는 인종에 속한다.[9] 마르크스주의가 아니라 마르크스를 선호함으로써, 실

---

[8] 따라서 최고의 실코 비평가들인 카렌 아이어Caren Irr와 샤론 홀랜드Sharon Holland는 "서사, 기억, 역사"의 "현존하는 양식들에 대한 실코의 도전"임을 강조한다고 할지라도(Sharon Patricia Holland, *Raising the Dead* [Durham, N.C.: Duke University Press, 2000], 98), 나는 오히려 그러한 서사, 기억, 역사의 양식들을 구성하는 데에 그녀의 한 기여와 역할을 강조한다.

[9] 마르크스를 무엇보다 유대인으로 간주하는 것에 주력하는 텍스트들은 윌리엄 L. 피어스William L. Pierce의《터너의 일기The Turner Diaries》(Arlington, Va.: National Vanguard Books, 1978)와《사냥꾼Hunter》(Hillsboro, W. V.: National Vanguard Books, 1989)이다. 이 두 텍스트에서 유대인은 실코와 동일한 방식으로 "끔찍하게 부족적인 사람들"로 그려진다. 하지만 실코는 마르크스의 유대성과 그의 공산주의를 구분하는 반면에, 피어스는 그의 공산주의를 부적절한 하나의 술책으로 취급한다. "공산주의 운동은 단순히 유대인의 권력 잡기에 불과하다"(125). 피어스에게 근원적인 대립은 정체성들(유대인과 백인) 간에 존재하는 것이지 이데올로기들(공산주의와 자본주의) 혹은 국가들(러시아와 미국) 간에 존재하는 것이 아니다. 사실《터너의 일기》는 러시아인을 "인종적 동족"으로 언급한다. 급진적 우파는 포스트역사주의적 정체성주의의 조기 수용자들로 이해될 필요가 있다.

코는 계급과 경제적 차이의 제거가 아니라 인종과 인종적 차이의 인정을 선호하게 된다.[10] 이런 이유로 실코가 상상하는 혁명은, 족쇄를 벗어던지는 이 세상의 노동자들이 아니라 '조상의 땅'을 되찾으려는 이 세상의 '토착민들'과 관련되게 된다.

비록 '토착적'이라는 말은 생물학적인 용어이자 지리적인 용어지만, 아메리카 토착민들과 실코가 '유럽인'이라고 일컫는 사람들 간의 투쟁은 이 용어의 인종적 함의를 암시한다. 즉, 결국 유럽인들 가운데 실제로 유럽에서 태어난 사람은 아무도 없다는 것이다. "부족적 사람들의 군대"가 미군 탈영병들에게 "오슬로 혹은 스톡홀름까지 안전한 호송"(590-91)을 제공할 계획을 마련할 때, '토착적'이라는 용어는 완벽히 인종화된 형태로 등장한다. 오로지 토착성이 유전적인 경우에만, 아메리카 대륙에서 태어난 어떤 사람은 토착민이 되고 아메리카 대륙에서 태어난 또 다른 사람은 북유럽인으로 간주될 수 있다.

그렇다면 실코는 거의 명백히 **인종민족주의**ethnonationalism에 몰두하고 있다고 볼 수 있다. 하지만 실코의 이런 입장은 아서 슐레진저와 같은 저자('부족'이라는 표현을 경멸적인 욕설로 간주하는 인물)와 마이클 린드와 같은 저자(혼혈을 통한 인종적 차이의 제거를 바라는 인물)에게 적용될 수 없다. 슐레진저와 린드는 민족주의자들이지만 인종민족주의자들은

---

[10] 하워드 위넌트Howard Winant는 《인종적 조건들》에서 이 입장에 대한 더욱 체계적 설명을 제공한다. 그는 "계급 아래로 인종이 포섭되는 것"을 비판하고, "급진적 민주주의"라는 목표는 인종의 현실에 대한 공격이 아니라 "인종적 차이"를 "수용하고 예찬하는" 방식을 통해 달성되어야 한다고 주장한다(*Racial Conditions* [Minneapolis: University of Minnesota Press, 1994], 31).

아니다. 실제로 린드가 주창하는 '**자유민족주의**liberal nationalism'는 인종민족주의와의 차이와 대립을 통해 정의된다. 린드는, 자유민족주의는 "인종이 민족성의 토대가 되는 것"을 거부한다고 설명한다(286). 반면에 "미국인의 독특한 정체성"(19)을 옹호하는 슐레진저는 분명 이 정체성을 인종으로부터 분리시키고 대신에 '**미국적 신조**the American Creed'라는 군나르 뮈르달Gunnar Myrdal의 공식, 즉 "인류의 본질적 존엄과 평등의 이상향, 자유, 정의, 기회에 대한 양도할 수 없는 권리의 이상향," 그리고 "모든 종류의 민족적 기원, 지역, 신조, 피부색"으로 된 미국인들이 "공통적으로" 갖는 이상향에 호소한다(27).

하지만 미국적 신조의 궁극적인 가치가 무엇이든지 간에, 그것은 '미국인의 독특한 정체성'을 확립하는 데 명백히 부적절하다. 왜냐하면 그것은 인종에서 돌아서서 '이상향'으로 나아감으로써 인종민족주의를 피하는 과정에서 동시에 민족주의도 피하게 되기 때문이다. 아무리 모든 인류의 존엄과 평등의 이상향이 미국에 기원한다고 혹은 미국에 더욱 만연한다고 여길지라도, 그 이상향과 그에 대한 믿음에 특별히 미국적인 것이 존재한다고 생각할 근거는 없기 때문이다. 이상향 그 자체는 확실히 보편주의적인 것이고, 더 중요하게는 이상향에 대한 믿음 역시 보편주의적인 것이다. 다시 말해, 그것을 이상향이라고 특징짓는 바로 그 행위가 보편주의적이다. 그 이상적인 생각을 믿는 것은 그것이 모두에게 해당된다고 믿는 것이고, 모두가 그것을 믿어야 한다는 것을 믿는 것이다. 러시아인은 미국인과 마찬가지로 존엄과 평등에 대한 권리를 갖기 때문에, 러시아인은 미국인과 마찬가지로 그 권리에 대한 믿음을 가져야 한다. 사실 (적어도 후쿠야마가 이해하는 방식에 의하면) 냉전의 종식이 러시아인이 그 종식을 믿게 되었다는 것을 의미하는 한(그리고 역사의 종말은 모든 사람이 그러한 종말을 믿게 되었다는 것을 의미하는 한), 미국적 신조의 독특성(미국성)은 사라졌다고 볼 수 있다. 미국적 정체성 문제와 관련하여, 신조는 이제 그 본연의 모습으로 평가되어야 한다. 즉, 정체성의 원천이 아니라 이데올로기로서 평가되어야 하는 것이다.

이런 이유로 마이클 린드의 '새로운 민족주의'는 미국적 신조와 같은 관념들과는 아무 관련이 없고, 그렇기 때문에 그는 "나라가 하나의 사상에 기반을 둔다는 생각은 터무니없다"(3)고 주장한다. 이 생각이 터무니없는 것은, 심리적인 이유 때문이 아니라(혹은 그뿐만 아니라) 논리적인 이유 때문이다. 린드는 묻는다. "만약 두 나라가 하나의 사상에 토대를 둔다면 어떻게 되겠는가?" "그것은 그 두 나라가 동일한 나라라는 것을 의미하는가?"(5) 미국적 정체성은 미국적 신조와 같은 일련의 사상들에 입각해야 한다는 '민주적 보편주의'를 일축하면서, 린드는 새로운 민족주의에 필요한 것은 생물학적이거나 이데올로기적인 것도 아닌 정체성 개념이라는 사실을 깨닫는다.

그리고 린드가 깨달은 바를 슐레진저도 깨닫게 된다. 슐레진저는 미국적 신조의 이상향에 대한 충성 선언으로 《미국의 분열》을 시작하지만, 결국에는 그 이상향을 변형시키는 것으로, 그 내용이 아니라 이상향의 지위와 관념성ideality을 변형시키는 것으로 책을 끝마치기 때문이다. 앞서 살펴보았듯, "이데올로기들 간의 갈등" 이후에 중요해진 문제는 사람들이 무엇을 믿는가가 아니라 그들이 누구인가이다. 따라서 미국에 관해서도, 미국이 "대단히 독특한 정체성을 가지는 변화무쌍한 나라"(16)라는 점이 중요해진다. 미국의 후기역사적 투쟁 과제는 이 정체성을 유지하는 것이다. 다시 말해, 새로운 갈등은 미국적 신조(미국인들이 믿는 것)와 어떤 다른 신조(다른 사람들이 믿는 것) 사이에 놓이는 것이 아니라 미국의 민족 정체성과 다른 정체성들 사이에, 즉 슐레진저가 "우리 자신의 문화"와 "다른 문화들"이라고 부르는 것들 사이에 놓인다(136). 이 신조가 문화가 됨으로써, "실제 미국 국가"는 린드가 말하는 것처럼 "문화적 국가"가 된다.

정치적 과학소설 Political Science Fictions

세상을 문화들로 구조화하는 이런 포스트역사주의의 매력이 미국적 맥락을 훌쩍 넘어서는 것이라는 주장은 과장이 아니다. 1993년《**문명의 충돌**The Clash of Civilizations》에서 정치과학자 **새뮤얼 헌팅턴**Samuel B. Huntington은 21세기에 "인류 간 거대한 분열과 갈등의 지배적인 원천은 문화적인 것이 될 것"이라고 예상했다. 그는 "하나의 문명"은 "인간을 다른 종들로부터 구분하는 것이 부족한 사람들이 가질 수 있는 최상위의 문화적 집단화이고 가장 폭넓은 수준의 문화적 정체성"이라고 말한다.[11] 물론 헌팅턴은 인간을 다른 종들로부터 구분하는 것에는 관심이 없다.

이 글이 유명해진 이유는 "세계 정치학은 새로운 국면에 접어들고 있다"(67)는 주장, 즉 앞서 언급했듯이 '문화적' 차이가 갈등의 주요 원천

---

[11] Samuel P. Huntington, "The Clash of Civilizations" in *The New Shape of World Politics*, with an introduction by Fareed Zakaria (New York: Norton, 1997), 69.

이 되는 국면에 접어들고 있다는 주장 때문이다. 하지만 '문명'에 대한 그의 정의는 인간들 사이의 차이뿐만 아니라 인간과 '다른 종들' 간의 차이 또한 본질적으로 문화적인 것이라는 제안과 함께, 갈등의 원천으로서 또 차이의 지점으로서 문화가 갖는 중요성을 제안한다. 헌팅턴은 세계를 "일곱 혹은 여덟 개의 주요 문명들"(서구, 유교, 일본, 이슬람 등등)로 구분한다. 하지만 심지어 헌팅턴이 생각하는 유교권과 이슬람권 사람들보다 훨씬 더 급진적인 '타자들others'을 상상하는 것에 주력하는 텍스트들에서조차, 즉 타자가 상이한 종에 속한다고 상상하는 텍스트들에서조차도, 타자성이 본질적으로 문화적인 것이라는 생각은 대단히 설득력 있어 보인다.

예컨대, **올슨 스콧 카드**Orson Scott Card(미국 SF소설 작가)의 '**엔더 4부작**Ender Quartet'에서, 과거의 인류학자들을 대체하는 새로운 외계인 학자들xenologers은 과거 인류학자들이 했던 연구 방식을 그대로 답습한다. 그들은 완전히 자라 나무로 변형되기 전까지 마치 손을 가진 돼지처럼 보이는 키 90센티미터짜리 외계인들의 '문화'를 연구한다.[12] 그러면서 "돼지 문화"를 연구하는 동안 이 문화를 연구하는 그들의 행위가 그것을 "오염시키는" 것은 아닌지 걱정한다. 인간이 아닌 문화에 대한 연구로 이해되는 인류학은, 그 대상이 인간이 아닌 외계인이 되더라도 본래의 취지를 유지하는 것이다.

---

[12] Orson Scott Card, *Speaker for the Dead* (New York: Tom Doherty Associates, 1986), 3. 4부작 가운데 나머지 세 권의 책들은 *Ender's Game*(1985), *Xenocide*(1991), 그리고 *Children of the Mind*(1996)이다.

물론 인간과 타자 간의 차이를 인간과 인간 간의 차이 모델로 사유한다는 생각은 그에 수반되는 세부적인 것들의 변형을 의미한다. 헌팅턴이 세부 사항들과 관련하여 옳든지 그르든지 간에, 즉 얼마나 많은 문화들이 존재하는지 또 그 문화들을 어떻게 설명하는지와 관련하여 그가 옳든지 그르든지 간에, 일단 돼지처럼 보이고 나무로 변하는 피조물이 인간과 문화적으로 다른 것으로 이해된다면, 그가 말하는 '새로운 세계'는 확실히 창조될 것이라는 것이다.

이때 **과학소설**은 매우 적합한 예이다. 왜냐하면 과학소설은 거의 대부분 비문화적인(즉, 신체적인) 차이에 관심을 기울이는 것처럼 보이기 때문이다. 외계인의 타자성은 그 신체의 타자성이고, 인간과 외계인 간의 신체적 차이에 대한 주장은 본질적으로 차이가 문화적인 것이라는 헌팅턴 식의 생각과, 그리고 어떤 방식으로든 인간들 간의 차이가 (중요한 것이 신체적 차이점인 한에 있어서) 중요하다는 생각에 반대하는 양상을 띤다.

옥타비아 버틀러 Octavia Butler의 《**완전변이세대**Xenogenesis》 3부작에서, 서로 상이한 인종의 인간들은 사지와 촉수가 있는 바다달팽이처럼 생긴 외계인들과 교배해야 하는 상황에 처하면서 표현형적 차이들이 얼마나 부당한 것인지를 격렬히 깨닫는다. 흑인과 백인의 피부 색깔 차이는, 인간과 걸어 다니는 연체동물 간의 차이에 비할 바가 못 된다. 3부작의 주요 인간 등장인물인 릴리스처럼 작가인 버틀러도 아프리카계 미국인이지만, 이렇게 보면 버틀러의 3부작은 인간과 외계인의 차이를 극화함으로써 인종적 차이를 넘어 인간들 간의 모든 차이를 부적절한 것으로 만들고 있다고 할 수 있다.

어쩌면 과학소설에서 외계인을 인간과 신체적으로 다른 것으로 상상하는 것과 외계인을 인간과 문화적으로 다른 것으로 상상하는 것 간의 차이는, 인간과 외계인 간의 차이를 상상하는 방식과 인간들 간의 차이를 상상하는 방식 사이의 선택으로 이해되어야 할지도 모른다. 인간과 외계인의 차이가 신체적인 것이라고 주장하는 것은 인간들 간의 차이가 미미하다(겉보기엔 거의 똑같아 보이므로)고 주장하는 것이고, 인간과 외계인 간의 차이가 문화적인 것이라고 주장하는 것은 인간들 간의 차이가 중요하다(서로 다르게 행동하므로)고 주장하는 것이다. 따라서 올슨 스콧 카드가 말하는 문화의 중요성은 다양성을 향한 전념과 일치한다고 한다면, 버틀러가 말하는 문화에 대한 무관심은 다양성에 대한 무관심과 일치한다고 할 수 있다.

하지만 인류학과 과학소설뿐만 아니라 최근 얘기되는 차이에 대한 거의 모든 본질주의적 이론 혹은 정반대로 사회구성주의적 이론에서 문화적 차이를 대신할 적절한 대체물은 신체적 차이가 된다고 할지라도, 헌팅턴이 말한 문화의 대체물은 신체가 아니라 **이데올로기**다. 1993년《문명의 충돌》이《국제 관계Foreign Affairs》학술지에 소개되었을 때, 그것은 헌팅턴이 행복하게 회고하듯 1947년 이 학술지가 조지 케넌George Kennan의 익명의 논문(〈소련 국가행위의 근원The Sources of Soviet Conduct〉)을 게재한 이래로 가장 큰 반향을 불러일으켰다.[13] 그리고 물론 케넌의 사례는 단순한 자축의 의미를 넘어서는 의미심장함을 갖는다. 왜냐하면 케넌이 장

---

[13] George Kennan as Mr. "X," "The Sources of Soviet Conduct," *Foreign Affairs* 25 (July 1947): 567.

차 냉전의 시작을 선언했다면, 헌팅턴은 냉전의 종식을 선언했기 때문이다(그 원조는 단연 후쿠야마의 《역사의 종말》이다).

물론 헌팅턴의 '새로운 국면'을 새롭게 만든 것은 냉전의 종식이다. 케넌은 "자본주의와 사회주의의 내적 대립"이 미국에 대한 소련의 적대감을 구성하는 가장 중요한 개념이라고 주장했다. 앞서 살펴봤듯이, 포스트역사주의적 담론에서 소련의 사라짐은 이러한 대립의 종말, 즉 두 국가 간의 대립의 종말뿐 아니라 두 사회적 이상향 간의 대립의 종말을 표시한다. 헌팅턴은 "냉전의 종식과 더불어, 문화적 공통성들은 이데올로기적 차이들을 급속도로 극복한다"고 말한다. 그럼에도 남아 있는 차이들은 이데올로기적인 것이 아니다. "이 새로운 세상에서 갈등의 근본적인 원천은 기본적으로 이데올로기적인 것이 아닐 것이다. … 인류가 벌이는 거대한 분열과 갈등의 지배적인 원천은 문화적인 것이 될 것이다"(67). 새로운 세상의 도래를 표시하는 것은, 문화적 차이에 의한 신체적 차이의 제거가 아니라 문화적 차이에 의한 이데올로기적 차이의 제거이다.

이런 관점에서 보면, 차이가 신체적인 것인가 아니면 문화적인 것인가 하는 질문(앞서 지적했듯, 정체성에 대한 본질주의적 설명과 반본질주의적 설명을 가르는 중심적인 질문)은 부차적인 것으로 보이기 시작한다.

사실 헌팅턴은 문화적인 것을 마치 그것이 신체적인 것인 양, 마치 혹자의 문화의 '특징들'을 혹자의 '정치학과 경제학'보다 "덜 변화무쌍한" 신체의 특징들과 유사한 것인 양 다룬다. "계급과 이데올로기적 갈등에서 핵심적인 질문은 '너는 어느 편에 서는가'이고, 사람들은 편을 선택하고 그것을 바꿀 수 있고 실제로 바꾸어야 한다. 하지만 문명들 간의

갈등에서 핵심적인 질문은 '너는 무엇인가'이다. 그것은 변화될 수 없는 주어지는 것이다."(71)

물론 '너는 무엇인가'라는 질문은 변화될 수 없는 주어지는 것이라는 생각은, 정체성(너는 무엇이다)은 수행적performative이라고 주장하는 반본질주의자들에게는 결코 받아들일 수 없는 것이다(정체성이 수행적이라는 말의 핵심 요점은 정체성은 변화 가능하다는 것이다). 하지만 헌팅턴의 주장에서 문화적인 것과 이데올로기적인 것의 대립이 문화적인 것의 상대적 고정성이 오로지 상대적임을 인정하면, 즉 **문화적 정체성**은 헌팅턴이 생각하는 것보다 훨씬 더 유동적이라는 사실을 인정하는 순간 실패하고 만다고 생각하는 것은 실수이다. 왜냐하면 변화될 수 있는 것과 (쉽게) 변화될 수 없는 것의 차이는 단지 더욱 강력한 차이, 즉 이데올로기와 정체성의 차이의 증상에 불과하기 때문이다. 정체성들이 고정되지 않는다는 생각은 결코 이 차이를 침식하지 못한다. 따라서 정체성이 고정적인가 아닌가 하는 논쟁은, 차이는 신체적인 것인가 문화적인 것인가에 대한 논쟁과 마찬가지로 이데올로기에 대한 정체성(신체적인 것이든지 문화적인 것이든지, 고정되는 것이든지 유동적인 것이든지 간에)의 우위를 주장하고 지지하는 방식으로 이해되어야 한다. 신체적인 것과 문화적인 것 중에서, 고정되는 것과 유동적인 것(혹은 순종과 혼혈) 중에서 선택하는 것은 정체성에 대한 상이한 두 가지 설명 중에서 하나를 선택하는 것이다. 그리고 정체성에 관한 이 두 가지 설명 중 하나를 선택하는 것은 그 자체로 정체성을 선택한 것이다.

이 선택은 앞서 의견 불일치로부터 차이를 분리시키는 것이라고 설명한 내용과 관련이 있다. 포스트역사주의적 관점에서 볼 때 냉전의 독특한 점은, 차이를 의견 불일치와 관련시킨다는 것이다. 실제로 미국과 소련의 반목을 주로 이데올로기적인 것으로, 혹은 두 초강대국 간의 단순한 반목 이상의 어떤 것으로 특징짓는 것은 의견 불일치의 중요성을 주장한다.[14] 미국과 소련의 차이가 단순히 강대국들 간의 차이가 아니라 사회체제 간의 차이(자본주의와 공산주의의 상대적 이점들에 대한 의견 불일치)로 이해되는 한, 공산주의자인지 아닌지를 묻는 질문(너의 정치적 믿음은 무엇인가)은 미국인인지 아닌지를 묻는 질문(너의 정체성은 무엇인가)과 무관하게 단독으로 기능할 수 있다. 다시 말해, 냉전이 정체성을 부적절한 것으로 만드는 것으로 이해될 수 있다. 여기서 중요한 것은, (헌팅턴의 용어로 말해서) 네가 누구인가가 아니라 네가 어느 편에 서는가이다. 헌팅턴이 20세기 중반(제1차 세계대전의 종료 시점부터 냉전이 종식될 때까지의 기간)을 "국가들 간의 갈등이 이데올로기들 간의 갈등으로 대체되는"(68) 시기로 설명할 때, 그는 정치적 전환과 함께 이론적 전환을 말하고 있다. 갈등하는 국가들은 자신들의 이해관계의 중요성을 단언하고, 갈등하는 이데올로기들은 각자의 진리를 단언한다.

이런 의미에서 냉전은 보편화하는 것, 즉 세계의 모든 부분과 잠재적으로 우주의 모든 부분과 관련되는 것으로 설명될 수 있다(그리고 종

---

[14] 나는 여기서 냉전이 항상 예외 없이 이데올로기적인 것으로 여겨져 왔다고 주장하는 것이 아니다. 실제로 나는 냉전이 항상 이데올로기로 여겨져 왔다고는 생각하지 않는다. 하지만 여기서 나는 냉전이 종식되는 시점에 일어난 그 냉전적 갈등에 대한 재현들에 초점을 맞춘다. 다시 말해, 냉전이 실제로 무엇이었든지 간에 그것의 종식은 이데올로기적 갈등의 종식을 선언하는 기회로 간주되어 왔다는 것이 나의 초점이다.

종 그렇게 설명되어 왔다). 여기서 요점은 두 개의 관련국들이 너무도 강력해서 그들의 영향권이 세계의 모든 부분으로 확산될 수 있다는, 지리적·정치적인 것이 아니다. 오히려 두 개의 사회체제 중 어느 쪽이 더 나은가를 묻는 질문이 본질적으로 보편적이라는, 논리적인 것이다. 재산의 사적 소유권이 정의롭지 못하다는 믿음은 결코 지리적으로 적용되는 믿음이 아니다. 공산주의를 선호하는 것(혹은 자본주의를 선호하는 것)은 모든 부분의 모든 사람이 그것을 선호하는 것이다. 이와 달리, 영향권 같은 개념은 오로지 지역적인 것(비록 그 지역이 매우 넓을 수는 있지만)이고 따라서 전략적인 것이다.

미국은 (예전) 소련이 소련 연방의 경계를 이루었던 국가들을 지배하는 것에 이의를 제기하지 않았다. 왜냐하면 어쨌든 그 국가들이 경계를 이루었기 때문이다. 어느 곳의 이데올로기가 부적절해 보이는 아닌가 하는 갈등(상이한 이데올로기가 아닌 상이한 이해관계에 대한 호소로 설명되는 갈등)은 전략이 아닌 그 어떤 것에도 호소할 필요를 갖지 않는다. 하지만 이 같은 전략적 중지, 즉 이데올로기적 논쟁의 맥락에서 '어느 쪽이 우수한 사회체제인가'라는 질문의 중지는 어디까지나 전략적일 뿐이다. 만약 자본주의가 공산주의보다 우수하다면, 그것은 자본주의가 미국에서 미국인들에게 우수한 것만큼 폴란드에서 (폴란드인들에게) 우수한 것(따라서 바람직한 것)이다.

다시 말해, 이데올로기적 갈등은 보편적인 것이다. 왜냐하면 이해관계의 갈등과 달리, 이데올로기적 갈등은 의견 불일치와 관련되기 때문이다. 그리고 보편화되는 것은 바로 이 의견 불일치의 가능성이다. 우리는 우리가 원하는 바에 의견 불일치를 보이지 않는다. 다만 다른 것을 원할 뿐. 우리는 우리가 원하는 것과 상관없이 무엇이 진리인가를 놓고 의견 불일치를 보인다. 실제로 사람들 간의 의견 불일치를 타당한 것으로 만드는 것은, 진리라는 것은 모든 사람에게 진리가 되어야 한다는 생각이다. **포스트역사주의** 사상가들은 보편성에 대한 호소를 의견 일치를 강요하는 시도로 비판하고, 우리에게 그러한 호소들이 숨기는 "인종중심적 편견들," 즉 '보편성의 기준들'은 결국 지역적인 것에 불과하다고 경고한다.[15]

하지만 사람들이 무엇이 보편적인 진리인가를 두고 지역적으로 서로 다른 견해를 갖는다는 것이 진리의 보편성을 비판하는 것인가. 오히려 정반대이다. 우리의 의견 불일치를 판정하는 근거로서 보편적 진리에 호소할 수 없는 이유는, 진리의 보편성이라는 생각이 다름 아닌 우리의 의견 불일치의 결과이기 때문이다. 보편적인 것은 우리의 의견 일치를 강요하지 않는다. 우리의 의견 일치는 우리의 의견 불일치에 함의되어 있다. 그리고 우리는 우리의 의견 불일치를 해소하고자 보편적인 것

---

[15] 그리하여 주디스 버틀러는 "보편성의 범주 그 자체가 자신의 지극히 인종/민족중심적인 편견들에 노출되기 시작할 때, 이론과 정치학의 토대를 보편적 주체 위치"에서 찾는 것의 어려움을 토로한다(*Feminists Theorize the Political*, ed. Judith Butler and Joan Scott [New York: Routledge, 1992], 7). 여기에는 두 가지 실수 혹은 동일한 실수의 두 가지 형태가 존재한다. 보편성은 이론과 정치학의 토대로 기능할 수 없고, 또한 그것은 어떤 종류의 주체 위치가 아니다. 보편성은 우리 이론의 토대로 적용될 수 없다. 왜냐하면 보편성에 대한 주장은 이론을 가지는 것의 가능성 그 속에 내재하기 때문이다. 그리고 보편성은 어떤 주체 위치가 되기보다는 주체 위치의 부적절성을 드러낸다. 왜냐하면 누군가의 의견에 반대한다는 것은, 우리 이론의 진실성과 거짓성은 이 이론이 우리의 것이라는 사실과 무관하다는 것이기 때문이다.

을 불러내는 것이 아니라, 우리가 의견 불일치를 보인다는 사실을 설명하고자 보편성을 불러낸다.[16]

의견 차이의 대체물은 관점의 차이(혹은 주체 위치의 차이)다. 관점에 대한 호소는, 한 마디로 그 관점이 의견 불일치를 제거할 수 있다는 것이다. 우리가 다른 관점에서(다른 장소에서 다른 눈을 통해) 보기 때문에 어떤 것을 다르게 본다는 것은 같은 것을 모순 없이 다르게 본다는 것을 의미한다. 내가 어떤 것을 정면에서 보고 그 색깔이 검정이라고 하는 것은, 다른 이가 그 뒷면을 보고 흰색이라고 하는 것은 의견 차이가 아니다. 더 급진적으로, 만약 우리가 서로 다른 관점이란 것을 똑같은 것을 서로 다른 관점에서 보는 것이 아닌, 서로 다른 것을 구성하는 것으로 이해한다고 할지라도 여전히 의견 불일치는 존재하지 않는다. 나는 흰 것을 보고, 너는 (그와 다른) 검은 것을 본다. 바로 이것이 **스탠리 피쉬** Stanley Fish가 《**이 수업에 텍스트는 존재하는가?**Is There a Text in This Class?》에서 영국 시인 존 밀턴의 《리시다스Lycidas》(1637)와 같은 시에 대해 서로

---

[16] 다시 말해, 요점은 "모든 가능한 맥락에서, 즉 모든 다른 주장들에 대해서 … 우리가 진리라고 고수하는 것은 훌륭한 이유를 기반으로 옹호되어야 한다"는 하버마스식 주장이 아니다(Jurgen Habermas, "Richard Rorty's Pragmatic Turn," in *Rorty and His Critics*, ed. Robert Brandom [Oxford: Blackwell, 2000], 46). 오히려 요점은 "혹자가 믿음을 가지는 것은 그 믿음이 진리 혹은 거짓이 된다는 것을 알고 있는 경우이고," 내 믿음의 진리성은 "내가 그것을 믿는지 안 믿는지, 다른 사람들이 그것을 믿는지 안 믿는지, 혹은 그것을 믿는 것이 유용한지 안 유용한지 등에 의거하지 않는다"는 데이비슨식의 주장이다(Donald Davidson, "Truth Rehabilitated," in *Rorty and His Critics*, 72). 우리가 믿든지 안 믿든지 상관없이, 우리의 믿음은 진리 혹은 거짓이라는 생각은 우리가 얻고자 분투하는 이상향이 아니라 우리가 이미 전제하고 있는 가정이다.

다른 해석을 생산하는 독자들이 그들은 "동일한 시를 읽는다고 보기 어렵다"면서, 그들은 저마다 옳을 것이라고 지적한 바의 요점이다. "저마다 … 자신이 지은 시를 읽고 있을 것이다."[17]

여기서 해석들 간의 차이는 해석 대상들 간의 차이가 되고, 해석 대상들 간의 차이는 해석을 하는 주체들 간의 차이를 참조할 때 설명된다. 따라서 의견 차이가 관찰자의 주체 위치를 부적절하게 만드는 것과 마찬가지로(왜냐하면 누군가와 의견이 다르다는 것은 의견이 다른 그 누군가에게도 진리가 되는 판단을 내리는 것이기 때문이다), 의견 불일치가 없는 차이는 주체 위치를 본질적인 것으로 만든다(왜냐하면 누군가와 의견 차이 없이 다르다는 것은 그 누군가와 다른 위치를 점하는 것 외에 아무것도 아니기 때문이다).

주체 위치의 이러한 본질화는 본질주의적이라고 말해질 그 위치에 대해 아무런 설명도 제공하지 않는다. 그것은 그 주체 위치(인종, 문화, 성, 젠더)를 결정하는 것은 무엇인가라는 질문과 아무 상관이 없다. 그것은 오로지 주체 위치의 적절성하고만 관련이 있지, 그것이 어떻게 결정되는지와는 아무 관련이 없다. 다시 말해, 우리는 우리의 주체 위치를 중요한 것

---

[17] Stanley Fish, *Is There a Text in This Class?* (Cambridge, Mass.: Harvard University Press, 1980), 169. 피쉬는 우리가 시를 다르게 읽는 이유는 우리가 서로 다른 "해석 공동체"에 속해 있기 때문이라고, 우리는 "텍스트의 읽기가 아닌 텍스트의 쓰기에서, 즉 그 특성들을 구성하고 그 의도들을 할당하는 것에서 서로 다른 전략들"(171)을 가지기 때문이라고 말한다. 하지만 그의 이후 저작들에서 이러한 설명은 더욱 사회학적인 접근법을 취하게 된다. 서로 다른 해석들을 설명하려는 노력은 해석들이 텍스트를 창조한다는 주장과 구별된다.

으로 만들기 위해 하나의 인종 혹은 성에 소속될 필요가 없다. 모든 게임에서 대적하는 두 참가자는 의견 차이 없이 서로 다르다. 예컨대, 체스에서 흰 말로 경기하는 사람은 검은 말로 경기하는 사람이 실수를 범하고 있다고 생각하지 않는다. 두 참가자 간의 갈등은 누가 옳은가에 대한 것이 아니라 누가 이길 것인가에 대한 것이다. 게임에서 중요한 것은, 내가 무엇을 진리로 믿는가가 아니라 네가 어느 편에 서 있는가이다.[18]

실제로 이 게임 모델은 헌팅턴이 제시하는 '**너는 어느 편인가**'라는 질문과 '**너는 무엇인가**'라는 질문 간의 대립을 무효로 만든다. 냉전 모델에서 '나는 어느 편에 서는가'라는 질문이 내가 진리라고 생각하는 것으로 대답될 수 있다면(사회주의가 자본주의보다 더 정의롭다), 포스트역사주의

---

[18] 바로 여기에서 시합에서 지는 것과 논쟁에서 지는 것의 차이가 나온다. 내가 체스 시합에서 지는 것은 나의 왕이 상대에게 체크를 당하고 어떤 방법으로도 그것을 피할 수 없을 때이다. 즉, 내가 어떤 견해를 가지고 있든지 간에 시합 규칙으로 내가 상대편 왕을 움직일 수 없을 때, 나는 진다. 이 요점을 더 일반적으로 말하는 방식은 모든 시합에서 선수의 움직임은 이 움직임에 대한 그 선수의 믿음과는 철저히 무관한 영향력을 띤다고 말하는 것이다. 체스 시합에서 누군가를 이기는 것은 그 사람의 견해를 변화시키는 것과 아무 관련이 없다. 이 요점을 일반적으로 말하는 또 다른 방식은, 한 시합의 두 선수는 서로 대립되는 견해를 가지는 것으로 설명될 수 없다고 말하는 것이다. 물론 이것은 그들이 동일한 견해를 가지기 때문이 아니라 그들의 견해 자체가 시합과 전혀 관련이 없기 때문이다. 체스 시합은 견해와 관련되는 것이 아니라 규칙과 관련된다. 리처드 로티와 장 프랑수아 리오타르 같은 철학자들이 서로 다른 견해를 가지는 사람들을 서로 다른 "언어 시합"을 하는 것으로 고쳐 설명하는 것이 사람들은 실제로 어떤 견해를 가진다는 생각 그 자체를 부인하는 것에 이르게 되는 것은 바로 이 때문이다. 여기서 요점은 어떤 옳은 견해를 가질 가능성에 대한 어떤 회의주의 혹은 상대적 회의주의가 아니다. 오히려 포스트모더니즘은 옳은 견해를 가질 가능성에 회의적인 것만큼이나 거짓된 견해를 가질 가능성에도 회의적이라는 것을 전제 조건으로 가진다는 것이다.

적 모델에서는 너는 어느 편에 서는가라는 질문은 오로지 '너는 무엇인가'라는 질문이 될 뿐이다(흰 말로 경기하는 것은 흰 말에 적절한 믿음을 갖는 것이 아니다. 그런 믿음은 존재하지 않는다. 흰 말만 존재할 뿐이다). 포스트역사주의의 핵심 요점(즉, **차이에 대한 전념**의 요점)은 모든 차이들을 '우리는 무엇인가'상의 차이들로 이해하는 것이고, 그럼으로써 차이에 대한 우리의 태도에 관한 질문을 가장 근본적인 질문(탈이데올로기적 우파로부터 탈이데올로기적 좌파를 구분해 내는 질문)으로 만드는 것이다. 좌파는 이 차이를 강조하기를 원하고, 우파는 이 차이를 제거하기를 원한다.

하지만 이 축 위에서 우리가 어디에 위치하든지 간에(내 주장의 요점은 당연히 이 축 위의 어떤 위치를 옹호하는 것이 아니라 이 축 자체를 비판하는 것이다), **이데올로기의 충돌**에서 **문명의 충돌**로 이동하는 것은, 의견 차이라는 보편주의적 갈등 논리에서 **주체 위치의 차이**라는 포스트역사주의적 갈등의 논리로 이동하는 것임을 알 수 있을 것이다. 이런 관점에서 볼 때, 미국에서 인종적·문화적 차이가 차이 그 자체의 상징으로 대두되는 것은 이데올로기적 차이의 종말을 시연하는 것으로 이해될 수 있다. 이렇게 보면, 과학소설은 비록 그것이 (인종적 타자를 외계의 타자로 재배치하면서) 인종적 차이를 경험적 현상으로 약화시키는 경향이 있다고 할지라도, 그러한 인종적 차이의 우선성을 이론적 모델로 단언하는 것이 된다.

앞서 살펴봤듯이, 외계인과의 대조는 인간들 간의 차이를 절대적으로 하찮게 보이도록 만든다. 《완전변이세대》의 여주인공은 아프리카계 흑인이고, 소설 속 주요 인간 등장인물들(아시아계, 라틴계, 백인) 배역은 현재의 다양성 기준을 충족시킨다. 하지만 인간들 간의 피부색과 머릿결상의 차이는 그들이 말을 하고 촉수를 가진 바다달팽이들과 병치되는 순간에 사소한 것(말하자면, 키와 몸무게 차이 정도로)이 되고 만다.[19] 인간과 외계인의 대면은 인간들 간의 신체적 차이(인종들 간의 차이)가 중요하다는 생각을 일소하는 장치로 고안된다. 하지만 다른 한편으로 외계인과의 대조는 신체적 차이를 유례없이 적절한 것으로 만든다. 왜냐하면 인간과 외계인의 세부적인 차이는 신체상의 차이이기 때문이다. 따라서 버틀러의 《완전변이세대》가 포스트역사주의적 갈등의 장을 지배하는 차이의 범주들(인종과 문화)에 상대적으로 무관심하다고 할 수 있을지는 몰라도, 냉전 시대를 지배했던 이데올로기적 차이의 범주들(자본주의와 공산주의, 자유주의와 마르크스주의)에 대해서는 전적으로 무관심하다고 단언할 수 있다.

《완전변이세대》는 인류가 핵전쟁으로 거의 절멸된 시대를 배경으로 하고, 따라서 냉전 시대에 대한 상상을 가장 특징적으로 보여 준다고 하더라도, 이 3부작은 그 전쟁을 정치적 투쟁의 관점이 아니라 인간 본성

---

[19] 물론 키와 몸무게의 차이는 사소하지 않다. 사실 여러 가지 이유로 이 차이는 중요하다. 이것이 중요하지 않은 경우는 오로지 정체성이 중요해질 경우이다. 정체성에 주력할 때, 사람들은 키와 몸무게의 차이에 주력하는 것을 그만둔다. 물론 정체성을 생산하는 것에 주력하는 사회에서는 이런 신체적 특징들을 피부색과 동일하게 다루고자 하는 노력, 즉 신체적 특징들을 정체성의 표시물로 변형시키려는 노력이 꾸준히 있어 왔다. 하지만 내가 다른 곳에서 주장한 것처럼("Autobiography of an Ex-White Man: Why Race Is Not a Social Construction"), 인종(혹은 문화)을 모델로 하는 정체성은 우리의 신체(혹은 견해와 행동들)는 우리의 정체성을 구성하지 않고 재현한다는 것을 전제 조건으로 삼는다. 그리고 특정 피부색이 나의 인종을 재현하는(혹은 그릇 재현하는) 방식을 인식하기는 쉬워도, 나의 키가 나의 키를 결정짓는 것 이외의 다른 것을 재현하는(혹은 그릇 재현하는) 방식을 인식하기란 쉽지 않다.

의 관점에서 비난한다. 더 정확히 말해, 이 소설은 인간 종을 "지적"이고 "위계질서적"인 것으로 만듦으로써 "인류의 절멸"을 가져온 "한 쌍의 부조화로운 유전적 성질들" 탓에 "인간 신체"를 "치명적으로 손상"시켰다는 사실을 근거로 핵전쟁을 비난한다.[20] 여기서 요점은, 후쿠야마와 헌팅턴의 것(냉전의 종식은 이데올로기적 투쟁의 종말을 가져왔다!)이 아니라 애당초 이데올로기적 투쟁 따위는 존재하지 않았다는 것이다. 자본주의와 공산주의의 갈등은 단지 누가 위계질서의 꼭대기에 올라가는가에 대한 갈등일 뿐이다. 사유재산의 장점에 관한 의견 불일치는 단지 누가 그 장점을 차지하는가에 대한 경쟁이 된다. 보편적인 것에 대한 **포스트모더니즘**적 비판이 의견 불일치의 종말에 대한 후쿠야마와 헌팅턴의 역사적 설명을 의견 불일치의 불가능성에 대한 이론적 설명으로 전환시킨다면, 버틀러의 《완전변이세대》 같은 과학소설은 역사를 생물학으로 전환시킨다.

　그렇다면 《완전변이세대》와 《외계종족대학살Xenocide》(올슨 스콧 카드의 '엔더 4부작' 중 제3부) 같은 텍스트들이 보이는 근본적인 차이는, 인간과 외계인 간에 존재하는 '사회가 어떻게 구성되는가'가 아닌 '다른 종들(혹은 다른 문화들)이 생존할 수 있는가 없는가'가 되어야 한다. 이에 대해 우리는 이데올로기를 신체와 문화로 대체하는 것이 생존에 관한 질문을 유일하게 타당한 것으로 만든다고 말할 수 있을 것이다.[21] 바로 이런 이유

---

[20]　Octavia Butler, *Dawn*(New York: Popular Library, 1987), 36–37, 6. 3부작의 나머지 두 권은 *Adulthood Rites*(1988)와 *Imago*(1989)이다.

[21]　이런 의미에서 핵전쟁 대학살의 환상을 냉전의 특징으로 간주하는 나의 설명에는 오해의 소지가 있다. 여기서는 전쟁과 기술 각각의 최종 목적에 둘 간의 어떤 긴장

로 《완전변이세대》와 《외계종족대학살》의 제목이 '완전변이세대'와 '외계
종족대학살'이 된다. 이데올로기적 차이를 문화적 차이로 변형시키는 것
은 차이 그 자체를 가치 있는 것으로 만들기 때문에, 문화로 구분되는
세상(차이가 문화적인 것으로 이해되는 세상)의 정치학은 **생존의 정치학**이
되어야 한다.

이 정치학에서 일어날 수 있는 최악의 사건은 한 문화의 죽음이다.
냉전 모델에서 적에 대한 승리는 틀린 것에 대한 옳은 것의 승리로 이
해된다. 카드의 4부작 중 제1부 《**엔더스 게임**Ender's Game》 마지막 부분에
서 인간들이 '버거buggers'라는 벌레처럼 생긴 외계인들에게 거두는 승리
가 바로 이런 종류의 승리다. 하지만 사회가 어떻게 구성되어야 하는가
에 대해 의견이 다른 사람들(공산주의자)이 아니라 우리와 다른 주체 위
치를 점유하는 사람들(외계인)로 '적'을 규정한다고 하면, 그 외계인들의
파멸 또한 새롭게 설명되어야 한다. '엔더' 시리즈의 두 번째 책인 《**죽은
자의 대변인**Speaker for the Dead》 시작 부분에서 엔더를 영웅으로 만들었던
바로 그 행위(하나의 종 전체를 파멸시킨 행위)가 엔더를 악당으로 만드는
것이다. 이렇게 이데올로기적인 적敵은 신체문화적 타자로 다시 씌어진
다. 모든 갈등은 자아와 타자 간의 갈등 모델을 기초로 재사유된다.

이는 이 텍스트들이 본질적으로 차이를 신체적인 것으로 이해하든

관계를 주장하는 것이 더 정확할 것이다. 왜냐하면 비록 전쟁은 이데올로기에 관
한 것으로 이해된다고 할지라도, 핵전쟁은 상대 진영 이데올로기의 격파와 관련되
는 것이 아니라 인류 그 자체의 격파, 즉 버틀러가 "인류 학살"이라고 칭하는 것과
관련되기 때문이다. 따라서 핵전쟁 각본은 이데올로기들 간의 전쟁을 인간성에 대
한 전쟁, 즉 정체성에 대한 전쟁으로 탈바꿈시킨다.

혹은 문화적인 것으로 이해하든지 간에 상관없는 진리다. 오늘날의 이론에서 **본질주의**와 **반본질주의** 간의 논쟁이 그토록 중요해지는 까닭은 바로 이 때문이다. 즉, 두 입장 사이의 의견 불일치가 아니라 의견 일치가 중요해지기 때문이다. 두 입장은 모두 차이 그 자체가 지닌 가치의 중요성, 즉 의견 불일치를 타자성으로 전환시킴으로써 창출되는 가치의 중요성에 동의한다. 다시 말해, 본질주의와 반본질주의 논쟁은 차이가 신체적인 것이냐 문화적인 것이냐를 두고 벌이는 논쟁의 부수적인 표현에 지나지 않는다. 무엇보다 이 논쟁은 차이를 유지하고 생존시키는 것이 바람직하다는 합의의 표현이다. 만약 차이가 신체적인 것이라면 생존해야 하는 것은 서로 다른 종들이고, 만약 차이가 문화적인 것이라면 문화의 생존이 중요해진다. 두 이야기의 요점은, 한 문화와 종의 다른 문화와 종에 대한 승리는 결코 행복한 결말이 될 수 없다는 것이다.

여기서 핵심은, 생존 그 자체(그것이 종의 생존이든 문화의 생존이든지 간에)가 가치 있다는 것이 아니다. 오히려 종과 문화의 상호 교환성이 명료히 하는 것은 정체성들의 가능성(생존되어야 하는 것은 정체성들이다)이다. 다시 말해, 반드시 피해야 하는 것은 죽음이 아니라 멸종이다. 이 같은 죽음과 멸종의 구분은, 오늘날 지구상에서 일어나는 '**비폭력적 대학살**'이란 실제로 무엇인가라는 상상들에서 뚜렷하게 나타난다. 가령, 급증하는 타 인종과의 결혼 및 동화가 미국 유대인을 파멸로 인도하고 제2의 대학살을 야기한다는 생각이 이에 해당한다.

타 인종과의 결혼은 타 인종과 결혼하는 사람에게는 아무 위협이 되지 않는다. 다시 말해, 앨런 더쇼비츠Alan Dershowitz(미국의 유대 출신 저명 법률가) 같은 인물이 미국 유대인들의 소멸을 걱정할 때, 그는 유대 사람들을 걱정하는 것이 아니라 그 사람들의 유대성jewishness을 이루는 정체성을 걱정하는 것이다. 사라질 위험에 빠진 것은 사람들이 아니라 정체성이다.[22] 이 구분을 극화하는《완전변이세대》는 두 항을 전도시킨다. 더쇼비츠의 유대인들이 그들의 정체성이 약화된 이후에도 행복하게 살아간다면, 버틀러의 인간 "저항자들"은 그들의 정체성이 살아 있음을 확신하고자 위험을 무릅쓴다.《완전변이세대》에서 외계인과 짝짓기를 하고 번식하는 인간은 외계인의 생명공학 덕분에 사실상 불멸의 존재가 된다. 하지만 외계인들로부터 숨어 지내며 그들끼리만 번식하고자 고투하는 '저항자들'은 질병으로 불구가 되거나 매우 높은 치사율에 노출된다. 정체성 그 자체를 가치 있는 것으로 생각하기 때문에, 저항자들은 이 정체성을 위해 기꺼이 목숨을 내놓는다.

하지만 저항자들은《완전변이세대》의 진정한 영웅들이 아니다. 오히려 "인간으로 남고자" 하는 인간의 욕망은 이 소설에서 예찬의 대상이라기보다 비판의 대상이 된다고 하는 것이 맞다. 인간 어머니는 자신의 반인-반외계인 아들에게 "인간들은 변화를 두려워한다"고 말한다. 하지만 만약 이 아들이 차이에 대한 인간의 두려움을 물려받았다면, 외계인 선조들에게선 이와 반대되는 것을 물려받았을 것이다. 인간 어머니 오앤

---

[22] 더쇼위츠는 이 차이를 결코 경제적으로 나아진 적이 없는 "개인으로서의" 유대인과 "결코 위험에 빠진 적이 없는" "사람들로서의" 유대인 간의 차이로 설명하는 경향이 있다(*The Vanishing American Jew* [New York: Little, Brown, 1997], 1). 하지만 이것은 그의 요점을 다소간 잘못 나타내는 것이다. 적절한 대립은 개인으로서의 유대인과 집단으로서의 유대인 사이에 존재하는 것이 아니라 유대인과 그들의 유대성 사이에 존재한다.

컬리Oankali는 아들에게 "차이를 열망한다"고 말한다. 그리고 생애 내내 이 두 감정 사이에서 어떤 갈등을 경험하게 될 것이라고 예언한다. 그러한 갈등을 겪을 때 "오앤컬리의 방식을 따르라. 차이를 수용하라"고 어머니는 아들에게 충고한다.[23] 《완전변이세대》는 모든 차이들이 **주체 위치상의 차이**, 즉 사람들이 믿는 것들 간의 차이가 아닌 사람들이 원하는 것들 간의 차이로 이해되어야 한다고 주장할 뿐만 아니라, 차이 그 자체를 애정의 대상(두려움과 열망의 대상, 원하고 원하지 않는 대상)으로 만든다. 헌팅턴이 이데올로기들 간의 갈등을 정체성들 간의 갈등으로 대체한다면, 버틀러는 정체성들 간의 갈등을 **정체성과 차이 간의 갈등**으로 대체한다.

역사가인 **도나 해러웨이**Donna Haraway는 "버틀러의 소설은 동일자the same의 신성한 이미지를 재창조하라는 명령에 대한 저항"을 다루었다고 평한다.[24] 해러웨이는 〈포스트모던적 신체의 삶정치학The Biopolitics of Postmodern Bodies〉에서, "차이들에 대한 질문이 정체성과 실체적 단일성의 정치학에 기초하는 인간주의적 해방 담론을 와해시켰다"(211)고 말한다. 이 책의 요점은 **정체성의 정치학**을 **차이의 정치학**으로 대체하는 것이다. 《완전변이세대》에서 이 두 정치학 간의 차이점은 혼혈 논쟁을 통해 드러난다.

'인간주의적' 담론은 차이를 두려워하고 따라서 외계인들과의 짝짓기를 거부하는 인간들의 담론이다. 이를 대체하는 것은, 외계인들을 수

---

[23] Octavia Butler, *Adulthood Rites* (New York: Warner Books, 1988), 80.

[24] Donna J. Haraway, *Simians, Cyborgs, and Women: The Reinvention of Nature* (New York: Routledge, 1991), 226.

용함으로써 차이를 수용하는 인간들의 담론이다. 그러므로 버틀러는 혼혈을 성적 행위의 특권적 형식으로 요청하고, 근친상간을 그에 대한 유일한 대체 형식으로 치부한다. 인간 부모의 인간 자식은 근친 교배의 결과로 나타나는 유전적 장애로 인해 불구가 된다. 반면에 외계인과 짝짓기한 인간이 낳은 잡종 '구성물'은 믿을 수 없을 정도로 건강하고 아름답다. 만약 외계인의 등장(다른 사상이 아니라 다른 신체의 등장)이 갈등의 원천으로서의 이데올로기를 제거하는 것이라면, 그것은 이데올로기를 신체들 간의 차이, 정체성들 간의 차이, 인종과 문화들 간의 차이, 외계인과 인간 간의 차이로 대체하는 것이다. 그러한 차이들이 정체성적 갈등을 불가피하게 만든다는 것이 헌팅턴의 생각이라면, 버틀러는 그러한 갈등 자체를 불가능하게 만드는 것을 목표로 한다. 따라서 《완전변이세대》에서 갈등의 원천이 되는 것은, 차이 그 자체가 아니라 차이에 대한 혹자의 태도이다. 《완전변이세대》는 인간끼리 성행위하는 것을 동일자에 대한 욕망의 표현으로, 외계인과 잠자리를 갖는 것을 차이에 대한 욕망의 표현으로 간주한다.

하지만 이 욕망들을 서로 분리된 것으로 유지하는 데에는 어려움이 있다. 왜냐하면 만약 "인간으로 남고자" 하는 저항자들의 욕망이 차이에 대한 두려움을 표현하는 것이라면, 그것은 또한 명백히 차이에 대한 그들의 욕망(즉, 외계인들과 다르다는 차이)을 표현하기 때문이다. 정체성과 차이가 대립 항이 아니라 상보적인 항들이 되는 한, 인간으로 남고자 하는 인간의 욕망은 (모순 없이) 동일한 것으로 남는 동시에 다른 것이 되고자 하는 욕망이다. 혼혈에 대한 몰두 속에 체현되어 있는 차이에 대한 몰두는 반대 방향으로 동일한 효과를 낳는다. 철두철미하게 혼혈화된 세계에서는 특정 인종 혹은 종들의 특성은 사라질 것이다. 모두가 동일한 것이 될 것이다.

《다음 세대 미국인의 나라》에서 마이클 린드가 미국인들과 다른 인종들 간의 결혼을 종용하며, "만약 우리가 다른 피부색을 가진 사람들과 관계 맺고, 그리하여 궁극적으로 우리 모두가 하나의 피부색을 가지게 된다면"(291) 미국인들은 더 나은 삶을 살게 될 것이라는 모튼 콘드레이크Morton Kondracke(미국 정치평론가)의 언급을 인용하는 것은 바로 이 때문이다. 만약 혼혈이 차이의 예찬에 대한 표현이라면, 그것은 또한 차이의 제거 기술이기도 하다(앞서 혼혈과 동화를 동일시한 것도 바로 이런 맥락에서이다).

따라서 **잡종성**hybridity 담론은 정체성 담론의 대안이라기보다는 오히려 그것의 형식이고, 차이의 정치학은 "정체성과 실체적 단일성" 정치학의 대안이라기보다는 오히려 그것의 형식이다.[25] '차이의 문화정치학'이 지닌 급진적 잠재성이 자유주의 '다문화주의'로 잠식되는 것에 낙담한 1990년대 중반의 많은 이론가들은, '통합'될 수 없는 주체 위치, 고등학교 수업에서 예찬되기에 적당한 정체성들로 변질될 수 없는 주체 위치의 중요성을 강조했다. 노마 알라르콘Norma Alarcon이 《다문화주의의 지도화 Mapping Multiculturalism》(2008)에 실린 글 〈접합적 주체들Conjugating Subjects〉

---

[25] 이와 연관지어서 최근 (잡종성hybridity과 더불어) **세계주의**cosmopolitanism를 정체성주의의 과잉에 대한 일종의 수정안으로서 보는 것은, 단지 주체 위치의 최우선성을 말하는 또 다른 방법일 뿐이다. 보편주의는 주체를 부적절한 것으로 본다. 하지만 세계주의는 주체를 더욱 널리 여행할 수 있는 것으로 본다.

에서 말한 것처럼, "이중 혹은 다중적으로 종족화되고 인종화되며 젠더화되는 과정-중의-주체"는 "다양한 주체 위치들을 소유하는 것으로 요청"되고, 이 위치들 간의 "역설과 모순들"은 "주체로 하여금 정치적 저항과 문화적 생산을 통해 창출되는 차이를 인정하고 재조직하며 재구성하도록 만들 것이다." 즉, 하나의 정체성이 아니라 '잠정적인' 정체성을 반영하고, 하나의 주체가 아니라 **과정-중의-주체**를 반영하는 차이를 형성하도록 할 것이다(138).

하지만 알라르콘의 '모순들'이 주체를 '반영하는' 것으로 이해되는 순간, 그 모순들이 지닌 첨예함은 박탈되고 만다. 모순적인 것이 될 수 있는 것은 오로지 믿음들인데, 이 믿음들은 주체를 반영하지 않고 초월한다. 믿음들과 관련하여 적절한 주장은, 그것들이 진리 혹은 거짓이 된다는 것이지 그것들이 너의 것 혹은 나의 것이 된다는 것이 아니다. 따라서 **포스트구조주의**적인 차이의 내재화(어떤 것들 사이의 차이뿐만 아니라 어떤 것 내부의 차이에 대한 주장)는 주체 위치에 대한 몰두의 부인이 아니라 개선 수정으로 간주된다.

가령 《**우연성, 헤게모니, 보편성**Contingency, Hegemony, Universality》(2000)의 공동 저자들이 "정체성의 소유권에 대한 주장은 항상 완전하고 최종적인 결정을 확보하는 데 실패한다"고 했을 때(다시 말해, 정체성보다 정체성의 형성을 선호할 때), 그들의 선호 조건은 철저히 주체의 담론 내부에 머무른다. **정체성 정치학**의 이론적 순진성(우리는 단순히 현재 우리의 정체성을 따른다는 가정)에 대항하여, 공동 저자들은 우리는 결코 단순히 현재 우리의 정체성을 따를 수 없다는 것, 즉 **주디스 버틀러**Judith Butler가 말하는 것처럼, '**주체-형성**'은 항상 불완전함을 인정하는 것의 중요성을 단언한다. 이때 주체의 믿음이 진리인가 거짓인가라는 질문은 그 주체가 완성되었는가 안 되었는가라는 질문과 아무 관련이 없다. 무엇보다, 정체성 정치학의 문제점은 그 정체성 설명에만 있는 것이 아니다.

이렇게 보면, 앞서 차이의 가치에 대한 합의라고 설명했던 바는 차이와 동일성, 타자와 자아 간 대립의 가치에 대한 합의로 다시 설명되어야 한다. 가치 있는 것이 서로 다른 것인가 동일한 것인가는 중요하지 않다. 중요한 것은, 서로 다른 것이든 같은 것이든 가치 있는 것으로 만들어지는 것이다. 이때 둘 중 어느 것이 가치 있는 것으로 간주되는지는 중요하지 않다. 알라르콘의 말대로 "그것은 타자의 담론을 폐지하는 문제가 아닌데, 왜냐하면 타자는 '그것을' 제거하는 모든 행위 속에 현존하고 있기 때문이다." 따라서 중요한 것(**주체 위치의 최우선성**을 생산하는 것)은 자아와 타자, 동일성과 차이, 정체성과 정체성 형성의 대립으로 갈등의 장을 완벽히 채우는 것이다. 그리고 앞서 암시한 것처럼, 과학소설적인 외계인과의 대면이 이러한 항들을 등장시키는 모범적인 기회를 제공한다면, 갈등의 장을 이 항들로 채우는 일을 완성하는 것은 외계인으로서의 타자 생산을 불가능하게 하는 작업에 전념하면서도 정체성에 대한 몰두는 타협하지 않은 채로 공고히 남아 있는 작가들의 작품들에서 더욱 분명하게 나타날 것이다.

'상이한 것'에 대한 욕망(더 나은 것에 대한 욕망과 대립되는)이 **킴 스탠리 로빈슨**Kim Stanley Robinson의 '**화성 3부작**Mars Trilogy'에서 그려지는 화성의 식민지화에서 유토피아적인 요소로 간주될 수 있는 까닭은, 상이한 것과 동일한 것 사이의 선택이 유일한 선택이 되기 때문이다. "또 하나의 지구를 만들지 않는 것이," 고로 "화성인이 된다는 것이, 무엇을 의미하는지를 생각하는 것이 그 어느 때보다 어려워진다."[26] 하지만 낯설고 새로운 것이 외계인이 되는 버틀러의 소설과 달리, 로빈슨의 소설에는 외계인이 존재하지 않는다. 그러므로 **차이에 대한 욕망**은 혼혈에 대한 몰두의 형식을 취할 수 없고, 따라서 갈등의 이론은 냉전 식의 정치적 의견 불일치에 의존할 수도 없고(왜냐하면 화성 3부작은 《완전변이세대》처럼 전쟁 종료 이후에 벌어지는 일을 다루기 때문이다), 버틀러가 헌팅턴 식의 문명 충돌로 이해하는 종들 간의 경쟁에도 의존할 수 없다.[27] 그렇다면 화

---

[26] Kim Stanley Robinson, *Blue Mars* (New York: Bantam, 1996), 23, 3. 《푸른 화성》은 《붉은 화성》(1993)과 《초록 화성》(1994)에 이은 제3권이다. 화성 3부작 전체는 탈식민 연구의 성공과, 더 일반적으로는 진실과 거짓, 정의와 불의와 같은 대립들을 자아와 타자, 동일성과 차이와 같은 대립들로 대체하는 것에 대한 일종의 찬사로 기능한다. 이 3부작의 요점은, 정의에 대한 사람들의 믿음은 단순히 그들 정체성의 표현이 되었다는 것이다. 그리고 이 요점이 안고 있는 문제점은 사람들이 어떤 것을 믿게 되는 조건들을 사람들이 그것을 믿게 되는 이유들로 혼동하는 것이다.

[27] '화성 3부작'의 등장인물들이 '탈자본주의 시대'에 살고 있다고 생각한다는 점, 즉 탈자본주의를 정확히 지구가 탈사회주의적으로 이해되기 시작하는 순간에 상상한다는 점이 놀랍다. 하지만 탈자본주의는 훨씬 더 탈사회주의적으로 보인다. 모든 것이 기업이고 모든 것이 사유재산이지만, 그 기업이 "직원 소유"인 것이다. 그리고 기업적 차이에 대한 이러한 호소는 동시대의 과학소설에서 널리 유행하는 것이다. 이는 때로 기업을 국가에 비유하는 형식을 취하고, 때로는 국가를 기업으로 대체하는 형식을 취하지만, 두 형식은 모두 정치적 차이를 경제적 경쟁으로 다시 쓰게 하고, 그럼으로써 사회적 비전을 기업적 이해로 변형시킨다. 다시 말해, 기업은 이데올로기와 같은 것이 아니라 신체나 문화와 같은 것이 된다. 기업들 간의 경쟁은 누가 옳은가라는 질문이 아니라, 누가 더 강하고 성공적인가라는 질문과 관련되게 된다. 하지만 동시에 **포스트역사주의적 과학소설**에서 상상되는 기업의 세계에는 기묘하게 탈자본주의적인 것이 존재한다. 그것은 탈경제적인 것으로, 이 소설들에서는 기업들이 어떻게 수익을 창출하고 무엇을 생산하는지를 알아내기가 불가능하다. 민족국가가 기업으로 상상되는 대신에 기업이 민족국가로 상상된다. 다

성 3부작에 주어진 문제는, 그 자체로 결코 독특하지 않고(좀 더 키가 크고 마른 점을 제외하고는) 지구인과 거의 구분되지 않는 사람들이 거주하는 화성의 특수성(즉, 지구와의 차이점)을 상상하는 것이다. 버틀러에서 신체문화적 차이의 장소를 마련하는 것이 외계인이라면, 로빈슨의 경우에는 외계인의 부재는 믿음에 의지하지 않는 것만큼이나 신체와 문화에 의지하지 않는 차이의 장소를 필요로 한다. 화성의 "원주민들"에게 주어진 도전 과제는 지구인들의 아들과 딸들을 어떻게 화성 토착민들로 만드는가이다(《푸른 화성Blue Mars》360).

물론 그들은 지구에서도 그 과업을 달성할 수 없었다. 레슬리 마몬 실코의 《죽은 자의 연감》에서 봤듯이, 지구에서 '토착적'이라는 말은 인종적 용어이다. 화성 3부작이 처음 시작된 1992년은 공교롭게도 콜럼버스가 미 대륙에 도착한 지 500년이 된 해였다. 당시 미 대륙 발견 500주년을 맞는 토착민들의 반응은, 획득된 특질이 아닌 유전된 특질으로서의 토착성을 강조하는 것이었다. 따라서 콜럼버스의 항해와 그것이 원주민들에 끼친 영향을 '기념하는 행사'에 대항하여, 1993년 '세계 토착민의 해', 즉 "역사가 시작된 이래로 선조들의 땅에서 살아온 사람들"의 날이 선포되었다.[28] 뉴욕 시 북미원주민위원회 구성원들이 역사의 종말기에

양한 경제학자들은 국가는 판매할 생산품을 가지지 않는다는 것을 근거로 기업과 국가의 유사 관계를 비판한다. 포스트역사주의적 과학소설은 기업이 마치 국가가 되는 양 상상함으로써, 즉 기업이 판매할 생산품을 갖지 않는다고 상상함으로써 국가를 기업으로 대체한다.

[28] Native American Council of New York City, *Voice of Indigenous Peoples*, edited by Alexander Ewen, with a preface by Rigoberta Menchu and a foreward by Boutros

그들과 다른 뉴욕 주민들을 구분할 수 있는 까닭은, 오로지 그들이 '역사가 시작된 이래로' 계속 맨해튼에서 살아온 사람들의 후손이기 때문이다.

하지만 화성인들은 역사의 종말기에 지리적인 호소에 의존하지 않고서 그들 자신을 화성인으로 동일시해야만 한다. 다시 말해 그들은 "화성인이 되는 것이 무엇을 의미하는지"를 설명할 수 있어야 하는데, 그 어떤 독특한 문화도 보유하지 않은 채 선조들의 도움 없이 이를 수행해야 한다. 따라서 화성 3부작에서 '화성 토착민'이라는 범주는 철저히 지리적인 것으로 설명되고, 사실상 지질학적인 용어가 된다. 다시 말해, 지구와의 정치적 차이의 부재로 인해, 그리고 화성인과 지구인 간의 생물학적 차이의 부재로 인해, 화성의 토착민은 철저히 지리적이고 지질학적인 정체성을 단언하기에 이른다. 화성인 대표는 선언한다. "우리의 신체는 최근까지 표토regolith의 일부였던 원소들로 이루어져 있다." "우리는 철저하게 화성인이다. 우리는 화성의 살아 있는 조각들이다"(《푸른 화성》 590). 이들에게는 어떠한 상이한 이데올로기나 인종, 종, 문화도 필요하지 않다. 화성인들에게 필요한 것은 오직 상이한 장소들이다.

이처럼 사람을 장소와 동일시하는 것은 정체성에 대한 몰두를 (항상 그런 것처럼) **주체 위치에 대한 몰두**로 축소시킴으로써 그것을 말 그대로 표면화하고 완성시킨다. 달리 말해, 내가 차이를 신체적인 것으로 생각하는지 문화적인 것으로 생각하는지 지역적인 것으로 생각하는지, 혹은

Boutrous-Ghali (Santa Fe, N.M.: Clear Light Publishers, 1994), 21, 19.

그것을 국가들 간의 차이나 기업들 간의 차이로 생각하는지는 중요하지 않다. 의견 불일치로부터 차이를 구제하는 데(즉, 의견 불일치의 가능성으로 함의되는 보편주의로부터 차이를 구제하는 데), 여기(화성) 있는 사람과 저기(지구) 있는 사람 간의 차이는 효력을 갖는다. 여기 있는 사람이 대상을 보는 방식과 저기 있는 사람이 대상을 보는 방식은 엄연히 다르다. **포스트역사주의적 정체성주의**identitarianism의 관점에서 볼 때, 이 차이(여기와 저기의 차이, 화성과 지구의 차이)는 (소위) 문화들 간의 반본질주의적 차이나 (소위) 신체들 간의 본질주의적 차이가 수행하는 역할을 똑같이 수행한다.

헌팅턴은 이데올로기적 갈등의 핵심 질문은 "너는 어느 편에 서는가?"가 된다고 말한다. 이데올로기 갈등에서 어느 편에 서는가라는 질문은, 내가 믿는 것에 대한 질문, 나의 정체성에 관한 진술로는 답변될 수 없는 질문이다. 이 질문이 새로운 세상에서는, 즉 이데올로기가 아닌 문명이 충돌하는 세상에서는 **"너는 무엇인가"**로 바뀐다. 헌팅턴은 이 두 질문의 차이는 곧 '변화될' 수 있는 것과 변화될 수 없는 것 간의 차이라고 생각한다. 나는 나의 믿음을 변화시킬 수 있지만, 나의 정체성을 변화시킬 수는 없다. 앞서 살펴본 것처럼, 과학소설에서 너는 무엇인가(정체성)를 너는 어디에 있는가(장소)로 축소시키는 것이 이러한 대립을 무효로 만든다면, 그것은 어디까지나 그 대립이 무엇이 변화될 수 있고 무엇이 변화될 수 없는가라는 질문에 근거할 때에만 그렇다. 다시 말해, 이 대립이 수행하는 기능은, 너의 위치가 변화될 수 있는가 없는가라는 질문이 중요하다고 단언하는 것이다. 이는 헌팅턴과 같은 **문화적 우파**뿐만 아니라 (유동성과 수행성을 강조하는) **문화적 좌파**의 경우에도 사실이다.

실제로 문화적 좌파와 문화적 우파의 차이를 설명하는 한 가지 방식은, 정확히 주체 위치의 본성을 둘러싼 이러한 차이, 즉 그것들이 고정적이고 안정적인지 아니면 유동적이고 불안정적인지를 설명하는 것이다. 하지만 나의 주체 위치가 고정적인지 유동적인지는 중요하지 않다(버틀러의 외계인 상상과 로빈슨의 원주민 상상은 우리로 하여금 이 사실을 깨닫지 못하도록 만든다). 중요한 것은 그것이 **주체 위치**라는 점, 이데올로기가 아니라 정체성이라는 점이다. 다시 말해, 정체성은 유동적인 것인가 고정적인 것인가 하는 논쟁의 등장은 사실상 **정체성의 최우선성에 대한 합의**의 등장이다.

자연으로 가다 Partez au vert / Go on the green

이런 까닭에 정체성에 대한 호소에 반대하는 것으로 여겨지는 인물들(슐레진저와 린드)도 결국에는 정체성에 대한 호소를 단행하도록 요청된다. 한 문화국가와 다른 문화국가 간의 차이, '우리 문화'와 '다른 문화' 간의 차이는 이데올로기들 간의 차이를 모델로 해서는 이해될 수 없기 때문에, 슐레진저 등의 미국문화 옹호는 그 우수성에 근거할 수 없고(가령, 자본주의가 공산주의보다 우수하다고 생각될 수 있는 방식으로), 문화 사용자들이 느끼는 그 적합성suitability에 근거해야 한다.

아서 슐레진저는 말한다. "우리의 가치가 이웃의 동료 혹은 이웃 국가의 가치보다 절대적으로 더 낫다고 믿을 필요는 없지만, 그것이 우리에게는 더 나은 것이라는 것을 의심하지 않는다"(137). 마이클 린드는 말한다. "누군가는 자신의 가족을 소중히 하는 것처럼 자신의 국가를 소중히 해야 하는데, 그 이유는 그것이 세계 최고의 것이기 때문이 아니라 모든 결점에도 불구하고 그것이 그 사람 자신의 것이기 때문이다"(10). 미국이 가치가 있는 것은 특정한 믿음들이 고수되는 장소이기 때문이 아니다. 미국인이 고수하는 믿음들이 가치를 갖게 되는 까닭은 그들이 미국인이기 때문이다. 따라서 우리는 미국의 가치들이 이웃 국가의 가치들보다 진정 더 낫다는 것을 믿을 필요가 없을 뿐만 아니라, 미국의 가치들이 더 낫지 않다는 것을 믿도록 요청된다. 왜냐하면 만약 미국의 가치들이 더 낫다고 믿는다면, 그 가치들이 수행하는 미국의 특수성을 표시하는 기능은 중단될 위험에 빠질 것이기 때문이다. 그 믿음들의 우수성을 인정하는 다른 사람들은 미국의 믿음들에 설득되고 그것을 공유하게 될 것이다. 다시 말해, 어떤 가치들이 다른 것들보다 더 낫다는 생각은 본질적으로 **보편주의**적이다. 반대로, 우리에게 좋은 것으로 보이는 가치들은 오로지 '우리에게만' 좋은 것으로 보인다는 생각은 본질적으로 **정체성주의**적이다. 그렇다면 신조creed를 문화culture로 전환시키는 것의 핵심 요점은, 우리로 하여금 우리의 우수성을 포기함으로써 우리의 정체성을 구원하는 것이다.

가족을 '문화국가' 모델로 환기하는 마이클 린드의 방식, 즉 국가를 예찬이 아닌 애정의 대상으로 보는 방식은 친숙한 방식이다. 적어도 찰스 굴드Charles W. Gould의 《아메리카, 하나의 가족 문제America, A Family Matter》(1922) 이래 가족으로서의 국가는 미국 토착주의에서 반복되는 주제이다. 하지만 1920년대에 가족의 환기는 명백히 인종주의적이었던 반면에, 린드에서 가족은 혈연과 아무 관련이 없다. 린드의 가족은 누군가가 선호하는 어떤 것이 다른 것들보다 실제로 더 선호할 만하다고 생각하지는 않지만, 그것을 다른 것보다 더 선호한다는 것이 무엇을 의미하는지를 보여 주는 예시로서 제시될 따름이다. 나는 나의 누이를 사랑하기 위해 누이가 굳이 보편적인 기준에서 볼 때 매우 사랑스럽다고 생각할 필요가 없다. 오직 모든 '결점'에도 불구하고, 그녀가 나의 누이라는 사실만을 생각해야 한다.

하지만 요점을 이런 식으로 말하는 것은, 가족이 진정한 문화적(즉, 비인종적) 민족주의의 모델이 되기에는 한계가 있다는 걸 즉시 인정하는 것이다. 나의 누이를 나의 누이로 만드는 것은 그녀와 내가 가족 관계로 연결돼 있다는 사실이다. 가족을 가족으로 만드는 것은 혈연이고, 이 사실은 우리에게 가족에 대한 우리의 선호를 정당화할 의무를 면제시켜 준다.[29] 가족이 모델이 되는 유일한 국가는 인종국가ethnonation, 즉 린드와 슐레진저 같은 '자유주의 민족주의자들'이 반대하는 종류의 국가이다.

그렇다면 **자유주의 민족주의**자들은 언어를 소유하는 것과 동일한 방식으로 문화를 소유하는 것이다. 그들은 그들이 구사하는 언어를 구사하는 것과 동일한 이유로 그들이 믿는 것을 믿고, 그들이 행동하는 것을 행동한다. 즉, 그들은 그것이 그들의 것이기 때문에 그렇게 한다. 따라서

---

[29] 우리가 종종 혈연관계를 (입양을 통해) 법적 관계로 대체할 수 있다는 사실도 이러한 요점을 변경시키지 않는다. 국가를 가족으로 보는 생각은, 내가 알지 못하지만 그럼에도 불구하고 나와 어떤 특권화된 관계를 가질 수 있는 사람들과 나를 한데 묶는 것이다. 하지만 내가 결코 만난 적이 없는 누이에 대해 느끼는 감정이 얼마나 강력하든지 간에, 내가 결코 만난 적이 없는 입양된 누이를 강렬한 감정으로 상상하기란 어렵다.

영어는 옳고 프랑스어는 그르다고 생각하지 않는 것처럼, 미국인이 믿고 행동하는 것은 옳고 프랑스인이 믿고 행동하는 것은 그르다고 생각해서는 안 된다. 왜냐하면 그것은 민족중심적인 태도이기 때문이 아니라, 정반대로 그것은 민족을 부적절한 것으로 만드는 보편주의적인 태도이기 때문이다. 바로 이 때문에 자유주의 민족주의자들은 사도 바울의 '도덕적 어휘'와 프로이트의 '도덕적 어휘'의 차이는 정확히 어휘상의 차이로 이해되어야 한다는 **리처드 로티**Richard Rorty의 견해에 찬성한다.[30]

우리는 사도 바울과 프로이트가 '세계에 관한' 상호 충돌하는 어떤 '설명'을 고수하고 있다고 생각해서는 안 된다(실제로 자유주의 민족주의의 원칙에 따르면, 우리는 그렇게 할 수 없다). 왜냐하면 만약 우리가 그렇게 생각한다면, 우리는 둘 중에 한 명은 옳고 다른 한 명은 그르다고 생각해야 하기 때문이다. 그 대신에 우리는 그 둘이 로티가 (비트겐슈타인 Wittgenstein을 따라서) **'대체 언어 게임**alternative language games'이라고 부른 것을 하고 있다고 생각해야 한다. 이렇게 되면 프로이트의 믿음이 사도 바울의 믿음보다 더 진리에 가깝다고 주장하는 것은, 독일인이 히브리인보다 더 진리에 가깝다고 주장하는 것만큼이나 터무니없는 것이 된다.

따라서 리처드 로티의 **반근본주의**antifoundationalism는 슐레진저와 린드의 **문화적 민족주의**가 자랄 수 있는 철학적 토대를 마련한다. 로티는 만약 이 두 사람의 믿음이 진리라면, 모든 이에게 진리가 되는 믿음에 대한 탐색(이른바 "보편적 타당성"에 대한 전념)을, 프로이트의 믿음은 프로이트에

---

[30] Richard Rorty, *Contingency, irony, and solidarity* (Cambridge: Cambridge University Press, 1989), 5.

게 진리가 되고 사도 바울의 믿음은 사도 바울에게 진리가 되는 것을 인 정하는 의향(이른바 "다수성과 함께 살아갈 의향")으로 대체하고자 한다. 그리고 진리의 보편성에 대한 이 같은 순수 인식론적 비판은, 자신의 특 수성이 보편성에 대한 비판을 가능하게 하는 집단들의 우선성에 대한 전 념에서 그 필연적인 사회적 표현을 발견한다. 만약 히브리인에게 진리가 되는 어떤 것이 있고, 오스트리아인에게 진리가 되는 어떤 것이 있다면, 내게 진리가 되는 것이 무엇인지 알 수 있는 유일한 방법은 내가 히브리 인인지 아니면 오스트리아인인지 아는 것이다. 문화적 민족주의가 반근 본주의 없이 불가능하다면, 반근본주의는 (로티 본인이 정체성의 최우선성 에 전념하든 안 하든지 상관없이) **정체성주의** 없이는 불가능한 것이다.

따라서 오늘날 미국에서 '우리는 실제로 누구인가'라는 단순한 사회 학적 질문이라고 명백히 이해되는 것에 로티가 슐레진저나 실코보다 덜 관심을 갖는다고 할지라도, 우리가 누군가가 되고 우리가 우리는 누구 이다라고 말할 수 있는 것의 필요조건은《미국의 분열》(슐레진저)과《죽 은 자의 연감》(실코)만큼이나 로티의 《**우연성, 아이러니, 연대성**Contingency, Irony, and Solidarity》(1989)에서도 매우 중요한 문제가 된다.

'**연대성**'(우리의 믿음이 '보편적으로 타당한 것'은 아니라는 사실이, 그것이 우리에게 타당하지 않다는 것을 의미하지는 않는다는 것)에 대한 로티의 전 념을 생산하는 것은 그의 '아이러니'(우리가 아무리 우리의 믿음을 강력히 고수한다고 할지라도, 그것이 '보편적으로 타당한 것'은 아니라는 것을 알고 있 다는 것)이다. 그리고 우리의 믿음에 영향을 미치는 문제에서, 연대성이 아이러니를 이긴다.

우리는 이미 슐레진저가 "우리는 우리의 가치가 이웃의 동료 혹은 이웃 국가의 가치보다 절대적으로 더 낫다고 믿을 필요는 없지만, 그것이 우리에게는 더 나은 것이라는 것을 의심하지 않는다"고 말한 것을 알고 있다. 이에 덧붙여, 그는 우리의 가치는 "신조로 삼고 목숨을 바칠 가치가 있다"고 말한다. 로티가 말하는 철학의 '근본적인 전제'는 슐레진저의 전투 준비 명령과 흡사하다. "믿음을 창출하는 것이 결코 심각하지 않은 우연한 역사적 환경이라는 것을 잘 알고 있을지라도, 사람들에게 그 믿음은 여전히 행위를 규제할 수 있고 목숨을 바칠 만한 가치가 있는 것으로 여겨진다"(189).

따라서 우리가 히브리어를 말하거나 오스트리아인이 되는 것처럼 우리의 '도덕적 어휘'를 정당화한다면, 우리는 걱정할 필요가 전혀 없다. 왜냐하면 히브리어를 말하고 오스트리아인이 되는 것은 우리의 정당화를 일절 요구하지 않기 때문이다. 로티에 의하면, 내가 그것이 진리라고 생각하기 때문에 그 믿음을 위해 목숨을 바치는 것은 말이 되지 않는다. 말이 되는 것은, 내가 그것이 나의 것이라고 생각하기 때문에 그 믿음을 위해 목숨을 바치는 것이다. 실제로 자기 믿음의 우연성을 '인정할' 준비가 되어 있고 그것을 위해 목숨을 바칠 준비가 되어 있는 로티 식 반근본주의적 영웅이 인정하는 것은, 다름 아닌 자기 정체성의 최우선성이다. 그가 영웅이 되는 것은 그가 언어를 말하는 것과 동일한 방식으로 ('우연한 역사적 환경'을 통해) 믿음을 가지고, 그가 누구인지 (또 하나의 '우연한 역사적 환경'을 통해) 밝힘으로써 그가 믿는 것을 정당화하는 방식 때문이다. 따라서 **우연성은 정체성이고, 반근본주의는 정체성주의이다.**

로티와 슐레진저가 제 믿음의 진리를 주장하는 사람들보다 더 기꺼이 자신의 믿음을 위해 목숨을 내놓고자 한다는 사실이 다소 이상하게 보일지도 모르지만, 바로 이것이 민족주의적 논리의 핵심적인 특징이다. "하나의 국가는 그것을 위해 목숨을 바칠 준비가 되어 있는 사람들이 있을 때에만 존재할 수 있다"는 우크라이나 작가의 말을 인용하면서, 저명한 인종민족주의 학자 **워커 코너**Walker Connor는 "민족적 정체성의 영역과 이성의 영역 간의 이원 대립은 민족주의자 학생들에게 성가신 것으로 입증되었다"고 말한다.[31]

하지만 우크라이나는 타당한 이유들보다 죽은 시신들을 더 필요로 한다는 우크라이나인의 의식은 이성의 폭력이 아니라 이성의 결과이다. 왜냐하면 언어가 구사되는 것과 동일한 방식으로 고수되는 믿음은 내가 변론할 수 있는 종류가 아니라 내가 목숨을 내놓을 수 있는 종류의 것이 되어야 하기 때문이다. 언어적 비유의 장점은, 내가 설령 나의 언어를 말하는 것에 대한 타당한 이유들을 대지 못한다고 할지라도 내가 그 이유들을 댈 필요가 없다는 것이다. 따라서 히브리어가 아닌 독일어를 말한다는 나의 주장을 정당화하지 못하는 나의 무능력은, 독일어가 아닌 히브리어를 말한다는 내 대화 상대자의 주장을 정당화하지 못하는 그의 무능력과 정확히 짝을 이룬다. 서로 상이한 어휘들을 설명하는 유일하게 정당화될 수 있는 태도는, 로티가 제안하는 것처럼 **관용**tolerance이다. 그리고 불관용에 관해 유일하게 용인될 수 있는 반응은 강제force이다.

관용과 불관용에 대한 폭력적 반응을 정당화하는 것은, 어휘들 간의 어떤 본질적 갈등의 부재이다. 히브리어와 독일어는 서로 모순되지

---

[31] Walker Connor, *Ethnonationalism* (Princeton, NJ.: Princeton University Press, 1994), 203.

않고, 사도 바울과 프로이트의 도덕적 어휘들이 히브리어와 독일어 같은 것인 한, 그것들 역시 서로 모순되지 않는다. 하지만 문화의 언어적 모델이 지닌 장점이 모순 없는 차이를 제공하는 것이라면(우리의 믿음과 다른 동료의 믿음 사이에서 그 어떤 갈등도 발견되지 않는 한, 우리는 우리의 것이 다른 동료의 것보다 더 낫거나 더 못하다고 생각할 필요가 없다), 그것이 지닌 큰 단점은 모순을 상상 불가능한 것으로 만든다는 것이다(만약 바울이 예수가 신이라고 말하고 프로이트가 예수가 신이 아니라고 말한다면, 그들은 서로 의견 불일치를 보이는 것이 아니라 단지 서로 다른 언어를 말하고 있는 것이다).

후쿠야마는 자유주의의 승리로 인해 더 이상 그 누구도 반대 의견을 내놓지 않는 세상을 상상하고, 로티는 사건을 인식론epistemology으로 전환시킴으로써 사람들이 반대 의견을 내놓지 않을 뿐만 아니라 원천적으로 반대 의견을 내놓는 것이 불가능해지는 세상을 상상한다. 로티 식 사고가 지닌 장점은, 일단 서로 다른 사상들이 서로 다른 언어들로 전환되고 나면 굳이 다른 사상을 제거할 이유가 없어진다는 데 있다. 단점은, 일단 서로 다른 사상들이 서로 다른 언어들로 전환되면 누군가가 그 사상을 보호하려 하는 것 역시 이치에 맞지 않게 된다는 것이다. **찰스 테일러**Charles Taylor는 다문화주의를 옹호한 유명한 글에서 이렇게 묻는다. 만약 "우리가 정체성에 관심이 있다면, 그 무엇이 정체성을 절대 상실하지 않고자 하는 우리의 염원보다 더 정당하겠는가?"[32] 하지만 이와 관련

---

[32] Charles Taylor, *Muticulturalism and "The Politics of Recognition"* (Princeton, N.J.: Princeton University Press, 1992), 40.

한 진짜 질문은 다음이 되어야 하지 않을까.

'만약 우리가 정체성에 관심이 있다면, 어떻게 그것을 상실할 수 있으리라 상상조차 할 수 있을까?'

이 문제를 파악하는 한 가지 방법은, **문화 다양성**을 옹호하는 또 한 명의 이론가인 **윌 킴릭카**Will Kymlicka가 문화의 "독특한 존재와 정체성"이라고 말하는 바를 우리가 보호하고자 할 때 우리가 보호하려 하는 것이 과연 무엇인지 스스로 물어보는 것이다.[33] 이에 대한 한 가지 답변은, 우리의 믿음과 관행을 보호하고자 한다는 것이다. 하지만 킴릭카와 여타 이론가들이 지적하는 것처럼, 이 답변은 옳지 않을 것이다. 우리가 보호하려 하는 것은 정확히 말해서 우리의 정체성이고, 우리의 정체성은 단지 혹은 애당초 '공유된 가치들'[34]의 관점에서 사유될 수 없다. 왜냐하면 문화를 공유된 가치로 생각한다면, 다른 문화를 존중하는 것에 전념하기가 원칙상 불가능해지기 때문이다.

---

[33] Will Kymlicka, *Multicultural Citizenship* (Oxford: Clarendon, 1995), 36.

[34] Ibid., 105. 야엘 타미르Yael Tamir는 이 요점을 더욱 정확하게 밝힌다. 그녀는 문화와 국가 공동체들을 "규범적 영역의 외부"에 놓이는 것으로 설명한다(Yael Tamir, *Liberal Nationalism* [Princeton, N.j.: Princeton University Press, 1993], 90). 타미르가 말하는 것처럼, 이러한 이유로 문화와 국가 공동체들은 "규범적 다수성을 수용할" 수 있다. 왜냐하면 문화와 국가 공동체의 구성원이 될 자격은 가치들로 결정되는 것이 아니고, 따라서 매우 다른 가치들을 가지는 사람들도 동일한 문화와 국가 공동체의 구성원이 될 수 있기 때문이다. 하지만 물론 바로 이러한 이유로 구성원이 될 자격은 규범적 다수성을 요구할 수도 정당화할 수도 없다. 킴릭카와 타미르에 따르면, 문화는 존중되어야 한다. 반면에 가치는 (문화와 분리되는 이상) 존중되지 않는다.

어째서 우리는 우리의 것과 다른 문화들, 즉 우리가 (우리의 것과 다르기 때문에) 잘못을 범하고 있다고 생각하고 심지어 혐오하는 **문화들을 존중해야 하는가?** 상대적으로 덜 논쟁적인 예를 들면, 우리는 인종격리정책(apartheid)이 옳다고 믿는 사람들을 인종격리 문화에 참여하는 사람들로 고쳐 설명함으로써 그들의 믿음에 인정과 생존의 권리를 부여했다고 생각하지 않는다. 다시 말해, 다문화주의자들은 심각하게 잘못되어 보이고 심지어 혐오스러워 보이는 믿음 체계를 단순히 문화로 고쳐 설명함으로써 그것을 옹호 가능한 것으로 만들려는 것이 아니다. 다문화주의자들은 백인우월주의에 대한 몰두를 하나의 문화로 설명하는 것이 한 문화에 필수적인 존중을 그 같은 몰두에 부여한다고 생각하지 않을뿐더러 그렇게 생각할 필요도 없다.

그렇다면 존중받는 문화의 존중받아야 하는 것이 일련의 가치들이 아니라면 그것이 무엇이란 말인가? 우리는 **'문화'** 개념이 인종과 종족성과 관련해 세습되어 온 개념들과 밀접하게 그리고 문제적으로 연관되어 있음을 안다. 하지만 이 문제를 묵인한다 할지라도(세습의 최우선성을 용인한다 할지라도), 우리는 세습상의 차이를 우리가 **'문화적 차이'**라고 부르는 것과 연관시킬 방도를 절대 찾지 못한다. 예컨대, 사람들이 말하는 언어가 유전적으로 결정된다고 생각하는 사람은 아무도 없다. 실제로 우리의 문화를 보호하고자 할 때 우리가 그렇게 하기로 굳게 결심하는 이유는, 우리가 말하는 언어가 우리의 유전자 구성으로 결정된다고 믿지 않기 때문이다.

찰스 테일러와 윌 킴릭카에게 모두 중요할 만한 예를 들자면(테일러는 캐나다의 철학자이고, 킴릭카는 캐나다의 정치사상가이다), 만약 프랑스 식민지였던 퀘벡에 사는 사람들이 프랑스어 사용이 유전적으로 부호화된다고 믿는다면, 그들은 이중언어 사용과 퀘벡 주에서의 영어 사용 확산에 대해 걱정하지 않을 것이다. 다시 말해, 자식들이 자라서 영어를 사용할까 봐 걱정하지 않을 것이다. 하지만 그들은 프랑스어 사용이 유전적으로 부호화되지 않는다는 사실을 너무도 잘 알기 때문에, 자식들이 장차 사용할 언어를 걱정한다. 이 때문에 퀘벡 주에서 프랑스어의 생존은 캐나다 다문화주의의 가장 중요한 문제가 되었다.

따라서 우리가 보호하고자 하는 차이들(언어적 차이 같은)이 인종과 종족성에서 파생되는 것이 아닌 한, **다문화주의**는 우리로 하여금 가치상의 차이들을 옹호하거나(우리는 우리가 혐오스럽다고 생각하는 가치들을 보호하는 것이 중요하다고 생각하지 않는다) 인종적·종족적 차이를 보호하는 일에 전념하도록 만들지 않는다. 물론 우리는 인종적·종족적 차이를 보호하고자 한다. 하지만 이 차이를 인정하는 것과 보호하는 것은 매우 상이한 종류의 과업일 수밖에 없다. 이 차이를 보호하고자 영어의 공적 사용을 금지하는 법제를 프랑스계 캐나다인의 후손과 영국계 캐나다인의 후손 간의 결혼을 금지하는 법제로 교체할 수는 없는 노릇이다.[35] 설령

---

[35] 킴릭카는 "국가 집단"이 "인종 혹은 혈통으로 정의될" 수 있다는 생각에 명백히 반대한다(22). 오히려 "국가 구성원이 되는 자격은 원칙적으로 인종이나 피부색에 상관없이 그 사회의 언어와 역사를 학습하고자 하고, 그 사회의 사회적·정치적 제도들에 동참하고자 하는 모든 사람들에게 부여되어야 한다"(23)고 주장한다. 하지만 그가 과거에 쓴 소수자 인권에 대한 논문에 따르면, 혈통은 명백히 매우 중요하다(혈통 개념 없이 어떻게 원주민이 될 수 있는가). 그리고 그 사회의 역사를 학습하는 것이 어떻게 누군가를 그 문화 사회의 일원으로 만들 수 있는지를 알기란 쉽지 않다. 퀘벡의 역사를 아는 것이 나를 퀘벡인으로 만들어 주지는 않는다. 이와

다문화주의가 보호하려는 문화들을 일련의 믿음들로 이해한다고 해도, 그 믿음들이 유전된다고 주장할 수는 없다. 앞서 지적한 것처럼, 이런 이유로 (이데올로기적 차이나 신체적 차이가 아닌) 언어적 차이는 문화의 '다문화주의' 개념에서 중심적 역할을 한다. 왜냐하면 우리가 말하는 언어가 우리의 유전자 구성의 기능이 아니라는 점이 확실하다면, 그러한 언어가 인종격리정책에 찬성하거나 반대하는 것과 같은 사회적 가치나 믿음의 기능이 아니라는 것도 똑같이 확실하기 때문이다.

'우리가 말하는 언어는 우리가 믿는 것이 아니다'라고 말하는 것은, 로티가 말한 것처럼 '우리는 우리의 언어(혹은 모든 언어)를 진리나 거짓으로 생각하지 않는다'라고 말하는 것이다. 그리고 '우리의 언어는 우리가 고수하는 가치가 아니다'라고 말하는 것은, '우리는 하나의 언어가 다른 언어보다 더 낫거나 못하다고 생각하지 않는다'라고 말하는 것이다. **존 에드워즈**John Edwards는 "순수하게 언어적인 측면에서 볼 때, 그 어떤 언어도 다른 언어에 비해 더 낫다거나 더 못하다고 설명될 수 없다"고 말한다. 이를 통해서 그가 의미하는 바는, 모든 "언어는 항상 그 사용자

동일하게 퀘벡의 역사를 알고 퀘벡의 언어를 말한다고 해서 퀘벡인이 되지는 않는다. 그렇다면 이제 남은 것은 사회적·정치적 제도들에 동참하는 것이다. 하지만 다문화주의의 관점에서 볼 때, 정치적 제도에 몰두하는 것은 매우 문제적이다. 상이한 문화를 가지는 하나의 국가라는 관념(다문화주의 관념)은 상이한 국가들의 정치제도들은 특징적으로 구분될 수 없다는 생각에 의거한다. 만약 그것들이 특징적으로 구분될 수 있다면, 분리되는 것은 단지 문화가 아니라 국가가 될 것이기 때문이다.

들의 필요를 충족시킬 수 있다"는 것이다.[36] 언어적 차이를 존중하는 것이 합당한 것은 바로 이 때문이다.

나의 언어는 너의 언어보다 더 진리에 가깝거나 더 나을 수 없기 때문에, 내가 너로 하여금 너의 것이 아닌 나의 것을 말하도록 강요하는 것은 옳은 일이 아니고, 심지어 편의성의 확고한 증거가 없는 한 내가 너로 하여금 너의 것 대신에 나의 것을 말하도록 (강제하지 않고) 권고하는 것조차도 합당하지 않다. 편의성 이외에 내가 너에게 댈 수 있는 적절한 이유는 무엇인가? 이처럼 우리의 언어(혹은 더 일반적으로 말해, 우리의 문화)가 일련의 믿음 혹은 가치가 아님을 인정하는 것은, 언어적 혹은 문화적 관행에 대한 어떤 훌륭한 찬성 혹은 반대 논의들의 존재 가능성을 사전에 차단하는 것이다. 우리가 우리의 언어를 정당화하면서 들 수 있는 근거는, 단지 그것이 우리의 언어라는 것뿐이다.

그런데 우리의 언어가 일련의 믿음들이 아니라는 사실이 그 언어를 위한 우리의 사투를 합당한 것으로 만드는 것과 마찬가지로, 우리의 언어가 가치가 아니라는 사실은 그 언어를 보존하고자 하는 우리의 욕망, 앞서 테일러가 말한 "그것을 절대 상실하지 않고자 하는 우리의 염원"을 부당한 것으로 만든다. 다시 말해, 우리가 우리의 문화가 생존하기를 소망할 수 없는 까닭은 우리는 그것을 정당화할 필요가 없기 때문이다. 어째서 우리가 한 문화의 생존 여부에 관심을 가져야 하는가?

물론 한 문화가 일련의 믿음 혹은 가치들로 구성되는 것이라면, 누군

---

36 John Edwards, *Multilingualism* (London: Penguin, 1995), 90, 92.

가가 왜 그 문화의 생존에 관심을 가지는지는 쉽게 알 수 있다. 자유민주주의에 대한 전념은 자유민주주의가 우월한 형태의 정부라는 생각에 전념하는 것 말고는, 합당한 이유가 없고, 그것이 우월하다고 생각하는 것은 그것이 모든 장소의 모든 이에게 우월한 것이 되어야 함을 의미한다. 하지만 앞서 봤듯이, 문화 개념의 핵심 요점(언어가 문화의 모범적인 관행으로 등장하는 이유)은 만약 우리가 다문화주의자라면 우리의 문화를 일련의 믿음 혹은 가치들로 생각할 수 없다는 것이다. 우리는 우리의 문화를 하나의 이데올로기, 즉 다른 문화의 이데올로기보다 더 우수한 이데올로기로 생각하지 않는다. 만약 그렇게 생각한다면, 우리의 문화가 살아남아야 한다고 생각하는 것은 이치에 맞지 않는 것이 된다. 다시 말해, 우리는 그릇되고 부당해 보이는 믿음들이 살아남기를 바라지 않는다.

그러나 궁극적으로 문화가 일련의 가치들로 이루어지는 것이 아니라면, **왜 우리는 우리의 문화가 살아남기를 원해야만 하는가?** 왜 우리가 말하는 언어가 계속해서 쓰이는 일에 관심을 가져야 하는가? 우리가 우리의 언어를 하나의 가치로 생각하지 않기 때문에(우리의 것이 다른 사람들의 것보다 더 낫거나 못하다고 생각하지 않기 때문에), 다른 사람들이 우리에게 우리의 언어를 말하는 것이 잘못되었다고 하는 것 혹은 다른 사람들에게 그들의 언어를 말하는 것이 잘못되었다고 처벌하는 것이 부당하다고 느낄 것이다. 상황이 이러한데도 우리의 언어가 살아남기를 바라는 것이 합당한 일인가?[37] 만약 우리의 언어를 말할 수 없는 세상에 살아야 한다

---

[37] 물론 우리는 우리의 언어가 살아남기를 바라는 이유로서 그 언어로 씌어진 위대한 문학작품들이 살아남아야 한다는 것을 들 수도 있다. 하지만 만약 이것이 진정 우

고 하면, 그것은 불의injustice의 희생자가 되는 것이다. 우리의 언어가 살아남지 못하는 세상에서, 즉 아무도 우리의 언어를 말하지 않는 세상에

리 언어의 생존을 바라는 이유라면, 우리는 사실상 언어의 생존 그 자체에는 관심을 잃게 되는 것이고, 위대한 문학작품의 생존에만 관심을 가지게 되는 것이다. 그리고 이러한 관심은 응당 우리로 하여금 위대한 작품을 갖지 못하는 언어들의 생존에는 전념하지 못하도록 할 것이다. 혹은 우리는 언어를 고고학적 관심의 대상으로 보존하는 것에만 관심을 둘 것이다. 이러한 고고학적 관심의 측면에서 볼 때, 해당 언어를 실제로 사용하는 사람들이 존재하는가라는 물음은 전혀 문제가 되지 않는다. 사전과 문법책 혹은 마지막 사용자가 남긴 녹음테이프면 충분할 것이다. 사실 언어의 생존에 대한 주장들 가운데 가장 일반적인 것은 언어와 종의 유사점에 의거하는 것이다. 예컨대, 다니엘 네틀Daniel Nettle과 수잔 로메인Suzanne Romaine은 타이아프어Taiap, 즉 파푸아뉴기니에서 약 100여 명만이 사용하고, 현재 젊은 층은 주로 톡 피진어Tok Pisin(영어에 기반한 혼합어)를 사용하고 있기 때문에 멸종 위기에 처한 지역 고립어를 설명한다(*Vanishing Voices: The Extinction of the World's Languages* [Oxford: Oxford University Press, 2000]). 네틀과 로메인은 "만약 타이아프어가 희귀종 새라면" 사람들은 "걱정할" 것이라고 말한다. "하지만 파푸아뉴기니와 전 세계에서 많은 종류의 독특한 지역 언어들은 전례 없는 비율로 멸종하고 있고," "사람들은 거의 알지도 못하고 신경도 쓰지 않는다"(13-14). **왜 우리가 희귀종 새의 멸종을 걱정해야 하는가**라는 질문은 물론 그 자체로 복잡한 것이다. 이 질문에 대한 답변은 인류학적 도구주의적인 것과 심층생태학적인 것을 왔다 갔다 하는 경향이 있다. 하지만 왜 우리가 종이라는 추상적인 실체에 어떤 도덕적 의무감을 느껴야 하는지 알아내기란 대단히 어렵다. 조엘 파인버그Joel Feinberg가 말하는 것처럼, "집단 전체는 믿음, 기대, 필요, 욕구 등을 가질 수 없다. … 개별적인 코끼리들은 관심사를 가질 수 있지만, 종으로서의 코끼리는 그럴 수 없다"(20; Eric Katz, *Nature as Subject* [New York: Rowman and Littlefield, 1997]에서 인용). 그리고 어떻게 언어가 도덕적인 고려 대상이 될 수가 있는지 알아내기는 더 어렵다. 왜냐하면 언어는 심지어 살아 있는 실체도 아니기 때문이다. 우리는 적어도 멸종 위기에 처한 희귀종 새에 대해서 불쌍한 감정을 느낄 수 있다. 하지만 결코 살아 있는 생물이 아닌 고로 죽은 생물도 아닌 타이아프어에도 불쌍한 감정을 느껴야 하는지를 알기란 쉽지 않다.

서 불의의 희생자가 될 사람은 누구인가?

대답은 명백하다. 아무도 없다. 만약 프랑스어를 구사한다면, 프랑스어가 쓰이는 사회에서 살고자 하는 것은 이치에 맞다. 하지만 그렇다고 프랑스어가 계속해서 쓰이기를 바라는 것은 이치에 맞지 않는다. 장차 어떤 언어가 쓰이게 될지를 이리저리 고민하는 것도 이치에 맞지 않는다. 우리의 자식들(영어로 된 텔레비전과 책, 도로 표지판과 신문에 노출되는 아이들)이 프랑스어와 영어에 둘 다 능통해지고, 시간이 흘러 우리 자식의 자식들이 프랑스어를 거의 구사하지 못하게 되고, 또 시간이 흘러 그들의 자식들이 프랑스어를 아예 구사하지 못하게 된다고 한지라도, 불의(혹은 심지어 불편의不便宜)의 희생자가 되는 사람은 아무도 없다. 모든 사람들은 항상 언어를 구사하고 있다. 단지 우리의 증손자는 우리가 구사하는 언어와 다른 언어를 구사할 뿐이다. 유일한 희생자는 쓰이지 않는 언어이다. 하지만 어떻게 언어가 희생자가 될 수 있는가? 그리고 만약 문화적 멸종이 진정 희생자 없는 범죄라면, 애당초 그것이 범죄가 되는 이유는 무엇인가?

따라서 '정체성'을 '절대 상실하지 않고자 하는' '염원'이 테일러가 말하는 것처럼 '타당한' 것인지 아닌지, 어째서 그것이 누군가가 실제로 가질 수 있는 염원이 되는지를 알아내기란 쉽지 않다. 하나의 정체성이 생존하기를 원하는 것이 어떻게 이치에 맞는 일인지를 알아내기란 쉽지 않다. 우리는 그저 우리 생각에 살아남는 것이 좋다고 여겨지는 관행들이 지속되기를 바라고 이는 합당하다. 하지만 다문화주의자들의 요점은, 우리가 단순히 승인하는 관행들이 아니라 우리의 정체성을 구성하는 것으로 이해되는 관행들을 영속시키자는 것이다. 바로 이것이 다양성 그 자체(다문화주의)에 대한 전념과 (사상들의 시장을 모델로 하는) **도구주의적 관용**의 차이다.

여기서 여러 사상들의 시장을 모델로 여러 상이한 관행들을 관용하고 심지어 권장한다는 생각은 그 같은 다양성의 증진이 우리로 하여금 최고의 관행을 찾게끔 도울 것이라는 생각과 관련이 있다. 하지만 다문화주의가 전념하는 관행들은 정체성을 구성하는 관행들이기 때문에, 그것들의 가치는 내재적이다. 다시 말해, 우리는 최고의 관행들이 생존하는 세상을 창조하는 것에 관심이 없다. 다문화주의자로서 우리는 그 모든 관행들이 생존하는 것에만 관심이 있다. 사실 '진정한' 혹은 '강력한' 다문화주의라고 불리는 것을 지지하는 이론가들은 **"문화적 평등성"**(80) 혹은 "문화적 동등성"(86)의 관점에서, 다문화주의를 자유주의적 '동화주의assimilationism'와는 다른 것으로 본다.[38]

에이버리 고든Avery Gordon과 크리스토퍼 뉴필드Christopher Newfield는 《다문화주의의 지도화》에서, **동화주의적 다문화주의**는 다양성이 공통의 "중심부"(91)로 구성된다는 전제 아래 문화적 다원주의를 수용한다고 주장한다. 반면에, 강력한 다문화주의는 그 중심부의 우선성을 거부하고 문화들 간의 차이를 강조할 뿐만 아니라 "서로 다른 문화들 간의" "숨겨진 위계질서"가 아닌 "문화적 동등성"(86)을 강조한다.

하지만 우리가 강력한 다문화주의자들처럼 (달라 보이지만 더 낫거나 더 못한 것으로는 보이지 않는 관행들 간의) 문화적 평등성에 관심을 가진

---

[38] Gordon and Newfield, "Multiculturalism's Unfinished Business," 80, 86, 84.

다면, 즉 정체성의 구성이라는 측면에서 가치 있어 보이는 관행들에 관심을 가진다면, 왜 우리는 그 관행들의 생존 여부에 관심을 가져야 하는가? 만약 우리가 사회주의자라면, 당연히 우리는 사회주의가 생존해야 한다고 말할 것이다. 하지만 그것은 사회주의자가 사회주의는 자본주의와 평등한 위치에 있다고 믿기 때문이 아니다. 우리는 우리가 영어를 구사하는 것과 동일한 방식으로 사회주의(혹은 자본주의)를 믿지 않는다. 우리가 영어를 구사하는 것은 영어가 다른 언어들보다 더 낫거나 더 못하기 때문이 아니라 단지 영어가 우리의 것이기 때문이다. 그리고 만약 다문화주의의 요점이 문화적 평등성을 강조하는 것이라면, 우리는 우리가 우리의 언어를 구사하는 것과 정확히 동일한 방식으로 우리의 문화에 참여하는 것이다. 하지만 모든 문화가 언어가 그러한 것처럼 평등하다면, 우리는 어떤 언어가 생존할지에 관심을 가질 수 없는 것처럼 어떤 문화가 생존할지에 관심을 가질 이유가 없다.

우리의 증손자는 어떤 언어이든 구사할 것이다. 그런데 왜 그 아이가 어떤 언어를 구사할지 고민해야 하는가? 우리의 후손들은 어떤 문화이든 가지게 될 것이다. 그런데 그 문화가 원칙적으로 다른 문화보다 더 낫거나 못하지 않다는 것을 안다면, 왜 우리는 후손들이 어떤 문화를 영위할지를 고민해야 하는가?[39] 문화적 다양성에 대한 전념은 그것이 우

---

[39] 나는 이러한 공식화에 대해서 일부 독자들은 사람들이 어떤 것에 대해서 일관성 있게 관심을 가질 수 있는지 없는지에 관한 나의 설명이 더글러스 마오Douglas Mao가 강조하는 "우리는 모든 단체들이 항상 이유를 가지는 세상에 살고 있지는 않다는 핵심적인 요점"을 놓치고 있다는 불만을 품을 수 있음을 인정한다("Culture Clubs," *Modernism/Modernity* 8[2001]: 1710). 하지만 내가 볼 때, 이러한 불만은 '이

리로 하여금 가치를 부여하도록 요구하는 관행들이 우리에게 더 낫거나 더 못한 것으로 보이지 않는 관행들이거나 진리나 거짓이 되지 않는 관행들인 한, 즉 그것이 정체성과 관련되거나 정체성을 구성하는 한에서만 합당한 것이 된다. 프랑스어를 쓰는 사람이 영어 사용을 강제당하지 않는 것은 옳은 것처럼 보인다. 하지만 그러한 관행이 더 낫거나 더 못한 것으로 보이지 않기 때문에, 우리가 프랑스어의 생존 여부를 고심하는 것은 이치에 맞지 않게 된다. 프랑스어를 말하는 사람들은 프랑스어를 말할 수 있어야 한다는 사실에 관심을 두는 한, 누가 실제로 프랑스어를 말하는지에는 관심을 가질 수 없다.

기표의 형태 The Shape of the Signifier

포스트역사주의의 핵심적인 질문은 '무엇을 말하고 있는가?'가 아니라 '**무슨 언어로 말하고 있는가?**'이다. '그것은 무엇인가?'라는 질문은 곧 '그것은 그 자신을 무엇이라고 부르는가?'라는 질문으로 이해된다.

유'를 그릇된 방식으로 이상화하는 것, 즉 이유를 이유 그 이상으로 고양시키는 것에 의존하는 것이다. 사람들이 수많은 거짓 믿음들을 가지고 그 거짓 믿음들에 토대해서 어리석은 일들을 저지른다는 사실이 그들이 아무 이유도 갖지 않음을 의미하지는 않는다. 단지 그들이 잘못된 이유를 가진다는 것을 의미한다. 그리고 잘못된 이유를 가지는 것도 이유를 가지는 한 가지 방식이다. 따라서 만약 우리 후손들의 문화에 관심을 갖는 것에 반대하는 나의 주장이 설득력이 없어 보인다면, 그것은 우리가 그들의 문화에 관심을 가져야 하는가라는 질문이 이유에 영향을 받지 않기 때문이 아니라 나의 이유들이 충분히 옳은 것으로 보이지 않기 때문이다.

킴 스탠리 로빈슨은 '화성 3부작' 가운데 두 번째 권인《초록 화성 Green Mars》에서 다음과 같이 질문한다. "화성이 제 자신을 명명한 이름은 무엇이겠는가?" 이 질문이 제기되는 맥락은 로빈슨이 '에어리오파니 areophany'(화성의 현현)라고 말하는 의식과 관련이 있는데, 이 의식은 화성에 최초로 정착한 개척민들이 가능한 한 여러 언어들, 영어와 아랍어, 일본어 같은 언어들을 총동원하여 화성의 이름을 낭송하는 행위를 일컫는다. 그리고 약 200쪽을 넘기면 로빈슨이 제시하는 답이 나온다. 화성은 제 자신을 '카Ka'라고 부른다.

하지만 이 같은 명명은 오히려 문제를 더 복잡하게 만든다. '카'는 "지구에서 화성을 부를 때 사용하는 대다수의 표현들"(《초록 화성》64)에 공통으로 존재하는 소리에서 따온 이름이다. 하지만 아랍인이 화성을 '콰히라Qahira'라고 부르고, 일본인이 화성을 '카세이Kasei'라고 부른다는 사실을 바탕으로 "화성이 제 자신을 명명한 이름"을 "카"로 짐작하는 것은 중대한 오류이다. 로빈슨은 이 이름이 "몸집이 작은 붉은 화성인들"이 자신들의 행성을 부를 때 사용하는 표현이라고 부연한다. 하지만 붉은 화성인은 실존하는 생명체가 아니라 인간들이 상상으로 만들어 낸 허구적 존재임이 곧 밝혀진다.

실제로 로빈슨의 화성 3부작(그리고 화성을 배경으로 하는 최근 소설들, 예컨대 벤 보바의《화성》과 그레그 베어Greg Bear의《움직이는 화성Moving Mars》같은 작품들)이 여타의 공상과학소설, 가령 옥타비아 버틀러의《완전변이세대》시리즈 혹은 올슨 스콧 카드의 '엔더 4부작' 같은 작품들과 다른 점은, 외계인에 대한 물음에 철저히 무관심하다는 것이다.

로빈슨이 그리는 화성은 인간이 개척하기 전까지는 생명체가 전혀 살지 않던 행성이다. 이처럼 지구인들이 화성을 명명하는 방법에 관한 물음이 화성이 제 자신을 명명하는 방법에 관한 물음과 무관하다면, 화성인이 화성을 명명하는 방법에 관한 물음 역시 엄밀히 말해 화성이 제 자신을 명명하는 방법에 관한 물음과 무관하다고 할 수 있다. 로빈슨의 화성 3부작에는 화성인이 등장하지 않는다. 그러나 화성 3부작에는 화성인이 전혀 등장하지 않는다고 손쉽게 단언하는 것도 문제이다. 3부작에 등장하는 모든 인물이 인간이라는 것이 사실일지라도, 3부작의 마지막 권에 이르러서는 스스로를 화성인이라고 칭할 뿐만 아니라 "화성의 토착민"이라고 인식하는 사람들이 분명히 존재하기 때문이다.

화성 토착민에 관심을 기울이는 또 한 명의 작가는 **벤 보바**Ben Bova 이다. 보바의 소설 《**화성**Mars》은 로빈슨의 화성 3부작과 유사하게 화성인의 존재 가능성을 부인하면서도, 만약 화성에 화성인이 존재하거나 존재해 왔다면 그것이 과연 무엇을 의미하는지를 밝히는 데 주안점을 둔다. 소설의 첫머리는 동료들과 함께 최초로 화성 표면에 발을 내딛은 주인공이 "수세기 전에 … 붉은 사람들(인디언들)이 (아메리카) 신대륙에 최초로 상륙하던 백인들을 지켜보던 것처럼, … 바위 뒤에 숨어서 우리를 지켜보는 화성인들"이 존재하는 것이 아닐까 궁금해하는 장면으로 시작된다.[40] 물론 그렇게 숨어서 엿보는 화성인들은 존재하지 않는다. 하지만 1992년에 출간된 보바의 《화성》은 로빈슨의 신화 속 붉은 사람들을 (똑같이 신화적이지만 약간 다르게) 신대륙의 붉은 사람들, 즉 아메리카 대륙

---

[40] Ben Bova, *Mars* (New York: Bantam, 1992), 11.

의 인디언들로 변형시킴으로써 두 착륙 간의 연관성을 주장하는 동시에 이 두 (붉은) 사람들 간의 유사성을 강조한다. 그리고 보바의 주인공 제이미 워터맨Jamie Waterman은 화성에 한때 붉은 사람들이 살았다는 사실을 발견한다. 비록 그 사람들이 화성과 그들 자신을 어떻게 명명했는지에 관해 로빈슨만큼 크게 관심을 두지는 않지만, 보바는 그들이 무슨 언어를 사용했는지 추측하는 데 유용한 정보를 제공한다.

바로 주인공 제이미가 보바가 말하는 '붉은 사람들'(인디언들)의 후손이라는 것이다. 제이미는 백인 어머니와 "마치 백인인 양 자신을 둔갑시킨" 나바호족 아버지 사이에서 태어난 혼혈아이다. 이런 까닭에 그는 (상상 속의 화성인 선조들처럼) 항상 백인 세계로의 동화와 흡수를 통해 사라질 위험을 안고 살아왔다. 제이미가 자신이 지닌 인디언 정체성의 위대한 힘을 느끼게 되는 것은 할아버지 손에 이끌려 메사 베르데(미국 콜로라도 주 몬테수마 카운티에 있는 고대 푸에블로 인디언이 남긴 최대 규모의 절벽 주거지 유적. '녹색 탁자')의 아나사지 유적지에 갔을 때이다(보바는 "붉은 갈색 모래돌"로 지어진 절벽궁전이 "화성과 거의 동일한 색깔"을 띤다고 말한다).

그곳에서 제이미는 자신이 누구인지를 깨닫는다. 할아버지는 그에게 말한다. "너의 선조들은 콜럼버스가 태어나기 500년 전에 이미 이 마을을 건설하셨단다." 그래서 이후에 화성에서 ("메사 베르데의 바위가 갈라진 틈과 기묘하게 닮은") "바위층"을 발견했을 때, 제이미는 마치 "선조들의 선조들"이 세운 "건축물들"을 보고 있다는 착각에 빠진다. 이제 그에게 화성의 붉은 사람들은 사실상 뉴멕시코의 붉은 사람들(인디언들)이 되고, 그가 화성에서 처음 한 말인 "야아테이Ya'aa'tey"는 화성 토착민들이 나바호족의 말을 이해할 수 있다는 전제 하에 나온 "(그의) 선조들의 언어"이다. 만약 화성이 제 자신을 부르는 이름이 화성인이 자기 행성을 부르는 이름이라면, 그 이름은 곧 나바호족이 부르는 이름이 될 것이라고 벤 보바는 말하고 있는 셈이다(《화성》107, 247, 12).[41]

따라서 보바의 《화성》은 신세계 개척에 관한 서사인 동시에 화성인들의 '뿌리'에 관한 서사이다. 물론 보바가 찾고자 하는 (화성에 정착하는 제이미와) 아메리카 대륙에 진출하는 콜럼버스 간의 연관성은 그리 단순하지 않은데, 그것은 콜럼버스가 제이미와 동일해지려면 무엇보다 그가 대륙에서 발견한 인디언들이 궁극적으로 오래전에 자신이 잃어버린 조카들로 판명되어야 하기 때문이다. 그리고 유럽인의 아메리카 정복을 가족의 재결합으로 새롭게 묘사하는 것이 과연 유럽인의 아메리카 토착민 착취에 대한 저항으로 간주될 수 있을지 판단하는 것 또한 쉽지 않다. 하지만 가장 어려운 문제는 나바호족의 후예인 제이미가 과연 화성의 아나사지족으로 간주될 수 있느냐 하는 것이다.

설사 화성인이 아나사지족의 선조들이었다고 할지라도, 아나사지족은 나바호족의 선조들이 아니기 때문이다. 나바호족이 뉴멕시코에 도착한 것은 아나사지족이 사라진 이후였다. 또한 나바호족이 뉴멕시코의 순수한 원주민이 아니었던 것처럼, 아나사지족 역시 원주민은 아니었다. 그리고 그들의 선조가 되는 고古인디언들paleo-Indians조차도 "북아메리카의 원주민은 아니었다."[42] 다시 말해, 아메리카 대륙 남서부의 모든 종족은

---

[41] Ibid., 107, 247, 12.

[42] William M. Ferguson and Arthur H. Rohn, *Anasazi Ruins of the Southwest* (Albuquerque, N. M.: University of New Mexico Press, 1987), 1.

근본적으로 다른 어떤 곳으로부터 이주해 온 이주민들인 셈이다. 그들의 토착성은 유전된다기보다는 획득되었다. 그리고 이 모든 과정은 붉은 사람들에 대한 절대적인 관심으로 인해 다소간 모호해지는 보바의 《화성》보다는(보바는 침입자로부터 토착민을 보호하고자, 침입자는 물론이고 모든 사람을 토착민으로 만들어 버린다) 로빈슨의 화성 3부작에서 더 극적으로 그려진다.

화성 3부작에서 자신들을 화성의 토착민이라고 부르는 사람들은 모두 지구에서 이주해 온 초기 정착민들의 후손이다. 그들은 "(우리는) 이 땅의 토착민이 되어 가고 있다"(《푸른 화성》 369)고 말한다. 이는 마치 유럽인 정복자들, 가령 코르테즈, 콜럼버스, 윌리엄 브래드포드, 존 스미스의 후손들이 이제는 그들이 아메리카 토착민이 되었다고 선언하는 것과 같다. 물론 실제로 그들이 다양한 토착주의 서사들을 동원하여 메사 베르데와 같은 장소들을 아메리카 정체성의 상징으로 만듦으로써 그렇게 했다는 것은 두말할 필요도 없다.

하지만 로빈슨에게 '**토착성**'의 의의란 단순히 한 발 앞선 거주에 대한 주장, 혹은 1920년대 고전 미국문학에서 아메리카 인디언과 메사 베르데에 대한 빈번한 호소를 통해 이루어졌던 문화 정체성에 대한 요구 정도는 결코 아니다.[43] 왜냐하면 그가 볼 때 토착문화의 진정한 가치는 토착민들이 다른 문화에 동화되는 것을 거부한다는 데 있는 것이 아니

---

[43] 전형적 예시는 윌라 캐더Willa Cather의 탁월한 소설 《교수의 집The Professor's House》이 될 것이다. 이에 관해서는 Walter Benn Michaels, *Our America: Nativism, Modernism, and Pluralism*(Durham: Duke University Press, 1995)을 볼 것.

라(반면 보바의 경우, 메사 베르데가 뉴멕시코는 물론 화성에서 제이미에게 유의미한 까닭은 그것이 미국화에 대한 저항과 결부되기 때문이다), 다른 문화로의 흡수에 대한 토착민의 거부가 단지 그들 문화에 대한 주장이 아닌 문화 그 자체에 대한 의구심으로 이해될 수 있다는 데 있기 때문이다. 다시 말해, 화성 토착민의 저항은 오로지 인간만이 문화를 가질 수 있다는 생각에 대한 의구심으로 이해될 수 있다. 그러므로 로빈슨의 화성에서 보존되어야 하는 것은 엄밀히 말해서 "화성인의 문화"가 아니라, 오히려 화성 그 자체, 화성의 바위, 혹은 화성의 자연 그 자체이다.[44]

한편 보바의 《화성》이 출간된 1992년은 국제연합UN이 '세계 토착민의 해'로 정한 해이기도 하다(이 해는 콜럼버스의 아메리카 대륙 점령 500주년이 되던 해로, 로빈슨의 《붉은 화성Red Mars》은 이듬해인 1993년에 출판되었다).[45] 국제연합의 선포 시기는 당시 부트로스 부트로스-갈리 사무총

---

[44] 여기서 요점은 토착민을 문화와 대립되는 것으로서의 자연과 동일시한다는 것이 아니라, 자연 그 자체가 문화를 가진다는 것, 즉 토착민의 문화를 자연의 문화와 동일시함으로써 토착민의 문화적 권리에 대한 주장을 자연 보전에 대한 주장으로 탈바꿈시킨다는 것이다.

[45] 하지만 로버트 마클리Robert Markley의 유용한 글 〈이론에 빠지다: 킴 스탠리 로빈슨의 화성 3부작에서의 시뮬레이션, 지구화, 그리고 에코-경제학Falling into Theory: Simulation, Terraformation, and Eco-Economics in Kim Stanley Robinson's Martian Trilogy〉, *Modern Fiction Studies* 43 (1997): 773-99)이 극명하게 보여 주듯, 화성에 대한 로빈슨의 관심은 어느 정도 화성 탐사로 생산된 새로운 지식과 화성을 인간이 살 수 있는 행성으로 재개발하려는 욕망 혹은 가능성에 대한 1980년대 후반~1990년대 초반의 학술적 논의로 촉발된 것이라고 할 수 있다. 내가 여기서 콜럼버스를 언급하는 까닭은 화성의 자연과 관련되는 질문들이 화성의 문화와 관련되는 질문으로 재접합되는 방식을 강조하기 위함이다.

장이 밝힌 것처럼 결코 "우연이라 할 수 없었"다. 왜냐하면 그가 성명을 발표한 날이 1992년 '인권의 날'이었기 때문이다. 이는 성명의 기본 성격을 콜럼버스가 촉발시킨 인권유린에 대한 응답으로 확정짓는 역할을 했다.[46] 그런데 본회의에 참석하여 선포 과정을 지켜본 토착민들은 이러한 소수자 인권 보호의 노력을 더 큰 기획의 일부, 즉 뉴욕 시 북미원주민위원회가 밝힌 것처럼 "지구 그 자체"의 생존을 위한 투쟁의 일부로 간주하고 있다는 점을 분명히 했다(《서문》 26).

국제인디언조약위원회의 의장 윌리엄 민즈William Means는 대다수 인간들은 "그들 자신을 대지와 자연으로부터 분리시켰지만," "토착민들은 대지와 하나이고" "자연은 그들의 목소리를 통해 말을 한다"고 주장했다.[47] 따라서 인디언 호피Hopi(장로) 토마스 바냐차가 제기하는 물음 "이 세상에서 누가 자연을 대변해서 말할 수 있는가?"에 대한 답변은 "이 세상의 토착민들"이 되었다. 그리고 로빈슨이 제기하는 질문 "누가 화성에서 자연을 대변해서 말할 수 있는가?"에 대한 답변 역시 당연히 화성의 토착민들이다. 화성의 토착민들은 화성은 "우리 신체의 일부"라고 말한다. "우리의 신체는 최근까지 화성 토양의 일부였던 원자들로 이루어져

---

[46] Native American Council of New York City, *Voice of Indigenous Peoples*, 9. 이 기획과 관련된 많은 사람들이 1992년을 세계 토착민의 해로 지정하고자 했다. 하지만 《토착민들의 목소리》 서문의 저자인 뉴욕 시 아메리카 원주민 위원회에 따르면, 그와 같은 시도는 "스페인, 브라질, 미국, 그리고 여타의 압력"으로 좌절되었다(Native American Council of New York City, "Introduction: An Indigenous Worldview," *Voice of Indigenous Peoples*, 21); 이후 본문에 《서문》으로 표시.

[47] Ibid., 26, 115, 60, 115.

있고"(《초록 화성》 589), 고로 "우리는 (화성의) 대지를 대변해서 말할 수 있다"(《푸른 화성》 272).

여기서 최초의 질문인 '화성이 제 자신을 명명한 이름은 과연 무엇이겠는가?'로 되돌아간다면, 그 이름은 무엇이 되든지 간에 최종적으로 화성을 "대변해서 말할 수 있는" 화성의 토착민들이 지어 붙인 이름이 되어야만 할 것이다. 하지만 화성의 수분과 토양으로 이루어진 까닭에 말 그대로 대지의 일부가 되는 화성의 토착민을 상상하는 일에 집중한다고 해서, 로빈슨이 화성 토착민이 화성 본연의 이름을 찾는 과업을 완수할 수 있을 것이라고 생각한다고 가정해서는 안 된다. 왜냐하면 화성 토착민들은 화성의 바위가 아니라, 굳이 말하자면, 단지 바위의 일부분일 뿐이기 때문이다. 토착민이 인간이고 그들이 대변하는 대지는 인간이 아닌 자연인 한, 대지를 대변할 수 있다는 토착민의 주장은 로빈슨과 **심층생태운동**에 종사하는 여타의 작가들이 말하는 것처럼 일종의 인간중심적anthropocentric 사고관을 반영한다고 볼 수 있다.

생태 이론가 데이비드 에이브럼David Abram에 의하면, 우리가 해야 할 일은 "'언어'가 순전히 인간의 전유물이라는 생각을 버리는 것"이고, 그럼으로써 "스스로 말을 하는 세계"가 하는 말에 귀를 기울이는 것이다.[48] 만약 '화성에서 사용되는 언어는 무엇인가?'라는 질문에 관심을 두는 공상과학소설이 타자의 권리에 대한 존중을 표명하는 것으로 이해될 수 있다면(이는 우리로 하여금 타자의 권리에 관한 물음이 어째서 항상 그

---

[48] David Abram, *The Spell of the Sensuous* (New York: Vintage, 1996), 80-81.

들의 언어에 관한 물음과 결부되는지 되묻게 한다), 그것은 또한 사람이 아닌 다른 것들의 권리에 대한 존중을 표명하는 것으로 이해될 수도 있을 것이다. 실제로 로빈슨은 다음과 같이 말한다.[49] "누군가는 사물들로 하여금 스스로 말할 수 있도록 내버려 두어야 한다. 아마도 이것이 모든 현상들의 진리일 것이다. 그 무엇도 대신해서 말해질 수 없다. 혹자는 단지 대지를 걸을 수 있을 뿐이고, 대지가 스스로 말할 수 있도록 내버려 두어야 한다"(《푸른 화성》 96).

하지만 어떻게 **대지가 스스로 말할 수 있는가**? 어떻게 사물은 스스로 말할 수 있는가? 만약 화성이 커다란 바위에 지나지 않는다는 것이 사실이라면, 누군가가 그것에 이름을 붙이는 것이 아니라 그 스스로 자신의 이름을 가질 수 있다고 가정하는 것은 과연 무엇을 의미하는가?

여기서 보바의 화성에 나오는 두 바위가 맺는 대립 관계를 살피는 것이 유익하다. 저자인 보바와 주인공인 제이미에게 "바위층"의 발견이 가져다준 가장 핵심적인 질문은, 그것이 "자연적이냐?"("지적인 피조물들

---

[49] 물론 언어에 대한 물음과는 별도로 권리에 대한 참여를 말하는 것은 불가능하지 않다. 실제로 (크리스토퍼 스톤Christopher Stone과 같은 법학자에 의해 대변되는) 심층생태운동의 중요한 한 형태는 자연의 언어 혹은 자연은 언어를 말할 수 있는 가와 같은 문제와는 별개로, "자연적 대상물"의 "법적 권리legal rights"에만 관심을 가진다(Stone, *Should Trees Have Standing?* [Dobbs Ferry: Oceana Publications, 1996], 1). 스톤의 원문인 〈Should Trees Have Standing?: Toward Legal Rights for Natural Objects〉는 1972년에 출간되었다. 물론 더 본격적인 연구가 필요한 것이 사실이지만, 우리는 여기서 자연세계에 대한 심층생태운동의 관심이 자연적 대상물의 법적 권리에서 그 대상물의 차이에 대한 존중으로 옮겨 갈 때 언어의 문제가 중요해진다는 것을 짐작할 수 있다.

에 의해 만들어진 벽과 탑을 어렴풋이 닮은 단순한 바위층") 아니면 "인공적
이냐?"(말하자면, "건축물" "메사 베르데의 전신") 하는 것이다(《화성》 272,
245, 258, 247).[50] 왜냐하면 제이미의 목표는 화성에서 생명체를 찾는 것이
기 때문이다. 그의 유일한 소망은 바위층이 인공적이라는 것, 즉 바위들
의 배열이 그러한 작업을 수행한 인간들 혹은 적어도 개인들의(비록 현재
가 아니라 과거의 한때라고 할지라도) 존재를 증명하는 것이다.

이에 비해 로빈슨의 화성에는 "오직 바위들만" 있다. 그리고 화성이
스스로 무엇을 말하는지, 화성이 제 자신을 무엇이라고 명명하는지 하
는 그의 관심사는 궁극적으로 '화성의 바위는 그 어떤 인간들의 존재도
증명하지 않는다'는 사실을 전제로 한다. 실제로 화성의 정착민들이 바
위들을 이해할 수 있게 되는 것은, 바위들을 바라보는 그들의 감각기능
이 어떤 식으로든지 손상되는 순간이다(로빈슨의 두 주인공은 실어증에 걸
린다). 따라서 한편으로 "사물들은 그들의 이름을 상실한다." 즉, 우리는
우리가 그것들에게 부여한 이름들을 기억하지 못한다. 하지만 다른 한
편으로 우리가 그것들에 부여한 이름들을 기억하지 못한다는 바로 그
사실 때문에 그것들의 진정한 이름을 알 수 있게 된다. 즉, 우리는 "사물
들을 보고, 형태의 관점에서 그것들을 생각"할 수 있게 된다. "그것들은
이름 없는 형태들인데, 형태만이 그것들의 이름이 될 수 있다. 언어는 공
간화된다"(《초록 화성》 406).

보바의 주인공 제이미는 화성의 바위들이 지닌 "형태들"이 화성에

---

50 Bova, *Mars*, 272, 245, 258, 247.

한때 인디언들이 거주했음을 입증한다고 생각한다. 하지만 로빈슨의 화성에서는 아무도 그렇게 생각하지 않는다. 그러나 두 텍스트가 지닌 중요한 차이점은 화성에 지적인 생명체가 존재하느냐 존재하지 않느냐의 물음과는 아무런 관련이 없다. 화성의 바위들이 어떻게 현재의 형태를 갖추게 되었는지에 관한 둘의 서로 다른 서사와도 아무런 관련이 없다. 오히려 두 텍스트의 결정적 차이는 형태의 지위, 이에 관한 둘의 서로 다른 설명과 관련이 있다. 다시 말해, 두 텍스트에서 제기되는 질문은 '어떤 것이 무엇처럼 보이도록 형상화되는 것'과 '어떤 것이 실제로 무엇이 되는 것'이 무슨 관계가 있느냐는 것이다. 그리고 두 텍스트는 이 질문에 대한 답변에서 두드러진 차이를 보인다.

우선 보바의 화성에서 바위의 형태는 단서로 간주된다. 그것이 인디언의 절벽 거주지처럼 보인다는 사실은 그것이 절벽 거주지임을 보여 주는 증거로 간주된다. 반면, 로빈슨의 화성에서 바위의 형태는 그것이 무엇인지를 보여 주는 증거가 아니다. 그것이 무엇인지를 결정짓는 것은 다른 것이 아닌 바위의 형태 그 자체이다. 이것이 바로 로빈슨이 언어를 사용하는 사람들(가령, 화성인이나 나바호족 등)이 없어도 화성에는 언어가 존재할 수 있다고 말할 때 의미하는 바이다. 만약 이 같은 주장이 다소간 부당하게 들린다면(텍스트를 생산하는 사람이 없는데 어떻게 텍스트가 존재할 수 있는가?), 이렇게 생각해 보자.

지금 화성의 '돌과 모래' 위를 걷고 있다고 상상해 보자. 기묘한 형태의 바위층과 구불구불한 모래층을 가로질러 가고 있다. 그런데 한 걸음 물러서는 순간, 화성의 돌과 모래들이 다음과 같은 단어들을 늘어놓은 것이 보인다.

꿈이 내 영혼을 봉해 버려;
난 현세의 어떤 두려움도 몰랐다.
그녀는 전혀 느끼지 못하는 것처럼 보였다
지상의 세월의 손길을.

만약 내가 지구에 있다면, 혹은 벤 보바의 화성에 있다면,[51] 아마도 나는 즉각적으로 이전에 이곳에 온 누군가가 이 글을 써 놓았다고 생각할 것이다. 〈이론에 반대하여Against Theory〉에서 스티븐 냅Steven Knapp과 나는 바닷가의 파도가 다음과 같은 패턴을 남기는 상황을 가정했었다. 이 글자들을 발견한 사람은 먼저 누가 이것을 남겼는지 의심할 것이다.

지금 그녀는 움직임도, 힘도 없다;
그녀는 볼 수도 들을 수도 없다;
그녀는 지구와 함께 공전하고 있다
돌, 바위, 나무와 함께.

---

[51] 혹은 리처드 C. 호그랜드Richard C. Hoagland의 화성에서도 그러할 것이다. 호그랜드는 화성에 자기 자신과 다른 신봉자들이 "얼굴Face"이라고 부르는, "바람"이나 "지구 변동"으로는 생길 수 없는 "기이한 물체"가 존재한다고 생각한다(Hoagland, *The Monuments of Mars* 〔Berkeley: North Atlantic Books, 1992〕, 8). 로웰Lowell의 수로들에 대한 그들의 새로운 관심은 명백한 실수이다. 하지만 그들의 이론적 입장은 어느 정도 설득력이 있다. 호그랜드가 말하길, "얼굴"에 대해서 "중간 입장은 있을 수 없다". "그것은 인공적이거나 자연적이거나 둘 중 하나이다." "만약 그렇지 않다면, 그것에 관해 걱정할 필요가 전혀 없을 것이다"(16).

하지만 해안가로 밀려왔다 밀려가는 파도가 글자들의 배열을 만드는 것을 확인하고는, 그것이 사람 손으로 씌어진 것이 아님을 깨닫게 된다. 마찬가지로, "오직 바위들만" 있고 아무도 살지 않는 로빈슨의 화성에서 나는 그 표시들이 인간에 의해 만들어진 것이 아니라는 것을 금세 깨달을 것이다. 비록 지금 눈에 보이는 것이 (명백히 지구에 관한) 시처럼 보인다 할지라도, 그것을 만든 것은 인간이 아니라 행성 그 자체이다.

〈이론에 반대하여〉에서 제기한 질문은 이 표시들이 시가 될 수 있는지 없는지, 더 일반적으로 말해서, 언어가 될 수 있는지 없는지 하는 것이었다. 냅과 나는 만약 그 표시들이 누군가에 의해 의도적으로 생산된 기호들이라면(보바와 제이미가 화성의 바위들을 화성의 아나사지족이 생산한 인공물이라고 여긴 것처럼) 언어가 될 수 있지만, 만약 로빈슨의 바위들처럼 "자연에 의해 우연적으로" 생산된 것이라면 언어가 될 수 없다고 주장했다.[52] 다시 말해, 그 표시들이 의미하는 바, 즉 그 표시들이 무엇이냐는 것은 전적으로 그것을 생산한 작가의 의도로 결정된다고 주장했다. 이 주장에 반대했던 많은 이들이 이런저런 방식으로 작가 의도의 부적절성을 단언했고, 심지어 **존 설**John Searle처럼 이 주장에 호의적인 이론가도 일련의 표시들이 그것이 의도되었을 때에만 단어가 될 수 있다는 사실을 부인했다. 설은 이렇게 말한다.

"언어학, 철학, 논리학에서 단어들은 … 일반적으로 순전히 형식적으로 정의된다." 그러므로 "물리적 표시가 단어가 되려면 … 의도적인

---

[52] Steven Knapp and Walter Berm Michaels, "Against Theory," *Critical Inquiry* 8 (summer 1982): 728.

인간 행위로 그것이 생산되어야 한다는 것은 사실이 아니다."[53]

여기서 '**순전히 형식적인 것**'에 대한 설의 호소는 물리적인 것에 대한 호소, 즉 **기표의 형태**에 대한 호소와 다를 바 없다. 물론 그 표시들은 확실히 언어와 같은 형태를 취하고 있다. 그것들은 분명히 영어 단어처럼 보인다. 하지만 언어의 형태를 취하고 있다는 사실이 그것들이 언어가 되기에 충분한 조건인가? 단어를 단어로 만드는 것은 그것이 단어로 사용되고 있다는 사실, 혹은 그것이 단어와 같은 형태를 하고 있다는 사실인가?

이미 말했다시피, 로빈슨의 《화성》에서 이 질문에 대한 답변은 '**형태** shape'이다. 물론 로빈슨은 개척자들이 발견해 주기를 기다리는 영어 단어가 화성 표면에 존재한다고 생각하지 않는다. 심층생태학자들처럼 그는 자연이 언어를 가질 수 있다고 생각하지만, 그 언어가 반드시 영어일 거라고는 생각하지 않는다. 에이브럼이 "숲 속의 지표면에 남겨진 사슴, 고라니, 곰의 발자취를 추적하는"(95) "부족 사냥꾼"을 묘사할 때, 그는 고라니가 사냥꾼의 부족 언어로 된 메시지를 사냥꾼에게 남겼다고 생각하지 않는다.[54] 오히려 고라니는 그들 존재의 표시를 남겼고, 그 표시들은 실질적으로 완전히 물리적이고 형식적이다. 즉, 이 표시들과 관련하여 유일하게 문제시되는 것은 그 형태인 것이다.

사슴을 의미하는 표시들과 고라니를 의미하는 표시들 간의 차이는 그 표시들을 남긴 피조물들의 의도와는 아무런 관련이 없다. 대부분의

---

[53] John R. Searle, "Literary Theory and Its Discontents," *New Literary History* 25 (summer 1994): 649-50.

[54] Abram, *Spell of the Sensuous*, 95.

의미론 학자들도 이 발자취들이 언어가 되리라고는 생각하지 않을 것이다. 그 발자취들은 고라니가 그곳에 있었음을 증명하는 물리적 증거로 간주될 수 있다는 점에서 고라니(의 존재) 그 자체를 의미한다. 그리고 설과 같은 이론가들이 단어를 만드는 것은 형태라고 주장할 때, 그들은 단어의 형태가 그 단어를 만든 피조물의 형태(혹은 그 일부분)와 동일하다는 생각으로 그렇게 주장한 것이다. 그들의 요점은 어떤 피조물이 단어를 만들어 냈느냐는 중요치 않다는 것, 즉 어떻게 그 표시들이 만들어졌느냐에 대한 서사와 그 표시들이 단어가 될 수 있느냐 없느냐 하는 물음은 전혀 다른 질문이라는 것이다. 그들은 그것들이 어떻게 만들어졌든지 간에, 오로지 표시들의 형태만이 그것이 단어가 될 수 있는지 없는지를 그리고 어떤 단어에 해당하는지를 결정지을 수 있다고 생각한다. 이것이 사실일까?

화성의 지표면을 거닐다가 다음과 같은 표시들을 발견했다고 가정해 보자. "*a slumber did my spirit seal.*"(꿈이 내 영혼을 봉해 버려) 마구 휘갈겨 쓰인 탓에 마지막 단어의 세 번째 글자가 'a'인지 'r'인지, 그리고 마지막 글자가 'e'인지 'l'인지 정확히 판단할 수 없다. 이때 이 글자들이 어느 쪽을 더 닮았는지가 글자들을 판단하는 정당한 기준이 될 수 있는가? 그 글자들이 정말 영어 사용자가 쓴 것이라면, 그 형태는 분명 명확하지 못한 점이 있다고 할 수 있다. 다시 말해, 여기서 형태는 결정 요인이 아닌 일종의 단서이다. 그렇다면 누군가가 화성 지표면에 새겨진 표시 'as'가 'rs'로, 반대로 'rs'가 'as'로 보인다고 말하는 것은 전혀 틀린 말이 아니다. 왜냐하면 'a'가 'r'처럼 보인다고 해서 'a'가 'r'이 되는 것은 아니기 때문이다. 글자의 형태는 결정 요인이 아니다. 만약 형태가 결정 요인이라면(로빈슨의 화성에서는 형태가 결정 요인이다), 'r'처럼 보이는 어떤 것은 반드시 'r'이 되어야만 한다.[55]

　하지만 'r'처럼 보인다는 것의 기준은 무엇인가? 사실 그런 기준 같은 것은 있을 수 없다. 이는 우리가 글자 'r'의 형태를 알 수 없기 때문이 아니다. 오히려 우리에게 'a'처럼 보이는 어떤 글자를 다른 누군가가 'r'처럼 보인다고 말할 때, 실질적으로 우리는 그 사람의 의견을 반박할 수 있는 그 어떠한 논거도 제시할 수 없다. 어떻게 반박할 수 있겠는가? 'r'이 되는 것이 단순히 'r'처럼 보이는 것 그 이상의 무언가를 의미한다면, 우리는 'r'처럼 보인다는 것이 곧 실제로 'r'이 된다는 주장에 반론을 펼칠 수 있다. 하지만 어떤 형태가 누군가에게 'r'처럼 보인다는 사실은 그 사람의 경험에서 비롯된 사실이기 때문에, 우리는 그 형태가 그 사람에게 'r'처럼 보이지 않았다고 쉽사리 반박할 수 없다.

　또한, 'r'이 되는 것이 'r'처럼 보이는 것의 문제라면, (우리에게는 'a'처

---

[55] 이 논의의 초기 판본에 대한 비평에서, 존 설은 "철자법적 규범"에서 벗어나는 단어들을 만났을 때, 혹자는 "그 단어들이 의도하는 바를 찾기 위해 그 문장을 쓴 사람에게 호소해야 할 것"이라고 주장한다("Literary Theory and Its Discontents," p. 680). 하지만 만약 그 단어들이 자연적 우연으로 씌어졌다면, 쓴 사람에게 호소한다는 것은 말도 되지 않을뿐더러 그 사람을 찾는 일조차 불가능할 것이다. 왜냐하면 그 단어들을 순수하게 형식적으로 정의한다는 것은 그것들이 어떻게 하여 씌어지게 되었는지를 설명하는 것에는 일체 관심을 두지 않는다는 것이기 때문이다. 따라서 만약 그 단어들이 진정으로 순수하게 형식적인 실체들이라면, 즉 그 어떤 인과적 설명으로부터도 독립적으로 존재할 수 있다면, 그것을 쓴 사람에게 호소한다는 것이 과연 어떤 의미를 가질 수 있겠는가? 그 사람은 기껏해야 어떤 단어들을 쓰려고 했다고만 말할 수 있을 것이다. 그 사람은 결코 자신이 무엇을 실제로 썼는지 말할 수 없을 것이다.

럼 보인다고 할지라도) 적어도 그 사람에게 그것은 틀림없는 'r'이다. 다시 말해, 글자 'r'이 진짜 글자 'r'인지를 놓고는 다른 누군가와 대립할 수 있지만, 글자 'r'이 글자 'r'처럼 보이는 문제에 관해서는 그 누구와도 의견 대립을 벌일 수 없다. 거꾸로 말해서, 글자 'r'이 된다는 것이 단순히 글자 'r'처럼 보이는 것 이상의 무언가를 의미한다는 사실을 미리 염두에 두지 않는 한, 글자 'r'이 글자 'r'이 맞는지의 여부를 놓고 다른 사람과 대립할 일은 결코 없을 것이다. 형태를 넘어서는 무언가에 대한 호소 없이는, 우리가 갖는 차이라곤 의견상의 차이가 아니라 단지 경험상의 차이일 뿐이다.

물론 다른 누군가의 직접적인 경험을 참조하지 않고도 이런 종류의 차이, 즉 의견 대립 없는 차이 혹은 의견 대립의 가능성 자체를 부인하는 차이와 쉽게 마주칠 수 있다. 문자들의 형태와 닮은꼴을 한 대기층이 화성 상공에 수십 수백 피트로 펼쳐져 있다고 상상해 보라. 화성의 지표면을 걷고 있는 사람에게 그것은 단지 불규칙한 자국들처럼 보일 것이다. 그러나 (착륙하고 이륙하면서) 수천 피트 상공에서 내려다본다면, 그것은 마치 윌리엄 워즈워스 시의 한 행처럼 보일 것이다. 지표면에서 바라볼 때는 문자들처럼 보이는 형태를 전혀 찾을 수 없다가 상공에서 내려다볼 때 비로소 문자들처럼 보이는 것이다.

화성에는 문자가 있는가? 그것은 나의 관점에 달렸다. 그렇다면 어떤 관점이 올바른 관점인가? 어떤 관점이 가장 아름다운지 혹은 가장 흥미로운지는 자유롭게 말할 수 있다. 그러나 어떤 관점이 올바른 관점인지는 결코 대답할 수 없다. 내가 말할 수 있는 것은 다른 각도가 아닌 어떤 특정한 각도에서 (혹은 특정한 거리에서, 특정한 시기에, 특정한 밝기에서)

바라볼 때 문자들의 형태를 지니는 대기층이 존재한다는 것이다. 이 대기층이 진짜 문자인지 아닌지 하는 질문은 질문자의 관점과 상관없이는 성립되지 못한다. 왜냐하면 궁극적인 결정 요인이 '형식'(혹은 '형태')인 한, 그 대기층이 문자인가 아닌가 하는 질문은 전적으로 나의 관점에 대한 질문이 되기 때문이다.

그러므로 '**기표의 물질성**'(혹은 '형태')의 우위를 선언하는 것은, 사실상 '**경험**'(혹은 '주체 위치')의 우위를 선언하는 것이다. 왜냐하면 어떤 것이 어떤 것으로 보인다는 것은 실질적으로 어떤 것이 (특정한) 누군가에게 어떤 것으로 보인다는 것을 의미하기 때문이다. 따라서 **기표의 형태**에 대한 호소는 해석자의 입장에 대한 호소이자 그 해석자의 **정체성**에 대한 호소이다.

최근의 문학 이론을 역사적으로 볼 때, 이러한 호소의 동시대성은 어떻게 해서 1970년대와 1980년대 초반의 이론 흐름을 주도한 기표의 물질성이 그토록 수월하게 1980년대 후반과 1990년대의 흐름을 주도한 (이미 있었지만 뒤늦게 발견된) 인간성(인종·젠더·'문화')에 대한 강조로 이어지는지를 설명하는 데 도움을 준다. **의견의 차이**(내가 생각하는 문자와 네가 생각하는 문자의 차이)가 **주체 위치의 차이**(너와 나의 차이)로 재정의되는 과정은, (작가적) 의도주의에 대한 문학비평적 비판이 (인종적·문화적·민족적) **정체성**의 포스트역사주의적 개념화로 발전되는 과정과 흡사하기 때문이다.[56]

---

[56] **해체주의의 경험주의**와 기표의 물질성과의 관련성에 대한 설명은 프랜시스 퍼거슨 Francis Ferguson의 《고독과 숭고Solitude and the Sublime》(New York: Routledge,

여기서 의도의 문제를 넘어서 더 일반적인 차원에서 핵심적인 가치로 등장한 것은 '**차이**' 그 자체이다. 왜냐하면 화성의 대기층이 어떤 특정한 거리, 어떤 특정한 각도, 어떤 특정한 밝기에서 문자의 형태를 가진다는 사실은 다른 거리, 다른 각도, 다른 밝기에서는 그렇지 않다는 사실과 전혀 모순되지 않기 때문이다. 두 입장 사이에는 어떤 필연적이고 내재적인 갈등도 존재하지 않는다. 다시 말해, 옳고 그름에 대한 물음, 진실과 거짓에 대한 물음 자체가 존재하지 않는다.

로빈슨에게 (화성의 올바른 이름보다) 화성의 **본래** 이름을 찾는 일이 더욱 중요한 까닭, 그리고 ("모든 사람들의 각기 다를 수 있는 권리"를 단언하는 문구로 시작되는) '국제연합 토착민 권리 선언문 초안United Nations Draft Declaration of Indigenous Peoples Rights'에 "토착민이 공동체, 장소, 사람들에 그들 고유의 이름을 지정하고 보유할 수 있는" 권리가 명기되어 있는 까닭은 모두 이와 같은 맥락에서 이해될 수 있다.[57]

만약 우리가 "화성의 본래 이름, 즉 화성이 제 자신을 명명하는 이름"에 가치를 둔다면, 그것은 우리가 그 이름이 올바른 것이라고 생각하기 때문이 아니다. 실로 어떻게 한 언어(화성어)에서 무언가를 지칭하는 데 쓰이는 이름이 다른 언어(영어)에서 사용되는 이름보다 더 정확하다고 할 수 있겠는가? 만약 우리가 화성인의 이름에 가치를 둔다면, 그것은 화성인이 그들 자신의 언어를 사용할 수 있는 권리를 존중하기 때문

1992)를 볼 것.

[57] Ibid., 159, 165.

이다. 동일한 이치로, 만약 우리가 화성의 본래 이름에 그 어떤 가치도 두지 않는다면, 그것은 우리가 그 이름이 잘못된 것이라고 생각하기 때문이다. 주요한 갈등 사항이 **'사물은 무슨 이름으로 불리어야 되는가?'**와 관련되는 한, 갈등 그 자체는 새로운 설명을 요구한다. 즉, 다른 이들은 틀렸다고 확신하는 신념은 그들이 (자신과) 다르다는 사실에 대한 혐오감으로 재기술되어야 하고, 진리를 전하고자 하는 욕망은 그들을 (자신과) 동일한 존재로 만들고자 하는 욕망으로 재기술되어야 한다.

어떤 의미에서는 불가피할 수도 있지만, 이러한 욕망은 원칙적으로 옹호될 수 없는 것이기 때문에(왜 우리의 관점이 모두의 관점이 되어야 하는가? 왜 우리가 사용하는 이름을 모두가 사용해야 하는가? 왜 다른 이들이 우리를 따라야 하는가?), 차이를 대하는 유일하게 바람직한 반응은 그것에 감사하는 것이다. 이는 우리가 누구인지 결정하는 바로 그 사물들, 그리고 그것들이 무엇인지를 결정하는 바로 그 사물들을 보호하기 위함이다. 이런 이유로 '토착민 권리 선언문 초안'은 "문명과 문화의 다양성과 풍족함"에 대한 찬양과 함께 (단순 학살이 아닌) "문화적 학살"과 "동화"에 대한 적대감을 뚜렷이 드러낸다. 따라서 사물들을 그것들 본래의 이름대로 부르고자 하는 사람들이 주장하는 바는, 문화적 차이 및 문화적 생존에 대한 권리다.

여기서 중요한 것은, 언어적 차이의 모델이 문화적 가치에 대한 참여로부터 문화적 생존에 대한 참여를 분리시킨다는 것을 넘어, 기표의 형식은 읽기와 쓰기와 모든 실례들을 언어적 차이의 출현으로 변형시키고, 그럼으로써 다른 믿음을 가진 사람들을 다른 언어를 쓰는 사람들로 변형시킨다는 것이다. 문학 이론에서 이러한 변환은 **쟈크 데리다**Jacques

Derrida가 "'기호'의 **'표시'로의 대체**"라고 했던 것,[58] 즉 앞서 텍스트의 정체성을 구성하는 것으로서의 기표 형태의 출현이라고 설명했던 대체, 그리고 **해체주의**뿐만 아니라 문학 텍스트는 하나 이상의 의미를 가질 수 있고, 더 구체적으로는 작가가 의도한 것과 다른 것을 의미할 수 있다고 가정하는 모든 이론들에 핵심적인 대체이다. 왜냐하면 동일한 표시들이 서로 다른 의미를 가질 수 있다는 것은 논란의 여지가 없는 사실이기 때문이다.

만약 우리가 텍스트를 **표시**로 이루어진 것으로 간주한다면, 같은 텍스트가 서로 다른 의미를 가질 수 있다는 것 또한 마찬가지로 자명해진다. 너에게 'r'처럼 보이는 것이 나에게는 'a'처럼 보일 수 있는 것처럼, 하나의 텍스트가 너에게 의미하는 바는 그것이 나에게 의미하는 바와 당연히 다를 것이다. 물론 일부 이론가들이 지적하듯, 이러한 관점의 문제점은 의견 대립의 해소 자체를 불가능하게 만드는 경향이 있는 것이 사실이다. 하지만 진정한 문제점은, 실로 그러한 것이 있다면 그것이 단순히 해결이 아닌 의견 대립 자체를 불가능하게 만든다는 것이다. 《**격분하기 쉬운 말**Excitable Speech》(1997)에서 "정치적 담론의 수행성 이론"을 "정립"

---

[58] Jacques Derrida, *Limited Inc*, trans. Samuel Weber (Evanston: Northwestern Unniversity Press, 1988), 66. 데리다는 '기호의 표시로의 대체'를 '**의도의 의도적 효과로의 대체**'와 연결시킨다. 물론 해체주의에서의 효과 개념에 대한 논의가 곧 뒤따르겠지만, 여기서 우선 주체 위치에 대한 호소가 그러한 대체에서 본질적인 것임을 지적하는 것은 가치가 있다. '**기호의 의미**'는 독자들에게 의존하지 않는 반면, '**표시의 효과**'는 순전히 독자들에게 의존한다.

하려는 주디스 버틀러의 시도처럼,[59] 해체주의 언어 이론에서 영감을 얻는 새뮤얼 헌팅턴과 프랜시스 후쿠야마 같은 정치이론가들은 궁극적으로 의견 차이 없는 차이들, 의견 갈등 없는 갈등들을 양산한다.

버틀러는 이와 같은 차이들을 "**해석의 갈등들**"(87)이라고 표현하고, 이를 일단 한번 승인되고 나면 우리로 하여금 그 어떤 '발화'도 '동일한 의미'를 가질 수 없고 의미가 발화에 할당되는 상황 자체가 "갈등의 현장"이 된다는 사실을 인정하게 만드는 "**의미장 내의 영구적인 다양성**"(91)이라고 설명한다. 따라서 《격분하기 쉬운 말》의 한 가지 요점은, 퀴어queer나 검둥이nigger 같은 용어들의 의미를 "고정시키려고" 시도함으로써 두 가지 실수, 즉 발화는 단 하나의 의미만을 가질 수 있다고 생각하는 이론적 실수와 "그러한 용어들을 지배적 담론으로부터 전유하여 재생산하고 재의미화하여서" "정치적 운동으로 재편성할" 기회를 상실하는 정치적 실수를 한꺼번에 범하는 증오 발언 법칙에 대해 반론을 펼치는 것이다(158).

이렇게 보면 이 해석의 갈등은 **퀴어**와 같은 발화의 의미를 둘러싼 갈등이다. 그렇다면 이 갈등은 정확히 무엇과 관련된 갈등인가? 이는 분명 발화의 해석을 둘러싼 갈등은 아니다. 만약 '퀴어'라는 용어를 한 사람은 학대의 관점에서 사용하고, 다른 사람은 학대에 대한 저항의 관점에서 사용한다면, 이 두 사람은 발화에 대한 해석에서 갈등을 일으킨다고 볼 수 없다. 왜냐하면 그들은 그들이 의미하는 바에 대해 반대하는

59 Judith Butler, *Excitable Speech: A Politics of the Performative* (New York: Routledge, 1997), 40.

것이 아니기 때문이다. 그들은 단지 서로 다른 것을 의미하는 것일 뿐이다. 그렇다면 둘의 갈등은 두 사람이 무엇을 의미하는지에 관한 갈등이 아니라, '퀴어'가 무엇을 의미하는지에 관한 갈등으로 이해되어야 할 것이다.

하지만 '퀴어'라는 용어에 어떤 의미가 할당되어야 하는가와 관련되는 갈등 또한 정확히 말해서 해석의 갈등은 아니다. 예를 들어, 우리는 'real'(진짜의)이라는 표시에 'royal'(왕족의)이라는 의미를 부여하는 스페인어 발화자가 동일한 표시에 'not imagined'(상상이 아닌)라는 의미를 부여하는 영어 발화자와 갈등 관계에 놓여 있다고 생각하지 않는다. 오히려, 동일한 표시('퀴어')에 서로 다른 의미를 부여하는 두 발화자는 서로 다른 표시('화성', '카')에 동일한 의미를 부여하는 두 발화자와 같은 상황에 놓여 있다고 볼 수 있다. 그들은 반대 의견을 말하는 것이 아니라, 단지 서로 다른 언어를 말하고 있을 뿐이다.

버틀러의 '재의미화'에 대한 강조, 즉 어떤 해석이 옳은가에 대한 갈등에서 어떤 언어를 사용하는 것이 옳은가에 대한 갈등으로의 전환(기호 표시로의 환원, 발화 형태로의 환원으로 가능해지는 전환)은 **주체 위치의 우위성**에 대한 그녀의 확고한 태도를 반영한다. 그리고 이러한 확신을 바탕으로 버틀러는 **"정치 담론의 수행성에 대한 일반이론"**을 수립하는데, 이는 그녀가 지닌 '정치적인 것'의 개념이 헌팅턴과 후쿠야마의 **포스트역사주의 정체성주의**로 완벽히 포섭되는 사태를 빚어낸다.[60] 왜냐하면 동성애자 권

---

[60] 사실 후쿠야마를 이런 식으로 공식화하는 것에는 어폐가 있다. 왜냐하면 그의 요점은 모순의 종말, 즉 자유주의의 승리가 궁극적으로 정치의 종말을 의미한다는

리운동에 참여하는 사람들이 '퀴어'라는 용어의 의미를 변화시키는 운동에 참여하는 것으로 정의될 수는 없다는 관점에서 보면, 버틀러의 '재의미화' 기획이 제시하는 '정치적 약속'은 다소간 부적합해 보일지라도(우리가 '퀴어'를 모욕적으로 사용하더라도 퀴어라 불리는 사람들은 우리의 모욕과 상관없이 번영할 수 있고, 우리기 이 말을 자랑스럽게 사용하더라도 그렇게 사용하는 사람들이 차별 대우를 받을 수 있다), 포스트역사주의적 관점에서 볼 때 해석의 갈등을 재의미화를 향한 치열한 노력으로 치환하는 것은 분명히 하나의 성과이기 때문이다. 그 이유는 '퀴어'가(혹은 다른 모든 표시들이) 진정으로 의미하는 바에 대한 정답이 더 이상 존재하지 않게 되었기 때문이다.[61]

'퀴어'의 의미를 둘러싼 너와 나의 갈등은 단지 너와 나의 갈등, 즉 나는 그것을 이런 의미로 사용하고 너는 저런 의미로 사용한다는 것을 의미하게 되었기 때문이다. 이와 같은 갈등은 이데올로기와 아무런 관련이 없다. 그것은 단지 주체 위치 간의 갈등일 뿐이다. 따라서 정치적 갈등들이 의미들 간의 갈등들로 이해되는 한, 그러한 갈등들은 무엇보다 정체성 간의 갈등으로 이해되는 것이 맞다(도나 해러웨이가 주장하길, 포스트모던 이론의 통찰력은 **"의미를 둘러싼 경쟁"**에 임하는 우리의 능력을 향상

것이기 때문이다. 버틀러가 기여한 바는 이러한 정치의 종말을 다시금 그 새로운 시작으로 전환시켰다는 점이다.

[61] 옳은(혹은 그른) 답변이 있을 수 있다는 것은 곧 누군가가 무언가를 통해 의미하는 바가 있다는 것이다. 따라서 '의도주의intentionalism'를 주장하는 것만이 진정으로 해석의 갈등이 되는 갈등을 설명하는 유일한 방법이 될 것이다.

시켰다는 점에 있다).[62]

다시 말해, 해석들 간의 차이가 후기역사주의에서는 언어들 간의 차이로 재기술되기 때문에, 다른 사람들에게 나의 해석을 납득시키려는 노력은 곧 그들로 하여금 나의 언어를 사용하게 하려는 노력으로 재기술된다. 더 정확히 말해, 다른 사람들에게 진리를 확신시키려는 나의 노력은 그들로 하여금 나와 동일한 언어를 사용하게 하려는 노력과 혼동되고 나아가 동일시된다. 이런 까닭에 해러웨이는 **"공통 언어의 꿈"**을 "완벽하고 진정한 언어"(173)의 꿈과 동일시하고, 진리에 대한 추구는 거부하지만 언어적 차이의 가치는 강조한다.

더욱 충격적인 것은, 부트로스 부트로스-갈리 당시 국제연합 사무총장이 전 세계의 여러 다양한 언어들이 사라지는 현상을 한탄하면서 ("2000년도 직전 다섯 대륙에서 사용된 언어와 방언들의 숫자는 1900년도에 비하면 절반에 불과하다") 다음과 같이 경고한 것이다. "만약 우리가 더욱 조심하지 않는다면," 이 세계는 "단 하나의 문화, 단 하나의 언어로 축소될" 것이고, "비록 우리가 하나의 목소리를 가진다고 할지라도, 우리에게 말할 거리라고는 아무것도 남지 않게 될 것이다."[63]

여기서 반대 의견 없는 차이에 대한 추구는 그것이 취할 수 있는 가장 순수한 형태로 등장한다. 왜냐하면 반대 의견 제시의 가장 기본 조건이라 할 언어 문제에서 동일한 언어를 사용한다는 사실이 해러웨이와 부

---

[62] Haraway, *Simians, Cyborgs, and Women*, 154.

[63] Native American Council of New York City, *Voice of Indigenous Peoples*, 13, 15.

트로스-갈리에게는 말할 거리 자체가 없어져서 반대 의견을 내놓을 수 없는 상황적 조건으로 받아들여지기 때문이다. 다시 말해, 해러웨이와 부트로스-갈리는 같은 언어로 말하는 것이 같은 것을 말하는 것이라고, 다른 것을 말하는 것은 다른 언어로 말하는 것이라고 생각한다. 따라서 그들이 두려워하는 불행한 미래는 우리가 모두 동일한 언어로 말을 하지만 서로 간에 말할 거리가 전혀 없는 세상이고, 그들이 희망하는 행복한 결말은 우리 모두가 서로 다른 언어를 사용하고 서로 전혀 이해할 수 없게 되는 세상이다.

그렇다면 버틀러와 마찬가지로 해러웨이와 부트로스-갈리에게도 해석의 갈등 따위 존재하지 않는다. 갈등이 존재하지 않기 때문이 아니라, 해석 자체가 존재하지 않기 때문이다. 모든 갈등은 한 언어를 사용하는 사람들과 다른 언어를 사용하는 사람들 간의 갈등, 차이를 제거하고자 하는 사람들과 차이를 보존하고자 하는 사람들 간의 갈등으로 변질된다. 또한, 누군가의 발화를 해석하는 행위는 같은 것을 말하는 행위 아니면 다른 것을 말하는 행위로 변경된다. 앞서 언급했듯이, 데리다가 **'발화'**라는 용어와 **'해석'**이라는 개념을 둘 다 회피하려 한 까닭은 "'발화문'을 '이해하는' 것"을 "'표시'가 '기능하는' 것"으로 대체하면 발화 해석의 개념 자체에 의문을 제기하게 되기 때문이다.[64]

만약 (발화의) 이해라는 관념이 공통 언어라는 관념과 밀접하게 관련된다면, 발화라는 관념 혹은 기호라는 관념은 단 하나의 의미라는 관

---

[64] Derrida, *Limited Inc*, 61.

넘과 관련되게 된다. 즉, 같은 기호는 다른 의미를 가질 수 없다. 왜냐하면 그 기호가 같은 기호가 되는 것에는 그것이 같은 **기표**signifier를 가지기 때문만이 아니라 같은 **기의**signified를 가진다는 사실이 포함되어 있기 때문이다. 그리고 만약 그것이 같은 기의를 가진다면 그것은 다른 의미를 가지지 않는다. 동일한 원리로, 버틀러가 발화라고 부르는 것, 즉 "같은 의미를 가질 수 없는" 발화는 같은 발화가 될 수 없다.[65] 만약 사람들이 '퀴어'라는 용어를 말할 때 서로 다른 것을 의미한다면, 그것은 그 사람들이 다른 의미를 가진 동일한 발화를 생산하기 때문이 아니라 애초부터 서로 다른 발화를 생산하기 때문이다. 그들은 단지 같은 표시를 사용할 뿐이다. 따라서 발화와 기호에 대해 **표시**가 가지는 이점은, 사람들이 반대 의견을 내놓지 않고서도 동일한 표시에 상이한 의미들을 부여할 수 있다는 데 있다.

그래서 데리다는 동일한 텍스트에 대한 상이한 해석들을 **동일한 표시의 상이한 용도**들로 변형시킴으로써 의견 대립을 애초부터 불가능한 것으로 만들어 버린다. 이런 까닭에 **해체주의**는 '**정체성의 기술**'로 등장한다. 그것은 (하나의 텍스트가 무엇을 의미하는지에 관한) 의견의 차이를 (무엇이 표시를 의미토록 만드는지에 관한) 주체 위치의 차이로 탈바꿈시킨다. 이런 관점에서 볼 때, 해체주의의 주체에 대한 비판, 즉 아무도 발화의 의미를 통제할 수 없다는 주장은 결국 (억압된) 다른 주체들이 존재한다는 사실을 상기시키는 역할을 하는 것에 지나지 않는다. 왜냐하면, 버틀러가 말

---

[65] Ibid., 91.

하는 것처럼, "혹자는 항상 혹자가 말한다고 생각하는 것과는 상이한 어떤 것을 의미하게 될 위험에 빠지게 되고," "혹자는 다른 사람이 자신의 발화에 할당하게 될 의미를 미리 알 수 없을 뿐만 아니라, 그로 인해 어떠한 해석의 갈등이 발생하게 될지, 또 그 갈등을 어떻게 조정하는 것이 최선이 될지 전혀 짐작할 수 없기 때문이다"(87).

버틀러가 말하는 위험이 잘못된 해석의 위험이라면, 이 위험에 모든 사람이 빠질 수 있다는 것은 틀림없는 사실이다. 실질적으로, 그 무엇도 내가 올바로 이해했음을 보장해 줄 수는 없다. 나의 해석은 옳거나 틀리거나 둘 중 하나이다. 다시 말해, 어떤 발화 의미에 대해 상반되는 믿음들이 존재한다면, 적어도 그것들 가운데 하나는 반드시 잘못된 것이어야 한다. 하지만 다른 사람이 나의 발화를 잘못 이해할 수 있다는 이 같은 위험은 다른 사람이 나의 발화로 하여금 다른 어떤 것을 의미하도록 만들 수 있다는 위험과 결코 동일하지 않다. 사실 다른 사람이 나의 발화로 하여금 다른 것을 의미하도록 만들 수 있다는 것은 말이 되지 않는다. 근본적으로 다른 사람이 나의 발화를 다른 것과 착각하는 것은 불가능하다. 왜냐하면 나의 발화가 다른 어떤 것을 의미하도록 만들어지는 순간, 그것은 더 이상 나의 발화가 아니기 때문이다. 그것은 나의 발화와 굉장히 유사한 듯 보이고 들리는 다른 발화일 뿐이다. 이러한 위험은 오로지 기호를 기표로 변형시킬 때, 발화를 표시로 변형시킬 때 비로소 가능해지는 것이다.

타자의 타자성이 문제시되는 것은 오로지 기호가 기표로 치환될 때이다. '너는 누구냐'라는 질문이 중요시되는 것은 오로지 '너는 무엇을 믿느냐'라는 질문이 부적절해질 때이다. 바로 이것이 헌팅턴의 '문화'

만큼이나 버틀러의 '**수행성**'이 이데올로기를 정체성으로 대체하는 데에서 효과적인 역할을 하는 이유이다. **기표의 물질성**에 대한 해체주의적 몰두는 원칙적으로 (작가와 독자 모두의) 정체성 문제를 중요하게 만드는 주체 위치의 이론적 공고화와 관련된다. 그리고 "진리와 의미의 물음을 넘어선다"는 사실에서 비롯되는 "수행적인 것의 영향력"은 기호의 적절한 이해를 **표시**의 적절한 효과로 대체함으로써 '텍스트는 무엇을 의미하는가?'라는 질문이 '**텍스트는 무엇을 하는가?**'라는 질문에 완전히 포섭되는 세상을 상상한다.

이론의 종말 The End of Theory

브렛 이스턴 엘리스 Bret Easton Ellis의 소설 《**아메리칸 사이코**American Psycho》(1991)에서 여성에게 접근하는 최상의 방법은 "얼음송곳으로 그녀에게" "글자들"을 새겨 넣는 것이다.[66] 비디오 가게에서 일하는 소녀에게 "영화 〈침실의 표적Body Double〉에서 여성이 … 전기 드릴로 뚫리는 … 부분을 … 가장 … 좋아한다"고 말하자, 소녀는 대꾸하지 않는다. "심지어 나를 쳐다보지도 않고서" 비디오테이프를 건넨다. 그녀가 내 말을 들었는지조차 확실하지 않다. 그녀가 한 말이라곤 "여기에 사인하세요"가 고작이다. 하지만 그녀에게 네일건nail gun(못 박는 총)을 들이대고 작동시키면

---

[66]   Bret Easton Ellis, *American Psycho* (New York: Vintage, 1991), 112.

서 "고함치도록" 다그치자, 그녀는 진정 "고함치기 시작하고"(245), 그녀의 혀를 가위로 잘라서 그녀가 더 이상 고함칠 수 없게 되자, "그녀의 입에서 콸콸 흘러나오는" "피"(246)는 그 고함 소리만큼이나 아니 그 이상으로 훌륭하다.

캐시 애커 Kathy Acker의 소설 《**무의미의 제국**Empire of the Senseless》(1988)에서 여주인공 아보Abhor는 말한다. "내가 너희들에게 말을 할 때마다, 나는 마치 내가 나의 표피층, 아직 피가 흐르고 있는 흉터 조직층에 말을 하고 있는 것처럼 느낀다. … 그리고 마치 그 흉터 조각을 떼어내어 나의 피를 너의 얼굴에 발사하는 것처럼 느낀다. 여성인 나에게 글쓰기란 바로 이것이다."[67]

엘리스에서는 여성을 피 흘리도록 만드는 것이 그 여성에게 말을 하는 방식이고, 애커에서는 여성이 피 흘리는 것이 말에 대꾸하는 방식이다.

물론 이 두 텍스트는 폭력의 재현으로 악명이 높고, 엘리스의 성정치학은 여러 방면에서 애커의 정치학과 매우 상이해 보이지만(엘리스의 책은 여성주의자들의 반대에 부딪혀 출판이 연기되었고 출간 후에는 여성혐오적인 작품으로 간주된 반면에, 애커의 책은 여성주의적인 것으로 읽혔고 결코 여성혐오적인 작품으로 간주되지 않았다), 두 텍스트의 젠더화된 발화 행위는 동일한 비상호적 구조(오로지 여성만이 피를 흘린다)를 취한다. 실제로 두 텍스트의 폭력은 그 자체로 구조적인데, 왜냐하면 글쓰기가 피 흘리기와 다름없다면 폭력적이게 되는 것은 (글이 재현하는 폭력이 아니라) 글

---

[67] Kathy Acker, *Empire of the Senseless* (New York: Grove, 1988), 210.

을 쓴다는 단순한 사실 그 자체가 되기 때문이다.

마크 트웨인의 《허클베리 핀의 모험Huckleberry Finn》(1885)의 마지막 장면을 차용한 《무의미의 제국》의 결론부에서, 소년들은 아보에게 펜이나 주머니칼을 몰래 쥐어 주면 그녀가 그것을 탈출에 사용할 수 있을지 논의한다. 마크Mark는 아보가 주머니칼을 그녀의 다리를 자르는 데 사용하고, 그리하여 《허클베리 핀》의 전통대로 아보의 탈출이 더 어려워지기를 바란다. 반면에 같은 전통을 따르는 티바이Thivai는 아보가 펜을 "그녀의 피를 잉크로 삼아 우리가 그녀를 어떻게 구조했는지, 우리가 얼마나 용감했는지, 우리의 무기가 얼마나 강력했는지를 적는 데" 사용하기를 바란다(200-201). 결국 애커는 "펜은 칼보다 더 강하다"고 말하고, 티바이의 헉Huck스러운 '도덕성'이 승리한다. 소년들은 아보에게 주머니칼 대신에 펜을 준다. 하지만 만약 잉크로 삼을 피가 필요하다면, 칼에 대한 펜의 우위는 그리 대단치 않아 보일 것이다. 잉크로 삼을 피가 필요하다면, 펜은 주머니칼에 의존할 것이고, 진정한 요점은 주머니칼이 펜과 칼의 차이를 사라지게 만든다는 것이 될 것이기 때문이다. 전자(칼)는 후자(칼)의 생산을 필요로 한다. 만약 잉크로 삼을 피가 필요하다면, 폭력의 재현은 **재현의 폭력**에 포섭될 것이다.

이 친숙한 비평적 교차 배열법이 《아메리칸 사이코》와 《무의미의 제국》에는 분명 적용될 수 있겠지만, 소녀들에게 글자를 새기려는 패트릭 베이트먼Patrick Bateman(《아메리칸 사이코》의 남주인공)과 얼굴에 피를 흘리고자 하는 아보 소년들의 야망을 재현의 폭력을 주장하는 방식으로 이해하는 것은 잘못이다. 이는 그들이 폭력과 실제 관련되지 않기 때문이 아니라(그들이 폭력과 실제로 관련되지 않는 방식이 존재한다는 얘기다), 실제로 재현과 관련되지 않기 때문이다. 나의 신체에 새겨진 글자를 읽는 것과, 내가 그것을 읽도록 요구되지 않는(심지어 읽을 수 없는) 상태에서 그것을 이해한다고 상상하는 것은 완전히 다른 것이다.

베이트먼은 자신의 주머니칼(얼음송곳)로 신체에 글자들이 새겨진 소녀가 이러한 방식으로 써진 글자들을 이해할 것이라고 결코 상상하지 않는다. 즉, 그는 소녀가 제 등에 새겨진 문자들을 읽음으로써 그를 이해한다고 상상하지 않는다.[68] 의미를 전달하는 것은, 그 문자들이 그녀에게 느끼도록 하는 고통이다. 애커의 경우에도, 피로 문자를 만드는 것과 피를 흘림으로써 글을 쓰는 것은 서로 다른 것이다. 이 지점에서 엘리스의 여성혐오적인 '신체에 글쓰기'는 애커의 여성주의적인 '신체로 글쓰기'와 조응한다. 효과는 다르지만, 글쓰기의 장면은 두 신체의 만남이자 두 체액의 섞임으로 동일하다.

이 공상의 행복한 결말은 뗏목을 탄 헉과 짐Jim으로 변형된 아보와 티바이다. 우리는 "서로에게 아무 말도 하지 않는다. 이는 사람들이 서로 상대방에게 녹아 들어갔기 때문에 상대방의 말을 들을 필요가 없을 때 나누는 대화 방식이다"(191). 반면, 베이트먼의 의사소통 시도(새기기와 강간)는 불행한 결말이다. 하지만 행복한 것이든 불행한 것이든지 간에, 이 텍스트들에서 중심적인 것은 녹아 들어가는 것melding, 의사소통

---

[68] 이것은 카프카Kafka의 《유형지에서In the Penal Colony》의 사형수가 글쓰기 기계에 의해서 그의 신체에 새겨진 판결문을 이해하는 방식과 다르다. 카프카의 사형수는 "그의 상처 부위"에 남은 "글씨"를 "해독"하지만(Franz Kafka, *The Great Short Works*, translated Joachim Neugrochel [New York: Simon and Schuster, 2000], 205), 엘리스와 애커의 글쓰기 개념은 이러한 해독을 부적절한 것으로 간주한다.

을 침투penetration로 재기술하는 것, 닐 스티븐슨Neal Stephenson이 "너의 뇌간brainstem으로 곧장 스며들"[69] 수 있는 "단어들"이라고 말한 것이다.

닐 스티븐슨의 과학소설 《스노우 크래쉬Snow Crash》(1992)에서 그러한 단어들은 '바이러스'를 모델로 이해되고, 내용상의 필요로 인해 매우 강력한 "메타바이러스," 즉 "정보전의 원자폭탄"(200)으로 구체화된다. 이 바이러스가 확산되는 한 가지 방법이, 이미 그 바이러스에 감염된 사람들의 '혈청'으로 만들어진 '스노우 크래쉬'라는 약물을 통해서이다. 여기서 언어는 생물학적 실체로 상상된다. 하지만 사이버펑크 전통에서, 그리고 더 일반적으로 과학소설에서 바이러스는 디지털 실체들이다. 따라서 스노우 크래쉬는 또한 "이진수 부호로 된 디지털 메타바이러스," 즉 "시각신경을 통해 컴퓨터나 해커들을 감염시킬 수 있는" 바이러스이다.

애커에서 아보의 말을 듣는 것이 그녀의 피를 상대의 얼굴에 "발사하는 것"을 의미한다면, 스티븐슨에서 부호를 읽는 것은 "너의 시각적 신경"을 "수만 바이트의 정보"에 "노출시키는 것"을 의미한다(74). 내 컴퓨터의 작동을 중지시키는 것은 바로 이와 같은 노출이다. 더욱 놀라운 것은, 해커를 병들게 하는 것 역시 이러한 노출이라는 것이다. 한 명의 희생자가 "왜 나에게 이진수 부호로 된 정보를 보여 주는가?"라고 묻는다. "나는 컴퓨터가 아니다. 나는 비트맵을 읽을 수도 없다"(74). 하지만 《스노우 크래쉬》에서 인간 신체는 인간이 읽을 수 없는 '정보'에 영향을 받는다. 마치 얼음송곳처럼, 바이러스는 단어들을 내 신체 속에 집어넣

---

[69] Neal Stephenson, *Snow Crash* (New York: Bantam, 1992), 395.

는다. 비록 내가 그것을 읽지 못한다고 할지라도 말이다.

사실《스노우 크래쉬》내용의 상당 부분이 해커들과 그들 컴퓨터들 사이의 구분을 생략하는 것, 즉 마치 부호를 보는 것은 그것이 컴퓨터에 미치는 것과 동일한 효과를 해커에게도 미칠 것이라는 사실에 의존한다. 그리고 만약 이것이 어떤 측면에서 인간은 비트맵(단순히 픽셀들의 직사각형 그물망)을 해석할 수 없다는 사실을 통해 부당한 것이 된다면, 다른 측면에서는 컴퓨터는 해석할 수 있다는 사실(즉, 컴퓨터가 비트맵으로 하는 일은 그것을 해석하는 것이라는 사실)을 통해 타당한 것이 된다. "부호는 단지 발화의 한 형식이다. 컴퓨터가 이해하는 형식이다"(211). 따라서 컴퓨터가 작동을 중지할 때, 그것을 중지시키는 것은 부호로 작성된 텍스트, 즉 바이러스이다.

이진수 부호로 작성된 텍스트(컴퓨터가 구사하는 언어)가 인간의 작동을 중지시킬 수 있다고 생각하는 것은 부당할 수 있으나, 상이한 종류의 부호, 즉 유전자 부호로 작성된 텍스트가 이진수 부호가 컴퓨터에 미치는 것과 동일한 영향을 사람에게 줄 수 있다고 생각하는 것은 부당하지 않다. 다시 말해, 생물학적 바이러스와 컴퓨터 바이러스 간의 유비類比관계(혹은 둘 간의 동일시)의 요점은 **부호**code**의 모델**, 즉 언어는 부호가 된다는 사유의 주창이다. 그리고 나를 감염시키는 바이러스는 의미(what it means)를 통해서가 아니라 존재(what it is)를 통해서 그렇게 하기 때문에(나는 바이러스를 이해한다고 해도 그것을 잡을 수 없다), 앞에서 설명한 재현에 대한 비판을 생산하는 것은 바이러스 혹은 부호 모델이다.

한편, **리처드 파워즈**Richard Powers(현대 과학기술의 영향을 탐구하는 미국 소설가)

가 말하는 것처럼, '세상'은 "메시지들로 넘쳐난다."[70] 실제로 《황금 벌레 변이The Gold Bug Variations》(1991)는 가장 근원적인 메시지들이 작성될 수 있는 부호인 유전자 부호를 파괴하려는 시도를 다루고 있다. 따라서 이 텍스트의 자기 인식은 해독될 필요가 있는 메시지들로 가득 찬 세상, 즉 해석을 필요로 하는 재현들로 가득 찬 세상과 관련이 있다.

그러나 《스노우 크래쉬》를 가득 채우는 정보 문자열과 파워즈의 '분자 언어학'의 "경이로운 문장들"로 구성되는 뉴클레오티드nucleotides 문자열을 해석할 수 있다고 생각하는 것 자체가 말이 되지 않는다.[71] 바이러스에 감염되는 신체는 그 바이러스를 이해하기 때문에 감염되는 것이 아니고, 그 바이러스에 감염되지 않는 신체는 그것을 이해하지 못하기 때문에 감염되지 않는 것이 아니다.[72] 따라서 모든 것(비트맵부터 혈액까지)이 '발화 형식'으로 이해될 수 있는 세상은 그 무엇도 실제로 이해되지 않는 세상, 발화 행위가 수행하는 것이 그것이 의미하는 것으로부터 분리되는 세상이다.

그러므로 디지털 바이러스와 생물학적 바이러스, 컴퓨터 부호와 유전자 부호 간의 유비 관계는 이중의 기능을 수행한다. 첫 번째 기능은

---

[70] Richard Powers, *The Gold Bug Variations* (New York: Harper Collins, 1991), 86.

[71] Ibid., 518.

[72] 패트릭 오도넬Patrick O'Donnell이 말하는 것처럼, 이에 상응하여 《무의미의 제국》에 등장하는 것은 "재현적 중개인을 제거하는 … '직접적' 글쓰기이기 때문에 재현과의 전쟁에서 하나의 무기"로 간주되는 문신이다(*Latent Destinies* [Durham, N.C.: Duke University Press, 2000], 106). 하지만 일단 "재현적 중개인"을 제거하고 나면, 직접적 글쓰기를 하게 되는 것이 아니라 아예 글쓰기를 하지 않게 된다.

모든 것이 텍스트가 되는 세상을 창조하는 것이다. 도나 해러웨이는 '근대 생물학'의 위대한 이론적 진보는 "세상을 부호화의 문제로 변역變易한 것"이라고 말한다. "텍스트는 책이 아니다, 도서관에 한정되는 한 권의 책에 한정되지 않는다." **텍스트성**textuality은 "역사, 세상, 현실, 존재"에 내재되어 있다"(《유한책임 회사Limited Inc.》139)는 자크 데리다의 생각은 확실히 포스트모더니즘을 설명하는 가장 영향력 있는 주장 중 하나이다.

하지만 만약 세상을 부호들로 번역하는 것의 첫 번째 기능이 모든 것을 텍스트로 만드는 것이라면, 두 번째 기능은 텍스트와 같은 것들이 존재한다는 것을 전면 부정하는 것이다. 실제로 나는 텍스트들과 그것들에 대한 해석이 전무한 세상(텍스트의 세상이 아닌 정보의 세상)을 상상하는 것이 만개한 **포스트모더니즘** 혹은 **포스트역사주의**의 가장 중요한 요소라고 주장한다. 그리고 그러한 세계를 향한 몰두(혹은 적어도 욕망)는 자신을 형성하는 원재료 그 자체가 되는 텍스트에 관한 존재론적 환상(가령, 피로 써진 문자들을 단순히 피로 변형시키는 것)뿐만 아니라, 자신이 형성되는 방식 때문에 결코 허위 사실을 꾸밀 수 없는 텍스트에 관한 윤리적 형식의 환상에서도 표현된다.

《아메리칸 사이코》에서 성행위는 '소녀들'에게 오르가즘(소리를 내며 오르가즘을 느끼는 것은 단순히 수행이 아니라 피를 흘리는 것과 같은 신체의 발산이다)을 느끼게 하려는 베이트먼의 노력이다. 하지만 소녀들의 진실성sincerity을 보증하기 위해, 그는 그녀들로 하여금 오르가즘을 느끼도록 하는 정도가 아니라 그녀들의 장기를 제거할 필요성을 느낀다. 왜냐하면 그녀들의 쾌락은 그녀들의 고통과 달리 날조될 수 있기 때문이다. 그러나 소녀에게 네일건을 쏠 때 그녀가 내지르는 고함은 그녀가 쾌락을

수행(말하자면, 날조)할 때와 달리 그녀가 고통을 수행('날조'의 의미에서의 수행)하는 것이 아니라는 것을 확신시켜 준다.[73]

옥타비아 버틀러의 《완전변이세대》 3부작은 이 같은 각본의 더욱 구미가 당기는(더 도덕적이지만)[74] 판본을 제공한다. 그녀는 '감각적 언어sensory language'라 불리는 것, 즉 "직접적인 신경 자극으로 경험을 … 연결시킴으로써 서로 경험 전체를 주고받을 수 있는" 언어로 의사소통하기 때문에 "거짓말하는 습관"을 결코 가질 수 없는 외계인을 상상한다(《여명 Dawn》 237). 버틀러는 인간들은 "종종 쉽게" 거짓말을 하기 때문에 "서로 신뢰할 수 없다"고 말한다. 바로 이런 이유로 베이트먼은 사람들이 진실되게 생각하는 것이 무엇인지 알아내고자 네일건을 사용해야 했다. 그래서 버틀러의 오안칼리족Oankali(《완전변이세대》에 등장하는 떠돌이 외계 종족)은 그들의 "감각적인 팔"을 펼치고, 아보와 티바이, 릭과 짐처럼, 서로에게 녹아들어간다.

하지만 인간들이 거짓말을 한다는 사실이 인간의 도덕적 열등성에 대한 표시가 된다면, 외계인들이 거짓말을 하지 않는다는 사실이 어떻게 그들의 도덕적 우월성에 대한 표시가 되는지 알아내기란 쉽지 않다. 그들의 '감각적 언어'가 진정으로 감각적인 것인 한, 그것이 그들로 하여금 "서로 경험 전체를 주고받게" 할 수 있는 한, 그것은 거짓말을 비도덕적인

---

[73] 다시 말해, 고통은 날조되지 않는다는 것이 아니라 네일건에 맞는 누군가를 날조된 것으로 생각하는 것이 불가능하다는 것이다.

[74] 두 텍스트의 차이점은 버틀러는 외계인의 진실성을 예찬하지만, 베이트먼의 솔직함에 대한 요구는 명백히 다소간 과장된 것이라는 점이다.

것으로 만드는 차원이 아니라 아예 불가능한 것으로 만들어 버리지 않는가. 만약 누군가에게 나의 경험을 말하는 것이 나의 경험을 생산하는 것이라면(만약 내가 누군가에게 나의 경험을 말하는 방식이 그에게 그 경험을 전달하는 것이라면), 나는 애당초 거짓말을 할 수가 없지 않은가. 내가 나의 속마음을 숨기기 위해 할 수 있는 일이라곤, 버틀리의 여성 영웅이 말하는 것처럼 "정보를 주지 않고 접촉을 거부하는 것"(238)뿐이다. 따라서 오안칼리족은 거짓말을 할 수 없다고 말하는 것이 오안칼리는 거짓말을 하지 않으려 한다고 말하는 것보다 더 이치에 맞다. 그리고 그들의 정직성을 도덕적으로 칭찬하는 것은 이치에 맞지 않게 된다. 어째서 내가 하려 해도 할 수 없는 것을 하지 않는 것에 대해 칭찬을 받아야 하는가?

그러나 여기서 요점은 오안칼리족은 진실을 말하는 것에 대해 칭찬을 받아서는 안 된다는 것이 아니다. 오히려 그들은 진실을 말하지 않는다는 것, 즉 그들이 거짓을 말할 수 없다면 마찬가지로 진실도 말할 수 없다는 것이 요점이다. 주어진 선택이 접촉 아니면 비접촉, 경험 전달하기 아니면 경험 전달하지 않기인 한, 진실을 말하는 것은 거짓말을 하는 것만큼이나 불가능하다. 오안칼리족은 애당초 진리를 재현하지 않기 때문에 진리를 그릇 재현하지도 않는다. 그들의 '감각적 언어'는 경험을 체현embody하는 것이지 경험을 재현represent하는 것이 아니다. 다시 말해, 그것이 진정 '감각적인 것'인 한, 그것은 결코 '언어'가 아니다. 혹 그것이 언어라면, 그것은 명제 없는 언어, 진실 혹은 거짓으로 고려될 수 있는 진술문 없는 언어이다.

내가 잡은 바이러스는 진실도 거짓도 아니다. 나를 구성하는 유전자DNA는 진실도 거짓도 아니다. 내가 흘리는 피는 진실도 거짓도 아니다. 그것은 **수행**performance이 아니라 **수행적인 것**performative이다. 따라서 항상 진실이 되는 발화 행위에 대한 윤리적 환상은 진실도 거짓도 아닌 발화 행위, 영국 언어학자 **존 오스틴**John Austin의 용어로 말하자면, 적절하지도 부적절하지도 않은 발화 행위에서 찾아볼 수 있다. 이렇게 되면 진리의 이상향은 성공의 이상향으로 대체된다. 성공적인 '수행적인 것'은 진실을 말해 주지 않는다. 오스틴의 유명한 예시에서처럼, 그것은 나로 하여금 결혼하게 만든다. 생물학적 바이러스는 나를 병들게 하고, 디지털 바이러스는 나의 작동 체계를 파괴시킨다.

달리 말해, 성공 혹은 실패에 관한 질문은 효과에 관한 질문이 되고, 발화 행위의 **효과**에 관한 질문은 그 **의미**를 묻는 질문에 의존하지 않고서도 답해질 수 있다. 실제로 텍스트 문제에서 중요한 것이 그것의 효과가 되면, 텍스트에 대한 해석이 옳은 것인가 그른 것인가라는 질문은 그 진실성과 거짓성에 대한 질문만큼이나 부적절한 것이 된다. 바이러스가 진실이나 거짓이 될 수 없는 것처럼, 바이러스의 해석도 정확하거나 부정확한 것이 될 수 없다. 이것이 바로 신체는 바이러스를 해석하지 않고 단지 그것에 반응한다고 할 때, 신체는 바이러스를 잡거나 놓친다고 할 때 의미하는 바이다. 베이트먼이 "나는 이 소녀의 신체에 망치로 무엇인가를 할 수 있고, 얼음송곳으로 그녀에게 글자들을 새겨 넣을 수 있다"(112)고 상상할 때, 그는 그 소녀의 해석을 전혀 필요로 하지 않는 하나의 경험을 독자를 위해 생산하는 것을 상상하고 있다. 이렇게 되면, **윔샛**William K. Wimsatt과 **비어즐리**Monroe C. Beardsley가 예전에 말한 것처럼, 텍스트에 대한 나의 경험(텍스트가 내게 가하는 효과)을 텍스트에 대한 나의 해석으로 생각하는 것은 합당하지 않다〔윔샛과 비어즐리는 미국 신비평New

Criticism 이론의 핵심 텍스트로 불리는 〈의도의 오류The Intentional Fallacy〉와 〈감정의 오류The Affective Fallacy〉의 공저자이다).[75]

물론 텍스트를 저자의 분리시켜 객관적으로 보려 한 이 신비평가들에게 해석에 대한 질문은 보통 가치 평가에 대한 질문과 혼동되거나 종종 그것에 종속되고, '객관성'에 대한 그들의 몰두는 몽고메리가 엘 알라

---

[75] 당연한 결론이지만, 텍스트를 이해하는 것을 그것을 저술한 사람의 경험을 공유하는 것으로 생각하는 것은 이치에 맞지 않는다는 것이다. 옥타비아 버틀러는 **감성자**empath라는 개념에 매료되고, 그녀의 《우화Parable》 연작은 단순히 사람들을 봄으로써 그들의 괴로움(혹은 즐거움)을 느낄 수 있는 한 인물을 중심으로 이야기가 펼쳐진다. 따라서 《능력자들의 우화Parable of the Talents》의 여주인공 "공유자"는 강간의 광경으로 고문받는다. 왜냐하면 그녀는 피해자의 고통과 가해자의 쾌락을 모두 경험할 수 있기 때문이다. 하지만 과학소설에서 감성자의 감성을 자극하는 것은 사람들이 이해하는 것이 아니라 그들이 보는 것인 반면에, 문학비평에서는 약간 다르다. 예컨대, **캐리 넬슨**의 《**억압과 회복**: 근대 미국시와 문화적 기억의 정치학》에서 경험하기와 해석하기의 차이는 완벽히 생략된다. 넬슨에게 사람들이 의미하는 바를 이해하는 것은 무엇보다 그들이 느끼는 바를 느끼는 것이고, 따라서 에즈라 파운드의 "경제적·사회적 의견들"을 완벽히 이해하는 독자들은 그 의견들과 "완전히 하나가 되는 것"으로 상상된다(*Repression and Recovery* [Madison: University of Wisconsin Press, 1989], 140). 만약 이것이 옳다면, 그것은 혹자로 하여금 문학 텍스트의 **의도주의적 독해**를 걱정하도록 만들 것이 확실하다. 넬슨은 "텍스트와 혼연일체가 되기 위해서 저자의 의도성을 회복하는 것이 얼마나 끔찍한 일인지 인정하는 것은 가치가 있다"고 말한다. 하지만 물론 이는 옳지 않다. 사람들이 의미하는 바를 이해하는 것은 그들이 느끼는 바를 느끼는 것과 같지 않다. 그들이 느끼는 바를 느끼는 것은 그들과 동일한 사람이 되는 것이다. 이것이 감성자와 문학비평가의 차이다. 감성자는 강간 가해자의 "주체 위치"를 "참을 수 없는 것"으로 발견할 것이다. 하지만 문학비평가는 심지어 가장 불쾌한 작가의 세계와도 혼연일체가 될 위험에 빠지지 않는다. 왜냐하면 사람들이 의미하는 바를 이해하는 것은 그들의 주체 위치를 차지하는 것과 아무 관련이 없기 때문이다. 오로지 감성자만이 누군가 춥다고 말하는 것을 들을 때 같이 몸을 떤다.

메인에서 펼친 전략(영국 장군 몽고메리는 제2차 세계대전 중 이집트에서 로멜의 독일군을 격파했다)에서부터 코울리지가 《평전Biographia》에서 폭포를 언급한 것(19세기 영국 시인 새뮤얼 테일러 코울리지는 폭포 등 자연에서 즉각적 아름다움을 넘어서는 숭고미를 발견하려 했다)에 이르기까지 모든 것에 대해 독자가 보이는 반응의 적절성을 무가치한 것으로 치부하는 것과 관련이 있다. **신비평**가들에 따르면, 폭포가 아름답다고 말하는 여행객은 코울리지에게 역겨움을 유발한다. 왜냐하면 코울리지는 그것이 숭고하다고 생각하기 때문이다.

하지만 여기서 요점은 코울리지가 옳고 여행객은 틀리다는 것이 아니다. 오히려 이 둘 중 한 명은 옳아야 하고 나머지 한 명은 틀려야 한다는 것이다. 여행객은 폭포가 아름답다고 말하고, 코울리지는 그것이 숭고하다고 말한다. 이 방식은 여행객이 "나는 기분이 나쁘다"라고 말하고, 코울리지는 "나는 기분이 좋다"라고 말하는 것과 판이하게 다르다.[76] 숭고와 아름다움의 차이는 대상상의 차이이지 대상에 대한 반응상의 차이가 아니다. **객관성**에 전념한다는 것은, 폭포가 실제로 숭고한지 아름다운지 결정내릴 수 있는 어떤 방법론을 찾는 것이 아니라, 어떤 것이 숭고한지 아름다운지에 관한 질문이 어떤 것이 나로 하여금 어떻게 느끼도록 하는지를 묻는 질문과는 상이한 종류의 질문이라는 점을 지적하는 것이다. 만약 너는 그것이 숭고하다고 말하고 나는 그것이 아름답다고 말한

---

[76] W. K. Wimsatt and Monroe Beardsley, "The Affective Fallacy," in *The Verbal Icon: Studies in the Meaning of Poetry*, ed. W. K Wimsatt (Lexington: University of Kentucky Press, 1954), 27. 코울리지와 관광객의 반응에 대한 윔샛과 비어즐리의 평가는 C. S. 루이스로부터 도출되고, 그들의 주장에서 문제시되는 것은 숭고에 대한 루이스 이해의 정확성이 아니라 아픔과 실수를 구분하는 것의 불가피성이다.

다면, 우리는 의견 불일치를 보이는 것이다. 그러나 너는 그것이 너의 기분을 나쁘게 만든다고 말하고, 나는 그것이 나의 기분을 나쁘게 만들지 않는다고 말한다면, 이는 단지 너와 나의 차이를 기록하는 것이다.

따라서 〈감정적 오류The Affective Fallacy〉의 주요 사상은 텍스트의 의미에 관한 질문은 (폭포의 숭고성에 대한 질문처럼) 텍스드에 관한 질문이고, 텍스트의 효과에 관한 질문은 우리에 관한 질문, 즉 우리가 어떻게 느끼는가에 대한 질문이라는 것이다. 물론 이 질문에 대한 신비평의 답변은 중대하게 텍스트에 의존하고, 텍스트는 일종의 객관성을 생산한다는 것이다. 적어도 윔샛과 비어즐리는 특정 단어들에 대한 사람들의 감정적 반응을 결정하는 데 이용될 수 있는 매우 조잡한 심리 테스트에 관심을 두는 척하고, 반면 바이러스 모델은 정해진 인구에 정해진 압력이 가해질 때 어떤 효과가 일어날지 보여 주는 정교한 테스트 기회를 제공할 것이다.

하지만 누구는 바이러스를 잡고 누구는 잡지 못할 때, 우리는 바이러스에 감염된 사람들이 감염되지 않은 사람들과 의견 불일치를 보인다고 생각하지 않는다. 이것이 바이러스를 모델로 텍스트를 이해하는 것, 다시 말해 텍스트에 대한 상이한 반응들을 동일한 원인에 따라 상이한 신체들이 생산한 상이한 효과들로 이해하는 것의 핵심적인 의미다. 바이러스 모델에 적합한 질문은 어떤 개인적인 반응이 옳으냐 그르냐가 아니라, 그것이 정상적인 것이냐 비정상적인 것이냐 하는 것이다.[77] 정상적인

---

[77] 왜 텍스트의 의미는 의도된 효과가 아닌가? 그것이 너로 하여금 생각하도록 만드는 것은 그것의 생산자가 너로 하여금 생각하도록 만드는 것이 아닌가? 만약 이것

것(사람들이 통상적으로 하는 것)이 규범적인 것(사람들이 해야 하는 것)을 대체하고, 이것은 텍스트에 대한 한 사람의 해석은 옳고 다른 사람의 해석은 그르다는 것을 사람들에게 확신시키려는 시도가 원칙상 상상 불가능하고(왜냐하면 이성과 같은 것은 존재하지 않기 때문에), 따라서 이는 텍스트에 대한 한 사람의 해석을 다른 사람들의 해석에 강요하는 것으로 재기술되어야 한다는 것을 의미한다(왜냐하면 내가 다른 사람들이 믿음을 변경하도록 확신시킬 수 없다면, 나는 그들이 행동을 변경하도록 강제해야 하기 때문이다).

바로 이것이 **해석의 갈등**을, 데리다 식으로 말해서 "**힘의 갈등**"으로 간주하는 것, 따라서 해석의 갈등은 오직 "의미의 강요"(145)로만 해소될 수 있다고 하는 주장의 요지다. 윔샛과 비어즐리의 관점에 따르면, **해체주의의 실수**는 텍스트를 해석의 대상이 아니라 원인cause으로 본다는 것이다. 그리고 **독자반응주의의 실수**는, 단순히 그 인과관계를 뒤집어서 해석을 텍스트에 의해 생산되는 것이 아니라 텍스트를 생산하는 것으로 본다는 것이다. 이것이 또한 스탠리 피쉬가 독자들은 텍스트를 읽는 것이 아니라 텍스트를 쓰는 것이라고 주장할 때 의미하는 바이고, 바로 이 때문에 해석 공동체들 간의 갈등은 (이성은 부적절한 까닭에) 힘의 갈등이 된다.

이 옳다면, 정상적인 것the normal과 규범적인 것the normative의 대립은 부적절한 것이 될 것이다. 왜냐하면 이 대립은 사람들이 주로 하는 것과 어떤 사람이 그들로 하여금 하도록 만드는 것 간의 차이로 변형될 것이기 때문이다. 하지만 우리가 어떤 사람이 우리로 하여금 하도록 만드는 것에 (오로지) 반대만 할 수 있는 이상, **욕망된 효과**라는 관념은 규범성을 회복한다. 다시 말해, 여기서 중요한 것은 실수하기의 가능성(즉, 비정상되기와 대립되는 것)이다.

사실 윔샛과 비어즐리도 더 영향력 있는 글인 〈의도의 오류The Intentional Fallacy〉에서, 저자의 의도는 판단의 '기준'으로 사용될 수 없기 때문에 "시의 원인"(4)이 되기에 부적절하다고 주장한다. 그러나 다른 맥락에서, 만약 텍스트를 저자가 의도한 바를 의미하는 것으로 생각하지 않는다면, 우리는 그것이 나에게 어떤 의미가 있는지를 중심으로 텍스트를 바라볼 것이다. 즉, 텍스트를, 어떤 것을 의미하는 것이 아니라 독자에게 어떤 효과만을 생산하는 것으로 생각하도록 요구받게 된다. 윔샛과 비어즐리의 관점에 따라 의도의 오류를 범하지 않으려 하자, 감정적 오류를 범하도록 강요받는 격이다.

하지만 엘리스와 애커, 특히 스티븐슨 같은 작가들은 '텍스트는 무엇을 의미하는가'라는 질문을 '텍스트는 어떻게 너로 하여금 느끼게 하는가'라는 질문으로 재기술하는 데에 특별히 애를 먹지는 않는다. 사실 닐 스티븐슨의 소설 《스노우 크래쉬》는 바이러스를 보면 그것에 감염되기 때문에 바이러스를 읽거나 보지 않고서 파괴하려는 시도가 주 내용을 이룬다. 《아메리칸 사이코》에 대한 대중적 반응(마치 책 자체가 네일건인 양 다루는 경향)은 《스노우 크래쉬》에 대한 리처드 로티의 반응에서 더 적합하고 이론적으로 정교한 등가물을 찾을 수 있다.

로티는 《우리나라 만들기Achieving Our Country》(1998)에서 《스노우 크래쉬》 같은 소설들이야말로 자신이 "국가적 희망"이라고 부르는 것의 상실을 표현한다면서, 스티븐슨과 같은 작가들을 "과거 국가에 존재한 일화와 인물들에 대한 고무적인 이야기를 들려주는"(3) 링컨Abraham Lincoln · 휘트먼Walt Whitman · 듀이John Dewey 같은 작가들과 대조시킨다. 여기서 로티의 요점은, 미국에 대해서 스티븐슨은 틀렸고 그의 '영웅들'은 옳았다는 것이 아니다. 사실 로티는 "링컨, 휘트먼, 듀이 중 누가 미국에 관해 옳았는지 묻는 것은 말이 안 된다"고 말한다. 왜냐하면 그는 "한 나라"에 대한 "이야기들"은 "정확한 재현이 아니라 도덕적 정체성의 구축을 목표로 하는 것"(13)이라고 생각하기 때문이다. 따라서 《스노우 크래쉬》의 문제점은, 그것이 진실이 아니라는 것이 아니라(결국 그것은 하나의 이야기다) 고무적이지 않다는 것이다.

리처드 로티가 《우리나라 만들기》의 책 마지막에 실은 헌사 〈**위대한 문학작품의 고무적인 가치**The Inspirational Value of Great Works of Literature〉에서 명백히 밝혔듯, 《스노우 크래쉬》 같은 책들의 문제점은, 그것들이 "미국 국적에 대한 자긍심"을 가지고 책을 읽는 "젊은 지식인들"을 고무시키는 데 실패하는 것을 넘어 '고무'라는 가치(문학의 가치) 자체를 인정하는 데 실패했다는 것이다. 이 책들은 로티가 이른바 '**알고 있음**knowingness'이라고 말한 "영혼의 상태," "희망이 아닌 지식에 대한 선호"(37) 상태로 독자들을 안내한다. 로티는 **해럴드 블룸**Harold Bloom의 용어 '**분개**resentment'보다 '알고 있음'이란 말을 더 선호한다. 로티는 미국 영문학과 교수들이 문학 연구를 "또 하나의 질 낮은 사회과학"으로 변질시키고 있다는 블룸의 생각에 동의한다. 하지만 로티의 불만은 문학 연구가 "질 낮은" 것과 "사회"적인 것이 되었다는 것이 아니라 '과학'이 되었다는 것, 즉 젊은 지식인들이 희망보다 더 선호하는 것이 분개가 아니라 '지식'이라는 사실이다.

따라서 로티는 닐 스티븐슨을 읽는 젊은 지식인들이 "스스로 폭력적이고 비인간적이며 부패한 나라에 살고 있음을 확신하게 된다"(7)는 것에 불만을 느끼지만, 로티의 불만은 젊은 지식인들이 확신하는 어떤 것이 아니라 그들이 확신한다는 그 사실 자체로 향한다. 다시 말해, 그는 젊은 지식인들이 그들이 알고 있다고 생각하는 어떤 것에 반대하는 것이 아니라 그들이 알고 있다고 주장하는 사실 그 자체, 즉 그들의 '알고 있음'에 반대하는 것이다. 로티가 말하는 '알고 있음'은 블룸이 말하는 '분개'에 적당히 철학적인 차원을 추가한 것임을 알 수 있다. 분개하는 젊은 지식인들은 살못된 효과를 갖는 것이고, 알고 있는 젊은 지식인들 또한 잘못된 이론을 갖는 것이다.

이런 측면에서, 누군가는 '텍스트에 관해 무엇을 아는가'라는 질문에 상대적으로 무관심하고 또 누군가는 '텍스트는 누군가로 하여금 무엇(자긍심이나 혐오감)을 느끼도록 하는가'라는 질문에 전념하는 상황에서, 로티의《우리나라 만들기》자체가《스노우 크래쉬》를 비롯한 지금까지 논의해 온 소설들과 실제로 상당히 유사하다는 점은 흥미롭다.

우리가 바이러스나 네일건을 통해서 찾는 것은, "정확한 재현"이 아니라 그것들이 우리로 하여금 어떻게 느끼도록 하는가이다. 그런데《스노우 크래쉬》에서 바이러스가 바이러스를 읽는 독자들을 (아프게) 느끼도록 만드는 방식과《스노우 크래쉬》작품 자체가 책 독자들을 (무기력하게) 느끼도록 만드는 방식이 보이는 유비 관계는 단지 유비 관계에 지나지 않아 보인다.《스노우 크래쉬》같은 텍스트가 일으키는 효과에 대한 로티의 걱정은 그것이 텍스트를 바이러스로 개념화하는 것과 관련이 있겠지만, 이것이 로티와 같은 독자는 텍스트가 바이러스와 동일한 방식으로 기능한다고 이해한다는 것을 의미하지는 않는다. 결국 바이러스의 요점은, 그것은 해석을 필요로 하지 않는다는 것, 그것이 독자에게 생산하는 효과는 그것의 의미와 하등 상관이 없다는 것, 하나의 바이러스로서 그것은 어떤 의미를 지니는 것으로 생각될 수 없다는 것이다.

반면에 로티 식 독자들을 고무시키거나 고무시키지 않는 텍스트들은, 아마도 텍스트가 지닌 의미를 주로 경유하여 효과를 생산하는 텍스트들일 것이다. 휘트먼이 "미합중국 그 자체가 본질적으로 가장 위대한 시"라고 말할 때, 미국인이 느낄 것으로 예상되는 자긍심은 텍스트의 해석을 통해 주어질 것이다. 이때 중요한 것은, 로티가 위대한 문학작품이 우리에게 전해 주는 것이라고 설명하는 "경외감의 전율"(126)이다. 이 전율은 우리의 해석을 제거하는 것이 아니라 오히려 해석을 통해서 얻어지는 것이다.

로티 같은 실용주의자들에게는 이 전율이 최우선적 고려 사항이다. 로티 본인이 《우리나라 만들기》에서 옹호하고 있다고 여기는 낭만주의적 문학 개념은, 우리가 지금까지 살펴본 형식적 질문들을 더 명확히 서술하며 낭만주의를 옹호한 그의 저작에서 이미 예견된다. 로티는 《우연성, 아이러니, 연대성》(1989)에서 **낭만주의**가 기여하는 바는, 인간 능력의 위계질서에서 **"다르게 말하는 것"**을 "주장을 잘하는 것"보다 우위에 설정하는 것이라고 설명한다. 하나의 입장을 옹호하는 것은 왜 내가 그것이 옳다고 생각하는지 그 이유를 대는 것이다. 그런데 낭만주의의 유산은 "어느 쪽이 옳은지 묻지 않으면서 동일한 사건에 대해 최대한 여러 가지 다른 방식으로 설명하는"(39)(로티 식으로는, "어떻게든" 획득된) 능력이고, 로티의 글 전체에서 가장 중요한 것은 "올바르게 이해하기와 정확히 재현하기와 같은 용어들"(37)에 적대적인 공세를 펴는 것이다. 따라서 휘트먼의 "미국을 올바로 이해했는가"라는 질문의 무의미함은 우리가 휘트먼을 올바로 이해하고 있는가라는 질문의 무의미함과 결부된다. 따라서 어떤 것에 대한 나의 해석은 옳은가, 나의 설명은 "진실인가" "거짓인가"

라는 질문들은 이 '**알고 있음**' 학파의 주된 질문이 된다.

하지만 우리가 만약 텍스트가 우리를 전율시키는지 아닌지에만 관심을 보이고, 그 의미에 관한 설명의 옳고 그름에는 무관심하다면, 우리는 도대체 어떤 이유로 처음부터 그 텍스트의 의미에 관심을 두어야만 하는가? 만약 우리가 텍스트를 올바로 이해했는지 틀리게 이해했는지를 묻는 것이 무의미하다는 것을 알게 된다면, 우리는 텍스트에 대한 우리의 해석이 옳지도 그르지도 않음을 알게 될 것이고, 결국 텍스트가 우리에게 가하는 효과를 우리 자신이 기록할 수 있음을 알게 될 것이다. 그렇게 되면 '텍스트의 의미는 무엇이냐'는 질문(우리가 의견 불일치를 보일 수 있는 종류의 것)은 '텍스트가 우리로 하여금 생각하게 만드는 것은 무엇이냐'는 질문으로 대체될 것이다.

내가 만약 《아메리칸 사이코》는 나의 할아버지를 생각나게 한다고 말하고, 너도 그것이 너의 할아버지를 생각나게 만든다고 말한다면, 우리는 《아메리칸 사이코》 해석에서 의견 불일치를 보일 수 없다. 우선은 우리가 서로 반대하지 않기 때문이고(우리는 단지 서로 다른 것을 생각하고 있다), 두 번째 이유는 우리가 《아메리칸 사이코》를 해석하지 않기 때문이다(우리는 단지 이 텍스트가 우리로 하여금 생각나게 만드는 것을 말할 뿐이다). 이는 《아메리칸 사이코》를 보고 미국의 기업 자본주의가 얼마나 동성애혐오적인 여성혐오주의에 구조화되어 있는지를 생각했더라도 마찬가지다. 《아메리칸 사이코》를 보고 나의 할아버지가 아니라 미국의 기업 자본주의를 생각하는 편이 더 타당해 보인다는 사실도, 텍스트가 우리로 하여금 생각하도록 만드는 것과 우리가 그것이 의미하는 바를 생각하는 것 사이의 간극을 좁히지는 못한다. 오히려 이 사실은 그 간극을 좁히는 것이 얼마나 힘든지를 극화한다. 왜냐하면 텍스트가 우리로 하여금 그것이 정확히 무엇에 관한 것인지를 생각하게 만든다고 할지라도, 그것이 우리로 하여금 생각하도록 만드는 것은 여전히 우리에 관한 사실이고, 그것이 정확히 무엇에 관한 것인지는 여전히 그것에 관한 사실이기 때문이다.[78]

따라서 '지식'보다 '희망'을 선호하는 독자들은 **해석**(진실된 혹은 거짓된 것)보다 **반응**(고무적인 혹은 비고무적인 것)을 더 선호할 것이다. 그리고 이 독자들 간에 갈등이 있을 때(그들이 상이한 해석을 가질 때가 아니라 그들이 상이하게 고무되었을 때), 그 갈등을 조정하는 실용주의의 전략은 필연적으로 데리다가 '**힘의 갈등**'이라고 말한 것이 될 것이다. 앞서 지적한 대로, 로티의 《우연성, 아이러니, 연대성》의 '근본적 전제'는 "믿음을 창출하는 것이 결코 심각하지 않은 우연한 역사적 환경이라는 것을 잘 알고 있을지라도, 사람들에게 그 믿음은 여전히 행위를 규제할 수 있고 목숨을 바칠 만한 가치가 있는 것으로 여겨진다"(189)는 것이다.

물론 어떤 의미에서 이 모든 것이 의미하는 바는, 비록 우연한 역사적 환경에 지나지 않는 것으로 야기되었다고 할지라도 **믿음**들은 여전히

---

[78] 여기서 요점은 텍스트가 독자에게 유발하는 **효과**들에 관해서 말하는 것이 잘못되었다는 것이 아니다. 아보를 향한 티바이의 사랑을 애커가 대단히 감동적으로 묘사했다는 것에는 아무 문제가 없다. 여기서 효과는 **의미**의 결과물이고, 의미와 분리된다. 오히려 문제는 효과와 의미가 서로 융합될 때이다. 그리고 하나의 텍스트에 대한 해석이 정확한 것 혹은 부정확한 것이 될 수 있다는 점을 부인하는 순간, 즉 텍스트는 두 독자가 서로 반대 의견을 가질 수 있는 것이라는 점을 부인하는 순간, 우리는 텍스트의 의미를 텍스트가 우리에게 유발하는 효과로 대체한다.

진리일 수 있다는 것, 그 원인이 무엇이었든지 간에 믿음들은 진리로 판명날 수 있다는 것, 믿음의 원인은 그것이 진리인가 아닌가에 대한 질문과 무관하다는 것이고, 따라서 진실된 믿음은 목숨을 바칠 가치가 있다는 것이다. 여기서 믿음이 진리인가 아닌가라는 질문은 '알고 있음' 학파에 속하는 학생들의 관심을 사로잡는 질문이다. 그러나 고무된 사람들은 그들의 믿음이 진리인지 아닌지에 신경 쓰지 않고, 진리에 대한 물음이 일단 부적절해지면 순교에 대한 열망이 적절해지고 실제로 불가피해진다는 것을 이미 지적한 바 있다. 물론 내게 진리로 보이는 믿음들을 옹호하는 방법은 내가 그것을 믿는 이유를 대는 것이다. 이런 이유로 아는 것은 '주장을 잘하는 것'과 관련된다. 하지만 나의 믿음을 나의 언어로 재기술하는 것의 요점이 그 믿음에 대한 옹호를 불필요하게 만드는 것이듯, 나의 믿음을 나의 느낌으로(나의 해석을 나의 반응으로) 재기술하는 것의 요점은 그 믿음에 대한 옹호를 부적절한 동시에 불가능하게 만드는 것이다. 그러나 이는 불가능하다. 왜냐하면 나는 나의 느낌을 정당화하고자 어떤 이유도 댈 필요가 없기 때문이다. 나는 그 믿음을 정당화할 필요 없이 가질 권리가 있다. 따라서 실용주의자들이 그들의 믿음을 위해 목숨을 내놓을 준비가 되어 있다는 것은, 그 믿음이 그들에게 진리로 보이지 않음에도 불구하고 그렇게 한다는 것이 아니라 그 믿음이 그들에게는 진리로 보이지 않기 때문에 그렇다는 것이다. 즉, 그들은 자기가 열렬히 목숨을 바치려는 어떠한 이유도 댈 수 없기 때문이다.

여기서 《우연성, 아이러니, 연대성》의 실용주의와 《우리나라 만들기》의 애국주의를 잇는 완벽한 연속성을 발견할 수 있다. 실용주의는 항상 나의 믿음을 마치 그것이 나의 나라인 양 다루는 데 매진해 왔다.

"옳든 그르든 나의 나라"라는 표어(옳음과 그름의 문제를 고려하지만 그것을 더욱 상위의 충성심에 종속시키는 것)는 "옳든 그르든 나의 믿음"이라는 표어(그 상위에 있을 수 있는 어떤 충성심에 대한 필요성도 제거하고, 나의 믿음을 옹호하는 대신에 투쟁을 적절한 행동 방침으로 만드는 것)로 완성된다. 이에 따라 로티를 스티븐슨과 같은 포스트역사주의적 작가로 만드는 것은 주장하기의 부적절성(텍스트를 정보로, 문자를 피로, 의미를 힘으로, 의도를 감염과 고무적인 것으로 전환할 것을 요구하는 것)이다.[79]

역사는 1989년에 끝난다. 왜냐하면 상이한 이데올로기적 실체로서의 소련이 붕괴했기 때문이다. 그리고 냉전이 후쿠야마와 헌팅턴에 의해 믿음들 간의 전쟁(자유주의와 사회주의의 전쟁)으로 생각되는 한, 그것의 종식은 이데올로기적 의견 불일치나 정치적 주장과 논쟁을 쓸모없는 것으로 만든다. 하지만 **실용주의**가 애국주의를 완성시키듯, **포스트역사주의**는 정치과학자들이 경험적 사건(정치적 의견 불일치의 종말)이라고 생각하는 것을 이론적 조건(모든 의견 불일치의 불가능성)으로 전환시킴으로써

---

[79] 로티 자신이 이러한 요점을 말하는 한 가지 방식은, 나는 "의미보다 용법에 만족한다"고 말하는 것이다(*Rorty and His Critics*, 74). 그의 이러한 방식은 일관되지만 사실 믿기 어려운 것이다. 왜냐하면 의미보다 용법에 만족하려면 용법과 의미의 차이를 이해해야 하고, 그 둘의 차이를 이해하고 나면 이미 의미를 선택한 것이기 때문이다. 로티가 부인하는 것은, 우리는 옳은 믿음과 옳은 해석들을 가질 수 있다는 것이 아니라 우리는 믿기와 해석하기와 같은 행위들을 한다는 것이다. 더 일반적으로 말해서, 우리는 포스트모더니즘과 포스트구조주의 모두 외부 세계의 독립된 현실에 대한 도전으로 이해되어서는 안 된다고 말할 수 있을 것이다. 오히려 **포스트모더니즘**과 **포스트구조주의**는 외부 세상이 우리에게 효과를 유발하는 방식, 즉 의미를 가지는 텍스트가 아니라 효과를 가지는 사건으로서 우리에게 효과를 유발하는 방식에 대한 특정한 설명이다.

그들의 단순한 역사적 주장들을 더욱 개선시킨다. 나와 관련해서 적절한 것은 내가 무엇을 믿는가가 아니라 나는 누구인가, 나는 누구였는가, 나는 누가 되고자 하는가이다.

이런 점에서 "우리나라의 자아 정체성"(4)에 관심을 쏟는 리처드 로티의 《우리나라 만들기》는 토니 모리슨Toni Morrison의 《빌러비드Beloved》, 아트 슈피겔만Art Spiegelman의 《쥐Maus》, (비록 로티는 닐 스티븐슨의 《스노우 크래쉬》와 함께 비판했지만) 실코의 《죽은 자의 연감》과 동일한 맥락에 서 있다고 볼 수 있다. 《우리나라 만들기》에서 적절한 정체성은 아프리카계 미국인이나 북미 원주민 혹은 유대인이 아니라 미국인이다. 여하튼 이 책들은 모두 그 작가들을 생산하는 "우연한 역사적 환경들"을 다루었고(원인이 이성을 대체할 때 역사주의는 불가피해진다), 모두 그 스스로를 모범적인 정체성적 감정인 '자긍심'을 생산하는 기술들technologies로 이해한다.[80]

확실히 이 역사주의와 지금까지 살펴본 재현의 거부 사이에는 이론적 연결성이 존재한다. 누군가의 반응은 정당성이 아니라 역사를 가지기 때문이다. 바로 이 때문에 《쥐》에서 아트의 아버지는 역사를 "출혈한다"(아보는 문학을 출혈한다)고 말해지고, 《죽은 자의 연감》에서 인디언들은 쿠바인 마르크스주의자를 "역사에 대한 범죄"라는 죄목으로 처형한다. 이 쿠바인 마르크스주의자는 인디언들에게 무엇을 해야 하는지를

---

[80] 따라서 데이비드 팔럼보-리우David Palumbo-Liu가 로티의 최근 저작에서 "핵심적인 이동"인 "우연성과 창조성에서 '미국인'으로 정확히 계층화되는 민족성으로의 이동"은 "그의 반정초주의"의 타락을 의미한다고 주장할 때, 그의 이해는 정확히 잘못된 것이다. 이러한 이동이 바로 로티의 **반정초주의**이다(Palumbo-Liu, "Awful Patriotism: Richard Rorty and the Politics of Knowing," *Diacritics 29* 《1999》: 49, 45).

말하고자 하지만, 인디언들은 그 마르크스주의자에게 그들이 누구인지를 말하고자 한다. 또한, 바로 이런 이유로 소설 《크립토노미콘Cryptonomi-con》(1999)의 독자라면 쉽게 알 수 있는 것처럼, 저자인 닐 스티븐슨은 해럴드 블룸과 리처드 로티가 싫어하는 지식인들을 동일하게 싫어한다. 그 역시 미국인이 되는 것을 자랑스러워하고, 그 역시 로티가 가리키는 "과거 국가에 존재한 일화와 인물들에 대한 고무적인 이야기"(3)를 말함으로써 이러한 자부심을 표현한다.

사실 《크립토노미콘》은 1510년 아투에이(스페인 정복자에 대항한 쿠바 원주민 지도자) 봉기가 실코의 인디언들을 고무시키는 것과 동일한 방식으로 백인 미국인을 고취시키고자 제2차 세계대전을 가져오는 20세기 후반의 노력들(스티븐 스필버그의 〈라이언 일병 구하기〉(1998)와 저널리스트 톰 브로코Tom Brokaw의 역사서 《가장 위대한 세대Greatest Generation》(1997)를 포함하는 것들) 중 하나이다.

브로코와 스필버그는 제2차 세계대전 영웅들의 전장 공훈을 강조한다. 특히 〈라이언 일병 구하기〉의 노르망디 상륙작전 재현은 재현을 넘어서는 것, 즉 현재의 맥락에서 마치 관객이 실제로 작전에 참여하고 있는 듯한 느낌을 가지도록, 관객이 실제로 행위하지 않은 것을 행위하도록 만듦으로써 그들의 자긍심을 정당화해 주는 진일보한 사실주의로 큰 찬사를 받았다. 하지만 닐 스티븐슨은 《크립토노미콘》이 주로 전쟁 활동에 "기술적으로 관련되는 사람들"만을 다루었다고 설명한다.[81] 실제 그의 전쟁

---

81 Neal Stephenson, *Cryptonomicon* (New York: Harper Collins, 1999), acknowledgments.

영웅들 중 한 명만 공수부대원이고 나머지는 '해커들'이다. 그러나 이 소설의 기획 역시 오늘날의 해커들(인터넷상에서 활동하는 사람들)을 "위대한 전시 해커들"(독일권의 암호를 해독하는 사람들)과 연결시킬 뿐만 아니라(통상 전자를 후자의 후손으로 만든다), 더 도전적으로 해커들(이전과 현재의 해커들)을 공수부내원만큼이나 영웅적으로 만드는 것이다.

바로 이 지점에서 블룸 식의 문화 연구에 대한 적대감이 표면화된다.《크립토노미콘》의 악당들 중 한 명은 영웅적인 컴퓨터 프로그래머와 결별 직전에 있는 여자친구이다. 그녀는 인문학이라고 추정되는 한 학과의 조교수로, 소설의 시작 부분에서 '텍스트로서의 전쟁War as Text'이라는, 전쟁과 전장에서 싸우는 군인들을 "후기역사적 담론의 쓰레기통"(52) 속에 쓸어 넣는 것에 주력하는 학술 발표회에 참석하고 있다.

여기서 대두되는 불만은 친숙해 보인다. 어떤 것을 텍스트로 다룰 때면 그것의 현실성을 거부하기 마련이다. 하지만 앞서 봤듯이, 세상을 텍스트로 변형시키는 나쁜 행위는 텍스트를 부호로 재기술하는 과정을 통해 좋은 행위로 탈바꿈된다. 주머니칼이 펜을 대체하는 것이다. 같은 원리로 '텍스트로서의 전쟁'을 '부호로서의 전쟁War as Code'으로 전환시키는 순간, 공수부대원들과 암호 해독가들을 서로 공조할 뿐만 아니라 실제로 동일한 일을 하는 것(정보와 상호작용하는 것)으로 생각될 수 있다. 따라서 쓰레기통에 버려진 포스트역사주의는 재생된다. 텍스트의 증식은 텍스트성의 사라짐을 통해 되돌아온다.

이 책에서 지금까지 역사 종말기 소설들을 특징짓는 것으로 설명해 온 것은 바로 이러한 **재생을 향한 몰두**이다. 더 일반적으로 말해서, (차이와 정체성의 가치화를 내세우는) 포스트역사주의의 정치적·인식론적 입장들에 존재론을 제공하는 것은, 텍스트를 표시나 바이러스로 재기술하는 것과 그로 인해 텍스트를 해석의 대상이 아닌 경험의 대상으로 변형시키는 것이다. **포스트역사주의의 정치적 입장**은, 이데올로기적 차이들이 문화적·언어적 차이를 모델로 이해되어야 하는 차이들로 대체되어야 한다는 것이다(자본주의는 사회주의를 극복하고 승리했지만 문화들 간의 전쟁은 이제 막 시작되었다).

포스트역사주의의 인식론적 입장은 그러한 차이들이 적절히 이해되기만 한다면 의견 불일치(와 어떤 믿음은 옳고 어떤 믿음은 그르다는 생각, 어떤 해석은 옳고 어떤 해석은 그르다는 생각에 대한 전념 자체)를 불가능하게 만든다는 것이다(그 어떤 언어도 옳거나 그르지 않다. 언어들 간의 갈등을 모델로 하는 갈등은 진리가 아니라 힘과 관련된다). **포스트역사주의의 존재론적 입장**(해석의 대상(기호)을 경험의 대상(표시)로 변형시키는 것)은 텍스트의 의미에 대한 의견 불일치를 텍스트의 상이한 효과들에 대한 기록으로 변형시킨다. 역사의 종말기에 독자들은 피를 흘리거나 흘리지 않는다. 그들은 서로 다르지만, 의견 불일치를 보이지 않는다. 그들이 의견 불일치를 보이지 않는 까닭은 의견 불일치를 보일 대상을 갖지 않기 때문이다.

나는 전작인 〈이론에 반대하여〉에서 이론의 종말을 요청하며 독자들에게 의견 불일치를 보일 수 있는 어떤 대상을 제공하려 했다. 만약 '역사의 종말'이라는 기획이 의견 불일치 없는 차이의 세상을 상상하는 것이라면, 나의 기획은 의견 불일치를 옹호하는 것, 즉 저자의 의도에 해석자가 의견 불일치를 보일 수 있다는 사실 때문에 저자의 의도가 중요하다고 설명하는 것이었다. 이것이 바로 의도주의intentionalism가 어떤 방법론적 가치를 갖는다는 주장을 거부하는 주장의 요지다. 내 주장의 의의는 독자가 텍스트의 의미에 관한 진실에 도달하는 것을 돕는 데 있는 것이 아니라, 단지 어째서 텍스트의 의미에 관한 어떤 진실이 존재한다고 생각할 수 있는지를 설명하는 데 있다.

물론 텍스트에 대한 진실된(혹은 거짓된) 해석 가능성을 부인하는 데 주력하는 문학 이론들이 존재해 왔다. 실제로 나는 모든 이론은 반드시 진실되고 거짓된 해석들을 불가능하게 만드는, 따라서 해석 그 자체를 제거하는 작업에 전념해야 한다고, 그리고 역사의 종말은 그러한 해석의 종말의 또 다른 이름이라고 주장해 왔다. 이제 자본주의가 틀렸다고 생각하는 사람이 없다는 것이 진실일지라도, 모든 것이 틀렸다고 생각하는 사람도 없다는 것은 진실이 아니다. 모든 사람(이론 분야는 제외한)이 더 이상 잘못된 해석들은 존재하지 않는다고 생각한다는 것도 진실이 아니다. 만약 역사가 끝났다면, 그것은 오로지 이론에서만이다. 이론은 이미 역사 속에서 끝났다.

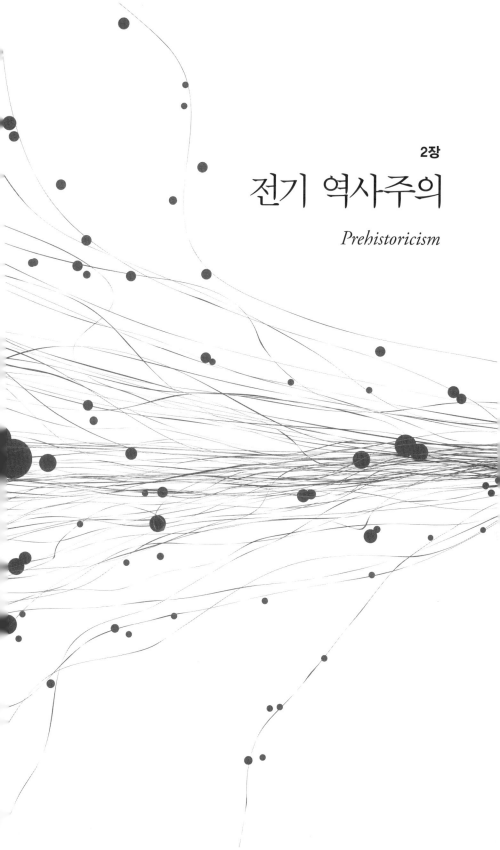

2장

전기 역사주의

Prehistoricism

바위들 rocks

킴 스탠리 로빈슨의 화성에서는 "풍경 자체가 말을 한다", "일종의 알아들을 수 없는 방언 형식으로" "뒤죽박죽 무의미한 말"을 한다(《붉은 화성》, 546). 그럼에도 불구하고 그 말을 이해하는 지질학자는 그 풍경 "특유의 형태의 언어"로 말을 한다(《초록 화성》, 409).

때로는 방언에 대한 호소로, 때로는 컴퓨터 바이러스 모델에 대한 호소로, 때로는 스티븐슨의 《스노우 크래쉬》처럼 방언과 컴퓨터 바이러스 모델 둘 다에 대한 호소로 이루어지는, 이 같은 무의미한 것과 언어적인 것의 결합은 1990년대에 나온 거의 모든 과학소설의 주된 소재이다. 사실 이 결합에 대한 관심은 1967년 글 서문의 제문을 영국 작가 J. G. 발라드J. G. Ballard에서 가져오고, 발라드의 '환경의 부호화'를 컴퓨터의 '부호화된 채널'과 결부시킨 대지大地예술가 **로버트 스미스슨**Robert Smithson으로까지 거슬러 올라간다. "모든 내용은 자동인형의 '기억'으로부터 제거되어 하나의 '형태' 혹은 '대상'으로 변형된다"(342). 발라드에서 이것은 "온통 기이한 암호들로 덮여 있는" "풍경(들)," 즉 "알아들을 수 없는 목소리"로 말하는 호수와 석회암 언덕들과 "어떤 수수께끼 같은 알파벳 기호들"처럼 보이는 "키 큰 야자수들"로 덮여 있는 풍경들을 생산한다.[1] 스미스슨은 발라드에서 "언어의 심연은 일반 역사의 상정된 의미를 모두 삭제하고 기막힌 왁자지껄한 소리만을 남긴다"(341)고 말한다.

닐 스티븐슨의 《스노우 크래쉬》에서 "자연의 언어"(206)는 지질학적인 것이라기보다는 생물학적인 것이지만, 그것 역시 일종의 "왁자지껄한 소리"고 의미를 삭제하는 것으로 묘사된다. 이것이 바로 방언과 바이러스에 대한 이중적 호소의 핵심 요점이다. 그것들은 의미를 회피하는 언어로 기능한다.

스티븐슨에서 방언과 바이러스의 공통점은 효과를 낳는 방식이다. "방언은 모든 사람이 공통으로 가지는 뇌의 깊은 곳에 존재하는 구조에서 나오는 것이기 때문에"(206), "모든 고차원적인 습득된 언어들을 회피하는" 언어로 말하는 어떤 사람은 "상대방의 뇌간 속으로 곧장 들어가는" "단어들"을 생산한다. 여기서 의사소통 모델은 인간의 '면역 체계'에 침투하는 질병(스티븐슨은 이것을 천연두에 비유한다)이다. 비록 컴퓨터 바이러스는 "세포벽을 통과하고 세포핵에 도달하여 세포의 유전자에 접촉할" 수 없다고 할지라도, 스티븐슨이 제시하는 "신경언어적인 것the neuro-linguistic"의 전망을 더 강력하고 광범위한 것으로 만드는 것은 정확히 이

---

[1] J. G. Ballard, *The Best Short Stories of J. G. Ballard* (New York: Holt, 1995), 244, 97.

러한 유전적 부호와 컴퓨터 부호의 중첩(신체와 컴퓨터가 컴퓨터와 부호들을 통해 다른 신체와 정보를 교환한다는 생각)이다.

예컨대, 《정신의 아이들Children of the Mind》(1996)에서 **올슨 스콧 카드**는 분자적 부호를 통해 정보를 전송하는 생물 종을 상상한다. "부호가 들어오면 그들은 어떻게든 그것을 해석한다. … 어떻게? 그것의 냄새를 맡나? 그것을 삼키나? 요점은 만약 유전적 분자들이 그들의 언어라면, 그들은 우리가 글에 대한 이미지를 종이에서 우리의 눈으로 가져오는 것처럼 적절한 방식으로 어떻게든 그 유전적 분자들을 그들의 몸속으로 넣어야 한다는 것이다"(266).

스티븐슨과 마찬가지로 카드의 경우에도 자연의 언어는 부호이다. 이것이 해러웨이가 말하는 것처럼, 과학소설이 "근대 생물과학"의 위대한 이론적 발전으로 여겨지는 "세계를 부호의 문제로 번역하는 것"을 예찬하는 방식이다.

이렇게 언어적인 것을 바이러스나 부호 모델, 혹은 컴퓨터나 생물적인 것의 모델 아래에 포섭하는 것은 두 가지 효과를 낳는다. 한편으로는 언어의 영역을 확장시키고, 다른 한편으로는 하나의 언어를 사용한다는 것이 무엇을 의미하는지에 대한 우리의 이해를 변형시키는 것이다. 실제로 이는 **의미란 무엇인가**에 대한 우리의 이해를 변형시킨다.

스티븐슨의 책에서 바이러스는 "컴퓨터 혹은 시신경을 통해 해커를 감염시킬 수 있는"(405) 부호이다. 해커들이 바이러스에 약한 이유는, 그들이 그 바이러스를 이해하기 때문이 아니라(즉, 프랑스어 사용자들이 프랑스어를 이해하기 때문이 아니라), 그들의 시신경이 감염에 취약하기 때문이다. 취약한 것은, 그들 해석 능력의 기능이 아니라 그들의 "면역 체계"

기능이다. 감염은 해석이 아니기 때문에 하나의 부호를 알아듣기 위해 하나의 바이러스를 이해할 필요는 없다. 그 대신에 미니멀리즘 조각가 도널드 저드Donald Judd의 작품에 대해서 스미스슨이 칭찬한 바, 즉 '인쇄물'을 "읽는 대신에 보이는 것"(18)으로 변형시키는 것은 '어떤 것은 무엇을 의미하는가'라는 질문을 '어떤 것은 어떻게 보이고 어떤 냄새가 나며 어떤 맛이 나는가'라는 질문으로 변형시킨다.

따라서 발라드와 컴퓨터에 대한 스미스슨의 열광("상정된 의미"를 "형태와 대상"으로 대체하는 것에 대한 열광)은 저드에 대한 열광의 변형이다. 저드는 발라드가 상상하는 것, 즉 '내용'을 제거하고, 그것을 '형태'나 '대상'으로 교체하는 것을 실행한다. 그리고 실제로 스미스슨의 작품뿐만 아니라 **미니멀리즘**(혹은 마이클 프리드의 표현대로 '**직사**直寫**주의**Literalism') 논쟁에서 주된 논쟁거리로 등장하는 것은, 정확히 **형태의 지위**(프리드가 "대상의 근본적 속성으로서의 형태와 회화의 매체로서의 형태"[2] 사이의 차이라고 말하는 것)이다.

직사주의에서 가장 기본적인 것은 정확히 **내용에 대한 거부**인데, 스미스슨은 이러한 거부가 회화에서는 불가능한 것이라고 생각한다. 왜냐하면 회화는 (심지어 추상적 회화도) 근본적으로 재현적이기 때문이다. "그 어떤 종류의 회화에도 추상적인 것은 존재하지 않는다. 그것들은 모두 공간을 재현한다"(390). 이와 반대로 저드의 특정 대상들(혹은 미니멀리즘 조각가들인 모리스Robert Morris, 세라Richard Serra, 그리고 스미스슨의 새로운

---

[2] Michael Fried, *Art and Objecthood : Essays and Reviews* (Chicago : University of Chicago Press, 1998), 151.

작품들)은 공간을 재현하는 대신에 공간에 기거한다. 그것들은 저드가 '현실 공간' 혹은 '실제 공간'이라고 부르는 곳에 존재한다.[3]

물론 이는 정반대로 말해질 수도 있다. 회화는, 심지어 추상적 회화도 현실 혹은 실제 공간에 존재한다. 특정한 대상들이 열망하는 그 조건들은 모든 대상이 (하나의 대상으로서) 기본적으로 가질 수밖에 없는 조건인 것이다. 실제로 〈예술과 대상성〉에서 프리드가 설명하는 것처럼, 회화가 그리는 대상의 형태가 아닌 다른 **형태**를 띠도록 만들어지는 것이 **모더니즘 회화**의 핵심 요점이 되는 까닭은 기본적으로 모든 대상은 형태를 가지기 때문이다. "그렇지 않으면 그것들은 대상들과 진배없는 것들로 경험된다."

스미스슨이 말하는 회화가 갖는 내용과 대상이 갖는 형태 사이의 구분은 프리드에서 "묘사된depicted" 형태와 "직사적literal" 형태 사이의 구분, 즉 화가 겸 판화가 프랭크 스텔라Frank Stella의 작품 〈모울톤보로 II Moultonboro II〉의 작품에 나타나는 불규칙한 다각형(지지대의 형태)과 그 지지대에 그려진 삼각형 간의 구분으로 나타난다. 그리고 회화에 대한 미니멀리즘의 비판('내용'에 대한 스미스슨의 공격)은 정확히 지지대라는 관념, 즉 회화와 회화라는 관념에 요구되는 회화의 지지대 사이의 구분, 즉 어떤 것(물감)을 다른 것 위에 올린다는 생각에 대한 비판이다.

따라서 만약 프리드 식 **모더니즘의 목표**가 예술 내용의 축소 불가능성(예술 작품 속에는 작품이 대상으로 삼는 대상을 초과하는 어떤 것이 반드

---

[3] Donald Judd, *Complete Writings 1959-1975* (Halifax: Press of the Nova Scotia College of Art and Design, 1975), 184.

시 존재한다)을 주장하는 것이라면, **미니멀리즘의 목표**는 정확히 예술 작품을 작품이 대상으로 삼는 바로 그 대상으로 생산하는 것이다. "그것은 자신의 대상성을 물리치거나 중지하고자 열망하지 않고, 반대로 대상성 그 자체를 발견하고 투사하려 한다." 이것이 바로 스미스슨이 리 본테쿠Lee Bontecou의 작품에 대한 저드의 설명에 동의할 때 염두에 둔 바이다. "검정 구멍은 검정 구멍을 암시하지 않는다. … 그것은 하나의 검정 구멍이다"(80).[4] 여기서 스미스슨이 중시하는 것은 암시화allusion를 예시화exemplification로 대체하는 것, 혹은 더 일반적으로 말해서 "재현적이고 환영적인 것"(361)을 "물질적인 것"(209)으로 대체하는 것이다. 프리드가 직사적인 것이라며 거부하고, 초창기 글(미니멀리즘/직사주의가 등장하기 이전에 저술된 글로서, 그가 존경하고 차후에 옹호한 화가 래리 푼스Larry Poons에 관한 글)에서 푼스가 열등한 예술을 생산하기 때문이 아니라 "예술을 거스르기"(310) 때문에 비판한다고 한 것이 바로 이러한 대체이다.

프리드가 설명하는 미니멀리즘 회화들은 "색칠된 점들을 … 색칠된 영역 위에 패턴화하여 배치하는 것"과 관련된다. 프리드는 이 회화들을 "정상적인 눈에는 하나의 숫자로 보이지만, 결함이 있는 눈에는 다른 숫자로 보이는 색맹검사"에 비유하면서 "직사적으로 불가항력적"(310)이라

---

[4]　저드와 래리 벨Larry Bell의 작품들은 "직사성을 인정하는 것이 아니라 단순히 직사적이다"(88)라고 강조하는 것에서 알 수 있듯이, 프리드의 이러한 요점은 저드와 벨에 대한 비판으로 작용한다. 더 일반적으로 말해서, 프리드와 스미스슨은 추상적 회화와 같은 것은 존재할 수 없다고 생각한다. 이 요점은 다음 세대에 사진가 제임스 웰링이 회화에서 추상화abstraction는 "너무 어려운" 반면에 사진에는 추상화가 "내재해" 있다고 말할 때 다시금 중요해진다.

고 비판한다.

닐 스티븐슨의《스노우 크래쉬》에서 해커의 뇌를 파괴하는 바이러 스는 비트맵, 즉 스크롤 위에 얹혀 있는 "일련의 흰색과 검정색의 픽셀 들"을 통해서 의사소통된다. 이 효과를 피하는 유일한 방법은 비트맵을 보지 않는 것이고, 비록 푼스 식 시력검사의 효과가 다소간 덜 지독하다 고 할지라도, 이 회화들에 대한 프리드의 저항은 그것들이 관람자에게 행사하는 것과 유사한 '강제'의 관점에서 표현된다. 프리드는 이를 "가장

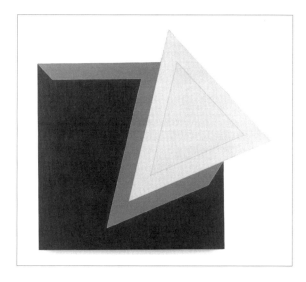

〈그림 1〉 Frank Stella *Moultonboro II*, 1965.

Fluorescent alkyd and epoxy paint on canvas 110 in. x 120 1/4 in. ⓒ Frank Stella/ARS, NY. Coll. of the artist. Photo: Steven Sloman. Photo credit: Art Resource, NY.

기본적인 개인적 감성 개념조차도" 인정하기를 거부하는 것으로 특징짓는다. 회화가 시력검사표와 같다면, 그것을 보는 사람들은 모두 시력 환자가 검사표에 반응하는 것처럼 불가피하게 그것에 반응할 것이다(이는 모든 해커들이 비트맵에 반응하는 것과 동일한 방식이다).

하지만 요점을 이런 식으로 말하는 것은, 이 회화들이 관람자의 개인성을 인정하는 데 실패하는 것을 프리드가 사실 염려하지 않음을 깨닫는 것이다. 결국 색맹이 아닌 사람들은 시력검사표에 서로 다른 방식으로 반응할 뿐만 아니라, 모든 관람자들 간의 미묘한 차이들을 드러내며 그리하여 그들의 개인성을 무시하기보다는 오히려 세부화하는 수많은 종류의 진단적 검사들이 존재하지 않는가. 진정한 문제는 시력검사가 관람자들 간의 차이를 부적절한 것으로 만든다는 것이 아니다. 이 회화들이 검사표로 기능하면서 관람자 자체를 부적절한 것으로 만든다는 것이다. 마이클 프리드는 미니멀리즘 회화의 "연설 양식"의 핵심은 "우리를 관람자가 아닌 주체로서 존재하게 하는 것"이라고 말한다.

몇 년 후 (《형식으로서의 형태Shape as Form》(1966)에서) 프리드는 "하나의 예술 작품은 오직 흥미로울 필요만 있다"는 저드의 말을 인용하고, 이에 대응하여 "어떤 작품"은 "단지 흥미로운 것 이상으로 훌륭한 것이라고 말하고 싶다"(98)고 주장함으로써 이 구분을 더욱 명료하게 만든다. 그리고 〈예술과 대상성〉에서 작품은 오직 흥미로울 필요만 있다는 저드의 주장으로 되돌아, 작품은 훌륭해야 한다는 모더니즘적 주장뿐만 아니라 작품은 확신을 가져야 한다는 주장, 즉 회화는 "회화로서의 확신을 강요한다"(128)는 주장과 자신의 주장을 대립시킨다.

프리드에 따르면, **주체**에게 말을 하는 것은 그 주체의 흥미에 호소하는 반면에, **관람자**에 말을 하는 것은 무엇이 훌륭하고 무엇이 확신을 강요하는지에 대한 그 관람자의 이해에 호소한다. 이 구분을 이해하는 어느 정도 불가피한 방법이 내가 좋아하는 회화와 내가 좋아하지 않는 회화 사이의 구분을 위장하는 것이라면, 훌륭한 회화는 확신을 강요한다는 프리드의 주장은 정확히 이 반대에 맞서기 위해서, 즉 흥미로운 대상과 확신 있는 대상의 차이는 단지 그 대상들을 향한 우리 태도의 차이에 지나지 않는다는 비판에 맞서기 위해서 계획된 것처럼 보인다. 왜냐하면 확신을 흥미보다 우월한 것으로 만드는 것은, 흥미는 본질적으로 주체의 태도라는 사실이기 때문이다. '어떤 대상을 흥미로운 것으로 발견하는가'라는 질문(폭포를 보고 어떻게 느끼는가)은 결국 우리 자신에 관한 질문이다. 반면에 확신을 강요하는 대상은 우리 존재에 관한 질문을 우리에게 넘기지 않는다.[5] **확신**을 강요하는 것은 작품이 하는 것이고,

---

[5] 따라서 할 포스터Hal Foster가 프리드의 확신에 대한 의존을 저드의 "주관주의 subjectivism"와 "취향의 유사−객관적인 표준에 대한 호소"를 대립시키려는 노력으로 설명하고, 사실상 이러한 호소를 역사화해서 "그린버그 식 형식주의"의 "훈육적 토대"와 연결시킴으로써 비판할 때, 그는 오직 부분적으로만 옳다(Foster, *The Return of the Real* [Cambridge, Mass.: MIT Press, 1996], 52, 57). 확실히 문제는 우리가 어떤 작품을 훌륭하다고 생각하는 것은 우리가 그것을 흥미롭다고 느끼는 것만큼이나 주관적이라는 것이다. 하지만 프리드의 질문이 단순히 예술 작품이 훌륭한가 아닌가가 아니라 예술 작품이 진정 예술 작품이 되는가 안 되는가인 한, 상황은 다소 상이하다. 우리가 비예술을 예술로 간주하는 것에서 범하는 실수는, 우리가 졸작을 대작으로 간주하는 것에서 범하는 실수와 같지 않다. 프리드의 글이 대단히 복잡한 한 가지 이유는, **어떤 것은 예술인가 아닌가**라는 질문이 **어떤 것은 훌륭한 예술인가 아닌가**라는 질문과 끊임없이 겹쳐지기 때문이다. 하지만 이 질문들이 겹쳐지는 것이 명백히 예술사에서 중대한 순간이 된다고 할지라도, 이 질문들은 여전히 분리될 수 있다. 그렇지 않다면 나쁜 예술과 같은 것은 존재하지 않을 것이다.

프리드가 주장하는 바는 정확히 작품에 대한 이러한 몰두, 즉 우리가 그것에 **흥미**를 느끼든 느끼지 않든 그것은 훌륭하다는 것이다.

하지만 요점을 이런 식으로 말하는 것은 확실히 푼스 식의 초창기 회화들을 "직사적으로 불가항력적인" 것이자 "예술을 거스르는" 것으로 보는 비판을 문제적으로 만든다. 어째서 위대한 예술 작품, 즉 확신을 강요하는 작품은 정확히 푼스의 회화들과 시력검사가 그런 것처럼 강제적이지 않은가? 그리고 만약 위대한 작품들이 확신을 강요하는 것들이라면, 어째서 (《예술과 대상성》의 유명한 마지막 구절이 유쾌하게 지적하는 것처럼) 그토록 적은 수의 작품들만이 확신을 강요하는 작품이 되는가? 우리는 위대한 예술 작품의 힘을 느낄 수 있는 사람들을 색맹이 아닌 사람들의 미학적 등가물 혹은 다른 모든 사람이 쉽게 피해 가는 바이러스에 취약한 면역 체계를 가진 사람들의 운 좋은 판본으로 이해해야 하는가? 그리고 만약 이것이 사실이라면, 우리는 모두 결국 '관람자'가 아니라 '주체'가 되는 것이 아닌가?

이런 관점에서 볼 때, 흥미로운 것과 확신 있는 것의 구분이 프리드가 원하는 방식대로 작동할 수 없음은 분명해 보인다. 예술과 대상, 관람자와 주체를 구분 짓기란 쉽지 않다. 하지만 그의 글들이 명료히 하는 것처럼, 이러한 구분은 사실 필요치 않다. 흥미와 확신이 서로 구분 불가능해지는 이유는 (강제적이든 아니든) 이 둘은 모두 주체의 속성이기 때문이다. 더욱 정확히 말해서, 이 둘은 프리드가 주체의 '경험'이라고 칭하는 것을 설명하는(나는 흥미가 있다, 나는 확신한다) 요소들이다. 이 구분이 문제시되는 이유는, 이 글들에서 프리드가 근본적으로 몰두하는 부분이 경험들을 구분하는 것(말하자면, 흥미와 확신을 구분하는 것)

이 아니라 우리의 경험이 적절하게 되는 대상과 그렇지 않은 대상을 구분하는 것에 있기 때문이다.

　예컨대, 색맹검사는 보는 사람이 색맹이든 아니든 오직 그것을 보는 사람의 눈에 드러나는 것으로 그 형상이 결정된다. 만약 이 검사가 보는 사람에게 어떤 강제력을 행사한다면, 그것은 오로지 그 검사가 우리에게 자동적인 반응을 유발한다는 점에서 그러하다. 프리드가 반대하는 것은 이러한 자동성 자체가 아니다. 그가 반대하는 것은, 우리 반응의 적절성을 표시하는 것으로서의 자동성이다. 그는 모더니즘 회화는 우리가 반응하지 않는 종류의 대상이라고 주장한다. 그 이유는, 모더니즘 회화는 확신을 강요할 뿐만 아니라 "회화로서의 확신을 강요"하기 때문이다.

　관람자로부터 주체를 구분하는 것은 관람자 개인의 개인성도 자유도 아니다. 모든 사람은 어떤 방식으로든지 시력검사에 반응한다. 우리는 세상의 모든 대상들에 반응할 수밖에(다소간 흥미를 느낄 수밖에) 없다. 그 대상성을 물리치고자 하는 모더니즘 회화의 노력에 대한 프리드의 설명("마치 예술 작품(더 정확히 말해서, 모더니즘 회화와 조각)은 어떤 본질적인 측면에서 볼 때 대상이 아닌 것 같다"(152))은 우리가 반응하지 않는 대상을 상상하려는 노력에 대한 설명이다. 모든 대상은 어떤 반응을 (생산한다는 의미에서) 강제한다. "예술을 거스르는" 것, 즉 대상이 하나의 대상이 되는 것만큼이나 단순히 하나의 주체에 지나지 않는 주체가 되기를 요구하는 것이 바로 이러한 강제성, 경험의 개념 속에 내장되어 있는 강제성이다.

　그러므로 극장성theatricality[연극성], 프리드가 단지 관람자의 반응 유발만을 의도한 대상의 생산으로 이해하고, 고로 궁극적으로 '예술의 부정*⁶이 된다고 말하는 극장성은 오로지 우연적으로만 그 대상에 대한 주장을 수반한다. 중요한 것은, 예술 대상을 하나의 평범한 대상으로 변형시키는 것은 그 대상에 대한 관람자의 경험을 단순히 일반적인 경험으로 변형시키는 것을 요구한다는 것이다. "이전의 예술에서 작품으로부터 주어지는 것은 엄격히 '그 작품' 속에 위치하는 반면에, 직사주의literalist 〔미니멀리즘〕 예술 경험은 하나의 상황, 즉 사실상 관람자를 포함하는 상황에 놓이는 한 대상에 대한 경험이다." 여기서 '사실상'은 약간 잘못된 표현이다. 왜냐하면 프리드가 말하는 것처럼, 비록 "관람자가 아닌 대상은 그 상황의 중심부 혹은 초점의 대상에 머무른다고 할지라도," "상황 그 자체는 관람자에 속하기 때문이다. 그것은 그의 상황이다"(154).

관람자의 존재는 경험적인 것이 아니라 **구조적**인 것이다. 왜냐하면 관람자 없이는 상황도 없고 따라서 직사주의 예술도 없기 때문이다. 여기서 요점은 일종의 보편적 관념론, 즉 대상은 오직 관람자가 그것을 마주할 때에만 존재하게 되고, 따라서 대상은 관람자가 창조하는 것이라는 생각이 아니다. 비록 이 입장은 그것이 특정 문학 이론 형식들에서 대단히 중심적인 것으로 등장한다고 할지라도, 미니멀리즘에 대한 프리드의 설명에서 대상은 그 자체로 존재한다. 관람자에게 의존하는 것은 오로지 경험이다. 미니멀리즘이 가치를 두는 것은 대상이 아니라 **경험**이다.

시각예술가 **토니 스미스**Tony Smith가 털어놓은 끝이 없는 뉴저지 고속도로에서의 밤길 운전 이야기("칠흑 같은 밤이었다. 멀리 언덕이 보이는 평지

---

⁶ 이는 그것(모든 대상)이 이미 하고 있는 것을 하도록 제작되었기 때문이다.

의 풍경을 따라 움직이는 어두운 도로를 제외하고는 그 어떤 빛, 혹은 갓길 표지물, 선, 철책도 없었다. 하지만 이윽고 굴뚝, 탑, 연기, 그리고 여러 색의 빛들이 보이기 시작했다")가 프리드와 스미스슨 둘 다에게 대단히 중요한 것은 바로 이 때문이다. 스미스슨은 이렇게 말한다. "나는 이것이 예술의 종말을 나타내는 것이 분명하다고 생각했다. 모든 회화는 그것을 따라 그린 것이다. 그것, 내가 경험해야 하는 그것을 '회화적으로' 틀 속에 넣을 수 있는 방법은 없다."

틀 속에 넣을 수 있는 것과 오직 경험될 수 있는 것의 대립은 근본적이다. 미니멀리즘에서 **틀의 제거**는, 관람자의 시야 내에서 "해당되는 상황과 경험의 부적절성을 선언하는 것"은 아무것도 없고 "모든 것은 그 대상의 일부가 아닌 그 상황의 일부로 간주된다"(155)는 것을 의미한다. 스미스슨은 이를 "물질과 접촉하는 것"이라고 칭하고, 그것을 '한계 없음limitlessness'과 "프로이트의 '대양oceanic' 개념"(103)과 동일시한다.

하지만 틀 속에 넣을 수 있는 것을 경험되는 것으로 대체하는 것은, 정확히 모든 한계를 제거하는 것이다. 내가 볼 수 있는 것에는 항상 한계가 존재한다. 요점은 나의 경험이 무제한적인 것이 된다는 것이 아니다. 물론 나의 경험은 내 경험에 포함되는 물리적 한계로 제한된다. 그러나 요점은, 나의 경험 내에는 아무런 제한이 없다는 것, 즉 물리적 한계를 제외하고는 아무런 제한이 존재하지 않는다는 것이다. **경험**에 기여하는 모든 것(그림뿐만 아니라 그림이 걸린 벽면)은 경험의 일부분이 된다. 어떤 것들은 확실히 다른 것들보다 더욱 두드러지는 경험의 특질들이 될 것이다. 하지만 모든 것은 여전히 그 경험의 일부로 간주될 것이다. 왜냐하면 어떤 부분이 변형되면, 경험 전체가 변형될 것이기 때문이다. 바로 이것이

갤러리(혹은 더 일반적으로, 장소)가 작품의 일부분이 되는 방식, 즉 단순히 작품이 전시되는 장소가 아니라 작품의 구성 요소가 되는 방식이다.

나는 프랭크 스텔라(60년대 미국의 대표적인 미니멀아티스트)의 추상화 〈**알파 피**Alpha Pi〉를 보기 위해서 뉴욕에 가는 것과 동일한 방식으로 스미스슨의 대지미술 〈**부러진 원**Broken Circle〉를 보고자 그것이 그려진 네덜란드 에멘에 가지는 않는다. 왜냐하면 뉴욕에서 보는 스텔라의 〈알파 피〉는 시카고에서도 볼 수 있지만(그것이 뉴욕에 전시되는 것은 단지 우연이다), 스미스슨의 〈부러진 원〉은 오직 네덜란드에서만 볼 수 있기 때문이다. 그리고 이것은 〈부러진 원〉이 이동시키기엔 너무 크고 취약하기 때문이 아니라, 그것을 다른 장소에서 보는 것, 즉 다른 위도나 경도의 장소에서 보는 것은 상이한 경험을 가지는 것이고 고로 다른 것을 보는 것이기 때문이다.[7]

이와 대조적으로 모더니즘적 작품은 장소에 병합되는 것을 거부한다. 그것은 '포함적'이기보다는 '배제적'이고, 그것이 배제하는 것은 정확히 관람자이다. 내가 작품을 대면하게 되는 맥락(내가 그것을 보는 장소, 내가 그것을 보는 시간, 나는 누구인가라는 문제)은 그 작품의 일부분이 아니다. 바로 이러한 이유로 프리드는 **"의미의 개념"**(161)을 경험에 대항하는

---

[7] 흔히 특수성specificity을 장소화하려는 충동은 상품화에 저항하려는 욕망, 즉 판매되고 구매될 수 있는 예술 작품 생산에 저항하려는 욕망이 동기가 된다고들 말한다. 따라서 더글러스 클림프Douglas Crimp는 리처드 세라가 만든 조각의 "요점"은 "예술의 소비"를 물리치는 것, 혹은 소비 그 자체를 물리치고 그것을 물질적 현실로서의 예술 경험으로 바꾸는 것이라고 말한다(Crimp, *On the Museum's Ruins* [Cambridge, Mass.: MIT Press, 1993], 167). 하지만 경험의 최우선성에 전념하는 것이 어떻게 그 자체로 상품화와 소비에 대한 저항으로 간주될 수 있는가? 사실 경험을 최우선화하는 것은 관광산업의 핵심이 아닌가?

것으로 언급한다. 여기서 핵심적인 생각은 어떤 작품에 대한 우리의 경험은 장소와 시간 등에 따라서 다양하지만(어떤 텍스트를 비행기에서 읽는 것과, 동일한 텍스트를 연구하는 가운데 읽는 것은 상이한 경험이 될 것이다), 그 작품의 의미는 그렇지 않다는 것이다.

물론 이 주장은 얼마든지 반박 가능하다. 호손의 《주홍글씨Scarlet Letter》(1850)를 21세기에 읽는 경험은 그것을 19세기나 20세기에 읽는 것과 상이할 뿐만 아니라, 1960년대 후반과 1970년대 초반에 발전된 문학 이론적 주장들에 따르면, 그 의미 또한 상이할 것이다.[8] 이 주장들이 요구하는 바는, **스탠리 피쉬**가 **독자반응비평**reader response criticism에서 공언한 것처럼 텍스트의 의미는 독자의 경험과 동일시되어야 하거나, 혹은 **폴 드 만**과 **자크 데리다**의 작업에서 공언된 것처럼 독자의 작품 해석은 작품에 대한 독자의 경험으로 축소되어야 한다는 것이다(드 만에게 무의미한 기표 '마리옹Marion'을 중심적인 것으로 만들고, 데리다에게 기호의 이해를 표시

---

[8] 비록 신비평주의 이론가들은 인정하거나 반가워할 만한 것은 아니라고 할지라도, 텍스트의 의미가 변화될 수 있다는 생각은 이미 신비평주의 이론의 결과물이라는 주장이 제기될 수 있다. 그리고 이와 마찬가지로, 텍스트의 의미가 변화될 수 있다고 생각하는 이론가들은 사실상 텍스트는 아무 의미도 가지지 않는다고 생각하는 것이라는 주장이 제기될 수 있다. 혹은 달리 말해서, 동일한 텍스트에 대한 여러 (정확하고 올바른) 해석들이 존재할 수 있다고 생각하는 이론가들은 사실상 동일한 텍스트에 대한 정확하고 올바른 해석은 존재할 수 없다고 생각하는 것이고, 나아가서는 텍스트에 대한 해석은 아예 존재하지 않는다고 생각하는 것에 다름 아니라는 주장이 제기될 수 있다. 나의 요점은 만약 하나의 텍스트가 그 저자가 의도하지 않은 어떤 것을 의미할 수 있다고 상상하기 시작하는 것은, 결국 (의도했든 안 했든, 깨닫든 깨닫지 못하든) 텍스트는 아무것도 의미하지 않는다고, 그것은 텍스트가 아니라고 상상하는 것이라는 것이다.

의 기능으로 변형시키는 것은 바로 이러한 축소이다).

하지만 스미스슨에서 틀에 대한 물음은 유의미한 것과 무의미한 것 간의 차이와는 관련이 없다. 그보다는 제한적인 것(틀 속에 넣어진 것)과 무제한적인 것(틀 속에 넣을 수 없기 때문에 틀 속에 넣어지지 않는 것) 간의 차이와 관련이 있다. 그리고 마이클 프리드의 〈예술과 대상성〉에 대한 다소간 직접적인 비판으로서 저술된 에세이 〈**정신의 퇴적화**A Sedimentation of the Mind〉에서, 스미스슨은 자신의 미학을 예술가 토니 스미스의 것과 동일시한다고 할지라도(그리고 비록 스미스슨과 프리드의 대립은 현대미술사에서 다소간 고전적인 것이라 할지라도), 자기 작품인 〈비-현장들Non-Sites〉의 구성에 대한 스미스슨의 설명은 실제로 틀에 대한 프리드의 주장을 정확히 재생산한다.

스미스슨이 스미스에 동조하고 프리드를 공격하는 것은, 스미스슨 본인이 말한 일련의 개념들인 "비-포함"(102), "텅 빈 한계 혹은 무한계"(102), "대양적인 것"과 "무한한 것"에 대한 전념과 관련이 있다. 한계에 대한 필요성은 "탈분화dedifferentiation의 리듬을 견딜 수 없는" "비평가" 때문이고, 화가 모리스 루이스Morris Louis의 〈펼쳐짐unfurleds〉 연작에 담긴 "본래 그대로의 화폭의 아찔한 공백"에 대한 프리드의 설명, 즉 그러한 공백을 오직 "예술과 삶"의 "무수한 관습들"만이 포함할 수 있는 "무한한 심연"과 비교하는 것은 한계 없음의 힘과 그것에 대한 비평가의 두려움 둘 모두에 대한 증거로 인용된다.

하지만 정말로 이 순간이 프리드에게 대단히 문제적인 것이라면, 그것을 문제적으로 만드는 것은 기본적으로 그 순간의 감정적인 속성이 아니다. 오히려 문제는 예술적 '행위'의 '결과들'에 대한 프리드의 암시(즉,

의미가 아닌 효과에 대한 암시)와 파괴된 것처럼 보였던 한계들을 강화하는 "예술과 삶의 관습들"에 대한 그의 최종적인 호소로 정확히 산출되는 틀 속에 넣어진 예술 작품(틀 속에 넣어진 공백)의 틀 속에 넣어지지 않은 경험(모리스 루이스에서 토니 스미스로의 변형)으로의 잠정적인 변형이다.

관습은 우리로 하여금 무한한 것의 심연에서 물러나게 하고, "우리 행위의 결과를 좁은 경계 안으로 제한하는 것"(103)을 요구한다. 왜냐하면 우리의 모든 행위는 우리가 통제할 수 없고 알지 못하는 무수히 많은 인과적 연쇄들 속에서 펼쳐진다는 점에서 우리 행위의 결과들이 무한하다는 것은 틀림없는 진실이기 때문이다. 모든 사람의 모든 삶의 부분의 한 양상이 되는 것은 정확히 이러한 비경계적인 속성이고, 스미스슨이 가치를 부여하고 자연 혹은 원물질("원물질의 물리적 심연")과 결부시키는 것은 이러한 심연의 비경계성이다. 그런데 프리드가 설명한 예술 작품의 존재론은, 작품들의 결과들(그것들이 우리에게 미치는 효과들)은 오로지 대상으로서 그것들이 지닌 일부분이지 예술 작품으로서 그것들이 지닌 일부분이 아니다.

예컨대, 만약 루이스의 그림 〈펼쳐짐〉을 보고 있던 어떤 관람자가 지나던 중에 깜박하고 놓쳤던 어떤 회화에 깊은 관심을 가졌음을 불현듯 알게 되고 그것을 보러 가는 길에 카로Anthony Caro의 조각 작품에 부딪혀 심각한 상처를 입게 된다면, 이 상처는 중요한 의미에서 그 회화를 생산한 행위의 결과들 중 하나가 될 것이지만 그것이 그 회화가 지닌 의미의 일부분으로 간주되지는 않을 것이다. 만약 상처 입은 관람자가 미술관에 불만을 제기하여 미술관이 문을 닫게 된다면, 이 또한 루이스의 회화 작업의 결과가 될 것이지만 그것이 그의 회화가 의미하는 바의 일부분이 되지는 않을 것이다. 이것은 무한히 반복된다.

실제로 심연이 우리 행위의 결과들과 관련해서 드러나는 한, 그 어떤 종류의 관습도 우리를 그러한 심연으로부터 물러나도록 하지 못할 것이다. 관습에 대한 프리드의 호소가 스미스슨에게는 공황적인 반응으로 보이는 것은 바로 이 때문이다(그리고 나의 상처에 대한 법적 책임을 미술관에게 지게 하는 것처럼, 데리다에서 그러한 효과들을 제한하려는 시도가 해석적 "책임"이 아닌 "윤리-정치적 질서"에 속하는 것으로 이해되는 것은 바로 이 때문이다).

하지만 주체 경험의 부적절성을 말하는 프리드 주장의 요점은, 관습을 통해 구제될 수 있다고 여겨지는 결과들에 대해서 걱정하는 것을 불필요하게 만드는 것이다. 프리드에서 심연과 관련한 실질적인 문제는, 그것이 끔찍할 정도로 무한하다는 것이 아니라 그 무한성이 예술 작품으로서 그것이 갖는 지위와 아무 관련이 없다는 것이다. 그것은 대상으로서의 예술적 대상에 속하는 것이지 예술로서의 예술적 대상에 속하는 것이 아니다. **심연**을 고수하는 것은 예술 작품을 하나의 대상으로 상상하는 것이고, 예술 작품에 대한 해석을 대상에 대한 경험으로 전환시키는 것이다.

실제로 프리드에 대한 공격에도 불구하고, "물질과 접촉하는 것"("검정 구멍은 검정 구멍을 암시하지 않는다. … 그것은 하나의 검정 구멍이다")에 대한 본인의 전념에도 불구하고, 스미스슨 역시 한계의 생산, 대상과 예술 작품의 차이를 표시하는 것은 한계라는 사상에 완전히 전념한다. 펜실베이니아의 점판암 채석장(채석장은 스미스슨이 선호하는 현장이다)을 방문했을 때, 스미스슨은 채석장이 "대양적인 것"을 직사화한다고, 즉

"모든 경계와 구분들이 이 점판암의 대양에서 그 의미를 상실한다"(110)고 주장한다. 여기서 채석장은 누군가의, 그 자신의 지각의 한계를 제외하고서는 아무 경계도 갖지 않는 경험 그 자체의 모범적인 예시다. 하나의 경계가 하나의 경계로 간주되려면 그것은 지각 영역의 경계가 아니라, 즉 지각 영역이 형성하는 경계가 아니라, 지각 영역 내부에 위치하는 경계가 되어야 한다.

따라서 스미스슨이 하는 일은 "하나의 작은 ⟨비-현장들⟩에 쓸 점판암 조각들로 가득 찬 삼베 가방"을 수집하는 것이다. 채석장에서 나온 물질들이 틀에 의해 에워싸여 있는 ⟨비-현장들⟩은 채석장과는 다른 방식으로 점판암을 포함한다. 이것이 바로 그가 "예술이 되기 위해서 예술은 한계를 가져야만 한다"고 말할 때 의미하는 바이다. 여기서 요점은, 예술은 채석장만큼 대양적이 되는 데 성공할 수 없다가 아니다. 오히려 예술 개념을 생산하는 것은 포함containment의 행위라는 것이다. 예술을 만드는 것은 '용기container'(틀)이다. 왜냐하면 관람자의 경험(틀을 벗어나는 모든 것에 대한 경험)과 그의 경험 자체를 부적절하게 만드는 것은 틀이기 때문이다. 세상이 예술이 되고, 혹은 스미스슨이 말하는 것처럼, "지면이 지도가 되는 것"은 그것이 포함될 때(오로지 포함될 때)이다.

지도가 되는 지면은 검정 구멍을 암시하는 것이 아니라, 그 자체로 검정 구멍이 되는 검정 구멍과 대립된다. 왜냐하면 검정 구멍을 특징적으로 만드는 것은 '그것은 그 자체로 어떤 것이 된다'는 것인 반면에, 지도로서의 지면을 특징적으로 만드는 것은 '그것은 어떤 것을 재현한다'는 것이기 때문이다. 지도가 스미스슨에게 중요한 이유는, 지도는 지극히 (모방적이든 그렇지 않든) 재현적이기 때문이다. 다시 말해, 비록 지도

〈그림 2〉 Robert Smithson, *Nonsite (New Jersey)*, 1968.
Collection Museum of Contemporary Art, Chicago.
Photograph courtesy Estate of Robert Smithson.

는 그것이 재현하는 대상처럼 보이는 것으로 이해될 수 없다고 할지라
도, 그것은 또한 재현이 아닌 다른 것으로는 이해될 수 없기 때문이다.
그러므로 지도의 의미와 관람자의 위치는 철저히 무관하다. 지도의 축척
은 지도 바깥의 세상과 본질적인 관계를 가진다(1인치는 100마일). 세상
을 재현하는 것으로 지도를 생각한다는 것은 바로 이런 의미다.

하지만 지도는 그것을 보는 사람이 세상에 있는 위치와 아무 관계

도 없다. 두 지점 간의 거리가 내가 정면에서 보는 까닭에 더 길게 보이는지 아니면 내가 측면에서 보는 까닭에 더 짧게 보이는지는 중요하지 않다. 달리 말해, 지도 위 요소들 간의 관계는 지도가 놓이는 위치나 내가 그것을 보는 위치와는 하등 관련이 없다. 그것들 간의 관계는 완전히 내재적이다.

이러한 **내재성**internality을 표현하는 한 가지 방법은, 지도는 평면적이라고 말하는 것이다. 물론 형식주의 미학 비평가 **클레멘트 그린버그**Clement Greenberg는 모더니즘 회화의 평면성flatness을 회화적 환영을 거부하려는 시도와 동일시했다. 하지만 미니멀리즘 조각가 도널드 저드는 회화는 필연적으로 환영주의와 결부되고, "특정한 대상"에 대한 예술가의 몰두는 3차원을 2차원으로 재현해야 하는 평면적 회화의 불가피성에 대한 거부와 연결된다고 주장한다. 특정한 대상은 대상으로서 이미 3차원으로 존재하고 고로 이러한 필수성에서 해방된다. 따라서 "실제 공간은 내재적으로 평면의 표면 위 물감보다 더욱 강력하고 특정하다."

하지만 실제 공간(스미스슨이 '지면'이라고 부르는 것)은 "지도가 될 때" 변형된다. 에세이 〈뉴저지 퍼세이크의 기념물 기행A Tour of the Monuments of Passaic, New Jersey〉(1967)에서 스미스슨이 언급하는 '마지막 기념물'은 하나의 '모래 상자'이다. 그는 이것을 하나의 '모형 사막'이라고 설명한다. "퍼세이크 오후의 흐릿한 빛 아래에서 사막은 무한한 분열과 망각의 지도가 된다"(74). 대상을 모형으로 변형시키고 모형을 스미스슨이 "3차원의 지도"로 변형시키는 것은 대상을 "실제 공간"에 위치시킴으로써 환영을 제거하는 것이 아니라, 대상(그것의 3차원성에도 불구하고)을 "실제 공간"에서 제거함으로써 환영을 제거하는 것이다.

"비포함된 현장"을 하나의 '비-현장'으로 변형시키는 틀(장소를 예술 작품으로 변형시키는 것)처럼, 스미스슨이 예술가의 '눈길'이라고 부르는 것(모래 상자를 지도로 변형시키는 것)은 바위들을 평면화하지 않고서도 ("무한한 분열과 망각의") 재현들로 변형시킨다. 그것은 마치 평면성 없이, 즉 회화의 불가피한 본질을 생산하고 있다는 착각 없이 회화의 2차원성을 획득하는 것과 같은 것이다. 다시 말해, 평면성의 적절성은 오로지 그것이 재현을 표시하는 것일 때이고, 여기서 요점은 재현을 하는 데 평면성이 꼭 필요하지는 않다는 것이다.[9] 왜냐하면 비록 그린버그 식 모델에서 추상화의 요점은 재현을 거부하는 데 있는 것처럼 보인다고 할지라도, 사실상의 요점은 재현의 최우선성에 대한 주장, 즉 (불가능한) 평면적 대상은 재현하는 대상이라는 주장이기 때문이다.

이런 의미에서 (용기container와 지면은 지도가 될 수 있다는 의미에서) "위대한 예술가는 한 번의 눈길을 줌으로써 예술을 만들 수 있다"(112). 눈길은 지면의 형태(그 지형)를 변형시키지 않지만, 그것의 존재론을 완전히 변형시킨다. 그것은 무한성과 무한성의 지도 간의 차이, 대상과 재현하는 대상 간의 차이이다. 그리고 스미스슨이 회화에서 **추상화의 불가능성**이라고 말하는 것과 사진에서 추상성의 불가피성을 주장하는 **포스트 미니멀리즘**post-Minimalist 예술사진적 실천의 등장으로 전면화되는 것은 이와 같은 차이, 한 번의 눈길로 만들어질 수 있는 존재론적 차이이다. 만약

---

[9] 따라서 스미스슨은 〈비-현장들〉을 재현적인 동시에 추상적인 "3차원의 논리적 회화"("하나의 장소가 자신을 전혀 닮지 않은 다른 장소를 재현할 수 있는"(364) 기술)라고 설명한다.

회화는 항상 다른 어떤 대상에 대한 것이라는 스미스슨의 말이 반직관적인 것처럼 들린다면, 사진은 다른 어떤 대상에 대한 것이 아니라는 **포스트모더니즘** 사진가 **제임스 웰링**James Welling의 말은 더 반직관적인 말처럼 들릴 것이다.

실제로 사진은 본질적으로 재현적이고 피사체가 되는 대상과 필연적인 관계를 가진다는 주장이 이치에 맞는 것처럼 들리는 것은, 모든 사진은 어떤 것에 대한 사진이 되는 것처럼 보이기 때문이다. 웰링 자신의 사진이 건물 혹은 기차 혹은 알루미늄박 등의 사진이 되고, 심지어 그가 추상적 사진이라고 칭하는 것도 그것을 만들기 위해 사용된 종잇조각의 현존을 기록하기 때문이다.[10]

물론 우리가 모든 사진을 **재현**이라고 부를 수 있는지를 불분명하게 만드는 것은, 정확히 사진이 대상들과 맺는 관계(사진은 대상의 현존을 기록한다는 사실)이다. 내가 거울 속에서 나 자신의 모습을 보고, 나의 현존이 기록되는 것을 볼 때, 나는 나 자신에 대한 재현을 보는 것이 아니라 나 자신을 본다. 내가 웰링의 사진 작품 〈이동 다리, 뉴욕, 1990Movable Bridge, New York, NY, 1990〉를 볼 때, 나는 그 다리에 대한 재현을 보는 것이 아니라 그 다리를 본다. 이런 관점에서 볼 때, 사진은 회화와 다르다. 회화는 오직 일부만 세상을 재현하는 반면에 사진은 모두 세상을 재현하기 때문이 아니라, 사진은 세상을 재현하지 않기 때문이다. 철학자 켄달 월튼Kendall Walton이 말하는 것처럼, 우리가 사진을 볼 때 우리는 세

---

[10] 다음에 이어지는 논의는 순수 사진의 실천에 관한 것이다. 왜냐하면 이와 같은 특정한 존재론적 관심사를 갖는 것은 오로지 순수 사진이기 때문이다.

상을 보는 것이 아니라 세상 그 자체를 본다.[11]

그 이유는 사진에 촬영되는 대상(다리 혹은 기차)은 회화에 그려지는 대상과 달리 사진의 생산에서 대단히 중요한 인과적 역할을 하기 때문이다. 비록 내가 그리고자 하는 이동 다리가 존재하지 않는다고 할지라도, 혹은 내가 결코 그것을 본 적이 없다고 할지라도, 심지어 이동 다리라는 것 자체가 존재하지 않는다고 할지라도, 회화로는 그 이동 다리를 그릴 수 있다. 하지만 이동 다리가 존재하지 않는다면, 그 이동 다리의 사진은 찍을 수 없다. 바로 이 때문에 누군가 이동 다리를 훔치는 장면을 사진으로 찍는다면, 그 사진은 그 장면을 그린 회화와 달리 (결정적인 것은 아니라고 할지라도) 절도에 대한 증거로 간주될 수 있다. 이렇게 보면 사진은 고발의 진실성에 대한 증거로서 가치를 갖는 반면에, 회화는 단지 또 하나의 고발의 방편에 지나지 않는다고 말할 수 있을 것이다. 그리고 회화의 인과적 역사는 화가와 관련되지 화가가 그리는 대상과는 관련되지 않는 반면에, 사진의 인과적 역사는 사진에 찍히는 대상과 관련되지 사진가와는 관련되지 않는다고 더욱 일반화해서 말할 수 있을 것이다.

실제로 이런 차이점은 **순수 사진**의 역사의 발생기부터 사진이 어째서 예술로 간주될 수 없는지에 대한 이유로 언급되어 왔다. 1907년 에세이 〈순수 사진에 대하여On the Straight Print〉에서 프랑스 회화주의자 로베르 드마시Robert Demachy는 "순수 사진은 아름다울 수 있지만 … 예술은

---

[11] Kendall Walton, "Transparent Pictures: On the Nature of Photographic Realism," *Critical Inquiry* 11 (December 1984): 246-77.

될 수 없다"[12]고 주장함으로써 이 요점을 날카롭게 지적한다. 드마시에 따르면, 순수 사진은 오직 '자연'의 복제만 될 수 있고 "자연의 가장 아름다운 장면에서조차 예술은 티끌만큼도 존재하지 않기 때문이다." 그 표준적인 예시로서, 일몰은 아름답지만 예술 작품은 아니다. 따라서 일몰의 사진은 아름답지만 그 아름다움이 일몰의 아름다움에서 비롯되는 한 이 사진은 예술이 아니고 단지 현장에서 일몰을 보지 못하는 우리가 일몰을 볼 수 있도록 도와주는 기술일 뿐이다. 따라서 사진 비평가 사다키치 하트먼Sadakichi Hartmann이 예술가로서의 사진가는 "자신의 눈, 자신의 훌륭한 취향, 그리고 자신의 구도법에" 의존해야 하고, "시야에 들어온 장면 혹은 대상이 가장 아름다운 순간에 드러날 때까지 참고 기다려야 한다"[13]고 주장할 때, 이에 대한 드마시의 응답은 사진가는 이 세상의 모든 취향을 보여 주고 자신을 어느 곳에나 원하는 대로 위치시킬 수 있지만 그가 등록하는 아름다움은 그가 생산하는 사진의 아름다움이 아니라 그가 본 대상의 아름다움이라는 것이다. 이 같은 드마시의 사진 예술 이해, 즉 사진에서는 대상이 우선하고 그 결과 사진은 예술 매체로는 부적절하다는 견해는 현재까지도 이어져 내려올 뿐만 아니라 최근에 (사진에 대한 포스트모던적 이론과 실천의 등장 속에서) 더욱 성행하고 있다.

---

[12] Robert Demachy, "On the Straight Print," *Camera Work*, July 1907, reprinted in *A Photographic Vision: Pictorial Photography, 1889-1923*, ed. Peter C. Bunnell (Salt Lake City, Utah: Peregrine Smith, 1980), 172.

[13] Sadakichi Hartmann, "A Plea for Straight Photography," *American Amateur Photographer* 16, no. 3 (March 1904), reprinted in *A Photographic Vision*, 166.

따라서 〈예술 사진 이후의 사진Photography after Art Photography〉이라는 중
요한 글에서 **아비가일 솔로몬-고도**Abigail Solomon-Godeau는, 사진은 예술 작
품이 되려는 야망을 거부하고 그 대신에 매체에 대한 도구적 접근법을
취하는 한에서 "포스트모더니즘에서 중요한 항목으로 나타난다"고 주
장한다.[14] 이 말이 함의하는 바는, 사진 그 자체를 예술 작품으로 만들기
보다는 예술 작품을 만드는 데 "사진을 이용하라"는 것이다. 고도는 이
주장을 피터 버넬Peter Bunnell의 **신디 셔먼**Cindy Sherman에 대한 언급에서
끌어낸다. 버넬은 셔먼이 "예술가로서는 흥미롭지만 사진가로서는 그렇
지 않다"면서, 아서 단토Arthur Danto의 셔먼 분석("사진은 그녀의 매체가 아
니다. 오히려 그녀의 예술적 목적을 위한 수단이다. 그녀의 매체는 그녀 자신이
다.")[15]은 이를 분명히 한다고 말한다.

이 모든 분석에서 사진을 예술로 만드는 것은 사진에 찍히는 대상
이다. 심지어 비평가 크레이그 오웬스Craig Owens의 글 〈알레고리적 충동:
포스트모더니즘 이론을 향해The Allegorical Impulse: Toward a Theory of Post-
modernism〉는 더욱 명백히 **해체주의적으로**deconstructive 셔먼의 〈**제목 없는 영
화 스틸 사진들**untitled photos for film stills〉을 그녀가 지닌 모델로서의 총명함
의 관점에서 칭찬한다. 오웬은 "그녀의 완벽한 비인간화"는 '위장僞裝'을
'패러디'로 탈바꿈시키고, 그리하여 대중매체의 **소외적 동일화**에 대한 비

---

[14] Abigail Solomon-Godeau, *Photography at the Dock* (Minneapolis: University of Minnesota Press, 1991), 114, 118.

[15] Arthur Danto, *Encounters and Reflections* (New York: Farrar Straus and Giroux, 1990), 120.

판으로 탈바꿈시킨다고 주장한다.[16]

물론 사진은 이러한 작업에 필수적이다. 사진 없이는 셔먼의 기교를 등록하는 것이 불가능하고, 사실상 그러한 기교를 선보일 기회도 없었을 것이다. 사진으로 등록되는 자세pose는 또한 사진을 위해서 생산된다. 하지만 자세와 관련한 사진기의 이중 기능(사진은 자세를 유발하는 동시에 그것을 등록한다)은 결코 **자세의 최우선성**을 손상시키지 않는다. 오히려 자세가 사진을 주제화하고 사진을 자세의 역사의 한 요소로 변형시키는 한(사진을 그 자신의 존재에 대한 서사 내로 포섭시키는 한), 사진은 더욱 철저하게 자세에 종속된다. 왜냐하면 자세는 사실상 사진에 대한 비판이 되기 때문이다. 사진이 세상에 보여 주는 것은, 사진기의 존재로 세상에 불려 내진 대상이다. 자세로서의 자세는 이 사실에 주의를 촉구하고 사진기가 만든 세상을 비판한다. 결국 사진기는 이 비판을 등록한다. 셔먼에서 패러디적인 요소는 사진기가 등록하는 대상은 사진기가 만든 대상이라는 그녀의 주장에 놓이지만, 등록 장치로서 사진의 지위는 이 패러디를 통해 도전받기보다는 단언된다.

이런 이유로 단토는 〈제목 없는 영화 스틸 사진들〉이 "예술이지 사진을 통한 세상의 기록물이 아니다"라고 말한다. 그가 의미하는 바는 결국, 사진은 '실제 세상'의 등록이 아니라 예술 작품의 등록이기 때문에 예술이 된다는 것이다. 여배우가 사진 촬영을 위해 자세를 취하는 것은 그녀가 자세를 취할 수 있는 사진기가 존재하기 때문인 이상, 〈제목 없는

---

[16] Craig Owens, *Beyond Recognition* (Berkeley: University of California Press, 1992), 84.

영화 스틸 사진들)은 사진기의 중심을 주장하는 것이다. 그런데 동시에 이 중심성은 실제 사진의 외재적인 것으로 이해된다. 실제 사진은 대상을 마치 그것이 자율적인 것인 양, 마치 그것이 일몰처럼 여전히 세상에 놓인 상태로 존재하는 것인 양 다룬다. 따라서 사진에 찍히는 대상의 사진에 대한 서사적 의존은 그 대상의 형식적 독립으로, 즉 사진기를 통해서 보일 수 있는 하나의 대상으로서 사진기와 관련한 그 대상의 독자적인 위치에 의해서 기각된다.

이런 점에서 볼 때, 셔먼의 사진들은 그것이 비록 자연물에 대한 것들은 아니라고 할지라도(오웬이 말하는 것처럼, **포스트모더니즘**에서 "자연은 문화에 완전히 길들여지는 것으로 여겨진다"), 드마시가 비판하는 자연미학에 부합한다. 셔먼의 사진들에서 촬영된 대상(셔먼 자신)은 이 미학에서 자연물이 차지하는 자리를 똑같이 차지한다. 드마시의 요점은 자연에는 예술이 없다는 것이고, 따라서 자연을 찍은 '순수 사진', 즉 자연의 등록으로 이해될 수 있는 사진에는 예술이 없다는 것이다. 셔먼의 자세는 확실히 비자연적(즉, 관습적)이지만, 사진의 역할은 그것들을 기록하는 것인 이상 사진기와 관련하여 그녀가 취한 자세의 위치는 일몰의 그것과 동일할 것이다. 결국 셔먼의 사진 형식은 하트먼이 말하는 **'촬영된 대상'의 우선성**을 재단언한다. 사진이 보여 주는 것은 보여지기 위해서 거기에 있는 것이다. 비록 (일몰과는 달리) 보여지기 위해 거기에 있는 것이 사진의 존재 없이는 결코 거기에 있을 수 없다고 할지라도 말이다.

따라서 **사진이 예술이 될 수 있느냐 없느냐**의 문제는 결국 셔먼과 같은 사진가들의 실천적 노력과 오웬스, 더글러스 크림프_{Douglas Crimp}, 아비가일 솔로몬-고도 같은 작가들의 이론적 노력으로 해결될 수 있는 사안이 아니다. 이 문제를 제기하는 한 가지 방식(드마시와 그의 동시대인들의 방식)은, 작인作因(agency)에 관한 문제로서이다. 화가는 "자신의 대상 앞에 앉아서 … 직접 자기 손으로 그 대상을 주의 깊게 연구하는" 반면에, 사진가는 단지 "버튼을 누른다." 다시 말해, 화가와 달리 사진가는 아무것도 하지 않는다. 그리고 화가의 손이 하는 일을 사진가의 눈이 하는 일로 대체한다고 해도, 이는 또 다른 문제를 생산한다.

이 대체로 해결되는 것은 '**사진가가 하는 일은 무엇인가**'라는 문제이다. 사진가는 본다. 하지만 이 사실은 또 다른 문제, 즉 '누군가가 본 것을 기록하는 것이 (제아무리 그 사람의 시각이 통찰력 있다고 할지라도 혹은 제아무리 그 사람이 자신의 시야에 들어온 흥미로운 대상을 영리하게 배치하고 꾸며 냈다고 할지라도) 어째서 예술로 간주되어야 하는가'라는 문제를 생산한다.

사실 셔먼의 실천이 보여 주는 것은, 심지어 사진기를 통해 보여지는 대상이 그 자체로 예술 작품(셔먼의 '활인화活人畵(tableaux vivants)')이라고 할지라도, 그것을 촬영하여 생산되는 사진은 예술 작품이 아니라는 것이다. 사진에는 제 관심사를 자신이 촬영하는 대상의 관심사에서 분리해 내는 방법이 없다. 사진은 자신이 보여 주는 것을 사진을 촬영한 사진가가 본 대상으로부터 분리할 수 있는 방법을 갖지 못한다. 따라서 '사진가가 하는 일은 무엇인가'라는 문제는 동시에 '사진은 무엇인가', 즉 대상의 재현이 아니라 대상의 시야view가 되는 사진은 무엇인가라는 문제가 된다.

바로 이것이 사진에 찍히는 대상은 회화에 그려지는 대상과 다르게 사진의 생산에서 대단히 중요한 인과적 역할을 한다고 말하는 바의 요점이다. 우리는 여기에다 회화에서 유사한 인과적 역할을 하는 대상을 끼워 넣어 문제를 더욱 복잡하게 만들 수 있다. 웰링의 사진 〈이동 다리〉의 제작에는 다리가 필요하다. 반면, 이동 다리에 관한 회화의 제작에는 다리가 필요 없다. 필요한 것은 물감이 전부이다. 따라서 사진에 찍히는 대상이 사진에는 인과적으로 중요하다고 말하는 것은, 회화에서 물감이 회화에 인과적으로 중요하다고 말하는 것과 동일하다. 회화를 그리는 데에는 물감이 필요하다. 사진을 촬영하는 데에는 대상이 필요하다. 이런 관점에서 볼 때, 사진은 항상 어떤 것에 대한 사진이라는 주장은 세상과 사진의 참조적 관계의 독특성에 대한 주장이라기보다는 사진 생산의 물질적 조건에 대한 환기다.

물론 차이점은, 사진은 제 생산의 조건을 흡사하게 닮는다는 것이다(그것의 이미지가 된다). 물감으로 그려지는 회화는 물감을 흡사하게 닮지 않는다. 하지만 대상을 재현하려는 사진의 노력이 대상을 흡사하게 닮는 제 능력의 극복을 요청하는 것은, 정확히 어떤 것을 흡사하게 닮는 것은 그 자체로 어떤 것을 재현하는 것에 해당하지 않기 때문이다(반사된 이미지는 반사된 대상을 흡사하게 닮지만 그 대상을 재현하지 않는 반면, 단어는 재현된 대상을 재현하지만 그 대상을 흡사하게 닮지 않는다). 다시 말해, 만약 사진이 중요한 의미에서 투명하다는 것이 진실이라면(그것은 우리에게 세상을 있는 그대로 보여 줄 수밖에 없다), 이 **투명성**은 대상을 촬영하지만 그 대상의 시야는 아닌 사진을 만드는 데에 이용될 수 있다는 것도 진실이다.

사진은 세상을 보는 방식이 될 수밖에 없지만, 그것은 또한 세상을 보지 않는 방식, 혹은 적어도 눈(사진가의 눈)이 본 것을 보여 주지 않는 방식이 될 수 있다. 예컨대, 아무도 제임스 웰링의 알루미늄박 이미지 혹은 휘장 이미지가 보여 주는 것을 본 적이 없다. 물론 나는 이 말을 통해서 아무도 알루미늄박을 본 적이 없다는 것 혹은 아무도 휘장을 만드는 데 사용되는 천을 본 적이 없다는 것을 의미하고자 하는 것이 아니다. 나는 단지 세상에 존재하는 대상들(알루미늄박과 천)이 사진을 가득 채워서 윤곽이 드러나지 않을 정도로 근접 촬영되었고, 그리하여 사진 속에서 그것들은 시야의 대상으로 나타나지 않는다는 말을 하는 것이다. 따라서 우리가 이 사진들에서 보는 대상은 우리가 세상에서 보는 대상이 아니다. 이 사실을 말하는 한 가지 방식은, 우리가 보는 세상의 대상들과 달리 그것은 형태를 가지지 않는다고 말하는 것이 될 것이다. 그리고 이를 말하는 또 다른 방식은, 그것이 갖는 형태는 사진의 형태라고 말하는 것이 될 것이다.

이러한 설명(과 우리로 하여금 세상의 대상을 보게 하는 사진기의 능력을 물리치고 그 대상을 "회화에서 물감을 사용하는 것처럼" 사진의 생산에 사용하고자, 촬영되는 대상의 형태에 반하여 사진의 형태를 전개하는 웰링의 주장)의 요점은 〈일기/풍경Diary/Landscape〉 연작에서 명료하게 드러난다. 여기서는 엘리자베스 딕슨Elisabeth Dixon(19세기 중엽에 여덟 아이들을 데리고 남편과 미 서부를 여행한 웰링의 증조할머니) 일기의 책장들이 알루미늄박과 천처럼 사진을 가득 채운다. 하지만 사진 화면을 가득 채운다는 사실은 책장들을 세상으로부터 분리시키기에, 즉 그 책장들에게서 그것들이 세상에서 대상으로서 갖는 형태를 박탈시키기에 충분하지 못하다. 책장의 형태가 사진의 형태와 매우 유사한 탓에, 이 연작은 제 형태(사진의 형태)를 대상의 형태(책장의 형태)에 종속시킬 위험에 처한다. 다시 말해, 사진의 형태는 촬영된 대상의 형태를 결정짓는 것으로 보이지 않고 책장의 형태에 대응하는 것으로(혹은 그것으로 결정되는 것으로) 보일 위험이 크다. 따라서 이 연작에서 책장들은 비스듬하게 촬영된다. 여기서 더욱 중요한 사실은, 촬영된 대상들이 사실 책장들이 아니라 그 부분들이라는 것이다. 부분들은 그 자체로는 세상에서 아무런 형태도 가지지 않는다. 웰링에서 '**부분 대상**part object'의 의미는 그것의 형태 없음이다. 따라서 촬영된 대상의 형태는 일기 책장의 형태로 결정되는 것이 아니라 사진의 형태로 결정된다. 그렇다면 〈일기/풍경〉에서 촬영 예정인 대상의 형태(일기 책장)는 인정되지만, 촬영된 대상(일기 책장의 부분)의 형태로써 극복된다. 세상에 보여지는 대상은 사진을 통해서 보여지지 않고 사진으로 **대체**된다.

물론 우리는 이미 재현하는 대상의 형태에 관한 주장을 다른 방향에서 살펴본 바 있다. **대상성**을 극복하고자 하는 스텔라의 노력에 대한 프리드의 설명이 그것이다. 그런데 이러한 주장은 스미스슨의 〈퍼세이크 강 주변의 기념물 지역을 보여 주는 음화 지도Negative Map Showing Region of the Monuments along the Passaic River〉처럼 잘린 혹은(/그리고) 접힌 지도에서도 볼 수 있다. 책장 위에 써진 글자처럼, 지도는 이미 재현이다. 퍼세이크의 형태를 '음화 지도' 형태로 대체하는 잘린 지도는 확실히 원래의 지도와는 상이한 재현이다. 하지만 예술가가 보는 것을 부정하려는 노력, 사진가의 눈을 제거하려는 노력은, 사진(세상을 재현하는 방식이 아닌 세상을 보는 방식으로 이해되는 것)과 특히 그 자체로 재현이 아닌 대상에 대한 사진(글이 써진 책장의 사진이 아닌 기차와 건물의 사진)에서 가장 뚜렷하고 문제적으로 나타난다.

예컨대, 제임스 웰링의 사진 작품 〈펜실베이니아 철로, 1990Pennsylvania Railroad, 1990〉은 모든 다른 대상들을 제거하고 남은 한 대상의 오로지 일부분만을 보여 주려는 초창기 사진 촬영의 중요한 실천을 반복한다. 특등 객차는 근접 촬영되어 그 외부 윤곽이 절단된다. 하지만 대상의 저항 때문에(객차는 알루미늄박, 천, 혹은 종이처럼 구겨진 상태, 휘어진 상태, 혹은 비스듬하게 놓인 상태로 촬영될 수 없다) 그것을 부분적으로 만들고자 하는 노력은 특히 더욱 분명하게 나타난다. 즉, 우리가 사진에서 보는 것과 만약 우리가 실제로 기차를 본다면 보게 될 것 사이의 불연속성이 더욱 뚜렷하게 나타난다. 그리고 사진의 틀로 정의되는 대상은 이 세상에 존재하지 않을 뿐만 아니라, 또한 이 세상에 존재하는 어떤 대상의 세부적인 것이 되는 것으로도 이해되지 않는다. 세부적인 것을 촬영한 사진은 어떤 대상을 더욱 자세하게 보는 방식이고, 세부적인 것의 미학은 필연적으로 대상의 최우선성을 주장하게 된다. 달리 말해, 세부적인 것은 정확히 대상의 부분이 된다는 점에서 웰링의 사진에서 나타나는 '부분 대상'과 같은 것이다.

하지만 대상의 부분에 대한 웰링의 관심은 대상 그 자체에 대한 관심이 아니다. 그것은 대상을 더욱 잘 보는 방식이 아니라 그것을 보지 않는 방식, 즉 대상에 대한 사진의 우선성을 단언하는 방식, 세상의 대상으로부터 사진의 대상을 분리시키는 방식이다. 세부적인 것은 자신을 더 큰 전체의 일부분으로 나타냄으로써 사진의 틀 외부에 있는 대상을 암시한다. 하지만 우리가 〈펜실베이니아 철로, 1990〉에서 보는 특등 기차의 부분은 사진기에 의해서 하나의 새로운 전체로 만들어진다. 따라서 사진의 단일성unity은 촬영되는 대상의 단일성에서 나오는 것이 아니라 오히려 그것에 반하여 단언된다.

그리고 사진의 형태가 사진을 대상 세계로부터 **분리**할 때, 그것은 또한 보는 이를 주체 세계로부터 분리한다. 시야를 극단적으로 거부하는 웰링의 사진들(알루미늄박과 휘장 이미지의 사진들)은 이러한 분리를 가장 명백하게 보여 준다. 시야 없이는 보는 이도 있을 수 없지만, 〈이동 다리, 뉴욕, 1990〉과 같은 사진에서 주체의 제거는 더욱 문제적인 동시에 더욱 확정적이다. 이 사진이 문제적인 이유는, 보는 이로 하여금 마치 다리 위에 서 있는 것처럼 다리를 보게 하기 때문이다. 이 사진이 확정적인 이유는, 보는 이로 하여금 마치 다리 위에 서서 다리를 보게 하는 효과는 사진을 보는 이가 보는 것과 그 보는 이가 사진이 보여 주는 것을 보기 위해서 있어야 하는 장소 간의 불일치에 대한 사진의 주장을 동반하기 때문이다. 사진이 하는 일, 즉 사진기로부터 매우 가까이 위치해서 사실상 사진기와 평행하다고 볼 수 있는 대상과 사진기로부터 매우 멀리 위치해서 사실상 원근법적으로 작은 점에 수렴되는 대상을 동시에 재현하는 것은, 인간의 눈이 경험할 수 없는 상반되는 초점의 균등성을 이용하는 것이다. 이런 측면에서 보면, 사진기는 인간 눈의 확장이 아닌 **전치** displacement로서 기능한다.

이는 엘리자베스 딕슨의 〈일기/풍경〉 연작에서도 다시 한 번 예증될 수 있다. 앞서 나는 책장과 사진의 유사성(복사물로 상징화되는 유사성)(다리를 복사하는 것은 불가능하다)은 이 연작으로 하여금 촬영되는 대상을 부분 대상으로 변형시킴으로써, 즉 사진의 형태가 책장의 형태를 대체하도록 함으로써 촬영되는 대상인 책장에 대한 사진의 우선성을 단언하도록 요청한다고 주장했다. 하지만 (복사에 대한 언급이 암시하는 것처럼) 책장으로 상정되는 문제는 그것의 형태를 넘어선다. 책장에 대한 사진이

〈그림 3〉 James Welling, *Diary/Landscape 9*, 1977.
From Diary of Elizabeth and James Dixon(1840 −41)/Connecticut
Landscapes, 1977−86. Courtesy the artist.

〈그림 4〉 James Welling, *August 16B*, 1980.
From Untitled, 1980−81. Courtesy the artist.

〈그림 5〉 James Welling, *Pennsylvania Railroad,*
1990.
From Railroad Photographs, 1987–94. Courtesy
the artist.

〈그림 6〉 James Welling, *Movable Bridge*, New York, NY, 1990.
From Railroad Photographs, 1987–94. Courtesy the artist.

그 책장을 읽을 수 있도록 만드는 이상, 사진은 재생산의 기술로 축소된다(하나의 단어에 대한 사진은 신디 셔먼의 자세에 대한 사진과 동일한 지위를 갖게 된다).

바로 여기에서 책장이 비스듬하게 기울어지는 방식과 반대 면의 잉크가 비쳐지는 방식을 통해 그 단어들은 아예 읽을 수 없는 것은 아니더라도 적어도 읽기 어려운 것이 되어야 한다는 〈일기/풍경〉 연작의 필요조건이 도출된다. 달리 말해, 웰링은 일기를 하우가 셰퍼드의 《자서전》을 다루는 것과 동일한 방식으로 그것의 **물질성**을 강조하고, 드 만과 마찬가지로 이 물질성을 일종의 읽기 불가능성으로 식별한다. 물론 차이점은 의미화에 대한 드 만의 비판이 여기서는 의미화의 기술로 변형된다는 것이다. 의미화하는 대상으로서 일기가 부인되는 이유는, 의미화하는 대상으로서 사진이 확증되기 위함이다. 따라서 〈일기/풍경〉 연작에서 독자가 일기와 맺는 관계는 일기에 대한 시야로 변형되는데, 이는 사진을 보는 이가 사진과 맺는 관계를 사실상 사진에 대한 독자로서의 관계로 변형하기 위함이다.

스미스슨의 관점에서 볼 때, 바로 이것이 채석장에 대한 **시야**와 채석장을 지도로 변형시키는 ("위대한 예술가의") **'눈길'**의 차이다. 시야는 보는 이가 위치하는 장소에 완전히 의존하는 반면(시야는 보는 이와 보는 이가 보는 것 간의 관계, 즉 대상은 특정 위치에 있는 특정 인물에게 어떻게 보이는가 하는 것이다), 텍스트나 지도는 정반대로 보는 이가 위치하는 장소에 전혀 의존하지 않는다. 서로 다른 두 위치에 있는 두 사람은 두 개의 서로 다른 시야를 가질 것이다. 모리스 루이스의 그림 〈펼쳐짐〉 연작에 대한 논의에서, 프리드가 물감 흐름의 "환영적 근접성"을 주장하는 동시에 그 흐름이 "거대한 크기의 책장의 … 공백"을 표시하게 되는 화폭의 '공백'을 설명하는 것은 이 때문이다. 물감 흐름의 근접성은 그것이 관람자로 하여금 마치 너무 가까이에 있어서 그것을 제대로 볼 수 없다고 느끼도록 만든다는 사실에 기인한다. 이 근접성이 환영적인 이유는, 물러서는 것이 아무런 차이를 만들지 않기 때문이다. 그것은 내가 서 있는 위치와 관련이 없다. 그것은 "회화를 보는 사람의 실제 상황에 속하는 것이 아니라 회화 그 자체에 속한다."

'화폭의 공백'을 '책장'의 공백으로 바꾸는 것은 이러한 관람자의 부적절성이다. 지면이 "3차원의 지도"(111)로 바뀌는 것처럼, 화폭이 책장으로 바뀌는 것은 보는 이를 관람자 대신에 독자로 만든다. 여기서 요점은 회화가 일종의 글쓰기가 된다는 것, 혹은 더욱 일반적으로 말해서, 회화는 언어와 같다는 것이 아니다(실제로 이 견해는 언어라는 관념의 유용성에 의구심을 던진다고 말해질 수 있다. 셰퍼드의 《자서전》 속 86페이지의 텅 빈 종이들은 무슨 언어로 써진 것인가?). 그보다는 일단 대상이 재현되면, 그것과 보는 이의 관계는 관람자가 아닌 독자로서의 관계가 된다는 것이다. 〈펼쳐짐〉의 근접성으로 인해, 책장의 의미가 나의 눈과 단어들 간의 거리에 영향을 받지 않는 것처럼 나의 눈과 물감 간의 거리에 영향을 받지 않게 된다. 여기서 영향을 받는 것은 대상에 대한 나의 **경험**이다.

따라서 나의 눈과 단어들 간의 거리는 문제가 되지 않는다는 주장은, 나의 경험 그 자체는 문제되지 않는다는 주장이다. 혹은 반대로 대상 그 자체는 문제가 되지 않는다는 주장이다. 만약 텅 빈 책장의 비어 있음이 중요하다면, 그것의 크기, 질감, 무게 등은 중요하지 않을 것이다. 하지만 그럼에도 불구하고 그것의 크기, 무게, 질감은 물질적 대상으로서 그것의 일부이고 그것에 대한 우리 경험의 일부이다. 따라서 세퍼드의 텅 빈 책장들의 크기는 문제되지 않는다고 말하는 것 혹은 루이스의 공백의 크기("거대한")는 문제되지 않는다고 말하는 것은, 특정한 종류의 대상들(텍스트와 회화와 지도상의 점으로 바뀐 바위들)에게 그 대상들이 무엇이냐는 질문은 그것들에 대한 설명 혹은 그것들에 대한 우리의 경험에 대한 설명을 통해서 답변될 수 없다고 말하는 것이다.

그리고 돌들 and stones

마이클 프리드는 이 대상들이 스스로의 **대상성**을 물리치고자 분투한다고 생각했다. 〈예술과 대상성〉에서 그는 "예술 작품은 … 어떤 본질적인 측면에서 대상이 아닌 것처럼 보인다"(152)고 말했다. 로버트 스미스슨은 (비록 본인은 프리드와 서로 극심하게 대립된다고 믿었지만) 여기에 동의한다. 그가 채석장에서 본 바위들과 그가 〈비-현장들〉에 쓰려고 '수집한' (동일한) 바위들의 차이야말로 '**원재료**'와 '**예술**'의 차이이다.

프리드의 글이 발표된 지 2년 후, 그리고 스미스슨의 작품이 발표된 지 1년 후, **폴 드 만**은 이러한 구분을 '자연적' 대상과 '의도적' 대상 간의 차이로 특징지음으로써 그만의 방식으로 표현하고자 했다. 〈**미국 신비평주의에서 형식과 의도**Form and Intent in the American New Criticism〉에서 드 만은 미국 형식주의의 문제점은 이러한 구분을 고찰하는 데 실패하는 것이라고, 혹은 적어도 시와 관련하여 그러한 구분을 올바르게 적용하는 데 실패하는 것이라고 썼다.

드 만은 "어떤 실체들"의 "완전한 의미"는 "그것들의 감각적 외양의 총체성과 같은 것이라고 말할 수 있고," 따라서 "가장 이상적인 지각을 위해 … '돌'의 '의미'는 오로지 감각적 외양의 총체성만을 참조할 수 있다"고 말한다.[17] 돌은 자연적 대상이다. 감각적 외양의 목록을 통해 완벽히 설명될 수 없는 상이한 종류의 대상, 예컨대 의자와 같은 대상이 존재한다. "'의자'와 같은 대상의 지각을 이야기하는 가장 엄밀한 설명은 만약 혹자가 그 대상을 정의하는 잠재적인 행위의 기능, 즉 의자는 사람이 앉기 위한 것이라는 사실을 바탕으로 그 지각을 조직하지 않는다면 무의미할 것이다." 따라서 **자연적 대상**과 **의도적 대상** 간의 차이는, 의도적 대상은 (자연적 대상과 다르게) "그것의 존재 양식을 구성하는 것으로서 특정한 행위에 대한 참조를 요구한다"는 것이다. 신비평주의자들의 실수, 윔샛과 비어즐리의 〈의도의 오류〉가 범하는 실수는, 사실 의도적 대상이 되는 것을 마치 그것이 자연적 대상인 양 다루는 데, 즉 시를 마치 그것이 돌인 양 다루는 데 있다.

물론 윔샛과 비어즐리는 이 같은 실수를 인정하지 않을 것이다. 시를 자연화하기는커녕, 그들은 시의 생산에서 '계획하는 지성'의 중요성을 주장하고, 실제로 "시는 우연적으로 탄생되지 않는다"는 주장을 그들의 첫 번째 이론적 '명제' 혹은 '공리'로 선언한다. 우연적인 것에 대한 대안은 의도적인 것이고, 이 공리가 인정하고자 하는 것은 시는 그 '존재 양식'을 구성하는 것으로서 의도에 대한 참조와 같은 것을 진정 요구한

---

[17] Paul de Man, *Blindness and Insight* (New York: Oxford University Press, 1971), 23.

다는 것이다. 그들이 말하는 것처럼, "시의 단어들은 … 모자가 아니라 머리에서 나온다." 그렇다면 어째서 **의도의 오류**는 오류가 되는가?

그 이유는 '계획하는 지성'에 대한 공리적인 주장이 목표로 하는 것이, 시는 무엇을 의미하는가에 대한 설명이 아니라 시는 어떻게 존재하게 되는가에 대한 설명을 제공하는 것이기 때문이다. 다시 말해, 의도의 중요성은 '원인'으로서이다. 목수의 의도가 의자의 생산과 관련되는 것과 동일한 방식으로, 그리고 그 누구의 의도도 돌의 생산과는 관련되지 않는 것과 동일한 방식으로, 시인의 의도는 시의 생산과 인과적으로 관련된다. 하지만 일단 시가 창조되면, "그것은 저자로부터 분리되고 … 그것을 의도하고 통제하는 저자의 능력을 넘어서 세상으로 나아간다"(5). 따라서 시의 이해에 관한 한, 우리는 "저자가 의도하는 것"이 아니라 그 의도와는 무관한 "그 단어들의 의미"(11)를 알고자 한다. 달리 말해, 우리는 시의 기원(저자는 왜 이 시를 썼는가?)에 대한 '사적인' 역사가 아니라, '언어'의 의미론적·통사론적 규칙들로 결정되는 것으로서 시인이 쓴 것의 '공적인' 의미("언어학적 사실"(10)로서의 시의 의미)를 알고자 한다.

그러므로 의도를 거부하는 신비평주의 독자는 시를 바위와 같은 자연적 대상으로 생각하는 것에 몰두하는 것이 아니라, 시를 언어의 의미론적·통사론적 규칙들로 그 의미가 결정되는 '언어학적' 대상으로 생각하는 것에 몰두한다. 이 독자가 필요로 하는 것 역시 시인이 그가 사용한 단어들을 통해서 의미하고자 한 바가 아니라, 그 단어들이 시인이 사용한 언어에서 의미하는 바를 아는 것이다.

한 가지 유명한 예를 들자면, 17세기 영국 시인 앤드류 마블Andrew Marvell의 시 〈**수줍은 여인에게**To His Coy Mistress〉에 나오는 2행 연구 "나의 식물 같은 사랑은 자라야만 하겠지요 / 제국보다 더욱 광활하고 더욱 느리게"에서 '식물vegetable'이라는 단어의 의미가 무엇이냐는 것이다. 이를 이해하기 위해, 독자는 마블이 이 단어로 의미하고자 한 바가 아닌 '식물'이 영어에서 의미하는 바를 알 필요가 있다. 물론 이 예시가 유명한 까닭은, 이 질문에 대한 답변에 해당되는 영어 단어가 17세기 영어(이 경우 '식물'은 자라는 것을 의미한다)인지 아니면 20세기 영어(이 경우 '식물'은 한 종류의 식물을 의미할 확률이 더욱 크다)인지에 달렸기 때문이다. 그리고 비록 일부 이론가들은 두 가지 의미 모두 옳은 것으로 고려되어야 한다고 주장할지라도,[18] 저자 의도의 인과적 적절성을 주장하는 윔샛과 비어즐리의 요점은 17세기 영어가 옳은 답이라는 것이다. 다시 말해, 만약 하나의 텍스트가 그 텍스트가 사용한 언어의 규칙에 의거해 독해되어야 한다면, 그리고 그 텍스트가 17세기 영어를 말했던 누군가에 의해 씌어졌다면, 17세기 영어가 그것이 사용한 언어가 되어야 하고, 17세기의 규칙이 그것이 사용한 규칙이 되어야 한다는 것이다.

하지만 만약 저자의 의도가 오로지 텍스트의 원인으로서만 텍스트

---

[18] 르네 웰렉Rene Wellek과 오스틴 워렌Austin Warren은 단어의 "연상 작용"의 "유지"가 [시의] 의미들을 풍부하게 하는 것으로서 옹호될 수 있는지 의구심을 가진다. 그들에게 핵심적인 질문은 차후의 연상 작용들이 시를 더 나은 것으로 만들 수 있는가이다(Wellek and Warren, *Theory of Literature* [New Haven, Conn.: Harcourt, Brace and World, 1956], 177). 하지만 내가 이미 암시한 것처럼, 그리고 차후에 더 구체적으로 주장할 것처럼, 서로 상이한 독자들(17세기의 독자와 20세기 독자)이 시를 읽을 때 무엇을 생각하게 되는가라는 질문은 그 효과에 대한 질문이지 그 의미에 대한 질문이 아니고, 고로 풍부해지거나 빈약해지는 것은 시의 **의미**가 아니라 시에 대한 독자들의 **경험**이라는 것이다.

와 관련이 있고 텍스트의 의미는 결정짓지 않는다면, 어째서 그러한 의도를 텍스트 의미의 이해와 관련시켜야 하는가? 〈수줍은 여인에게〉가 17세기 영어를 사용한 마블이 썼기 때문에 17세기 영어로 되어 있다고 말할 수는 있겠지만, 왜 우리는(만약 우리가 진정 형식주의자라면, 우리가 진정 텍스트의 의미는 저자의 의도가 아니라 언어의 규칙으로 결정된다고 생각한다면) 이 텍스트의 저자가 특정한 종류의 규칙을 사용했다는 사실을 우리가 그것과 동일한 종류의 규칙을 사용해야 하는 이유로 간주해야 하는가? 우리가 저자가 사용하고자 의도한 규칙에 대해 신경을 쓰는 것은, 우리가 저자가 말하고자 의도한 것에 대해 신경을 쓰는 경우에만 이치에 맞기 때문이다. 만약 마블은 17세기 영어를 쓰고 우리는 20세기 영어를 쓴다면, 명백히 우리는 그가 말하고자 의도한 것을 이해하지 못할 것이다. 하지만 저자가 말하고자 의도한 것에 대해 신경을 쓰지 않는다면, 마블의 시는 그가 의도한 바를 의미한다고 보는 것이 오류라고 생각한다면, 왜 우리는 그가 사용한 규칙에 관해 신경을 써야 하는가? 왜 우리는 다른 규칙이 아닌 마블이 사용한 규칙을 사용해야 하는가?

마블이 사용한 규칙에 의거해 그의 텍스트를 해석하는 것은 확실히 가능하고, 심지어 그의 텍스트는 마블이 사용한 규칙에 의거해 생산되었다고 말할 수는 있어도, 텍스트는 (저자가 의도한 의미에 의거하지 않고서) 진정 17세기 영어로 씌어졌고 따라서 그것은 17세기 영어에서 의미하는 바를 의미한다고 말하는 것은 옳지 않다. 그럼에도 불구하고 그 텍스트는 진정 17세기 영어로 씌어졌다고 생각하고자 한다면, 우리는 이 경향이 저자가 사용한 규칙이 적합한 규칙이라는 우리의 이해와 그것을 적합한 것으로 만드는 것은 그가 의도한 바에 대한 우리의 관심이라는 우리의 이해에서 비롯된다는 점을 인정해야만 한다. 왜냐하면 만약 우리가 저자가 의도한 바에 신경을 쓰지 않는다면, 저자가 사용한 규칙은 단지 여러 사용 가능한 규칙들 중 하나에 불과하고, 그 규칙에 대한 우리의 선호는 철저히 임의적인 것이 될 것이기 때문이다. 한 마디로, 저자가 의도한 바를 이해하기 위해 저자가 사용한 규칙에 관심을 가진다면, 우리는 형식주의자가 아니라 의도주의자이다.

이 요점은 이렇게 일반화될 수 있다. 만약 우리가 (윔샛과 비어즐리처럼) 저자의 의도를 텍스트 생산의 단순한 인과적 역할로 이해한다면, 텍스트는 무슨 언어로 되어 있는가라는 질문과 텍스트는 무슨 언어로 씌어졌는가라는 질문은 동일한 질문이 아니다. 이렇게 이해하고 나면, 신비평주의자들은 시를 '자연적 대상'으로 간주한다는 드 만이 주장한 말의 강력한 힘을 느낄 수 있다. 왜냐하면 우리가 저자의 의도를 단순히 시와 인과적 관계만을 가지는 것으로 이해하는 이상, **"시는 우연적으로 탄생되지 않는다"**는 주장과 **"단어들은 모자가 아니라 머리에서 나온다"**는 주장이 어떻게 하나의 이론적 공리로 간주될 수 있는지 알기 힘들기 때문이다.

대부분의(아마도 모든) 시들이 우연적으로 탄생되지 않는다는 것은 의심할 여지없는 사실이다. 하지만 저자의 의도가 오직 원인으로서만 시와 관련되고 시의 의미와는 아무 관련이 없다면, 실제로 우연적으로 탄생된 시(가령, 화성의 해변가에 있는 파도에 휩쓸린 모래가 쓴 시)도 다른 시들과 다를 바 없이 시로 간주될 수 있을 것이다. 그 시는 그 단어들이 어디에서 왔는지와 상관없이 그 단어들이 의미하는 바를 의미할 것이다. 따라서 시는 우연적으로 탄생되지 않는다는 윔샛과 비어즐리의 단언은 이론적 공리라기보다는 경험적 고찰에 가깝다. 실제로 하나의 시가 우연적으로 탄생될 가능성은 시의 원인("단어들은 모자가 아니라 머리에서 나온다")이 시의 의미와 아무 관련이 없다는 주장에서 대단히 중요하다. 따라서 드 만이 **신비평주의 이론**을 "**의도성의 원칙을 거부하는 것**"으로 특징지은 것은 옳다.

그런데 드 만은 더 나아가 '문학적 언어'와 '자연적 대상'의 차이에 대한 이런 신비평주의적 무지가 그에 동반되는 어떤 독특한 통찰을 야기한다고 주장한다. 텍스트가 돌과 동일하지 않은 이유는, 돌은 '지각'이라고 칭해지는 것의 대상인 반면에(돌을 지각하는 것은 '감각적 외양의 총체성'을 지각하는 것이다) 텍스트는 저자의 '의도에 대한 이해'와 관련되는 것으로서 '해석'이라고 칭해지는 것의 대상이기 때문이다. 하지만 시를 돌처럼 다루는 태도는 의도치 않은 장점을 낳는다. 왜냐하면 텍스트의 '순수한 표면'(만약 텍스트가 돌이라면 가지게 될 표면)에 대한 신비평주의적 관심은 텍스트를 단순히 저자 의도의 산물로 다루는 사람들이 간과해 온 복잡성들을 발견하도록 해 주기 때문이다. 다시 말해, 신비평주의자들이 **자세히 읽기**close reading의 실천에 몰두하고, 그리하여 저자의 '행위'를 통해 생산되는 것으로 간주되는 '단 하나의 의미'가 아닌 '의미화의 다원성'을 발견할 수 있는 것은 그들이 "문학적 행위를 문학적 대상"으로 변형시키기 때문이다. "대단히 크고 세심한 주의가 형식의 독해에 기울여지기 때문에, 비평가들은 실용적으로 해석적 순환에 돌입하고, 그것을 자연적 과정의 유기적 순환성으로 착각한다"(29).

그러나 자연적 대상과 의도적 대상의 차이점을 말하는 드 만의 설명에서, 이것이 어떻게 가능해지는지를 이해하기란 쉽지 않다. 그의 설명에 따르면, 이 두 대상의 차이, 즉 돌과 텍스트의 차이는 '단 하나의 의미'를 가지는 것으로 이해되는 대상과 '의미화의 다원성'을 가지는 것으로 이해되는 대상의 차이가 될 수 없기 때문이다. 드 만에 따르면, 우리는 돌을 이해하지 않고 지각한다. 즉, 돌과 시詩의 차이는 돌의 의미는 하나이고 시의 의미는 여러 개가 아니라, 시는 다수의 의미를 가지는 반면 돌은 의미를 전혀 가지지 않는다는 것이다. 하지만 의미를 가지지 않는 돌이 다수의 의미를 가지는 시가 발견될 수 있는 경로가 될 때, 드 만의 진정한 주장은 대상과 텍스트의 구분이 아니라 그 둘의 구분에 대한 의심이 되는 것처럼 보이기 시작한다. 즉, 드 만은 텍스트와 대상의 차이를 두 개의 서로 다른 **텍스트성** 형식 간의 차이로 재설명하고, **포스트구조주의**(와 더욱 일반적으로 **포스트모더니즘**)의 어떤 확고부동한 독해를 통해서 텍스트 외부에는 아무것도(심지어 지질학의 자연적 형태조차) 존재하지 않는다고 설명한다. 따라서 한편으로 해체주의적 경구인 "헛걸음은 없다Il n'y a pas de hors texte"는 세상을 마치 그것이 '자연적 대상들'을 전혀 포함하지 않는 것인 양, 마치 모든 것은 '지각'이 아닌 '이해'의 대상인 양 다루려는 시도로 읽힐 수 있다. 하지만 동시에 이 경구는 텍스트를 마치 그것이 그 자체로 **해석**의 대상이 아닌 **지각**의 대상으로 이해되어야 하는 것인 양 다루려는 시도로도 읽힐 수 있다.

로버트 스미스슨은 1967년 작품에 대한 1972년 해설인 〈보여지는 언어와/혹은 읽혀지는 사물들Language to Be Looked At and/or Things to Be Read〉에서, "언어에 대한 나의 이해는 그것은 물질이지 관념이 아니라는 것이다"라고 말했다. 만약 자연적 대상이 보여지고('지각') 의도적 대상은 읽힌다면('이해'), 스미스슨과 드 만이 수행하는 이중의 몸짓은 읽혀지는 것(텍스트)을 자연적 대상으로 상상하고 보여지는 것(바위)을 의도적 대상으로 상상하는 것이다.

하지만 이 이중의 몸짓이 지닌 이중성은 지속될 수 없는 것이다. 결국 스미스슨의 1972년 해설은 언어를 읽는 것이 아닌 보는 것으로 만들고("관념이 아니라 물질"), 1977년 〈**도둑맞은 리본**The Purloined Ribbon〉을 발표할 즈음에 드 만은 **언어의 물질성**을 언어의 필수조건으로 생각하는 것을 넘어 언어의 심원한 진리로 생각하기 시작했다. 왜냐하면 〈도둑맞은 리본〉은 자연적 대상(지각의 대상)과 의도적 대상(해석의 대상)의 구분을 반복하는 것으로 시작해서, 언어는 해석될 수 있다는 생각(스미스슨 식으로 말하면, 언어를 물질이 아닌 관념으로 여기는 생각)을 '망상'으로 치부하는 것으로 끝나기 때문이다.[19]

드 만은 《**고백록**Les Confessions》(1782)에서 장 자크 루소Jean-Jacques Rousseau가 리본을 훔쳤다는 고발에 직면해 동료 고용인의 이름인 '마리옹'을 무심코 말했을 때, 그가 의미한 바는 무엇이었는지에 관한 일련의 해석들을 내놓는다. 루소는 마리옹을 비난하고자 했다. 루소는 마리옹을 비난한 것이 아니라 그녀에 대한 자신의 욕망을 고백하고자 했다. 루소는 마리옹에 대한 자신의 욕망을 고백한 것이 아니라 그가 진정 욕망하는 것인 수치스런 폭로의 현장을 생산하고자 했다. … 하지만 드 만은 이 모든 해석을 거부하고, '마리옹'은 실제로 "아무것도 의미하지 않는다"는 주장을 내놓는다.

〈도둑맞은 리본〉은 〈미국 신비평주의에서 형식과 의도〉를 통해 우리

---

[19] First published in *Glyph I* in 1977, "The Purloined Ribbon" was reproduced as the concluding chapter of *Allegories of Reading* (New Haven, Conn.: Yale University Press, 1979). "의미의 망상"에 대한 참조는 298쪽을 볼 것.

가 익히 알고 있는 지각되는 것과 해석되는 것의 구분으로 시작되었다가 《형식과 의도》에서 자연적인 것과 의도적인 것의 구분이 되는 것이 〈도둑맞은 리본〉에서는 '**참조적인 것**'과 '**언어적인 것**'의 구분이 되지만, 양쪽 모두에서 이 구분은 "후자의 과정(언어적인 것)은 필연적으로 지각과 동일시될 수 없는 이해의 순간을 내포한다"는 사실에서 비롯된다), 매우 상이한 방향으로 진행된 채로 끝난다. 〈형식과 의도〉에서 자연적인 것을 아무 의미도 갖지 않는 대상으로 설명하는 것은 오직 하나의 의미만을 가지는 대상으로 재설명하는 것으로 변형되고, 의도적인 것을 하나의 의미를 가지는 대상으로 설명하는 것은 다수의 의미들을 가지는 대상으로 재설명하는 것으로 변형된다. 이 글에서 지각적인 것은 텍스트적인 것 위로 포개지고, 그리하여 의미 없는 것과 의미 있는 것 간의 대립은 두 종류의 의미, 즉 단 하나의 의미와 다수 의미들 간의 대립으로 변형된다. 하지만 〈도둑맞은 리본〉에서는 텍스트적인 것이 지각적인 것 위로 포개진다. 사라지는 것은 '지각'의 순간이 아니라 '이해의 순간'이다. '이해'의 대상이 되는 '의미' 가 '망상'이 되는 것으로 간주되기 때문에 이해는 사라진다. 루소가 '마리옹'이라고 말할 때, 그는 단지 하나(도둑은 마리옹이다)를 의미하지 않고, 많은 것을 의미하지도 않으며(도둑은 마리옹이다와 나는 그녀를 원한다), 그는 그 무엇도 의미하지 않는다. 드 만은 "**마리옹은 아무것도 의미하지 않는다**"고 말한다. 루소는 "아무것도 말하지 않았다." 그는 단지 "머릿속에 떠오르는 소리를 무심코 내뱉었다"(292). "적절히 해석된다면," "마리옹"은 전혀 해석되지 않는다. 그것은 이해가 아니라 지각된다.

드 만의 〈미국 신비평주의에서 형식과 의도〉의 주장에 따르면 **신비평주의**가 범하는 실수가 의도적 대상을 마치 그것이 자연적 대상인 양 다루는 것에 있다면, 〈도둑맞은 리본〉의 주장에 따르면 루소뿐 아니라 언어의 모든 사용자들이 범하는 실수는 의도적 대상을 마치 그것이 자연적 대상이 아닌 양 다루는 데에 있다(이것은 드 만이 단순히 하나의 텍스트가 아니라 텍스트성 그 자체를 설명하는 것이라고 스스로 이해했기 때문이다. 그는 '마리옹'이 작동하는 방식으로 작동하지 않는 "언어의 사용은 있을 수 없다"고 말한다). 독자들이 루소의 발언을 그릇 해석하는 까닭은, 그들이 그것에 그릇된 의미를 부여하기 때문이 아니라 그들이 그것에 무엇이 되었든지 간에 어떠한 의미를 부여하기 때문이다. "적절히 해석된다면," 텍스트는 "모든 의미화로부터 자유로워진다." 그것은 단지 '소음'이나 '소리'다. '의미화'를 '소리'로 대체함으로써, 드 만은 "**언어의 물리적 속성**들"에 대한 스미스슨의 몰두를 더욱 급진화한다.

드 만은 언어의 물리적 속성들이 결정적인 것이라고, '의미의 망상'에서 벗어난 기호는 그 자체로 물리적인 것을 포함할 뿐만 아니라 그것이 포함하는 물리적인 것 자체가 된다고 주장한다. 단어를 (소리나 소음처럼) 이해의 대상이 아니라 지각의 대상으로 만드는 것은 '해석학적인 것hermeneutic'에 대립되는 이 같은 '언어학적인 것linguistic'이다. 그리고 해체주의의 맥락에서는 소리의 최우선성이 다소간 이례적인 것으로 보인다고 할지라도(데리다의 **해체주의**는 종국적으로 말해진 단어에 대한 비판이고 씌어진 단어의 재가치화로 선언된다), 여기서 중요한 것은 **물질성**의 특정한 형식이라기보다는 물질성 그 자체이다. 〈형식과 의도〉처럼 텍스트의 '감각적 외양'이라고 칭하는 것에 일단 관심을 가지게 되면, 텍스트가 소리를 내는 방식은 그것이 보여지는 방식만큼이나 중요해진다.

실제로 데리다가 《유한책임 회사Limited Inc.》(1988)에서 제안하는 것처럼, 텍스트가 씌어진 '종이의 표면'과 텍스트를 쓴 잉크는 결정적인 것으로 간주된다. "가장자리 부분을 텍스트에 포함시키고 그 틀 부분을 설명해야 하는가?"(45) 데리다는 이에 저항하는 회의적인 독자를 상상하고, 그러한 회의주의에 대해 다음과 같이 대답한다. "못할 것도 없다." 다시 말해, 일단 텍스트의 감각적 외양에 신경을 집중하게 되면, 그 외양의 일부를 부적절하게 만들려는 모든 노력은 임의적인 것이 될 것이다. 스미스슨이 "예술과 실제 삶의 수많은 관습들"(루이스의 〈펼쳐짐〉의 "본래 그대로의 화폭의 현기증나는 공백"으로 개방되는 "무한한 심연"으로부터 우리를 구원하는 것)에 대한 프리드의 호소를 패배의 고백으로 받아들이는 것은 이 때문이다. 관습은 임의적인 것이다. 우리가 종이의 표면(혹은 종이의 형태, 혹은 종이 위 하얀 공간의 양, 혹은 종이가 놓인 방, 혹은 종이의 색깔)을 데리다가 '우리의 계산'이라고 칭하는 것 아래로 가져가지 못하는 것이 단지 관습에 불과하다면, 텍스트를 둘러싸고 있는 모든 테두리, 텍스트에 부여되는 모든 한계는 단지 부과된 것, 즉 필수적인 것이지만 정당화될 수 없는 것으로 보일 것이다.

따라서 (드 만에서) 기호를 소리로 변형시키는 것 혹은 (데리다에서) 기호를 표시로 변형시키는 것은, 예술 작품에서 틀을 제거하고, 텍스트에 대한 우리의 경험은 적절한 반면 텍스트에 대한 우리의 해석(불가피하게 텍스트에 한계를 부여하고, 그것의 일부(종이, 잉크 등)를 부적절하게 만드는 행위)은 부적절함을 주장하며(그 이유는 그럼에도 불구하고 우리는 잉크와 종이를 볼 수 있기 때문이다), 텍스트 그 자체에 비하면 텍스트에 대한 우리의 경험은 부적절함을 주장하는(다른 사람들이 '다른 장소와 다른 시간에' 보는 것은 우리가 본 것과 다르기 때문이다) 미니멀리즘의 노력과 동일한 것으로 간주될 수 있다. 달리 말해, 일단 텍스트가 **지각**의 대상으로 변형되면, 그것은 말 그대로 해석 불가능해지고 동시에 무궁무진해진다. 왜냐하면 그것이 지각되는 방식(그것은 어떻게 보이는가? 그것이 어떻게 느끼도록 만드는가? 그것은 무엇을 생각하게 만드는가?)은 그것은 무엇인가라는 것의 기능뿐만 아니라 나는 누구인가라는 기능이 되기 때문이다.

따라서 요점을 이런 식으로 말하는 것은 프리드가 미니멀리즘에서 **대상의 물질성**과 관련해서 말했던 바를 해체주의로 바꿔 **기표의 물질성**과 관련해서 말하는 것이다. 미니멀리즘의 '물질들'은 "아무것도 재현하거나 의미하거나 암시하지 않기" 때문에(드 만이 기표의 "본질적인 비의미화"라고 칭하는 것 때문에), 관람자와 대상의 관계는 관람자와 프리드가 '이전의 예술'이라고 말한 것과의 관계가 아니라 관람자와 세상과의 관계가 된다. 토니 스미스는 끝이 없는 뉴저지 고속도로를 주행한 경험을 이렇게 쓴다. "그것을 틀 속에 넣을 방법은 없다. 그것은 오로지 경험해야 한다."

틀은 대상을 재현으로 변형시키고, 틀 외부의 모든 것에 대한 관람자의 경험을 부적절하게 만들면서 관람자의 경험 자체(즉, 재현이 아닌 모든 것에 대한 경험)를 부적절하게 만든다. 틀의 제거는 재현을 대상으로 되돌려 놓고(기호를 기표, 즉 소리·형태·표시로 되돌려 놓는 것), 대상에 대한 관람자의 경험을 관람자의 경험 자체와 동일한 것으로 만든다. 다시 말해, 작품이 대상으로 변형되는 이상, 그것에 대한 관람자의 경험은 우연적이라기보다는 구성적이다. 실제로 **대상의 최우선성**은 동시에 아무런 모순 없이 주체의 최우선성이 된다.

따라서 화성에 문자는 존재하는가라는 질문처럼, 미니멀리즘에 대한 옹호와 비판은 **물질성**에 대한 이론적 관심(1970년대의 '고급 이론'을 특징지은)과 **정체성**에 대한 이론적 관심(1970년대 이후의 '저급 이론'을 특징지은)의 완벽한 연속성을 보여 준다.[20] 실제로 정체성주의적 질문(독자는 누구인가)을 적절하게 만드는 것은, 텍스트는 무엇인가라는 질문에 대한 해체주의적 답변(표시)이다. 텍스트가 그 표시들이 아닌 그 표시들과 그 표시들의 의미들로 구성되는 것으로 이해되는 한, 독자의 정체성은 원칙적으로 부적절해진다. 독자가 누구인가라는 질문은 텍스트는 무엇을 의미하는가라는 질문에 아무 영향도 미치지 않는다. 하지만 텍스트의 의미가 텍스트에 대한 경험 아래로 포섭될 때, 가령 (포스트구조주의 이론에서 단언하듯) 텍스트의 의미는 그것이 읽히는 맥락에 따라서 변형된다

---

[20] 그리고 물론 (예술 작품은 어떤 종류의 대상이고 그것의 관람자는 어떤 종류의 주체인가에 대한) 이 형식적 관심과 **포스트역사주의의 정치학**(냉전의 종식과 이데올로기적 차이가 정체성적 차이로 교체되는 것) 사이에는 어떤 연속성이 존재한다. 실제로 이 연속성은 돈 드릴로의 《**지하세계**Underworld》(New York: Simon and Schuster, 1997)에서 명백히 주제화된다. 이 소설은 냉전의 시작을 소련의 첫 번째 핵무기 폭발로 표시하고 냉전의 종식을 "핵폭탄을 나르는 데 사용되었던" B-52 폭격기들을 "예술 기획," 즉 "풍경 그 자체를 사용하는 풍경 회화"로 변형시키는 것으로 표시한다. 비행기들이 위치해 있는 사막은 "틀에 넣는 장치"이고, 이는 틀이 없음이 아니라 틀의 외부에는 아무것도 없음을 의미한다. 즉, 그것은 예술 작품의 한계는 관람자 경험의 한계와 동일함을 의미한다. 토니 스미스가 말하는 것처럼, "회화를 대단히 회화적인 것으로 만드는 것"은 바로 이러한 예술 작품에 대한 경험과 관람자의 경험 그 자체의 동일화이다. 더구나 드릴로는 관람자 경험의 등장을 냉전의 종식과 동일시하는 차원을 넘어, 이데올로기들 간의 차이가 정체성들 간의 차이로 변형되는 것과 동일시한다. 그의 사막은 휘발유 광고가 만들어지는 장소이다. 한 명의 백인과 한 명의 흑인이 두 대의 차에 서로 다른 브랜드의 석유를 주입하고 있다. "트리니티 사이트에 먼저 당도하는 차가 승리한다"(530). 이 광고가 의도하는 바는 자동차들 간의 경쟁을 미국과 소련 간의 경쟁과 동일시하는 것이다. 하지만 백인이 몬 차의 승리는 소련 측의 항의를 촉발하는 것이 아니라 전미흑인지위향상협회NAACP, 도시연맹the Urban League, 인종평등정당the Congress of Racial Equality 측의 "불같은 항의"를 촉발했다.

고 할 때, 독자의 위치, 그가 누구인지뿐만 아니라 그가 어디서 언제 그리고 왜 읽는지에 관한 것은 진정으로 중요해진다. 왜냐하면 만약 텍스트의 의미가 독자로부터 독립적으로 존재한다면, 그것이 독자에 따라서 다를 수 있다고 생각하는 것은 이치에 맞지 않지만, 텍스트에 대한 경험은 그렇게 될 수 있고 실제로 그렇게 되어야 하기 때문이다. 상이한 독자들은 불가피하게 상이한 경험들을 가질 것이다. 다시 말해, 하나의 발화 행위를 해석할 때 그것이 어떤 형태를 가지는지 그것이 얼마나 큰 소리인지 언제 어디서 그것을 듣는지 등에 대한 질문들이 적절해지는 것은, 오로지 그 질문들이 그 발화 행위는 무엇을 의미하는가라는 질문과 관련되는 한에서이다. 하지만 하나의 소음을 듣거나 하나의 표시를 볼 때, 이 모든 질문들은 항상 적절해진다. 내가 듣고 보는 것, 즉 내가 경험하는 것은 원칙적으로 내가 누구인가라는 것의 기능이다.

따라서 **표시나 소리로서의 텍스트**는 독자의 **참여**를 요청한다. 이 표시와 소리에 의미를 부여하는 것은 그것에 대한 독자의 반응이다. 저자 의도의 적절성을 부인하면서 웜샛과 비어즐리는 독자 반응의 적절성 또한 부인했다. 그들은 의도의 오류와 이른바 **'감정의 오류**the affective fallacy**'**를 동일한 문제의 두 측면, 즉 "무책임성의 두 가지 형식들"(5)로 여겼다. 시는 "공적인 것을 보유하는 언어 속에 체현되기" 때문에 "공적인 것에 속한다." "그것은 비평가의 것이 아니고, 작가의 것도 아니다." 하지만 우리는 언어에 대한 호소가 작가와 독자 중 하나를 선택하는 문제에서 얼마나 무력한지 이미 살펴보았다. '식물'이라는 단어가 어떤 언어에 해당되는지 결정하는 유일한 방법은, 작가와 독자 중 하나를 선택하는 것이다. 따라서 비록 웜샛과 비어즐리는 이런 선택에 대한 대안으로서 언어의 공적 규칙을 제시했지만, 독자가 적용하는 규칙은 본질적으로 그러한 선택의 결과로 이해되어야 한다.

더욱 근본적으로는, 작가에 대한 호소 없이는 텍스트가 어떤 언어를 사용하는지 결정할 방법이 없고, 그것이 실제로 어떤 특정한 언어를 사용하고 있다고 생각할 근거도 없다. 우리가 '식물'이라는 단어를 17세기 영어의 규칙에 의거해서 해석할 수 있다는 사실이 그것이 17세기 영어에 해당된다는 것을 의미하지는 않는다. 우리는 그것을 20세기 영어의 규칙에 의거해 해석할 수도 있고, 아예 새로운 언어('오어Schmenglish'라고 부르자)를 만들고 이 언어의 규칙에 의거해서 해석할 수도 있다. 따라서 언어의 규칙에 호소하는 것은 감정적 오류를 피하는 방법이 아니라 그것을 범하는 방법이다. 왜냐하면 독자가 텍스트 해석에서 어떤 규칙을 사용할지 선택해야 하는 이상, 텍스트의 의미는 (비록 독자가 마블의 영어를 선택한다고 할지라도) 독자의 선택으로 결정될 것이기 때문이다.

하지만 만약 텍스트가 어떤 언어를 사용하는지 하는 선택권이 독자에게 없다고 주장한다면, 만약 텍스트가 사용하는 언어는 작가가 사용하는 언어라고 주장한다면, 언어의 규칙은 오로지 그것이 우리에게 저자가 의미하고자 하는 바에 대한 정보를 주는 경우에만 적절한 것이 될 것이다. 그리고 일단 우리가 저자가 의미하고자 하는 바에 관심을 두기 시작하면, 우리는 단어들이 작가가 사용한 언어에서 의미하는 것이 무엇이냐는 질문을 그 단어들을 통해서 저자가 의미하는 바는 무엇이냐는 질문 아래에 종속시키는 것이다. 왜냐하면 저자가 쓴 단어들이 단어들이 되는 언어가 저자 본인의 의도로 결정된다면, 저자가 쓴 단어들의 의미 또한 저자의 의도로 결정될 것이기 때문이다.

사실 우리는 해석상의 논란을 어떤 단어는 무엇을 의미하는가에 대한 논란으로 여기기보다는 그 단어를 통해서 누군가가 의미하고자 하는 바가 무엇인가에 대한 논란으로 여긴다. 아무도 워즈워스의 시 〈나의 영혼을 잠들게 한 선잠〉이 범신론적 시인지 아닌지에 관한 오래된 논쟁이 그 단어들의 뜻을 19세기 영어 사전에서 찾는다고 해결될 수 있으리라 생각하지 않는다. 다시 말해, 아무도 '바위들'과 '돌들'에 대한 사전적 정의가 우리에게 그것이 어떤 종류의 살아 있는 정신을 갖는지 알려줄 것이라고 생각하지 않는다. (〈나의 영혼을 잠들게 한 선잠〉이 실린) 워즈워스의 《루시Lucy》(지구의 자전 행로를 돌고 있을 뿐 / 바위들, 돌들, 나무들과 함께)가 완전히 죽었는지 아니면 그 어느 때보다 생생하게 살아 있는지에 관한 물음은 '바위들'이라는 단어가 영어에서 무엇을 의미하는지에 관한 물음이 아니라 '바위들'이라는 단어를 통해서 워즈워스가 의미하는 바가 무엇인지에 관한 물음이다. 해석상 논란의 여지가 있는 텍스트가 해당 저자가 의도한 바를 의미한다는 믿음을 함의하는(사실상 그것에 의존하는) 것은 바로 이 때문이다. 여기서 요점은 단어가 언어 속에서 무엇을 의미하는지에 대한 물음이 그러한 논쟁에서 부적절하다는 것(혹은 이 물음은 작가가 무엇을 의도했는지에 관한 단서로서만 적절하다는 것)뿐만이 아니라, 해석상의 차이가 독자 간의 차이로 설명되고 옹호되는 순간 해석상의 논쟁이라는 관념은 사라진다는 것이다. 다시 말해, 서로 다른 두 경험을 가지는 다른 두 사람은 서로 반대하는 것이 아니라 그냥 다른 것이다. "나는 구역질이 난다." "나는 괜찮다." 이들이 서로 반대할 수 있는 것은 없다.

이 문제가 문학 이론적 쟁점으로 가장 뚜렷하게 나타나는 것은, **스탠리 피쉬**의 **독자 텍스트 구성** 설명이다("해석은 추론의 예술이 아니라 구성의 예술이다. 해석자는 시를 해독하지 않는다. 해석자는 시를 만든다"). 피쉬에 따르면, 우리가 읽는 텍스트는 우리의 '해석적 전략들'의 산물이기 때문에, 존 밀턴의 《리시다스》를 급진적으로 다르게 해석하는 두 독자는 당연히 "동일한 시를 읽은 것"으로 느끼지 않을 것이고 그 둘은 모두 사실상 "옳을 것"이다. 이 서로 다른 두 독자는 그들이 만든 서로 다른 시를 읽은 셈이다. 그리고 그들이 서로 다른 두 시를 읽었다고 이해하는 순간, 두 사람 간의 갈등은 사라진다. 하나의 시가 지닌 의미에 대한 너의 견해와 다른 시의 의미에 대한 나의 견해는 완벽히 서로 양립 가능하다. 피쉬의 이론과, 의미의 창조에서 독자의 참여적 역할을 주장하는 이론에서 의견 불일치는 단지 망상에 불과한 것이 된다.

만약 **해석적 의견 불일치**가 존재한다면, 텍스트의 의미는 언어의 규칙에 의거하는 것도 아니고 독자에 의거하는 것도 아니다. 그것이 언어의 규칙에 의거하지 않는 이유는, 우리의 의견 불일치는 그 규칙에 관한 것이 아니기 때문이다. 그것이 독자들에 의거하지 않는 이유는, 그것에 상이한 의미를 부여하는 상이한 독자들이 서로 반대하는 것이 아니기 때문이다. 그렇다면 텍스트의 의미는 진정 우리가 서로 반대할 수 있는 종류의 것이 아니라고 말하고 싶을 것이다. 실제로 이 주장은 텍스트(혹은 예술 작품)의 의미는 그것에 대한 우리의 경험이라는 생각 속에 자리 잡고 있다. 왜냐하면 우리의 서로 다른 경험이 의견 불일치로 간주되지 않는다는 것은 진정 사실이기 때문이다.[21]

---

[21] 이런 이유로 피쉬의 초기 **'정동(감정)적 문체론'**(텍스트의 의미는 텍스트에 대한 독자의 반응 속에 존재한다는 주장)과 그의 《이 수업에 텍스트는 존재하는가?》에서 선

하지만 이 주장의 문제점은 우리로 하여금 텍스트의 의미에 대한 우리의 믿음이 그것에 대한 다른 사람들의 믿음과 갈등을 빚을 것이라는 생각을 포기하도록 종용할 뿐만 아니라, 우리로 하여금 의미라는 관념 자체를 포기하도록 종용한다는 것이다. 왜냐하면 우리의 믿음은 반드시 진실이거나 거짓이어야 하기 때문이다. 어떤 것에 대해 믿음을 가진다는 것은 동일한 것에 대해 상이한 믿음을 가지는 사람과 의견 불일치를 보인다는 것이기 때문이다. 따라서 우리가 더 이상 우리는 서로 반대하지 않는다고 생각하는 것은, 우리는 더 이상 믿지 않는다고 생각하는 것이다. 즉, 우리는 시에 대한 우리의 상이한 반응을 그것에 대한 상이한 해석으로 생각할 수 없다. 시의 의미를 시에 대한 경험으로 변형시키고 나면, 그때부터는 마치 시는 아무런 의미도 가지지 않는 것처럼 시를 다룰 수밖에 없다. 우리가 의도의 오류를 범하든, 감정적 오류를 범하든지 상관없이 그러하다.

우리는 텍스트적 의미의 해석에 관해 적어도 세 가지의 경쟁적인 설명이 존재한다는 생각에 익숙해져 있다. **작가**에 호소하는 설명(의도주의적인 것), **언어의 규칙**에 호소하는 설명(형식주의적인 것), **독자**에 호소하는 설명(감정적인 것)이 그것이다. 그리고 우리는 문학 이론가는 이 중 하나

언되는 새로운 "관점"(독자를 텍스트에 반응하는 것으로 보지 않고 텍스트를 생산하는 것으로 보는 것)으로의 전환 사이에는 연속성이 존재한다. 앞서 이미 봤듯이, 두 번째 경우에 독자는 서로 반대할 수 없다. 왜냐하면 그들은 서로 상이한 텍스트들을 생산하기 때문이다. 첫 번째 경우에 그들은 동일한 텍스트에 반응한다. 하지만 텍스트에 대한 그들의 반응은 그것에 대한 그들의 경험인 탓에 그들은 여전히 서로 반대할 수 없다. 단지 그들은 서로 상이한 경험만을 가질 수 있다.

를 선택하거나 일부를 조합해야 한다는 생각에 익숙해져 있다. 하지만 방금까지 살펴본 주장의 요점은 이러한 각본을 부정하는 것이다. 독자에 호소하는 것은, 해석에 대한 설명이라기보다는 해석의 거부이다. 언어의 규칙에 호소하는 것은, 단지 의도주의의 위장된 형식에 지나지 않는다. 만약 우리가 저자가 어떤 언어로 썼는지 알 필요가 있다면, 우리는 저자가 무엇을 의도했는지 알 필요가 있고, 일단 우리가 저자가 의도에 신경을 집중하기 시작하면 언어의 규칙이 적절해지는 것은 오로지 그것이 우리가 그 의도를 이해하는 데 도움을 주기 때문이다. 만약 언어의 규칙에 대한 호소가 의도주의의 위장된 형식이 아니라면, 만약 우리가 존 설처럼 순수한 형식주의자라면(즉, 우리가 해석하는 표시들과 소음들이 어떻게 생산되는지에 관해서 무관심하다면), 우리는 부득이하게 그것들을 우연적인 것들로 다루며 그것들을 전혀 해석하지 않는 것이다. 이것이 바로 드 만이 말한 '급진적' 형식주의의 요점이다. 드 만은 '마리옹'이라는 이름이 루소가 그것을 통해서 의미하고자 한(다소간 복잡한) 바를 의미하지 않을 수 있는 유일한 방법은, 그것을 발화 행위가 아니라 바위처럼 아무것도 의미하지 않는 것으로 생각하는 것이라고 말한다.

그리고 나무들 and trees

1983년 오클랜드의 미시건 카운티 항소 법원이 제출한 피셔Fisher 대 로우Lowe의 소송 건에 대한 판결문은 "우리는 나무에게 보상금을 지급하라는 소송은 결코 보지 못할 것이라고 생각했다"로 시작된다. 나

무의 패소를 확정지은 이 판결은 크리스토퍼 D. 스톤Christopher D. Stone 의 1996년 비평집(《Should Trees Have Standing? And Other Essays on Law, Morals and the Environment》)의 서문에 인용된다. 이 책에는 스톤의 유명한 글인 〈**나무 들도 법적 지위를 가져야 하는가?** 자연물의 법적 권리를 위하여Should Trees Have Standing? Toward Legal Rights for Natural Objects〉가 수록되어 있다.

이 비평집 전체는 자연물들(나무와 숲뿐만 아니라 강과 바위들)은 피 해를 입고 위험에 빠질 때 "그들 스스로를 위해"(12) 법적 보상책과 보호 를 받을 권리가 있어야 한다고 주장한다. 물론 자연물의 소유자들이 자 연물에 가해진 피해에 대한 법적 보상책을 강구하는 것은 일반적인 일 이다. 그러나 스톤의 요점은, 자연물들이 법정에 설 수 있는 그들 스스 로의 권리, 그들의 소유자들을 위해서가 아니라 "그들을 위해서 말하 는" 변호사를 가질 권리를 인정해 주어야 한다는 것이다. 스톤의 생각은 자연물들도 인간이 자연물에 부여하는 가치와는 별도로 그들 자신의 권리(와 더욱 일반적으로 말해서, 가치)가 있고, 고로 나무와 강들은 인간 이 그것을 가치 있는 것으로 여기기 때문('**인류학적**' 환경주의의 입장)이 아 니라 그들만의 고유한 가치가 있기 때문(**심층생태학**의 입장)에 보호되어야 한다는 것이다.

스톤은 한때 권리가 부인된 바 있는 다른 존재들과의 유비를 통해 서 이러한 주장(자연적 존재들도 이제는 권리를 갖는 것으로 이해되어야 한다 는 주장)을 펼친다. 예컨대, 아동, 여성, 노예들은 각기 다른 시대와 장소 에서 권리를 결여하는 것으로 간주되어 왔다. 하지만 스톤이 주장하듯 우리의 역사를 도덕적 배려를 받아 마땅한 존재들의 "범주의 확장"(140) 으로 생각한다면, 또 다른 존재들("동물들, 식물들, … 행성 전체")은 어째서 이 범주에 포함될 수 없는가? 비록 아동과 여성과 나무와 바위 간의 유비 관계에는 큰 결점이 있다 할지라도(권리가 인정되고 나면 아동과 여성은 그들 자신을 위해서 말할 수 있지만, 사실 그들 자신을 위해서 말할 수 있다는 것이 애당초 그들이 권리를 가진다는 생각을 타당하게 만드는 것이기는 하지만, 나무와 강과 바위는 그렇게 할 수 없다), 스톤은 "기업 또한 말할 수 없고, 국가도, 사유지도, 유아도, 무능력자도 그렇게 할 수 없다"고 지적하면서 "자연물의 법적 문제"는 "법적 무능력자들, 가령 식물인간 문제"(12)와 유사하게 처리되어야 한다고 주장한다. 따라서 "말을 할 수 없는" 나무와 바위도 "그들의 입장을 대변해 주는"(13) 변호사를 할당받아야 한다.

스톤이 제안하는 일반적 입장(자연은 인간이 부여하는 가치와는 별도의 고유한 가치를 지닌다)은 논란의 소지가 많지만, 자연물들(비록 가치가 있는 것들이라고 할지라도)이 표현을 할 수 없다는 것에 대한 인정은 그렇지 않다. 비록 몇몇 작가들(킴 스탠리 로빈슨)은 자연을 위해서 말하는 것의 기획을 부적절한 인류학적인 것으로 취급하고, 자신을 위해서 말하는 자연의 가능성을 상상한다고 할지라도("혹자는 사물들이 그들 자신을 위해서 말하도록 내버려 두어야 한다. 그 무엇도 그들을 위해서 말해질 수 없다"고 색스Saxe는 말한다(《푸른 화성》 96)), 많은 수의 심층생태학자들조차도 자연이 진정 자신을 위해서 말할 수 있다고 생각하지 않는다. 실제로 이런 생각의 부적절성을 고려할 때, 일부 작가들이 이 생각을 지지한다는 사실만큼이나 충격적인 것은 또 다른 일부 작가들은 이 생각을 필연적으로 부정해야 하는 것으로 느낀다는 사실이다. 다시 말해, 과학소설 작가가 화성 대신에 '카Ka'라고 불리는 행성이 자신의 진짜 이름인 "소리를 제안한다"고 상상하는 것과 철학자 **로티**가 "세상은 말하지 않는다. 오로지 우리만 말한다"(《우연성》, 6)고 주장하는 것은 완전히 다르다. 골수 심층 생태학자를 제외하고 세상이 말한다고 생각하는 사람이 과연 누가 있겠는가? 왜 로티는 세상은 말하지 않는다는 것을 우리에게 환기시켜야 할 필요성을 느끼는가?

　　로티에게 세상은 말한다는 생각은, 만약 우리가 세상이 말하는 언어를 배울 수 있다면 우리도 그것에 대한 진리를 배울 수 있다는 생각이다. 이것은 그가 **정초주의**foundationalism라고 부르는 것의 염원, 즉 화성이 그 스스로를 명명한 이름에 대해서 알고자 하는 염원, "자연 그 자체의 재현 관습"에 대해서 알고자 하는 염원이다.[22] 그리고 로티의 **반정초주의**antifoundationalism의 요점, 더 일반적으로 말해, 도나 해러웨이가 말하는 것처럼, 자연은 '구성물'이라고 말하는 모든 주장의 요점은, 자연은 그 자신을 재현하는 관습을 결여하기 때문에(세상을 설명하는 여러 언어들 가운데 그 무엇도 세상 그 자신의 언어가 될 수는 없기 때문에), 세상에 대한 옳은 혹은 그릇된 설명은 있을 수 없다는 것이다. 해러웨이는 "언어는 설명에 관한 것이 아니라 몰두에 관한 것이고"(214), '과학'은 더 이상 '단일 언어'가 아니라 상호 경쟁적인 '문화적 방언들'로 이해되어야 한다고 단언함으로써 이러한 요점을 명확히 한다. 그리고 로티는 '문화적 변화'는 더 이상 '잘 주장하기'의 결과가 아니라 '다르게 말하기'의 결과로 이해되어야 한다고 말함으로써 이 요점을 분명히 한다(《우연성》 7).

---

[22] Richard Rorty, *Philosophy and the Mirror of Nature* (Princeton, N.J.: Princeton University Press, 1979), 298.

로티와 해러웨이에서 '잘 주장하기'를 '다르게 말하기'로 교체하는 것은 상이한 어휘 사용 가능성을 모든 올바른 어휘 사용의 불가능성에 연결시킨다. 화성의 진짜 이름에 대해 주장하는 것은 논쟁자들이 서로 대립하는 어떤 사실이 존재함을 함의하는 것이다. 다르게 말하는 것은 주장하기의 적절성을 부인하는 것이다. 왜냐하면 비록 아랍인은 화성을 콰히라Qahira라고 부르고 일본인은 카세이Kasei라고 부른다고 할지라도, 그들은 서로 대립하고 있는 것이 아니기 때문이다. 화성을 서로 다른 이름들로 부르는 사람들은 서로 대립하고 있다고 말하는 것이 이치에 맞으려면, 그들은 그들이 화성에 부여하는 이름이 단지 그들의 언어에서 통용되는 이름이 아니라 그것의 올바른 이름, 즉 화성 그 자신의 이름이라고 생각해야 한다. 그리고 비록 ('문화적 변화'의 경우를 생각해서) 화성을 콰히라라고 부르는 사람들이 그것을 카세이라고 부르기 시작했다고 할지라도, 이는 카세이라 부른 사람들이 주장하기에서 이겼기 때문이 아니다. 오히려 그것은 로티가 '재설명redescription'이라고 말하는 것, 해러웨이가 **재의미화**resignification'라고 말하는 것을 그들이 받아들였기 때문일 것이다.

실제로 최근의 이론적 담론에서 '재의미화'라는 용어가 얻고 있는 중요성은, 의견 불일치 없는 차이의 현상(공시적인 것)과 변화의 현상(통시적인 것)을 설명하려는 시도로 완벽히 이해될 수 있을 것이다. 로티가 과거의 방식과는 '다르게 말하는' 것을 시작하는 사람들을 가리켜 그들이 새로운 어휘를 확신했다고 생각하지 않고 그 어휘에 '유혹되었다'고 생각하는 것은 바로 이 때문이다. 대상에 새로운 이름을 부여하는 것을, 대상에 올바른 이름을 부여하는 것이 아니라 대상에 그 대상이 원하는 이름을 부여하는 것으로 이해하는 것이다.

물론 '**올바른 이름**'이라는 개념(너는 올바른 이름을 알 수 있다는 단언과 너는 그것을 알 수 없다는 부정)은 여기서 요점을 벗어나는 것처럼 보인다. 어떤 것의 올바른 이름을 아는 것은 그 어떤 것이 그 자신을 부르는 이름을 아는 것이 될 테지만, 어떤 것이 그 자신을 부르는 이름을 아는 것이 엄밀히 말해서 그것에 관한 진리를 아는 것은 아니기 때문이다. 아마도 나는 너의 언어를 이해하고 그럼으로써 네가 말하는 것을 알 수 있지만, 너는 거짓말을 할 수 있고 너조차도 너 자신에 대해서 잘 모를 수 있다. 다시 말해, 방금 지적했다시피 언어는 그 자체로 진리 혹은 거짓이 되지 않는다. 그러므로 자연은 언어를 가지지 않는다는 주장은 '우리는 자연에 대한 진리를 알 수 있는가'라는 질문에 대답하는 것과 전혀 관련이 없다. 화성의 바위는 스스로 그 자신의 이름을 가진다는 생각(자연은 언어를 가진다는 생각)이 최근의 글들에서 과학주의에 대한 비판과 동일시되는 것은 바로 이런 이유에서이다.

생태철학자 데이비드 에이브럼이 마치 "세상은 말하지 않는다"는 로티의 주장에 응답하듯이 '언어'로 가득 찬 세상, 즉 "**말하는 세상**"(81)을 묘사할 때, 그는 과학적 객관성을 찬양하고자 함이 아니라 그것을 거부하고자 한다. 에이브럼은 세상을 하나의 '대상'으로 변형시키는 '실증주의positivism'에 대해 해러웨이만큼이나 비판적이다. 세상은 말한다고 주장하는 것과 관련하여 그의 요점은, 세상은 하나의 대상이라는 반정초주의적 부정을 세상은 하나의 주체라는 심층생태학적 주장으로 변형시키는 것이다.

이런 견지에서 볼 때, 우리는 화성이 제 자신을 부르는 이름에 관한 물음을 실제에 관한 우리의 능력에 대한 물음이 아니라 '타자성'을 인정하는 우리 능력에 대한 물음으로 이해해야 한다(에이브럼 10). 실제로 바위들은 그 자신의 '고유한 가치', 즉 그 자신의 **바위적 윤리**를 갖는 '광물질적 실제'를 가진다는 생각은, 바위를 우리 과학적 지식의 대상이 아닌 '여성, 유색인, 동물, 비인간적 환경'이라는 해러웨이적 연속물이나 아동·여성·흑인·인디언처럼 부정되어 온 인간성이 법을 통해서 인정받을 필요가 있는 스톤적 연속물에 속하는 하나의 항으로 생각할 것을 촉구한다. 여기서 킴 스탠리 로빈슨의 '화성 3부작' 속 "작은 붉은 사람들"(신비적이지만 기능적이고, 신비적인 까닭에 기능적이게 되는)은 유용하게 화성이 그 자신을 부르는 이름과 화성인이 화성을 부르는 이름 간의 구분을 삭제한다. 결국 바위와 외계인들은 '비인간적 환경'에 속하고, 비인간적 환경을 '여성'과 '유색인'으로 시작되는 연속물의 마지막 항으로 생각하는 것의 요점은 정확히 실제와의 정초주의적 만남을 타자와의 반정초주의적 만남으로 변형시키는 것이다.

붉은 바위들이 붉은 사람들로 형상화될 때 지질학자들은 인류학자들이 되어야 하고, 위험에 처한 환경을 구하려는 노력은 위험에 처한 문화를 구하려는 노력과 구분 불가능해진다. 화성이라는 행성에서 자연에서 문화로의 이러한 전환을 나타내는 것은 '작은 붉은 사람들'이다. 지구에서 인간의 생존에 대한 위협을 '행성 그 자체'의 생존에 대한 위협으로 인식하는 것은 '토착적 사람들'이다. 정의상 '대지'와 대등한 것이 되는 토착적 사람들은, 문화적 다양성에 대한 사회적 전념을 생물학적이고 실제로 지질학적인 다양성에 대한 생태적 전념으로 발전시킨다. 화성 그 자신의 이름에 대한 관심은 이제 화성의 진리를 발견하려는 방식으로 이해되는 것이 아니라 화성의 환경을 보존하고 화성적 차이를 존중하는 방식으로 이해된다.

물론 이런 방식의 문제점은 바위, 강, 나무들의 인간화를 감정적 허위pathetic fallacy의 형식이 아닌 다른 형식으로는 보기 어렵다는 것이다. 즉, 우리는 '개울'이 '불법행위에 대한 피해보상을 요청하고자 법정에서 횡설수설하는 것'을 이해하는 데 어려움을 겪을 뿐만 아니라(개울이 그를 위해서 말해 줄 변호사를 필요로 하는 것은 바로 이 때문이다), 우리는 무엇이 개울에게 피해로 간주될 수 있는지를 평가하는 데에도 어려움을 겪을 것이다. 사람은 자신의 이익을 추구하기 때문에(그것을 표현할 수 있든 없든), 사람은 자신에게 가해진 피해를 보상받을 수 있다. 스톤이 말하는 것처럼, 법은 사람의 '복지'를 보호할 수 있다. 하지만 강과 바위는 스스로를 위해서 이익을 추구하지 않는다. 우리는 댐 건설로 줄어든 강의 유량을 보상해 줄 수 없다. 따라서 만약 법이 강을 보호하는 것이라면, 스톤이 생각하는 것처럼, 법은 강의 "손상되지 않을" "권리"(54)에 호소할 텐데, 이때 보호받아야 할 것은 강의 인간성이 아니라 "강성riverhood"(62)이다. 심층생태학적 **'자연'** 개념을 다문화주의적 **'문화'** 개념과 연결시키는 것은 바로 이러한 강의 이익 혹은 감정(강은 이익과 감정을 지니지 않는다)이 아니라 강의 정체성(강의 강이 될 권리)에 대한 존중이다.

왜냐하면 정체성은 그 자신의 고유한 가치를 가진다는 생각, 한 문화가 다른 문화에 동화되었을 때 우리가 느끼는 상실감으로 표출되는 이런 생각은 인간성의 속성에 의거하는 것이 아니라 스톤이 말하는 **손상되지 않을 권리**에 의거하기 때문이다. 사람은 자기 문화의 상실에 대해서 보상을 받을 수 있다. 사실 동화는 보상 구조로밖에 설명될 수 없다. 내가 나의 원래 언어를 말하는 것을 그만두는 것은 오로지 새로운 언어를 말하는 것이 나에게 이득을 가져다줄 때뿐이다. 따라서 우리가 우리의 원래 언어와 문화의 상실을 개탄할 때, 우리는 사람에게 가해진 피해에 대해서 개탄하는 것이 아니라(사람은 피해를 전혀 입지 않았다) 정체성에 가해진 피해에 대해서 개탄하는 것이다. 다시 말해, 문화를 보호하는 것이 오로지 그것을 보존하는 형식만을 취할 수 있는 것은 문화는 강과 마찬가지로 보상될 수 없는 것이기 때문이고, 만약 우리가 문화는 그 자신의 고유한 가치를 가진다는 것을 믿는다면, 우리는 또한 강과 바위들도 그 자신의 고유한 가치를 가진다는 것을 믿을 준비가 되어 있는 것이다.

따라서 자연을 주체로서 보호하고자 하는 심층생태학적 기획은, 자연을 사람으로서 보호하고자 하는 것이라기보다는 자연을 정체성으로서(혹은 문화로서) 보호하고자 하는 것이다. 이와 동일하게, 자연은 말을 할 수 있다는 심층생태학적 주장은 실제로 로빈슨이 말하는 '광물 의식성' 같은 환상이나 "바위의 각진 형태를 일종의 의미 있는 몸짓으로 지각하는" "물활론적 성향"(130)에 대한 에이브럼의 옹호와 같은 환상을 필요로 하지 않는다. 즉, 그것은 자연이 (로티의 주장과는 반대로) 그 자신에 대한 재현을 생산한다고 상상하는 형식을 취할 필요가 없다. 왜냐하면 그것은 그 자체로 재현이 되지 않는 언어를 상상하는 형식을 취하기 때문이다. 우리는 이미 옥타비아 버틀러의 오안칼리족((완전변이세대)에 등장하는 떠돌이 외계 종족)의 '감각적 언어'에서 이러한 환상의 과학소설적 형태를 목격한 바 있다. "직접적인 신경 자극을 통해 경험을 … 연결시킴으로써 서로 전체 경험을 주고받을 수 있다"((여명) 237). 요점은 오안칼리족이 거짓말을 할 수 없는 것과 마찬가지로(그들은 오로지 너에게 경험을 전달하거나 전달하지 않을 수만 있다), 그들은 진리 역시 말할 수 없다는 것, 달리 말해, 그들은 그 무엇도 실제로 말하지 않는다는 것이다. 그들은 단지 나로 하여금 그들이 느끼는 것을 똑같이 느끼도록 만들고, 그들이 보는 것을 똑같이 보게 만들 뿐이다. 서로에게 경험을 전달한다는 것이 의미하는 것은, 서로에게 경험에 대한 재현은 전달하지 않는다는 것이다. 그리고 이와 같은 **재현 없는 의미**의 환상(피로 쓴 텍스트, 컴퓨터 바이러스, 유전자 부호(정보의 환상이라고 부를 수 있는 것들))이 **포스트역사주의**에서 대단히 기초적이고 근본적인 것이라는 점은 이미 확인했다.

물론 정보 그 자체는 환상이 아니다. 사이코패스에게 네일건을 맞은 여성이 내뱉는 고통의 신음은 그녀가 현재 어떻게 느끼고 있는지에 관한 정보를 실제로 전달한다. 환상은 오로지 그녀의 신음을 일종의 텍스트로 생각할 때, 그녀의 고통을 드러내는 소리를 그녀의 고통을 알리는 발화 행위로 생각할 때에만 생성된다. 혹은 거꾸로 말해서, 내가 나에게 감염된 바이러스를 해석해야 할 텍스트로 생각할 때에만 정보의 환상은 생성된다. 이 환상이 명확히 포스트역사주의적인 형식을 취하게 되는 것은, 내가 그 신음 혹은 바이러스(소리 혹은 표시)를 그것이 의미하는 방식에서뿐만 아니라 그것이 의미하지 않는 방식에서도 모범적인 것으로 생각할 때이다. 다시 말해, 에이브럼이 말하는 것처럼 "가까이 강의 밀려드는 물을 묘사하기 위해서 우리가 즉각적으로 사용하는 용어들," 가령 "'세차다,' '튀기다,' '솟구치다'와 같은 단어들"이 "강물이 둑 사이를 흐를 때 물 자체가 내는" 소리로 결정되는 것으로 생각하는 것(자연의 소리 그 자체를 의미하고자 하는 이런 의성어적 이상향은 자연의 언어라는 관념에서 항상 중요했다)은 모든 자연의 소리는 본질적으로 의미를 가지지 않기 때문에 자연의 언어는 실패하고 모든 의미는 일종의 '환영'임이 틀림없다고 주장하는 것과 엄연히 다른 것이다.[23]

달리 말해, **포스트역사주의적 환상**은 재현이 아닌 까닭에 그릇된 재현이 될 수 없고, 따라서 모두에 의해서 이해될 수 있는 발화 행위와 재현이 아닌 까닭에 발화 행위도 아니고, 따라서 그 누구에 의해서도 '제대로' 이해될 수 없는 발화 행위 간의 전도reversibility 가능성에 대한 환상이다. 킴 스탠리 로빈슨과 닐 스티븐슨과 같은 작가들에서 "자연의 언어"(《스노우 크래쉬》 205-26), 즉 특정 종류의 재현 관습들에 의거하지 않는 언어는 다소간 보편적인 동시에 비의미적인 것으로 상상된다. 한편으로 그것은 일종의 방언glossolalia이다. 그것은 "뇌 깊은 곳에 존재하는, 모든 사람에게 공통으로 있는 구조"를 가리키는 "신경계적 현상"의 형식으로 상상된다. 하지만 동시에 그것은 "의미 없는 횡설수설"(《붉은 화성》 546)이다. 왜냐하면 형태와 소리들(기의 없는 기표들)은 이해되지 않고 경험되기(보이고

---

23 물론 환영으로부터 의미를 구제하는 것(가령, 환원에서 정보로의 이동)은 가능하지만, 이것은 데이비드 차머스의 **범신론**panpsychism과 같은 극단적인 조치를 통해서만 가능하다. 차머스의 범신론에서는 비록 정보(하나의 물리적 상태와 다른 물리적 상태의 차이)가 모든 것을 관장한다고 할지라도, 우리가 무엇을 의미하고 다른 이들이 의미하는 바를 우리가 이해한다는 의식은 그것을 물리적 세계가 아닌 평행적 세계에 위치시킴으로써 가능해진다. 하지만 차머스 본인이 인정하는 것처럼, 정보 체계에 필연적으로 동반되는 것으로서의 인간 의식성을 보존하려는 그의 노력은 인간뿐만 아니라 다른 동물도 의식성을 가진다고 믿을 것을 요구할 뿐만 아니라 모든 정보 체계는 의식성을 가진다고 믿을 것을 자신에게 요구한다. "예컨대, 혹자는 바위에서 정보를 찾을 수 있기 때문에," 바위는 "경험"을 가지고 고로 의식성을 가지는 것으로 이해되어야 한다(Chalmers, *The Conscious Mind* [Oxford: Oxford University Press, 1996], 297).

들리기) 때문이다. 스티븐슨이 말하는 것처럼, 그것은 "정액"처럼 "정보의 매개체"(258)이지만, 또한 정액처럼 혹은 바이러스나 유전자 부호처럼 의미의 매개체가 아니다. 다시 말해, 형태에 대한 사람의 반응(질병에 걸리는 것, 임신하는 것)은 그 자체로 그 형태에 대한 해석이 아니고, 공간화되는 자연의 언어는 (그것이 실제로 공간적인 이상) 실제로 언어가 아니다.

여기서 요점은 데이비드 에이브럼이 "바위의 각진 형태"를 "의미를 낳는 일종의 몸짓"(130)으로 설명할 때, 그가 실수를 범하고 있다는 것이 아니다. 가장 심층적인 심층생태학자도 바위의 언어를 말 그대로 믿지는 않는다는 것은 의심할 여지가 없는 사실이다. 오히려 요점은 앞서 드 만에서 이미 약술한 바 있고 최근의 문학 이론(가령, 데리다는 '기호'를 '흔적 혹은 표시'로 대체할 것을 종용한다)에서 찾아볼 수 있는 기호에 대한 비판이 에이브럼뿐만 아니라 의미를 정보로 다시 설명하는 더욱 일반적인 이론에서 작동하는 발화 행위를 '감각적 언어'로 전환시키는 것, 텍스트를 형태로 전환시키는 것에 궁극적으로 의존한다는 것이다. 왜냐하면 만약 기호(기표와 기의의 결합)가 그 형태 이상의 어떤 것 혹은 그것과는 다른 어떤 것으로 구성된다면(두 개의 상이한 기호인 '뱅크bank'(퍼스트 내셔널 뱅크First National bank)(은행)와 '뱅크bank'(미시시피 강의 뱅크(둑))는 동일한 형태를 가진다), 표시는 그 형태 바로 그것이 되고 그것과 다를 바가 없게 된다. 다시 말해, 상이한 형태를 가지는 표시는 상이한 표시이고, 동일한 형태를 가지는 표시는 동일한 표시다. 따라서 동일한 기호가 동일한 의미를 가져야 하는 것처럼(만약 의미(기의)가 동일하지 않다면, 그것은 동일한 기호가 아니다), 동일한 표시(혹은 동일한 소리)는 여러 상이한 것들을 의미하는 것으로 사용될 수 있다(동일한 기표는 많은 상이한 기의들과 연결될 수 있다). 그리고 데리다로 하여금 그 누구도 텍스트의 의미를 통제할 수 없다고 주장하도록 만드는 것과 그러한 통제력을 획득하려 하지만 필연적으로 실패하는 작가가 특징적인 **해체주의적 비애감**을 가지도록 만드는 것은 바로 이러한 사실, 즉 동일한 표시와 동일한 소리는 여러 상이한 것들을 의미하는 것으로 사용될 수 있다는 사실이다. 만약 우리가 기호를 표시로 생각하고 따라서 텍스트를 표시들로 이루어진 것으로 생각한다면, 우리는 필연적으로 작가들은 그들이 의미하고자 의도하는 것보다 다소간 더 많은 것을 의미하는 텍스트를 생산한다고 생각해야만 한다. 해체주의에서 글쓰기는 텍스트를 "표류하도록" "방종하는 것"(9)이 된다. 왜냐하면 해체주의에서 글쓰기는 본질적으로 **기호**의 생산(의도된 것을 의미하는 것)이 아닌 **표시**의 생산(맥락에 따라서 상이한 것을 의미하는 것)이 되기 때문이다.

일단 요점이 이런 식으로 정리되면, 데리다가 '**필기자-작가**scriptor-author'라고 지칭하는 사람은 텍스트와 기껏해야 우연적인 관계만을 가진다는 것이 명백해진다. 작가는 아마도 표시의 생산에서 유용한 역할을 할 것이다. 하지만 그의 역할은 결코 본질적이지 않다.[24] 다시 말해, 만약

---

[24] 바로 이런 이유로 캐리 울프Cary Wolfe가 《동물 의례Animal Rites》(Chicago: University of Chicago Press, 2003)에서 포스트모더니즘의 '탈인간주의 posthumanism'를 계승하는 것으로서 '**종차별주의**speciesism'를 비판하면서 데리다를 언급하고 그의 글 〈동물, 내 존재의 이유The Animal that Therefore I Am〉와 〈잘 먹기Eating Well〉로부터 "표시 일반"("동물 언어, 유전자적 부호, 소위 인간 언어 … 내에 존재하는 모든 표시 형식들"을 포함하는 것(73))의 현상은 인간과 동물, 혹은 언어적인 것과 비언어적인 것 간의 뚜렷한 "구분"을 불가능하게 만든다는 주장을 인용한다. 여기서 울프의 요점은 일부 동물들(가령, "지능이 높은" 유인원들)은

단어를 단어로 만드는 것이 형태나 소리라면, 그 형태나 소리가 사람에 의해서 생산되고 사용된다는 것이 어째서 중요한 문제가 되겠는가? 어째서 단어들이 강물의 흐름이나 지각의 변동이나 해변을 때리는 파도로 생산될 수 없겠는가? 일단 우리가 해변에 나타나는 표시들을 〈나의 영혼을 잠들게 한 선잠〉의 텍스트로 간주하기 시작하면, 우리는 이미 세상이 말을 한다는 생각을 받아들이는 것이다. 해체주의와 심층생태학에서 세상을 텍스트로 탈바꿈시키는 것은 **기표의 물질성**(표시의 **최우선성**)에 대한 전념이다. 데리다의 유명한 말처럼, "**텍스트 외부에는 아무것도 없다.**" 혹은 에이브럼이 다소간 경박하게 말하는 것처럼, "언어는 인간의 소유물인 것만큼이나 인간이 거주하는 대지의 소유물이다"(139).[25]

사실 심층생태학과 해체주의뿐만 아니라 동일한 텍스트가 상이한 의미들을 가질 수 있다고 생각하는 모든 문학비평가는 **자연의 언어**에 대

언어를 가진다는 것이 아니라, 데리다가 말하는 것처럼 우리는 무엇이 언어인지에 대한 생각 자체를 고칠 필요가 있다는 것이다. 그리고 일단 **기표**가 표시로 전환되면 혹은 데리다가 "**비인간적 흔적**"이라고 부르는 것으로 전환되면, 언어에 대한 우리의 관념은 변경되어야 한다는 것이다. 왜냐하면 언어는 이제 정보가 되고, 동물들뿐만 아니라 모든 것(컴퓨터, 온도 조절기, 돌 등등)이 그와 같은 정보를 주고받는 것으로 간주되어야 하기 때문이다.

[25] '헛걸음은 없다Il n'y a pas de hors texte'는 경구는 통상 관념론적 회의주의의 선언과 같은 것으로 이해되고, 더 통상적으로 포스트구조주의와 특히 포스트모더니즘은 해석자의 최우선성을 내세우는 일종의 상대주의와 동일시된다. 하지만 포스트모더니즘의 관념론은 실제로 그것의 실질적인 물질주의의 부산물에 지나지 않는다. 기호를 표시로 변환시키는 것은 해석을 경험으로 변환시키는 것이고, 따라서 주체 위치를 적절하게 만드는 것이다. 왜냐하면 비록 **기호**의 의미는 변화하지 않는다고 할지라도, **표시**에 대한 주체의 경험은 확실히 변화하기 때문이다.

한 전념에서 절정을 이루는 표시에 대한 전념에 동참한다고 볼 수 있다. 무엇이 상이한 의미를 가지는 텍스트들을 동일한 텍스트로 만들 수 있는가? 명백히 그것들은 동일한 의미를 가진다는 사실, 즉 그 기표들이 동일한 기의들을 가진다는 사실이 아니다. 오히려 그 기의들이 동일한 기표들을 가진다는 사실이 그 텍스트들을 동일한 텍스트로 만든다. 즉, 그 텍스트들은 상이한 의미를 가지지만 동일한 형태, 동일한 표시, 동일한 소리를 가진다. 그리고 만약 형태가 텍스트를 만든다면, 이 세상, 즉 많은 형태들을 가질 뿐만 아니라 사실상 형태들밖에 가지지 않는 이 세상은 말할 것이 아주 많을 것이다. 이 세상의 많은 형태들은 우리가 아는 어떤 언어에서 기표들처럼 보일 것이고, 이 세상의 모든 형태들은 우리가 모르는 많은 언어들에서 기표들처럼 보일 것이다. 그렇다면 만약 하나의 텍스트가 여러 의미들을 가질 수 있는 세상이 형태가 텍스트를 만들 수 있는 세상이라면, 형태가 텍스트를 만들 수 있는 세상은 말을 할 수 있는 세상, 즉 킴 스탠리 로빈슨의 '카Ka'처럼 그 자신의 이름을 말할 수 있는 세상이다. 이런 관점에서 볼 때, 로빈슨의 '화성 3부작'의 가장 큰 관심사는 우리를 창의적으로 상상된 화성으로 데려가는 것이 아니라 우리에게 우리가 이미 화성에 와 있음을 보여 주는 것이다.

하지만 동일한 텍스트는 상이한 의미들을 가질 수 있다는 생각에 몰두하는 문학비평가와 이론가들이, 동일한 표시가 상이한 언어에서 상이한 의미를 가질 것이라는 생각에 주된 관심을 쏟지는 않는다는 것은 틀림없는 사실이다. 데리다가 글쓰기를 텍스트를 "표류하도록" "방종하는 것"으로 설명할 때, 그가 의미하는 것은 동일한 표시가 상이한 맥락에 상이한 의미를 가지는 것으로 이해되고, 자기 발화의 의미를 통제하려는 작가의 시도는 원칙적으로 실패에 이를 것이라는 것이다. 왜냐하면 하나의 발화로서 기능하기 위해서(즉, 표시가 의미를 낳기 위해서), 발화는 그것이 최초 생산된 맥락이 아닌 다른 맥락들에서 기능해야 하기 때문이다. 그것은 다른 어떤 것을 의미할 수 있어야 한다. 데리다가 기호나 '발화'의 '이해하기'라는 생각을 **표시의 기능하기**라는 생각으로 대체하는 것은 바로 이 때문이다.

발화를 이해했다고 생각하는 것은, 그 의미를 알아냈고 지정했다고 생각하는 것이다. 실제로 (우리가 이미 앞서 봤듯이) 기호의 의미는 정의상 지정된다. 왜냐하면 상이한 의미를 가지는 기호는 상이한 기호이기 때문이다. 하지만 우리가 텍스트는 기호들이 아닌 표시들로 구성된다는 것을 인정한다면, 우리는 텍스트에 대한 우리의 반응은 정확히 그것에 대한 이해로 생각될 수 없음을 아는 동시에 그것에 대한 우리의 반응은 필연적으로 서로 매우 다를 것임(사람에 따라서 다르고, 맥락에 따라서 다르다)을 안다. 다시 말해, 만약 **기호**와 같은 것들이 존재한다면, 그것들은 상이한 맥락에서도 동일한 의미를 가질 것이다. 하지만 기호들을 대신하는 **표시**들은 상이한 맥락에서 상이하게 기능하는 것으로 간주될 수 있다. 따라서 "기호를 표시로 대체하는 것"은 필연적으로 "의도를 **의도적 효과**"(66)로 대체하는 것과 "발화의 효과들" 및 "일상 언어의 효과"와 효과 그 자체에 대한 관심을 동반한다. 내가 앞서 해체주의의 특징적인 비애감이라고 설명한 것이 바로 **효과에 대한 이러한 전념**이다. 왜냐하면 효과는 작가가 통제할 수 없는 것이고, 독자가 이해가 아니라 등록하는 것이기 때문이다. 데리다가 효과의 '상대적 한정성'을 인정하는 동시에 그것의 **'무한정성'**을 주장하는 것은 이 때문이다. 효과의 생산자로서 텍스트는 끝이 없는 뉴저지의 고속도로와 동일하고, 세상에 존재하는 다른 모든 것과 동일하다. 그것은 틀 속에 넣을 수 없다.[26]

물론 텍스트가 효과들을 창출한다는 것을 알기는 쉽지만, 왜 우리가 이 효과들을 그 텍스트의 의미를 대체하는 것, 즉 기호를 표시로 '**대체**'하고 의도를 의도적 효과로 '대체'하는 것을 요청하는 것으로 생각해야만 하는지 알기란 쉽지 않다. 일반적으로 우리는 한 행위의 **의미**를 그것이 낳는 **효과**와 동일시하지 않는다. 우리는 1914년 한 암살자가 사라예보에서 페르디난트Archduke Ferdinand 대공〔오스트리아의 왕위 계승자〕을 죽인 행위가 제1차 세계대전을 야기한 행위라고 생각하지 않는다. 비록 이 전쟁이 진정 그 행위의 효과라는 것을 믿는다고 할지라도 말이다. 그리고 우리는 확실히 텍스트와 발화 행위의 의미를 그것들의 효과와 동일시하지 않는다. 우리는 나의 발화가 지루하거나 재미있다는 사실을 내 발화

---

[26] 포스트역사주의 전위주의 시에 대한 **스티브 맥카프리**Steve McCaffery의 요청이 이에 상응하는 것이 될 것이다. 《의도의 북쪽North of Intention》(New York: Roof Books, 1986)에서 그는 **언어시**Language Writing에서 텍스트는 "저자와 독자 모두에게 끊임없는 의미와 관계들의 생산 가능성을 제공한다"(149)고 설명한다. 맥카프리에게 언어의 "반박의 여지가 없는 시각적, 음성적, 몸짓적 물질성"이 "의미의 관념성의 필수적인 조건"이 된다는 것을 인정하는 것은 "절대적"(205) 의미 혹은 "단일한"(207) 의미라고 때때로 불리는 것의 불가능성을 표시한다. 하지만 단일한 의미의 대체물은 단순히 다수의 의미들이 아니다. 왜냐하면 맥카프리가 인정하는 것처럼 네 가지 혹은 다섯 가지를 의미하는 텍스트는 오직 하나만을 의미하는 텍스트만큼이나 절대적으로 하나의 의미를 가지게 될 것이기 때문이다. 오히려 언어시에서 특징적인 점은 "의미의 상실"(211)에 대한 그것의 몰두이다. 그리고 의미 있는 해석 대상이 되는 것을 중지하는 텍스트(맥카프리는 그것이 "**해석적 깊이에 저항한다**"고 말한다)는 "하나의 경험이 되는 것에 가까워지고"(24) 그리하여 경험 속에 내제하는 "무한성"을 획득하는 것에 가까워진다.

의미의 일부로 생각하지 않는다. 또한, 나의 발화가 너로 하여금 어떤 것을 생각하게 만든다는 사실을 내 발화 의미의 일부로 생각하지 않는다. 나의 발화가 너로 하여금 어떤 것을 생각하도록 만들고자 한다는 사실을 내 발화 의미의 일부로 생각하지 않는다. 결국 의사소통의 실패는 의미화의 실패가 아니다. 누군가는 발화 행위를 이해하는 데 성공하고, 누군가는 그것을 이해하는 데 실패한다. 따라서 우리가 아무리 텍스트에 대한 한 독자의 이해는 그 텍스트가 낳은 하나의 효과이고, 그 텍스트에 대한 다른 독자의 상이한 이해 역시 그 텍스트가 낳은 하나의 효과라고 말할지라도, 그 텍스트의 의미는 이러한 효과들과는 별개의 것으로 (심지어 상이한 것으로) 남는다.

이 요점을 약간 다른 방식으로 설명하면, 만약 우리가 텍스트를 틀 속에 들어오지 않는 고속도로처럼 다룬다면(만약 텍스트를, **의미를 가지는 기호**들이 아닌 **효과를 생산하는 표시**들로 구성되는 것으로 생각한다면), 왜 우리가 여전히 그것을 텍스트로 생각해야만 하는지 알기가 쉽지 않다는 것이다. 결국 세상은 효과들을 생산하는 것들로 가득 차 있고, 만약 우리가 텍스트를 효과들을 낳는 것으로 생각한다면(그것을 우리로 하여금 영어 단어들을 생각하게 하는 형태들로 생각한다면), 한편으로 모든 것은 텍스트가 될 것이고(왜냐하면 모든 것은 우리로 하여금 단어들을 생각하게 할 수 있기 때문이다), 다른 한편으로 그 무엇도 텍스트가 될 수 없을 것이다(왜냐하면 표시의 효과들은 그것의 의미가 아니기 때문이다). 만약 텍스트는 다수의 의미들을 가질 수 있다고 생각하는 사람들이 저지르는 실수가 표시의 무제한적인 효과들을 기호의 단일한 의미로 혼동하는 것이라면, '제대로 이해된다면' 표시는 다수의 의미들이 아니라 아무 의미도 가지지 않는다는 드 만의 주장은 이 실수를 정정하는 것이다. 그리고 세상이 말할 수 있다는 확신은 이 실수를 저지르는 또 하나의 방식에 불과하다. **텍스트 외부에는 아무것도 없다**는 주장을 통해서 진정으로 단언되는 것은, 텍스트와 같은 것은 존재하지 않는다는 것이다.

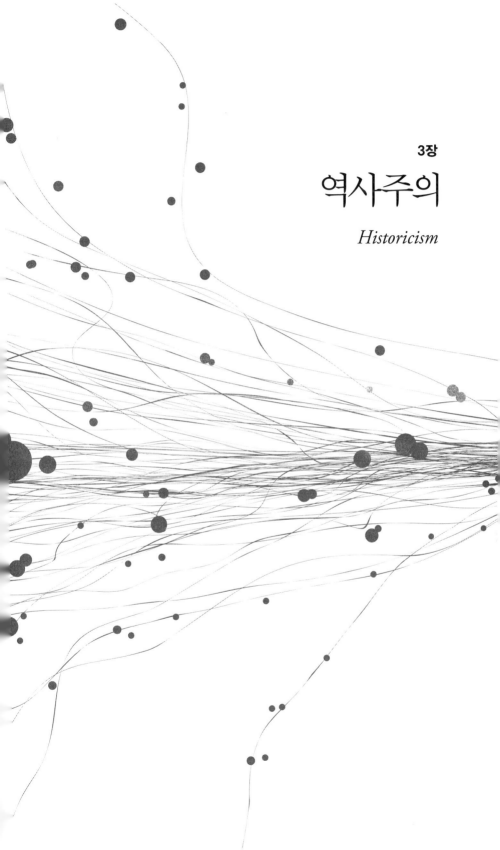

3장

역사주의

Historicism

기억하기 Remembering

아트 슈피겔만의 《쥐》에서 유대인은 쥐이고, 독일인은 고양이이며, 폴란드인은 돼지이고, 미국인은 개이며, 아프리카계 미국인은 검정개이다. 이러한 분류에 대해 몇 가지 질문(몇 가지 종류의 질문들)이 제기될 수 있다. 상이한 인간 집단을 동물들로 재현한다는 것은 무엇을 의미하는가? 그것은 유대인을 비인간화하는 히틀러의 방식을 성공적으로 패러디하는 것인가? 아니면 이 패러디는 단지 그러한 비인간화를 반복하는 것인가? 이 분류법이 근거하는 원칙은 무엇인가? 상이한 동물들은 상이한 인종 집단들을 이루는 것인가? 혹은 이 동물들은 상이한 민족들을 이루는 것인가? 혹은 한때 개구리였던 아트의 프랑스인 부인이 유대교로 개종한 뒤 쥐가 되었다는 점에 비추어 볼 때, 이 동물들은 상이한 종교들을 이루는 것인가?

《쥐》의 흥미로운 점은 이 질문들을 제기하는 한편으로, 이 질문들에 분명히 대답하기 어렵게 만든다는 것(사실상 이 질문들에 대답하는 것을 불가능하게 만든다)이다. 슈피겔만은 이 세상을 이루는 것은 **정체성**이라는 **포스트역사주의**적 몰두를 등록하고 또한 예시화한다. 나는 이 논의를 슈피겔만의 분류법이 지닌 전체 논리에 대한 물음이 아닌 그 분류법에 따른 범주들 중 하나인 아프리카계 미국인의 범주에 대한 물음을 던짐으로써 시작하고자 한다. 어째서 아프리카계 미국인은 개인가? 혹은 이 물음을 더욱 강조하기 위해서 다음과 같이 물을 수 있다. 어째서 유대계 미국인은 개가 아닌가?

《말콤 엑스의 자서전The Autobiography of Malcolm X》(1965)의 〈후기〉에서 알렉스 헤일리Alex Haley는 말콤 엑스가 공항에서 짐을 기다리며 "외국어로 소리치고" 놀고 있는 "몇몇 천사처럼 생긴 작은 아이들"을 바라보며 했던 말을 기록한다. "내일 밤 이 아이들은 처음으로 배우게 될 영어 단어 검둥이nigger를 어떻게 발음하는지 알게 될 거야."[1]

이 이야기의 요점은 단순히 미국은 인종주의적 국가라는 것이 아니다. 오히려 '검둥이'를 발음하는 법을 배우는 것이 이민자의 미국화에서 매우 중요한 일이라는 것이다. 이 일화는 미국에 들어온 이민자는 새로운 민족적 정체성에 대한 권리를 주장하게 될 뿐만 아니라 동시에 새로운 인종적 정체성에 접속하게 된다는 두 가지 사실을 의미한다. 동유럽에서 아트 슈피겔만의 아버지 블라덱Vladek은 유대인으로서 인종적으로 억압받는 집단에 속했다. 그리고 나치의 지배 아래에서는 아리안족에 대

---

[1] Malcolm X, *The Autobiography of Malcolm X*, as told to Alex Haley (New York: Grove Press, 1965), 399.

립되는 인종 집단으로 정의되었다. 하지만 미국에서는 흑인과 구분되는 백인이다. 실제로 말콤 엑스의 요점은, 미국의 인종적 이원주의는 광범위한 사람들을 백인으로 만들기 위한 기제로 작동해 왔다는 것이다. 유대인뿐만 아니라 아일랜드인, 이탈리아인, 폴란드인, 그리고 최근에는 아시아인까지 다양한 형태의 편견과 차별에 시달리는 가운데서도 모두 앵글로색슨Anglo-Saxons이라 불리는 범주에 속하는 동일한 인종적 형제들로 간주되고 있다[2](실제로 경제적 성공이 미국 사회에서 성공의 척도가 되는 한, 최근의 자료는 아시아계 미국인을 가장 높은 순위에 아프리카계 미국인을 가장 낮은 순위에 두고 있다).

이런 관점에서 볼 때, 《쥐》의 미국계 유대인이 계속해서 쥐로 남아 있다는 점은 놀랍다. 왜냐하면 다른 모든 이민자들은 개들로 변했고, 심지어 아프리카계 미국인처럼 인종적으로 확연히 구분되는 집단도 개로 그려지기 때문이다. 물론 《쥐》의 주요 관심사는 미국의 인종적 차이점이 아니다. 이 책이 그리는 동물들은 유대인 대학살 전후 동유럽의 인종적 범주들을 재현한다. 하지만 동시에 이 책의 폭넓은 액자 구조, 즉 아프리카계 미국인의 존재를 소개하는 동시에 '남성 흑인들schvartsers'에 대한 아버지의 적대감[3]이 아트를 난감하게 만들 정도인 폭넓은 구조는 그 자

---

[2] 크게 주목받고 있는 것처럼, 최근 몇 년 동안 일어난 대규모 라틴아메리카 인구의 이민은 미국의 인종 체계에 심각한 위협을 가한다. 왜냐하면 하나의 (독자적인) 집단으로서 라틴아메리카 사람들은 흑인이나 백인으로 고려될 수 없기 때문이다. 라틴아메리카 사람들이 이 두 집단에 속하는 것으로 고려되는 한에서, 흑인과 백인의 이원주의는 유지될 수 있다.

[3] Art Spiegelman, *Maus II* (New York: Pantheon, 1991), 99. 검정개는 블라덱의 부인

체로 하나의 특정한 인종적 작업을 수행한다. 이 이야기는 미국을 유대인 대학살이라는 렌즈를 통해 보게 만든다. 그리고 이 렌즈를 통해서 미국은 백인과 흑인으로 분할되는 것이 아니라 개와 쥐, 즉 미국인과 유대인으로 분할된다.

이따금 아프리카계 미국인들로부터 분노를 사는 것은 바로 이러한 유대인 대학살의 이용, 즉 단순히 그 극악무도함에 대한 주장이 아니라 미국에서의 인종적 삶에서 유대인 대학살의 적절성에 대한 주장(이 주장은 연방 기금으로 운영되는 워싱턴의 '미국 유대인 대학살 박물관'의 건립을 통해서 공식적으로 승인되었다)이다. 실제로 토니 모리슨은 소설 《빌러비드》를 6천 만 명 이상의 흑인 희생자들에게 헌정했고, 레슬리 마몬 실코의 《죽은 자의 연감》 역시 동일한 숫자의 북미 원주민 희생자들을 언급한다. 실코의 소설에서 한 멕시코 인디언은 다음과 같이 말한다. "나는 히틀러에 관한 모든 이야기들에 실소를 금할 수 없다. 히틀러는 모든 것을 스페인과 포르투갈의 정복자들에게서 배웠다"(216).

비록 나치에 의해 죽은 유대인의 숫자와 중간 항로와 노예제도로 죽은 흑인들 혹은 유럽의 아메리카 대륙 정복으로 죽은 북미 원주민들의

프랑수아즈가 태운 자동차 편승 여행자, 블라덱이 무서워하는 인물이다. 이 장면의 요점은 프랑수아즈가 블라덱에게 "나치가 유대인에게 말하는 방식"과 동일한 방식으로 그가 흑인에게 말한다고 추궁할 때, 블라덱이 "프랑수아즈, 나는 당신이 좀 더 똑똑하다고 생각했소. … 남성 흑인과 유대인을 비교하는 것은 공정하지 않소"라고 응대할 때 뚜렷이 나타나는 유대인 예외주의를 비판하는 것이다. 하지만 이 소설의 분류 방식, 즉 미국 유대인은 쥐로 남는다는 사실은 그러한 예외주의를 비판한다기보다는 재생산한다.

숫자를 비교하는 것은 일종의 경쟁적 희생자화로 비판받을 여지가 있지만, 이 비판이 분명 놓치는 한 가지는 힐레느 프란츠바움Hilene Flanzbaum (《The Americanization of the Holocaust》의 저자)이 말한 바 있는 **"유대인 대학살의 미국화"**,[4] 즉 동시대의 미국에서 유대인 대학살을 이용하는 것은 유대인의 희생을 미국 역사 속의 한 가지 사실로 만드는 방식이다. 최근 급증하는 유대인 대학살 이용에 대한 비판이 놓치는 또 한 가지는, 유대인 대학살이라는 사상 자체가 가지는 새로운 호소력, 즉 희생자 숫자와는 전혀 관련이 없고 정확히 하나의 사상으로서 유대인 대학살이 갖는 호소력이다.

결국 유대인 대학살은 통계적 사건이 아니다. 하나의 대학살은 단순히 대량 학살이 아니다. 비록 수백만 명이 학살되었다고 할지라도, 만약 그들이 무작위로 선택되었다면, 그것은 대학살이 아니다. 대학살의 특수성은 제거된 사람들의 숫자에 있는 것이 아니라, 한 종류의 사람들 전체를 제거하려는 시도에 있다. 대량 학살을 대학살로 만드는 것은, 그 목표물이 오직 우연적으로 일정 수의 사람들이 된다는 것이다. 본질적으로 그것은 그 사람들이 현재 누구인지를 결정짓는 것이다. 한 마디로, 대학살은 **정체성적 범죄**이다. 따라서 대학살의 피해자라고 주장하는 것은 단지 피해자라고 주장하는 것일 뿐만 아니라 정체성에 대한 권리를 주장하는 것이다.

《쥐》의 미국계 유대인들이 미국에서 쥐로 계속해서 남는 것은, 히틀러의 목표가 어떤 다수의 사람들을 제거하는 것이 아니라 특정한 집단

---

[4] Hilene Flanzbaum, ed., *The Americanization of the Holocaust* (Baltimore: Johns Hopkins University Press, 1999)를 볼 것.

의 사람들, 즉 유대인들을 제거하는 것이었기 때문이다. 아트 슈피겔만의 부모는 대학살이 그들에게 부여한 특수성을 나타내기 위해서 쥐로 남는다. 아트와 그의 자식들은 그러한 특수성, 즉 유럽계 유대인의 특수성이 미국계 유대인에 의해서 보존되고 진정 유전된다는 점을 나타내기 위해서 쥐로 남는다.

《쥐》에서 여타 모든 미국인들은 개이다. 왜냐하면 그들은 아무도 대학살도 물려받지 않았기 때문이다. 그리고 오늘날 미국에서 비非백인으로 간주되고, 더 보편적이고 치명적인 인종주의적 공격의 대상이 되는 사람들은 유대계 미국인이 아니라 아프리카계 미국인이라는 사실은 정체성을 보증하는 것으로서의 역사(아트의 아버지가 "피를 흘린다"고 말해지는 역사)에 대한 호소로 부적절한 것이 된다. 1980년대 후반과 1990년대 초반의 공적 담론에서 매우 중요한 역할을 했던 흑인 반유대주의에 대해 유대인들이 느꼈던 선뜻 이해하기 힘든 두려움을 설명하는 것은 역사에 대한 이러한 호소, 즉 흑인과 백인을 미국인(개)으로 만들고 오로지 미국인과 유대인(쥐)만을 구분하고자 하는 역사주의적 행위다. 물론 유대인 노예상들이 존재했다는 사실에 대한 일부 아프리카계 미국인들이 보이는, 마찬가지로 이해하기 힘든 관심을 설명하는 것 또한 역사에 대한 이러한 호소의 변형물에 불과하다.

역사에 대한 이러한 호소, 즉 우리가 원하는 **특수성**distinctiveness을 부여해 줄 수 있는 것은 오직 대학살의 유산이라는 역사주의적 사상을 향한 호소는 실제로 모리슨과 실코와 같은 작가들에 의해서도 승인된다. 《빌러비드》가 저술되기 한 세기 이상 전에 이미 노예제가 폐지되었음에도 불구하고, 모리슨의 소설이 반노예제 소설이 되는 것은 이러한 이유 때문이다. 그리고 《죽은 자의 연감》에서 사유재산제에 맞서 싸우고자 사람들을 조직하고, 원주민들의 '북미 원주민 대학살'에 대한 이야기는 듣지 않으려고 하는 쿠바 마르크스주의자는 원주민들에 의해 "역사에 대한 범죄"(516)를 저지른 혐의로 기소된다. 이 재판에서 검사는 유럽인의 북미 원주민 억압과 그들에 대한 원주민 저항의 연대기를 낭독한다("1514년 믹스턴Mixton에서 멕시코 인디언의 봉기가 진압되고, 모든 봉기 참가자들은 낙인이 찍히고 노예로 팔려가게 되었다"(528). 실코보다 몇 년 앞서서 '나치 사냥꾼'으로 유명한 오스트리아 작가 사이먼 비젠탈Simon Wiesenthal은 이러한 연감의 유대인 판본인 《기억의 나날들: 유대인 순교의 연대기Every Day Remembrance Day: A Chronicle of jewish Martyrdom》를 출간한 바 있다).[5]

이에 대해 실코 소설 속의 마르크스주의자는 부족주의tribalism의 원시성과 계급투쟁의 중요성을 계속 주장하다, 결국 "토착적 역사를 필요로 하지 않고" "토착적 북미 원주민의 대학살을 부인한다"는 이유로 처형된다. **역사에 대한 범죄**(대학살의 부정 혹은 수정주의)는 모든 범죄 가운데 최악의 범죄이다. 이 범죄는 자본주의적 착취보다 더 나쁜 것이다. 왜냐하면 자본주의자는 노동자의 노동은 빼앗아도 그의 정체성은 빼앗지 않

---

[5] 유익하고 예리한 책 《미국 삶에서의 대학살The Holocaust in American Life》(Boston: Houghton Mifflin, 1999)에서 피터 노빅Peter Novick은 "1298년 독일의 크라우트하임에서 19명의 유대인들이 죽임을 당했고, 1648년에 우크라이나의 오스트로그에서 600명의 유대인들이 학살을 당했으며, 1941년에 소련 벨로루시아의 브리안스카고라에서 250명의 유대인들이 나치 친위대에게 죽임을 당했다는 것을 배움으로써" 자신의 "생일"과 "유대인 정체성"을 "축하"할 수 있게 되었다고 언급하면서 이 텍스트를 인용한다(328).

기 때문이다. 그리고 어떤 점에서 역사범죄는 대학살 자체보다도 더 나쁘다. 왜냐하면 대학살은 사람들의 생명은 빼앗았어도 적어도 그들의 정체성은 인정하기 때문이다. 사실 대학살은 정체성에 대한 찬사이다. 대학살을 경시하고 부인하는 것은 정체성을 부인하는 것이다.

바로 이 지점에서 실코가 말하는 역사로의 전환의 긴급성이 도출되고, 바로 여기에서 (실코의 《죽은 자의 연감》과 같은 해인 1991년에 등장한) 아서 슐레진저가 강조하는 미국인의 삶과 미국인이 된다는 것의 의미에 대한 사유에서 역사가 갖는 중요성이 도출된다. 슐레진저는 《미국의 분열》에서 다음과 같이 쓴다. "기억이 개인에 대한 것인 것처럼, 역사는 국가에 대한 것이다. 기억을 상실한 개인이 방향성을 잃고 길을 잃는 것처럼, … 마찬가지로 자신의 과거에 대한 이해를 일체 거부하는 국가는 자신의 현재를 다루는 데 어려움을 겪는다. … 역사는 국가적 정체성을 정의하는 수단으로서 역사를 형성하는 수단이 된다"(20).

여기서 **기억**은 개인적 정체성의 핵심을 이루는 것으로 간주되고, 국가적 기억은 국가적 정체성의 핵심을 이루는 것으로 이해된다. 그런데 개인은 개인적 정체성과 국가적 정체성을 함께 가지는 이상, 자신의 기억뿐만 아니라 국가적 기억에도 접속해야 한다. 개인으로서 그에게 발생하는 것들뿐 아니라 미국인으로서 그에게 발생하는 것들 또한 기억해야 한다. 슐레진저에 따르면, 개인이 이렇게 할 수 있는 것은 역사를 통해서이다. 우리 각자는 개인적으로 우리에게 발생한 일들에 대한 기억을 보유하고, 역사는 우리에게 개인적으로 발생하지 않은 것들, 즉 미국인으로서 우리에게(혹은 북미 원주민으로서, 혹은 유대인으로서) 발생한 일들에 대한 기억을 제공한다. 역사가 우리에게 '**정체성**'을 제공하는 것은 이러한 기억들을 제공함으로써이다. 실제로 내가 나 자신이 미국인임을 알게 되는 것은 내가 오래전에 미국인에게 발생한 것들과 그들에 의해 행해진 것들과 맺는 관계가 기억상의 관계이기 때문이다. 우리는 다른 사람들의 역사를 배운다. 하지만 우리는 우리의 역사를 기억한다.

우리는 어떻게 우리에게 발생하지 않은 것을 기억할 수 있는가? 이 가능성을 상상하고자 하는 노력은 말 그대로 매우 독특한 결과를 낳는다. 예컨대, 최면 회귀 치료 상태에서 작가 휘틀리 스트리버Whitley Strieber 는 고대 바빌론의 이슈타르Ishtar(사랑과 풍요, 전쟁의 여신)를 닮은 생명체들과 만났던 일을 기억하기 시작한다. 차후에 그가 이 생명체들을 직접 만났을 때, 그는 그들이 사실은 외부의 '방문자들'이었음을 깨닫고, 자신이 텍사스에 살았던 유년기 시절에 대한 기억이라고 생각했던 것이 사실은 바빌론과 "잿빛 여신이 지배하는 어두침침한 사원들"에 대한 기억이 아닌지 의심하기 시작한다. 스트리버의 베스트셀러 회고록 《**교감**Com-munion》(1987)에 나오는 대목이다. "나의 기억들은 나의 삶에서 비롯되는가? 아니면 오래전에 살았던 다른 사람들의 삶에서 비롯되는가?"[6]

이와 유사하지만 훨씬 더 허구적인 방식으로, 그레그 베어의 과학소설 《**피의 음악**Blood Music》(1985)은 혈구血球들을 재구성해 피를 통해 기억을 전송하는 것을 상상한다. 처음에는 아버지로부터 아들로 기억을 전송한다. "기억은 심지어 그(아들)가 태어나지 않았을 때부터 거기에 있었고, 그는 그것을 보고 있고, 그들(그의 부모)의 결혼 첫날밤을 보고 있

---

[6] Whirley Strieber, *Communion* (New York: Avon, 1987), 123.

다"[7](111-12). 그리고 나서 더욱 일반적인 기억 전송을 실행한다. "그리고 그의 아버지는 전쟁에 참가했고 … 그의 아들은 그가 도저히 볼 수 없었던 것을 보았다. 그 후에 그는 그의 아버지가 도저히 볼 수 없었던 것을 보았다." 그는 묻는다. "그것들은 도대체 어디에서 오는 것인가?" 그리고 "모든 기억이 반드시 한 개인의 삶에서 나오는 것은 아니다"라는 말을 듣고는, 자신이 마주하는 것이 "인종적 기억의 전송"이라는 것과 현재 "그는 자신의 피와 피부 속에 … 자신의 아버지와 어머니의 일부, 자신이 결코 알지 못하는 사람들의 일부, 수천 년 전에 죽은 사람들의 일부를 지니고 있다는 것"(217)을 깨닫게 된다. 《교감》이 ('방문자들'을 '그리스의 신들'과 동일시하고, 그들이 바로 우리를 창조한 '신들'이라고 생각하면서) 종교라고 상상하는 것을, 《피의 음악》은 과학이라고 상상한다.

하지만 《피의 음악》과 《교감》은 분명 주변적인 텍스트들로 고려되어야 한다. 왜냐하면 《피의 음악》에서 '인종적 기억'이라고 불리는 것에 대한 두 텍스트의 설명은 어떤 의미에서 시대착오적인 것이기 때문이다. 그레그 베어는 '인종적인'이라는 용어를 통해서 '인간'을 의미한다. 수혈을 통해서 통합하는 것은 백인종·흑인종·황인종이 아니라 인류이다. 휘틀리 스트리버가 결정적인 순간에 '방문자의 문화'에 관해서 말하고, 그 문화와의 조우를 모호한 다문화주의적 맥락에 의거해 상상한다고 할지라도(방문자의 문화는 '분명히 우월한 것'으로 보이지만, 우리는 그 '강점'뿐만 아니라 '약점'을 이해함으로써 '그것의 진리'를 이해하게 된다), 그가 염

---

[7] Greg Bear, *Blood Music* (New York: Ace, 1985), 111-12.

두에 두는 '방문자들'은 단순히 외국인들이 아니라는 것을 기억하는 것이 매우 중요하다. 스트리버는 자기 자신을 북미 원주민으로 상상하는 친숙한 토착주의적 몸짓을 취하지만(즉, 코르테즈Cortez 같은 침입자들에게 자기 '문화'의 '꽃'이 짓밟히는 것을 상상하지만), 그가 예기적豫期的으로 향수를 느끼는 사라지는 인종은 그레그 베어의 경우와 동일하게 미국인이라기보다는 인간이다. 《교감》에 등장하는 외부인들을 미국 정체성에 대한 질문으로 이해할 유일한 방법은, 그 외부인들을 미국 정체성을 위협하는 외부 요소에 대한 알레고리로 이해하는 것이 될 것이다. 하지만 이 알레고리적 장치가 인간들 간의 차이를 인간과 타자 간의 차이로 재설명하는 것을 요구하는 한, 그것은 인간을 내부적으로 분화될 수 없는 범주로 확립하고 그리하여 일부 인간들을 미국인으로 간주하는 것을 부적절하게 만드는 효과를 낳을 것이다. 《교감》과 《피의 음악》에서 '**인종적 기억**racial memory'의 등장, 즉 역사의 등장은 말 그대로 보편적인 것, 우리 모두를 통합시키는 것이다.

따라서 《피의 음악》과 《교감》에서 상상되는 기억의 기술은 슐레진저가 말하는 기억으로서의 역사에 대한 하나의 이미지, 오로지 부분적인 이미지만을 제공한다. 만약 역사를 일종의 기억으로 고려하는 것에 대한 명백한 거부가, 우리가 기억하는 것은 우리가 한 것 혹은 우리가 경험한 것이고 우리의 역사에 속하는 것은 우리가 하지 않은 것 혹은 우리가 경험하지 않은 것이라고 말하는 것이라면, 《피의 음악》과 《교감》은 역사가 기억으로 변형될 수 있는 방식들을 상상한다. 하지만 이 두 텍스트는 역사가 국가(민족)적인 것이 되어야 한다는 슐레진저, 실코, 슈피겔만의 요구 조건을 충족시키지 못한다. 다시 말해, 두 텍스트는 역사를 기억으로 변환시키는 것을 정체성 구성을 위한 목적으로 이용하지 않는다. 《교감》에서 기억된 과거는 단지 방문자의 영속에 대한 증거에 지나지 않고, 《피의 음악》에서 과거가 기억될 수 있는 순간은 실제로 국가성의 사라짐을 나타낸다. 슐레진저가 말하는 **기억**과 **역사**와 **국가 정체성**의 동일화가 더욱 확실하게 이루어지는 곳은 훨씬 더 중요하고 영향력 있는 텍스트인 **토니 모리슨**의 《**빌러비드**》이다.

이는 (모리슨 자신에 따르면) 《빌러비드》가 아무도 기억하지 않으려 하는 것에 대한 이야기임에도 불구하고 그러하다. "등장인물들은 기억하는 것을 원하지 않는다. 나도 기억하는 것을 원하지 않는다. 흑인들은 기억하는 것을 원하지 않고, 백인들도 기억하는 것을 원하지 않는다."[8] 아무도 기억하기를 원하지 않는 것이 노예제라고 그녀는 설명한다. 하지만 모리슨의 이러한 설명이 정확하든 정확하지 않든, 그녀의 소설은 기억하기 혹은 망각하기를 적절한 대안으로 확립하는 데 성공한다. 다시 말해, 백인이나 흑인 중 오늘날 노예제를 경험한 사람은 아무도 없다고 할지라도, 노예제는 기억되어야 하거나 망각되어야 한다는(혹은 기억될 수 있고 망각될 수 있다는) 것을 그녀의 소설은 분명히 한다.

따라서 비록 여주인공 세서Sethe의 딸 덴버Denver는 "(세서가 노예로 지냈던) 스위트홈 농장에 살았던 사람들만이 그것을 기억할 수 있다"

---

8 Toni Morrison, "The Pain of Being Black," *Time*, May 22, 1989, quoted in Mae G. Henderson, "Toni Morrison's *Beloved*: Remembering the Body as Historical Text," in *Comparative American Identities: Race, Sex, and Nationality in the Modern Text*, edited, with an introduction by Hortense J. Spillers (New York: Routledge, 1991), 83.

고 생각하지만, 스위트홈 농장과 같은 '장소들'에 대한 기억은 사실상 그 곳에 살지 않았던 사람들도 가질 수 있음이 곧 밝혀진다.[9] 세서는 덴베에게 "집은 불타서 없어질 수 있다. 하지만 장소(와 그 사진)는 없어지지 않는다. 단지 나의 회상 속에 있는 것이 아니라 저기 세상 속에 계속 있다"(36)고 말한다. 따라서 사람들은 항상 '다른 사람의 것인 회상적 기억'과 마주칠 위험에 처하고, 특히 덴버는 노예제로 되돌아갈 위험에 처한다. "사진은 여전히 거기에 있고, 만약 네가 거기에 간다면, 만약 거기에 결코 있지 않았던 네가 거기로 가서 그 장소에 서게 된다면, 그것은 다시 일어나게 될 것이다. 너를 위해 그것은 거기에 있을 것이고, 너를 기다리고 있을 것이다." 덴버는 세서의 회상적 기억과 마주치게 될 것이기 때문에, 세서의 기억은 덴버의 것이 될 것이다. 과거에 일어났던 것은 여전히 일어나고 있기 때문에, 즉 덴버가 말하는 것처럼 "사라진 것은 아무것도 없기 때문에," 노예제가 너로 인해 기억되기 위해서 그것이 너의 기억 속에 존재할 필요는 없다.

물론 세서의 관점에서 볼 때, 이것은 일종의 위협이다. 한 비평가가 말하는 것처럼, 세서와 그녀의 동시대인들은 "그들이 피하고자 했던 노예제에 대한 기억에 사로잡혀서 고통 받는다."[10] 하지만 만약 《빌러비드》의 등장인물들이 그들에게 일어났던 어떤 것을 잊고자 한다면, 그것의

[9] Toni Morrison, *Beloved* (New York: Plume, 1987), 13.

[10] Valerie Smith, "'Circling the Subject': History and Narrative in *Beloved*," in *Toni Morrison: Critical Perspectives Past and Present*, ed. Henry Louis Gates Jr. and K. A. Appiah (New York: Amistad, 1993), 345.

독자들(즉, 흑인들과 백인들, 그리고 모리슨 자신)은 그들에게 일어난 적이 없는 어떤 것을 기억해야 한다. 그리고 노예제를 그들이 기억해야 하는 것으로 상정함으로써, 모리슨은 《피의 음악》에 등장하는 '인종적 기억'에 포스트역사주의적 관점에서 볼 때 그것의 적절한 의미가 될 수 있는 것을 부여할 뿐만 아니라, 《피의 음악》의 주변성과는 반대로 우리가 《빌러비드》의 중심성 혹은 과학소설과 뉴에이지 우주 침략 장르로부터의 그것의 담론적 차별성이라고 부를 수 있는 것을 확립한다.

앞서 언급한 것처럼, 이 차별성은 모종의 보편주의와 모종의 국가(민족)주의 간의 정치적 차이와 관련되지만, 그 차이보다 훨씬 더 크다. 왜냐하면 슐레진저의 국가처럼, 모리슨의 인종은 역사를 기억으로 전환시킬 의미를 제공할 뿐만 아니라 그러한 전환을 위한 장치를 제공하기 때문이다. 《피의 음악》은 "심지어 경험조차 하지 않은" 것을 사람들이 어떻게 기억할 수 있는지 설명하고자 기이한 과학을 필요로 하고(197), 《미국의 분열》은 오로지 국가를 필요로 하며, 《빌러비드》는 오로지 인종만을 필요로 한다. 그리고 미국인들 중에 수혈을 통해서 우리에게 일어나지 않은 일을 우리가 기억할 수 있게 될 것이라고 믿을 사람은 거의 없는 반면, 그리고 미국인들 중에 '방문자들'을 통해서 오래전에 우리가 살았던 삶을 우리가 기억할 수 있게 될 것이라고 믿을 사람은 극소수에 그치는 반면, 많은 수의 미국인들은 **국가성**(슐레진저에 의해 국가의 시민권으로 이해되고, 모리슨과 다문화주의자들에 의해 더 일반적으로 인종과 문화의 소속 자격으로 이해되는 것)이 수혈과 방문자들이 하지 못하는 것을 할 수 있으리라고 믿는다. 노예화의 경험을 오늘날 아프리카계 미국인의 역

사의 일부로 만드는 것은 **인종적 정체성**이다.[11]

그렇다면 오하이오 신시내티의 외곽 124번 블루스톤 도로에 출몰하는 초자연적인 존재는, 북부 뉴욕에 위치한 휘틀리 스트리버의 오두막에 출몰하는 초자연적인 존재의 단순한 변형물로 이해되어서는 안 된다. 다른 한편으로《빌러비드》가 지닌 놀라운 점은 그것이 유령 이야기의 형식을 취한다는 것, 즉 과거에 대한 설명이 유령과의 만남 형식을 취한다는 것이다. 비평가 발레리 스미스Valerie Smith가 말하는 것처럼, 이 유령은 "체현된 과거에 대한 이야기"가 된다.[12] 그리고 만약 이 유령을 대하는 하나의 방식이 유령을 인종이 과거를 현재로 만들 수 있는 방식을 나타내는 형상으로 간주하는 것이라면, 그 유령을 대하는 다른 방식은

---

[11] 물론 이는 노예화가 유일하고 결정적인 인종적 경험임을 의미하는 것은 아니다. 실제로 모리슨을 따라서 폴 길로이Paul Gilroy는 노예제는 종종 "망각된다"고 주장하며, 모리슨의 노예제에 대한 기억과 검은 땅(Kemet)에 대한 기억, 즉 아프리카 중심주의자들이 때때로 "자신의 고유한 장소에서" 환기하는 "근대성을 선행하는 흑인 문명"에 대한 기억을 대립시킨다(*The Black Atlantic: Modernity and Double Consciousness*[Cambridge, Mass.: Harvard University Press, 1993], 190). 이 두 기억의 차이는 길로이에게 중요한데, 왜냐하면 그는 검은 땅에 대한 호소를 "기밀하게 밀봉되어 있고 문화적으로 절대적인 인종적 전통들을 회복하려는" 시도와 관련시키기 때문이다. 그는 노예제에 대한 호소를 "돌연변이, 혼종성, 그리고 혼합의 정당한 가치와 불가피성을 형상화하는 수단"(223)으로 생각한다. 길로이는 순수성보다 혼종성을 선호하고, 고로 "정체성의 구성"을 위해서 이집트보다는 노예제를 기억하고자 한다. 하지만 여기서 발전된 비판적 논의의 관점에서 볼 때, 우리가 기억하고자 선택한 과거는 어느 것인가라는 질문과 우리가 구성하고자 선택한 정체성은 어떤 종류의 것인가라는 질문은 명백히 과거를 기억하는 것을 통해서 정체성을 구성하는 것에 몰두하는 것 그 자체보다 중요하다고 볼 수 없다.

[12] Smith, "'Circling the Subject,'" 350.

그것을 이러한 기능의 수행을 위해 불려 나오는 그 인종 관념에 대한 어떤 불안을 나타내는 형상으로 간주하는 것이다. 왜냐하면 인종은 의심할 여지없이 '방문자들'보다 더 현실적인 반면에, 그것이 얼마나 그리고 어떠한 방식으로 더 현실적인지는 분명하지 않기 때문이다.

예컨대, 인종은 어느 정도까지 생물학적인 실체로 여겨질 수 있는 가? 오늘날 미국의 지적 삶에서 가장 공통적인 진리로 받아들여지는 것은 인종적 정체성은 생물학적인 현상이라는 것을 부인하는 것이고, 이러한 생물학주의를 인종적 본질주의라고 강력하게 비판하는 것이다. 반본질주의자들이 생각하는 인종은 생물학적인 실체가 아니라 **역사적인 실체**이다. 인종적 반본질주의에서 역사를 통해서 사람들을 연결시키는 하나의 정체성을 상상하려는 노력은 사람들에게 정체성을 제공하는 하나의 역사를 상상하려는 노력으로 대체된다.

만약 우리가 《빌러비드》에 등장하는 유령을 (방문자처럼) 현실적인 (비록 생물학적으로 매우 독특하다고 할지라도) 실체로 봐서는 안 된다고 한다면, 우리는 또한 그 유령을 (인종과 같은) 현실적인 (그리고 생물학적으로 매우 독특한) 실체를 나타내는 형상으로 봐서도 안 된다. 그 대신에 유령은 하나의 과정, 즉 역사 그 자체를 나타내는 형상이 된다. 이런 측면에서 볼 때, 《빌러비드》는 역사소설일 뿐만 아니라 **역사주의 소설**historicist novel이다. 역사적 과거를 다룬다는 점에서 역사소설이지만, '탈脫기억된 것'을 기억하는 일에 착수하면서 우리가 결코 알지 못하는 것을 우리가 망각한 것으로 고쳐 설명하고 그럼으로써 역사적 과거를 우리 경험의 일부로 만든다는 점에서 역사주의 소설이다. 《교감》과 《빌러비드》가 출간된 1987년 캘리포니아 대학 출판부에서 '**신역사주의**New Historicism' 시리즈를 개시하고, 《빌러비드》가 퓰리처상을 받은 1988년 《셰익스피어적 협상Shake-spearean Negotiations》(신역사주의 시리즈의 편집자가 저술한 책이자 저자가 "죽은 자와 대화하고자 하는 욕망"을 선언한 책)[13]이 출간된 것은 우연이 아니다. 유령 이야기, 즉 '낮고 거친' 목소리로 말하는 연인이나 '텍스트적 흔적'을 통해 말하는 셰익스피어처럼 죽은 자가 말하는 이야기는 신역사주의의 대표적인 형식이다.

달리 말해, 만약 역사가의 행위를 구성하는 최소한의 조건이 연구 대상으로서의 과거에 대한 관심이라면, **스티븐 그린블랫**Stephen Greenblatt('신역사주의New Historicism'라는 용어를 처음으로 사용한 이론가 겸 비평가)이 밝힌 자기 소명의 기원에 대한 설명("나는 죽은 자와 대화하고자 하는 욕망에서 시작했다")과 그 소명의 본성에 대한 설명("문학 교수들은 봉급을 받는 중산층 주술사이다")은 모두 그러한 최소한의 조건을 넘어서고, 과거와 현재의 연속성에 관한 다양한 표준적 설명들을 넘어서는(주술사가 된다는 것의 의미는 바로 이러한 **넘어섬**이다) 과거와의 관계(그린블랫이 '**접속**'이라고 칭하는 것)를 주장하는 것이다.

그린블랫은 과거의 사건들은 현재 사건들의 발생에 필요한 조건들을 마련한다는 주장이 제공하는 연속성, 혹은 우리가 현재에 유용한 것들을 과거로부터 배울 수 있을 정도로 과거는 현재를 닮아 있다는 사유가 제공하는 연속성에는 관심을 두지 않는다. 사실 그린블랫은 지식의 대상으로서의 과거에 거의 관심을 두지 않는다. 그가 원하는 것은 죽은

---

[13] Stephen Greenblatt, *Shakespearean Negotiations: The Circulation of Social Energy in Renaissance England* (Berkeley: University of California Press, 1988), 1.

자와 대화하는 것, "그들과의 대화를 재창조하는 것"이지 그들이 한 과업을 재발견하거나 설명하는 것이 아니다. 비록 그린블랫 자신은 이러한 포부를 실패한 것으로 선언한다고 할지라도, 신역사주의가 요구하는 강화된 연속성의 관점에서 볼 때, 실패의 표현은 오히려 성공보다 더욱 만족스러운 것이다.

"심지어 내가 '죽은 자의 목소리를' 듣기 위해 가장 주의를 기울이는 순간에도 내가 들을 수 있는 것은 오직 나 자신의 목소리였다는 것을 이해하게 되었을 때에도 나는 나의 욕망을 포기하지 않았다. 내가 오로지 나 자신의 목소리만을 들을 수 있었다는 것은 사실이다. 하지만 나의 목소리가 바로 죽은 자의 목소리였다"[1].

만약 내가 원하는 것이 죽은 자를 연구하는 것이 아니라 죽은 자와 대화함으로써 얻을 수 있는(다시 말해, 죽은 자를 연구하는 것을 그와 대화하는 것으로 이해함으로써 얻을 수 있는) 죽은 자와의 '접속'이라면, 혹자가 죽은 자와 대화할 때 실제로 자신이 듣게 되는 것이 자기 '자신의 목소리'라는 것을 발견하는 것은 전혀 실망스러운 일이 아니다. "나의 목소리가 바로 죽은 자의 목소리였다." 대화를 통해서 상상되는 접속은 그 대화가 자기 자신과 한 것이었다는 사실의 발견을 통해서 더욱 강화된다. **연속성**은 **동일성**identity으로 변형된다.

그렇다면 모리슨과 그린블랫에게 역사는 과거를 현재로 만드는 노력과 관련되고, 《빌러비드》와 《셰익스피어적 협상》의 유령들은 이러한 노력, 즉 역사를 기억될 수 있거나 기억되지 못할 때는 망각될 수 있는 것으로 변형시키려는 노력과 관련된다. 기억되거나 망각되는 역사(단순히 학습되거나 학습되지 않는 것이 아닌 역사)라는 관념 없이, 과거의 사건들은 현재와 오로지 제한된 관련성만을 가질 수 있다. 그것들은 기껏해야 우리에게 현재의 사건들이 어떻게 발생했는지에 관한 인과적 설명만을 제공해 주거나, 최악의 경우에는 단지 고고학적 흥미의 대상만을 제공해 주는 것이 된다. 과거가 동일성의 형성을 위해서 작동하고, 역사가 적절히 우리의 것이 될 수 있는 길은, 오직 그것이 우리 경험의 일부로 다시 상상될 때이다. 학습된 역사는 모든 이들에 의해서 학습될 수 있다(이 역사는 그것을 학습한 모든 이들의 소유가 될 수 있다). 하지만 **기억되는 역사**는 오로지 그것을 최초에 경험한 이들에 의해서만 기억될 수 있고, 그들만의 소유가 될 수 있다. 따라서 만약 역사가 기억되지 않고 학습된다면, 그 역사는 우리의 것이 아니라 모든 사람의 것이 된다. 우리에게 실제로 발생한 것들을 제외한 모든 역사는 진정 우리의 것이 아니다.

신역사주의의 유령들이 단순히 역사를 나타내는 형상들이 아닌 까닭은 바로 이 때문이다. 이 유령들은 기억된 역사를 나타내는 형상들이다. 하지만 이 유령들을 형상들로 생각하는 것에 문제가 있는 것 또한 이 때문이다. 왜냐하면 연구 대상이 아니라 대화 상대자로 기능하는 유령들 없이는, 즉 "그곳에 없었던 너"로 하여금 그곳에 있었던 "사람들만"(36)이 가질 수 있는 경험들에 접속할 수 있도록 해 주는 회상적 기억들 없이는, 역사는 기억될 수 없는 만큼 망각될 수도 없게 되기 때문이다. 다시 말해, 유령들은 우리에게 우리의 역사가 가지는 중요성에 대한 은유적 재현으로 설명되어서는 안 된다. 왜냐하면 유령 없이는 이 역사가 우리의 것으로 간주될 수 없고, 우리에게 특별한 중요성을 띠는 것으로 여겨질 수 없기 때문이다. 과거의 사건들이 현재를 발생시키는 원인으로 상상될 뿐만 아니라 현재 속에서 여전히 살아 있는 것으로 상상될 때, 비로소 그것들은 우리 경험의 일부가 되고 우리가 누구인지 증명할 수 있게 된다. 따라서 유령들은 단순히 기억으로서의 역사를 나타내는 형상이 아니라, 기억으로서의 역사를 위한 기술이다.

역사를 가지기 위해서 우리는 유령들을 가져야 한다. 기억된 역사는 과거를 우리의 것으로 만드는 유령들에 의해서 단순히 기술되거나 재현되는 것이 아니다. 그것은 유령들에 의해서 비로소 가능해지는 것이다. 따라서 《교감》의 방문자들이 그 뉴에이지 신비주의에 중요한 것만큼이나, 《빌러비드》의 유령들은 그 역사주의에 대단히 중요하다. 사실 《빌러비드》의 역사주의는 《교감》 속 신비주의의 인종화된, 그로 공인된, 형태에 다름 아니다. 방문자들이 없다면, 미확인비행물체UFO의 잔해들은 단지 오래된 기상관측 기구의 파편들에 지나지 않는다. 유령들이 없다면, 역사는 단지 우리가 학교에서 공부하는 과목에 지나지 않는다.[14] 아서 슐레진저가 말하는 것처럼, 우리의 역사가 우리의 **정체성**을 정의할 수 있는 장치를 제공하는 것은 다른 사람들의 **기억**이 어떻게 우리의 기억이 될 수 있는지에 관한 (세서의) 설명이다.

---

[14] 캐롤라인 로디Caroline Rody는 《빌러비드》가 지닌 역사주의의 매력을 정확히 지적한다. 그녀는 "대를 이어 상속된 비극을 증언하는 글은 역사적 호기심이나 정치적 수정주의보다 훨씬 더 긴급한 관심사를 띠고 과거에 접근한다"고 고찰하고, "현재의 객관적인 전역사prehistory"와 "자아의 전역사로서 이해되는 역사에 대한 주관적인 인종적인 소유"를 대립시킨다("Tony Morrison's Beloved: History, 'Rememory,' and a 'Clamor for a Kiss,'" *American Literary History* 7 [1995]: 97).

다시 체험하기 Reliving

"**포스트구조주의**의 영향력 아래에서 문학사"에 관해서 쓰면서, 캐리 넬슨Cary Nelson은 '포스트구조주의적' 역사 기록학은 "그것이 관여하는 역사를 실제로 포함하거나 완전히 재현할 수 없다"는 것을 인정한다는 점에서 '관습적인' 역사 기록학과 구분된다고 주장한다.[15]

"관습적인 문학사가 종종 역사는 서사 속에서 효과적으로 다시 체험된다는 확신을 추구한다면," 20세기 초반 미국 시에 대해 넬슨이 쓰는 문학사는 본인의 설명처럼 "역사의 체험된 시간을 되돌릴 수 없고," "역사의 실제로 체험된 시간은 다른 어떤" "알 수 없는 곳"에 "머문다"는 것을 인정한다(47, 51).

물론 어떤 의미에서 이러한 견해는 잘못된 것이다. 넬슨의 회의주의가 과거에 대한 우리의 설명은 우리 자신의 주관으로 '매개되고', 따라서 결코 우리는 '중립적'일 수 없음을 인정하는 것에 토대하는 이상, 그것은 우리로 하여금 과거에 대한 우리의 (주관이 개입된) 믿음이 그럼에도 불구하고 진실이 아니라고 결론 내리도록 할 수는 없다. 진실성을 객관성과 결합시키는 유전주의geneticism만이 그러한 결론을 요구할 것이다. 물론 "우리는 과거의 시대에 사는 것이 어떤 것인지 결코 확실히 알 수 없다는 것을 인정해야 한다"(50)고 말할 때, 넬슨은 더 강력한 토대 위에 서 있다. 하지만 그 토대가 강력한 이유는 그의 주장이 너무 약하기 때문이다.

---

[15] Cary Nelson, *Manifesto of a Tenured Radical* (New York: New York University Press, 1997), 47.

누가 그의 주장을 부인할 수 있겠는가? 과거에 사는 것이 어떠한 것이냐는 것은 우리가 결코 확실히 알 수 없는 수많은 것들 가운데 하나이다. 그리고 어떤 것을 확실히 알 수 없는 우리의 무능력은 우리가 그것을 아는 것을 차단하는 장애물이라기보다는 그것에 대해 '중립적'일 수 없는 우리의 무능력이기 때문에, 우리가 왜 다소간 기쁜 마음으로 그것을 인정할 수 없는지 알아내기란 쉽지 않다.

하지만 넬슨에서 확실히 알 수 없음과 알 수 없음의 결합보다 더욱 놀라운 것은 알 수 있음과 다시 체험할 수 있음의 결합, 즉 우리가 역사를 '완전히 재현할' 수 없는 이유는 우리가 그것을 다시 체험할 수 없기 때문이라는 주장이다. '관습적인' 역사가들은 역사를 재현하는 것은 역사를 다시 체험하는 것과 아무 관련이 없다고 말함으로써 넬슨의 주장을 반박할 것이다. 우리는 강물에 옷을 적시지 않고도 카이사르가 루비콘 강을 건넜다는 것을 알 수 있다. 하지만 우리는 이러한 반박이 포스트역사주의적 관점에서 볼 때 얼마나 부적절한 것인지 이미 알고 있다.

관습적인 역사가가 지식에 만족한다면, 모리슨과 그린블랫은 과거에 대한 진정한 믿음을 가지는 것보다는 그것을 경험하는 것에 더 큰 관심을 둔다. 다시 말해, 만약 넬슨이 과거를 아는 것은 과거를 경험하는 것과 관련된다고 생각하는 실수를 범한다면, 모리슨과 그린블랫은 단순히 **지식**을 **경험**으로부터 분리시키는 것이 아니라 지식보다 경험을 우위에 위치시킴으로써 넬슨의 실수를 정정한다. 이런 관점에서 볼 때, 과거를 경험하는 것이 아니라 아는 것은 노예제나 유대인 대학살 같은 현실을 회피하는 손쉬운 방법처럼 보이게 되고, 그 결과 유대인 대학살은 우리가 알 수 있는 종류의 것이라는 생각을 향한 어떤 적대감까지 출현하게 된다.

예컨대, 프랑스 영화제작자 **클로드 란츠만**Claude Lanzmann은 자신이 만든 홀로코스트 다큐멘터리 〈쇼아Shoah〉의 목적은 "지식을 전달하는 것이 아니다"라고 주장하며, 이 다큐멘터리는 "하나의 현현顯現(incarnation), 하나의 부활"[16]이라고 주장한다. 그의 포부는 우리가 신역사주의라고 이해할 수 있는 바와 동일시된다. 현현된 망자는 스티븐 그린블랫이 대화하고자 소망하는 사람이다. 하지만 신역사주의에서 과거를 이해하는 것은 더 중요한 과업인 과거를 기억하는 것에 최악의 경우에는 부적절한 것이 되고 최선의 경우에는 도움이 되지만, 란츠만에게 유대인 대학살을 이해하는 것은 "절대적인 외설"이 되고, "유대인 대학살을 학습하는 것"은 사실상 그것을 "잊고자" 하는 것이 된다.[17] 역사가들의 재현과 설

---

[16] Claude Lanzmann, "An Evening with Claude Lanzmann," May 4, 1986, quoted in Shoshana Felman and Dori Laub, *Testimony: Crises of Witnessing in Literature, Psychoanalysis,and History* (New York: Roudedge, 1992), 213-14.

[17] Claude Lanzmann, "Seminar on Shoah," *Yale French Studies* 79 (1991): 85. 베렐 랑 Berel Lang은 유대인 대학살의 재현에 반대하는 약간 상이한 윤리적 주장을 펼친다. 그는 어떤 것을 재현하는 하나의 방식은 동일한 것을 재현하는 또 다른 방식의 가능성을 암시하고, 따라서 대학살을 재현하는 것은 불가피하게 그것을 그릇 재현하는 첫걸음이라고 주장한다. 그는 유대인 대학살은 대탈출Exodus이 부활절 제사책Hagadah에서 다루어진 방식과 동일한 방식으로 다루어져야 한다고 말한다. "부활절 제사책이 모든 유대인을 시나이에 위치시킬 때, 대탈출 사건을 마치 모든 유대인의 삶의 일부가 되는 것으로 이야기할 때, 모든 유대인들의 존재는 그 대학살 사건 속에 고정된다. 그 사건으로 인해 죽거나 그 사건을 겪고 살아가는 이들뿐만 아니라 그 사건 이후에 태어난 이들도 그 속에 고정된다"(Lang, *Act and Idea in the Nazi Genocide* [Chicago: University of Chicago Press, 1990], xili). 하지만 노예제 혹은 대학살의 피해자가 된다고 생각하는 것이 정체성적 가치(흑인 혹은 유대인이

명은 "공포를 마주하지 않는 방법," 그 역사적 대상으로부터 "도피하는 방법"[18]이라고 란츠만은 생각한다. 유대인 대학살이 요청하는 것은 공포에 대한 표준화된 지식의 전달이 아니라 공포 그 자체의 전달이다. 〈쇼아〉와 같은 다큐멘터리가 추구하는 것, 제2차 세계대전 이후 많은 주류 문학 텍스트와 이론 텍스트들의 주요한 기획이 된 것은 이와 같은 '전송transmission', 즉 비교문학자 **쇼샤나 펠만**Shoshana Felman이 '**증언**testimony'이라고 말하는 것이다.

그렇다면 텍스트가 어떻게 단순히 재현을 넘어 '공포'를 전송할 수 있는가? 펠만이 말하는 것처럼, '문학 텍스트를 읽는 행위'가 어떻게 "공포를 마주하는 행위와 관련될"(2) 수 있는가? 만약 그렇게 될 수 있다면, 독서는 목격witnessing의 형식이 될 것이다. 하지만 공포를 경험하는 것과 그것에 대해 읽는 것은 다른 것이다. 공포에 대해 읽는 사람은 공포에 대한 경험을 다루는 것이 아니라 그 경험에 대한 재현을 다루는 것이다. 펠만은 이러한 차이를 부인하기는커녕 오히려 주장한다. 하지만 펠만이 증언의 이론에 기여하는 방식은 그녀의 이러한 주장과는 별개의 문제이다. 왜냐하면 펠만은 증언이 "단순히 중계되거나 반복되거나 보고될" 때, 그것은 "증언으로서의 기능을 상실한다"(3)고 주장하기 때문이

되는 것처럼 느낀다)를 가질지는 몰라도, 그것이 어떠한 인식론적 유용성을 가지는지는 알기 어렵다. 심지어 가장 열정적인 경험주의자들도 우리가 경험했다고 생각하는 사건들을 우리가 더 정확히 설명할 수 있다고 생각하지는 않는다.

[18] Claude Lanzmann, "The Obscenity of Understanding: An Evening with Claude Lanzmann," *American Imago* 48 (winter 1991): 481.

다. 따라서 증언으로서의 기능을 잃지 않으려면 증언은 "**수행적인**perfor-mative"(5) 것이 되어야 한다. 그것은 단순히 진술문이 아니라 "**발화** 행위가 되어야" 한다. 증언의 주제는 보고되거나 재현되는 것이 아니라 '**상연**enact'되어야 한다.

따라서 증언의 문제는, 근본적으로 "언어와 사건 간의 관계"(16) 문제이다. 사건을 재현하거나 보고하는 언어는 증언으로서 실패한다. 즉, 재현과 보고의 언어는 '수행적인 것' 혹은 '문학적인 것'이 되는 데 실패한다. 그 자체로 '행위'가 되고 고로 사건을 보고하지 않고 '상연하는' 언어만이 성공할 수 있다. '수행적' 텍스트의 독자는 '공포'에 관해 읽고 그것을 이해하는 누군가의 입장에 놓이는 것이 아니라, 공포를 마주하는 입장에 놓이게 될 것이다.

그러면 텍스트는 어떻게 수행성을 획득할 수 있는가? 텍스트는 어떻게 행위의 재현을 중단하고 그 행위 자체가 될 수 있는가? 수행성 관념은 물론 언어학자 존 오스틴의 발화 행위 이론speech-act theory에서 나온다. 이 이론은 혼례 의식에서 아주 잘 예시화된다. "내가 혼인신고 담당자 혹은 재단 앞에서 '네 그러겠습니다 do'라고 말할 때, 나는 결혼에 대해 보고하는 것이 아니다. 나는 혼인에 푹 빠져드는 것이다."**19**

오스틴이 정립하는 보고하기와 빠져들기의 대립은 (또 다른 방식으로) 펠만이 정립하는 보고하기와 상연하기의 대립을 예상한다. 하지만 '증언testimony'에서 수행성의 첫 번째 예시는 오스틴의 경우처럼 "특정 단

---

19 J. L. Austin, *How to Do Things with Words* (New York: Oxford University Press, 1952), 6.

어들을 말하는"(13) 행위가 아니다. 그것은 펠만이 "단어들의 파손" 혹은 "붕괴"라는 부르는 것이다. 펠만은 파울 첼란Paul Celan(20세기 루마니아의 유대계 시인)의 다음 구절을 인용한다.

너의 질문–너의 대답
너의 노래, 그것은 무엇을 아는가?

눈속깊은곳,
　　속은곳,
　　　　오–으–오

펠만은 이 "소리들이 증언이 되는 것"은 "의식적인 의미"를 "붕괴시킴으로써"(37)라고 주장한다. 다시 말해, 단어들이 수행성을 띠게 되는 것, 그것들이 보고하지 않고 상연하기 시작하는 것은 의미를 가지는 단어들로서 그것들이 '붕괴'하기 시작하는 순간이다. 그리고 이 단어들을 읽는 독자들이 이 단어들이 전달하는 '의미'가 아닌 (단어들이 붕괴될 때 의문시되는 것은 정확히 단어들의 의미이기 때문에) 펠만이 이 작가인 첼란의 '경험'이라고 부르는 것을 '요청할 준비'가 되는 것도 바로 이 순간이다.

물론 이런 종류의 **수행성** 계보는 존 오스틴뿐만 아니라 드 만에게까지 거슬러 올라간다. 앞서 인용한 루소의 《고백록》 논의는 수행성 문제를 가장 명백하게 보여 준다. **드 만**은 고용주의 리본을 훔친 것에 대한 비난을 피하고자 리본 절도에 대한 책임을 어린 하녀 마리옹에게 돌리는 루소의 노력을 분석한다. 마리옹에게 절도죄를 전가하는 범죄는 절도죄 그 자체보다 훨씬 더 심각한 것이라는 루소의 생각에 동조하면서, 드 만은 루소가 "마리옹"이라고 말했을 때 그가 의미하고자 했던 바가 무엇인지에 대한 일련의 설명을 제시한다.

최초에 마리옹을 탓하려는 루소의 욕망이 있고, 그 욕망은 마리옹을 소유하고자 하는 욕망으로 나아가며, 이것은 다시 이전의 욕망들이 수치스럽게 폭로되는 공적 현장에 대한 욕망으로 나아가지만, 궁극적으로는 이것들 가운데 적절한 것은 없다는 결론으로 나아간다. 왜냐하면 최종적으로 드 만은 루소가 마리옹이라는 이름을 말할 의도가 없었고, 실제로도 그 이름을 말하지 않았다고 주장하기 때문이다. 루소는 "머릿속에 떠오르는 소리를 무심코 내뱉"었을 뿐이다. 그는 "아무것도 말하지 않았다."[20] 따라서 "마리옹"이 의미하는 바를 이해하려는 모든 시도는 실패로 끝날 수밖에 없다. 왜냐하면 적절히 이해된다면, "'마리옹'은 아무 의미도 가지지 않는 단어이기" 때문이다. 그리하여 드 만은 이 텍스트의 **'본질적인 비의미화'**가 텍스트성 그 자체의 모범적인 예시가 될 수 있다고 단언하기에 이른다. "허구가 모든 의미화로부터 자유로울 수 있는 순간을 따로 분리해 내는 것은 불가능해 보인다. … 하지만 이러한 순간이 없다면, 즉 그 자체로 존재하도록 허용되지 않는다면, 텍스트와 같은 것은 아예 상상될 수 없다."

한편으로 의미를 가능하게 만드는 것은 기호의 **'자의성**arbitrariness'이지만, 다른 한편으로 **'의미를 붕괴시키는 것'** 또한 동일한 '자의성'의 적절

---

20 Paul de Man, *Allegories of Reading* (New Haven, Conn.: Yale University Press, 1979).

성("루소의 욕망들과 … 이 특별한 이름의 선택 … 사이의 완벽한 분리 … (마리옹이 아닌) 그 어떤 다른 이름, 다른 단어, 다른 소리 혹은 소음도 똑같은 기능을 했을 것이다")이다. 드 만에서 발화 행위가 **수행성**을 띠게 되는 것은 그것이 읽기 힘든illegible 것이 될 때이다.

드 만의 전시 기사들의 발견 이후에 일부 비평가들은 〈**도둑맞은 리본**〉과 그것이 전하는 이론을, 유대인 대학살을 발생시킨 권력 기구와 본인의 연루 관계를 인정하기 싫어하는 드 만의 본심에 대한 일종의 변명으로 읽었다. 하지만 펠만에 따르면, 고백하는 것을 거부하는 것은 자신의 부도덕적인 행위에 대한 무관심의 표시가 아니라 그 행위에서 부도적인 것이 무엇인지를 아는 매우 민감한 인식의 표시다. 펠만은 고백을 둘러싼 '문제'는 "그것이 너무도 읽기 쉬운 것이라는 점"이라고 쓴다. "의식적 의미의 연속성과 일관성 회복의 환영을 취하는 것, 즉 드 만이 '사죄 담론의 … 판독 가능성'이라고 칭하는 것을 취하는 것"(290)은 부도덕한 역사적 사건을 단순히 의미에 불과한 것으로 축소시키고, "(바로 그) 이해 가능성의 전제에 대한 … 의문점을 파헤치지 않고 남겨 둠으로써 역사의 받아들이기 힘든 충격을 제거하는 경향이 있다"(300).

펠만의 견해에 따르면, '부도덕한 역사적 사건들'에서 부도덕한 것은 무엇보다 유대인 대학살을 특징짓는 것, 즉 이해 가능성에 대한 그 사건들의 저항이다. '참조적 서사'를 생산하는 이상, 고백은 필연적으로 그것이 고백하는 범죄를 축소시킨다. 따라서 유대인 대학살을 '순수 사건'으로 인식하고, 그것을 이해하고자 하는 노력을 "도착적 형태의 수정주의"(482)로 특징짓는 클로드 란츠만을 따라서, 펠만은 **"이해에 대한 거부"**(477)야말로 "유일하게 가능한 윤리적 … 태도"(478)라고 주장한다. 사건을 설명하려는 시도는 그 사건을 축소하려는 시도이다.

따라서 펠만은 혹자가 드 만의 최악의 범죄라고 생각하는 **고백의 실패**야말로 드 만의 최고 미덕이라고 본다. 왜냐하면 고백은 범죄를 축소시킴으로써 범죄를 저지르는 것이기 때문이다. 하지만 드 만의 개인적 도덕성에 관해 우리가 어떻게 생각하든지 간에, 여기서 그의 실질적인 기여(펠만의 관점에서 볼 때, 경탄할 만한 것)는 고백하는 것에 대한 그의 거부에 있는 것이 아니다. 오히려 그의 기여는 '참조적 서사'와는 달리 유대인 대학살, 즉 수행성에 적합한 언어적 형식의 발견에 있다. **수행성**의 본질은 그것의 '단순 의미'로의 축소 불가능성이고, 란츠만이 유대인 대학살의 재현이 아니라 "전송"(486)이라고 칭하는 것을 위한 기술로서 수행성을 적합한 것으로 만드는 것은 정확히 이러한 축소 불가능성이다.

따라서 펠만은 〈쇼아〉에서 유대인 죄수들을 침묵시키려는 우크라이나인 경비원의 노력을 설명하는 어떤 폴란드인 농부들의 말을 듣는 란츠만이 "더 이상 단순한 폴란드어가 아닌" 소리들을 즉각적으로 인식하며 듣는 순간에 큰 주의를 기울인다. 폴란드인들은 다음과 같이 말한다. "유대인들은 입을 닫았고 경비원이 움직이기 시작했다. 그러고 나서 유대인들은 그들의 언어로 다시 말하기 시작했다. … 라-라-라 등등"(230). 여기서 '라-라-라'는 "속음곳 / 오-으-오"의 청각적 등가물이고, "오-으-오"와 "라-라-라"는 모두 〈도둑맞은 리본〉에서 이론화되고 루소의 "마리옹"에서 체현되는 수행성의 발생에 다름 아니다. 드 만은 루소가 "머릿속에 떠오르는 소리를 무심코 내뱉었다"(39)고 쓴다. 펠만에 따르면, '공포' '내부'로부터의 **증언**은 오로지 "순수한 소음"(232)으로만 들릴 수 있다. 만약 이해하는 것이 불가피하게 오해하는 것이고 거짓된 목격을 하는 것이라면, 참된 목격을 가능하게 만드는 것은 혹자가 "이해하지 못하는" "단순 소음"(231)이다.[21]

그렇다면 **수행성**의 요점은, 그 자체로 하나의 사건이 되어서 그것이 증언하는 사건을 재현하지 않고 '전송한다'는 것이다. 이것이 바로 펠만이 〈쇼아〉는 "증언을 발생하게 만들고"(267), 심지어 "제2의 유대인 대

---

[21] 란츠만은 듣는 이가 이해하지 못하는 언어를 도입하는 반면에, **캐시 캐루스**Cathy Caruth는 훨씬 더 급진적으로 드 만적인 주장을 취해서 말하는 이가 이해하지 못하는 언어를 도입한다. 캐루스는 〈내 사랑 히로시마Hiroshima mon amour〉에 출연하고 자신이 할 줄 모르는 프랑스어를 사용하는 인물인 일본인 배우 오카다 에이지가 "재현의 층위에서 전달될 수 있는 것을 초과하는 특이성과 단일성을 영화 속에" 도입했다고 말한다(Caruth, *Unclaimed Experience* (Baltimore: Johns Hopkins University Press, 1996), 52). 우리는 이미 듣는 이가 이해하지 못하는 언어가 어떻게 의미를 전달하지 않고 그 대신에 하나의 현존을 전달하는 것으로 상상되는지 살펴본 바 있다. 여기서 오카다가 자신이 사용하는 언어를 이해하지 못한다는 사실(그는 프랑스어 음소들을 막 암기했다)은 그의 프랑스어를 사용하는 등장인물이 상실하기 시작한 "차이"를 보존하는 것으로 상상된다. 왜냐하면 캐루스가 말하길 "외국어의 통달"은 "망각", "문화와 역사의 상실"과 관련되기 때문이다. 그리고 오카다는 이러한 망각을 회피한다. 하지만 그는 이해되는 것(고로 그의 문화적 차이를 상실하는 것)을 회피할 뿐만 아니라 이해 가능해지는 것도 회피한다. 다시 말해, 다른 사람들은 그가 의미하는 바를 이해할 수 없는 것이 아니라 그는 아무것도 의미하지 않는다는 것이다. "그는 재현하지 않고 오히려 자신이 지니는 차이들을 축어적이고 번역 불가능한 방식으로 목소리로 표현한다"(51). 아무도 이해하지 못하는 말을 하는 사람은 아직 번역에 **굴복하지 않은** 사람이다. 하지만 아무것도 의미하지 않는 말을 하는 사람은 결코 번역에 **굴복할 수 없는** 사람이다. 그렇다면 혹자의 특이성을 보존하는 방식은 언어를 거부하는 것이고, 따라서 캐루스의 정신적 외상은 드 만의 해체주의적 **의미의 거부** 및 로티의 실용주의적 **이해의 거부**와 일맥상통하는 정신분석학적 추가물이다. 캐루스에 대한 정신분석학적 관점에서의 비판은 Ruth Leys, *Trauma: A Genealogy* (Chicago: University of Chicago Press, 2000)를 볼 것.

학살로서" 발생한다고 말할 때 의미하는 바이다. 따라서 노예제와 마찬가지로 유대인 대학살은 결코 끝나지 않는다. 그것은 "끝이 없는 … 사건"(67)이다. 그리고 역사를 기억으로 **전송**하는 것이 노예제를 경험한 적이 없는 사람들로 하여금 그것을 기억할 수 있도록 만드는 것처럼, 유대인 대학살을 '이해하는' 텍스트를 **상연**하는' 텍스트로 전송하는 것은 대학살을 경험한 적이 없는 사람들로 하여금 그것을 경험할 수 있도록 만든다. 펠만의 공동 작업자인 분석가 도리 라웁Dori Laub은 "인간의 극단적인 고통과 다수의 심리적인 트라우마에 대한 서사를 듣는 사람은 그 트라우마적인 사건의 참여자이자 공동 소유자가 되고, 바로 그 듣기 행위를 통해서 스스로 그 트라우마를 부분적으로 경험하게 된다"(57)고 말한다. 펠만은 "문학 텍스트를 읽는 행위는 그 자체로 공포를 마주하는 행위와 관련이 되는가"(2)라고 묻는다. 수행성에 대한 드 만의 설명, 즉 **'의미'**를 **'사건'**으로 대체하는 것에 대한 그의 설명은 이 질문에 대한 대답을 '그렇다'로 만든다.

하지만 드 만이 **참조의 실패**라고 특징지은 것(텍스트가 "텍스트로서 존재하기 위해서는" 그 "참조적 기능"이 "급진적으로 중지되어야"(44) 한다)을 펠만은 영리하게 참조의 "유령 같은 귀환"(267)이라고 특징짓는다. 참조는 되돌아오는데, 그 이유는 만약 텍스트가 어떤 대상을 참조하기를 중단한다면 그것은 그 자체로 참조될 수 있는 하나의 대상이 되기 때문이다. 그것이 '유령같이' 되돌아오는 이유는, 그것이 참조하는 대상이 일종의 부재, 즉 "역사적 삭제의 바로 그 대상(과 바로 그 내용)"(267)이기 때문이다. '마리옹'이라는 이름을 말했을 때, 루소는 "머릿속에 떠오르는 소리를 무심코 내뱉었을 뿐이다"(39). 수행성 그 자체로 삭제되는 동시에 체현되는 마리옹은《빌러비드》의 유령처럼 나타난다.

하지만 이러한 유령화는 **해체주의**와 **신역사주의**New Historicism가 갖는 유사성의 중요한 요점뿐만 아니라 둘의 차이도 명확히 드러낸다. 왜냐하면 신역사주의의 유령들은 그 작동에 매우 본질적인 것인 반면에, 해체주의에서 유령들은 '유령같이' 되돌아오는 참조처럼(비유적으로 사용되는 것에서 알 수 있듯) 본질적으로 보충적인 것이기 때문이다. 신역사주의에서 **유령들**이 하는 일을 해체주의에서는 **텍스트**들이 한다. 만약 우리가 신역사주의의 유령들을 역사를 기억으로 전환시키려는 그 포부를 나타내는 형상으로 이해한다면, 펠만이 드 만에게서 가져오는 '다슈 소음'은 역사주의의 주제론에 형식적 토대를 제공하려는 노력으로 이해할 수 있다.

해체주의는 유령을 필요로 하지 않는다. 왜냐하면 첼란의 시나 란츠만의 다큐멘터리에서 아무 의미도 갖지 않고 번역 불가능한 **기표**의 출현은,《빌러비드》와 같은 텍스트가 오로지 서사할 수만 있는, 란츠만이 '부활'이라고 부르는 것을 실제로 생산할 수 있기 때문이다. 이런 관점에서 볼 때, 해체주의는 신역사주의에 대한 (대안이라기보다는) 이론이다. 해체주의는 텍스트가 어떻게 역사적 과거가 기억된 과거로 변형되는 것을 주제화할 수 있는지뿐만 아니라 수행성을 통해서 그러한 변형을 실제로 생산할 수 있는지를 설명한다.

그리고 우리가 존재하지 않았던 시간과 장소에서 일어난 것들을 우리로 하여금 기억할 수 있도록 하고, 그럼으로써 그것들이 우리가 누구인지에 관한 증언이 될 수 있도록 하기 위해 요구되는 것은 바로 이러한 변형이다. **제프리 하트만**Geoffrey Hartman이 말하는 것처럼, 유대인에게 이러한 필수성은 최근에 주목받기 시작했다. "목격자들이 현장에서 사라지고 심지어 가장 신뢰할 수 있는 기억들도 희미해지기 시작할 때, 유대인의 정체성을 유지하는 것은 무엇이냐는 질문은 새로운 긴급성을 띠고서 제기된다."[22] 목격자들이 목격했고 그들이 잊기 시작한 것은 물론 유대인 대학살이다. 따라서 만약 여기서 요점이 대학살에 대한 기억이 유대인 정체성을 유지해 왔고 그러한 기억들의 즉각적인 소멸이 유대 정체성에 대한 위협을 의미한다면, 현재의 과업은 유대인 **정체성**을 살아 있는 것으로 유지하기 위해서 그 **기억**들을 살아 있는 것으로 유지하는 것이 될 것이다. 노예제와 마찬가지로, 유대인 대학살 역시 결코 사라져서는 안 된다. 따라서 만약 목격자들이 사라지는 것과 기억들이 희미해지는 것이 유대인 정체성을 유지하는 것은 무엇이냐는 물음에 새로운 긴급성을 부여한다면, 해체주의의 새로운 전개는 대학살을 정체성 유지의 지속적인 원천으로서 이용할 수 있게 해 준다.

하지만 해체주의는 유대인 대학살은 아직 잊혀지지 않았다는 사실을 보장하면서 유대 정체성의 유지뿐만 아니라 그 변화에도 기여한다. 왜냐하면 유대 정체성이 마이클 크라우즈Michael Krausz가 "현대 유대 역사에서 가장 중요한 일화"인 유대인 대학살 '서사'와의 '동일화'라고 부르는 것에 의존하는 것으로 이해되는 이상, 이 새로운 토대는 과거에 확정적이었던, 가령 대학살의 가해자들에게 확정적이었던 유대 정체성의 인종적 토대와는 상당히 동떨어진 것이 되기 때문이다.[23] 다시 말해, 유대

---

[22] Geoffrey Hartman, "Introduction: Darkness Visible," in *Holocaust Remembrance: The Shapes of Memory* (Oxford: Oxford University Press, 1994), 7.

[23] Michael Krausz, "On Being jewish," in *Jewish Identity*, ed. David Theo Goldberg and

정체성을 보증하는 것으로서의 유대인 대학살의 최우선성은 명백히 반본질주의적인 유대성의 출현을 예고한다.

이 **반본질주의**적인 유대성은 유대인 인종 개념으로부터 분리되고, 비록 덜 분명하다고는 할지라도, 유대인 종교 개념으로부터도 분리된다. 스스로 유대인이라고 생각하는 많은 사람들이 사실은 유대인의 혈통이라는 개념에 대해서는 회의적이다. 그들은, 그리고 다른 인종에 속하는 많은 사람들은, 생물학적 유산을 대신하여 **문화적 유산**cultural inheritance 을 가진다. 스스로 유대인이라고 생각하는 많은 사람들은 유대교를 믿기 때문에 유대인이 되었다고 생각하지 않는다. 하지만 종교적이라고 일컬어지는 특정 관습들(가령, 할례)을 문화적인 것으로 고쳐 설명함으로써, 유대성은 그러한 관습들의 종교적 유대주의와의 연결성을 끊을 수 있고, 그럼으로써 유대인들은 여전히 유대인으로 존재하면서도 유대인의 혈통에 대한 믿음과 유대교 신에 대한 믿음을 포기할 수 있다. 그들이 포기할 수 없는 것은 유대인 문화이다. 바로 여기에서 유대인 대학살의 중요성과 이 대학살을 유대인은 기억한다는 광범위한 주장의 중요성이 비롯되고, 바로 여기에서 유대인 대학살을 '이해하는 것'은 일종의 '외설'이라는 생각이 비롯된다. 왜냐하면 대학살을 이해하는 것을 금지하는 것은 동시에 그것은 이해되는 대신에 경험되어야 한다는 요구 조건으로 만들어지고, 이 요구 조건(상정컨대 해체주의적 수행성과 같은 기술들을 통해 충족될 수 있는 것)은 유대인을 유대인 혈통을 가지거나 유대주의를

Michael Krausz (Philadephia: Temple University Press, 1993), 272.

믿는 사람이 아니라 대학살을 경험했기 때문에(비록 그 현장에 있지는 않았다고 할지라도) 그것을 자기 역사의 일부로 인정할 수 있는 사람으로 정의하는 것을 가능하게 하기 때문이다.[24]

그리고 유대인 대학살이 이제 유대인의 문화 **정체성**을 보존하는 비결로 이해되는 것처럼, 대학살 자체는 이제 회귀적으로 유대인의 문화 정체성에 대한 공격으로 변형된다. 유대 철학자 라이오넬 루비노프Lionel Rubinoff는 다음과 같이 쓴다. "아우슈비츠의 위엄 있는 목소리가 유대인은 유대주의를 완전히 파괴하려는 히틀러의 시도에 결단코 동조하지 않을 것임을 법령으로 포고한다. 고대에 유대인의 씻을 수 없는 죄는 우상 숭배였다. 오늘날 유대인의 죄는 히틀러의 사업을 수행함으로써 그를 따르는 것이다"(150). 오늘날 히틀러의 사업을 수행하는 것으로 이해되는 유대인은 물론 다른 유대인들을 학살하지는 않는다. 여기서 히틀러의 사업, 즉 유대성의 파괴는 오로지 우연적으로만 유대인을 죽이는 것으로 이해된다. 오히려 오늘날 히틀러의 사업을 수행하는 유대인은 '유대

---

[24] 물론 혹자는 자신이 대학살을 경험했기 때문이 아니라 부모나 조부모가 대학살을 경험했기 때문에 그것을 자기 역사의 일부로 생각할 수 있다. 하지만 이렇게 생각하는 것은 혹자 자신의 유대성을 자신의 혈통, 즉 혹자를 혹자의 일가친척과 연결시키는 유전적 물질에 재위치시키는 것이다. 다시 말해, 앤서니 아피아Anthony Appiah가 지적하는 것처럼, 혹자는 혹자의 정체성을 결정하기 위해 혹자의 역사를 불러올 수 없다. 왜냐하면 혹자는 어떤 역사가 혹자의 것인지 말할 수 없기 때문이다. 만약에 혹자가 이미 혹자 자신의 정체성을 알고 있지 않다면 말이다 (Appiah, "The Uncompleted Argument: Du Bois and the Illusion of Race," in *Race, Writing, and Difference*, edited with an introduction by Henry Louis Gates Jr. [Chicago: University of Chicago Press, 1986]).

인으로서' 살아남은 사람이 아니라 인간으로서 "살아남은" 사람들이다 (136). 이 유대인들은 스스로를 유대인이라고 생각하는 것을 중지하고, 루비노프에 따르면, 히틀러에 대한 저항을 표시하는 스스로의 '유대성' 에 대한 '완고한 의지'를 거부한다. 이것이 의미하는 바는, 유대인 대학살 과 유사한 것으로 소개되었던 **문화적 집단 학살**cultural genocide'이라는 것 이 이제 실제 일어난 집단 학살을 대체하고 궁극적으로 유대인 대학살 을 의미하기 시작했다는 것이다.

이스라엘 철학자 에디 M. 제마크Eddy M. Zemach는 "문화는 우리가 가진 것들 가운데 가장 가치 있는 것"이라고 말한다. 그리고 문화의 가치 에 대한 이러한 몰두는 유대인 대학살을 문화에 대한 공격으로 고쳐 쓸 것을 요청한다. 따라서 히틀러가 파괴하고자 했던 '유대주의'는 '유대인 혈통'이라고 생각되었던 것을 가졌던 집단의 사람들이 되는 것을 중지하 고, 그 대신에 일련의 믿음과 관습들이 된다. 사실 "유대인은 종교적 공 동체가 아니라 인종이라는 단언으로 항상 유대인 문제에 관한 논의를 시작했던" 히틀러는 이제 무엇보다 유대인 종교와 문화를 파괴하려는 히틀러로 다시금 상상된다.[25] 이런 관점에서 볼 때, 히틀러는 문화적 다 원성을 파괴하는 적이 되고, 제마크가 말하는 것처럼 "문화를 지속하고 자 하는 의지를 상실한"(129) 유대인들은 히틀러의 희생자가 될 뿐만 아 니라 그의 동조자가 된다. 그들은 동화됨으로써 히틀러의 사업에 동조하 고, 제마크에 따르면, 오늘날 미국계 유대인들이 자신의 문화를 포기함

---

[25] Yisrael Gutman, "On the Character of Nazi Antisemitism," in *Antisemitism through the Ages*, ed. Shmuel Almog (Oxford: Oxford University Press, 1988), 359.

으로써 직면하게 되는 것은 제2의 유대인 대학살의 위협이다. 만약 미국계 유대인들이 그들의 유대성을 포기한다면, 그들은 "이 국가에서 다시 한 번 … 그들의 가장 위대하고 가장 진보적인 부분을 상실하게 될 것이다"(129).

동화assimilation를 대학살로 재설정하는 것은 문화 개념의 완벽한 승리를 의미한다. 이제 문화는 사람들을 정의하는 특성("우리가 가진 것들 가운데 가장 중요한 것")으로 나타날 뿐만 아니라 그 자체로 사람의 한 종류가 되는 것, 즉 문화의 죽음은 그 문화를 가지는 사람들의 죽음과는 완전히 구분되는 비애감을 가지는 것으로 나타난다. 여기서 유대인은 그/그녀의 유대성 아래로 포섭된다.[26] 사람은 정체성으로 변환되고, 정체성은 (비록 신체나 정신이 없는 사람이라고 할지라도) 사람으로 간주된다.

정체성은 신체를 가지지 않는다. 왜냐하면 그것은 신체의 죽음 없이 죽을 수 있기 때문이다. 동화에 의한 대학살은 대열차 강도 사건("열차의 도난은 없다")[27]과 동일하다. 그리고 정체성은 그 어떤 믿음도 요구하지

---

[26] 물론 이것은 개인으로서의 유대인들이 집단으로서의 유대인들에 하위 포섭된다고 말하는 것이 아니다. 문화(그리고 인종) 정체성에서 중요한 사안은 개인에 대한 집단의 상대적 우위성과 아무 관련이 없다. 대신에 그것은 특정 믿음과 관습들을 한 개인 혹은 개인들에게 적합한 것으로 만들고, 그러한 믿음과 관습들이 그의 것, 그녀의 것, 혹은 그들의 것이 된다는 것을 확증하는 것과 관련된다. 달리 말해, **문화 정체성**의 문제점은 그것이 개인에 대한 집단의 우위를 확립한다는 것이 아니라 그것이 개인의 행위에 대한 근거를 개인의 정체성에서 찾는다는 것이다.

[27] 대학살이 단순한 대량 학살이 아니라 한 종류의 사람들(정체성)의 절멸을 의미하는 한, 이는 어느 정도 대학살이라는 관념 속에 함의되어 있다. 대학살에서 궁극적인 파괴의 대상이 되는 것은 사람들을 한 종류의 사람들로 만드는 것이고, 고로

않는다는 점에서 정신을 가지지 않는다. 이것이 바로 종교적으로 유대인이 되는 것이 아니라 문화적으로 유대인이 된다는 것의 의미다. 유대인이 된다는 것(혹은 아프리카계 미국인이 된다는 것)은 주체가 되는 것이라기보다는 **주체 위치**를 점유하는 것이다. 텍스트를 대상으로 변환시키는 것에 대한 포스트역사주의적 평형물이 되는 것은, 바로 이처럼 주체성을 주체 위치로 변환시키는 것이다.

사람들을 살해하는 것은 오로지 우연적으로만 한 종류 사람들의 제거가 될 수 있다. 물론 만약 그 사람들이 하나의 인종으로 이해된다면, 대학살은 그들이 살해되고 몰살되는 것을 요구할 것이다. 만약 그 사람들이 하나의 문화로 이해된다면, 대학살은 그들이 동화되는 것을 요구할 것이다. 이런 관점에서 볼 때, 히틀러의 목적은 문화적 동화가 아니라 신체적 절멸이었다는 사실을 간과하지 않은 작가들도 사람들의 죽음을 한 종류 사람들의 파괴로 간주하게 되는 자신을 발견하게 될 것이다. 따라서 베렐 랑은 나치의 대학살이 문화적 대학살보다 더 나쁜 것이라고 설명한다. 왜냐하면 "문화적 대학살과 인종 학살처럼 생명이 살아남는 곳에서는 집단 생존의 가능성이 잔존할 수 있지만, 물리적 절멸을 수반하는 대학살에서는 이러한 가능성이 있을 수 없기 때문이다"(13). 여기서 요점은 신체적 파괴는 문화적 대학살과는 달리 원칙적으로 되돌릴 수 없다는 점에서 최악의 대학살이라는 것이다. 다시 말해, 신체적 대학살과 문화적 대학살의 차이점은 문화적 대학살에서는 아무도 죽임을 당하지 않는다는 사실에 놓이는 것이 아니고, 마찬가지로 신체적 대학살에서 최악인 것은 엄청나게 많은 수의 사람들이 죽임을 당한다는 사실이 아니다. 왜냐하면 대학살은 사람들의 절멸이 아니라 한 종류의 사람들의 절멸과 관련되기 때문이다. 따라서 문화적 대학살이 신체적 대학살보다 더 나쁘지 않은 까닭은 아무도 죽임을 당하지 않기 때문이 아니라 그 어떤 한 종류의 사람들이 여전히 살아남을 수 있기 때문이다.

탈퇴하기 Dismembering

하지만 정체성과 달리, 일반 사람들은 신체를 가진다. 《아메리칸 사이코》에서 패트릭 베이트먼이 반유대주의에 대한 반감("반유대주의적 발언은 그만 둬"(37). 그는 그의 친구 프레스턴Preston에게 말했다)을 표명하고, 흑인 여성을 비하하는 농담에 대한 반감("전혀 웃기지 않다. … 인종주의적 발언이다"(38))을 표명하는 동시에 다수의 남성과 여성들, 그중 일부는 유대인이고 아프리카계 미국인들인 사람들을 살육하는 것은 표면적으로 보이는 것과 달리 전혀 모순이 아니다. 물론 베이트먼의 이런 행위를 위선으로 생각하고자 하는 유혹은 다소간 불가피하다.

피셔 고객을 확보한 사내를 "운 좋은 유대인 자식"이라고 부르는 프레스턴에게 주인공 사이코가 반박하는 대화는 이후의 장에서 프레스턴과 다른 친구들을 연쇄살인범 에드 게인Ed Gein의 여성 성찰에 대한 이야기로 즐겁게 해 주는 장면으로 이어진다. 게인은 다음과 같이 생각한다. "거리를 걷다가 예쁜 소녀를 보면, 나는 두 가지를 상상한다. 첫 번째는 그녀와 데이트하고 그녀와 대화하며 그녀를 친절하고 따뜻하게 대하는 것이다." "두 번째는 무엇이냐?"라고 누군가가 베이트먼에게 묻는다. "막대기 끝에 그녀의 머리가 꽂힌다면 어떻게 보일까?" 그리고 프레스턴의 존 F. 케네디와 펄 베일리Pearl Bailey(미국 흑인 여배우 겸 가수)에 관한 농담에 "웃기지 않는 인종주의적 발언"이라는 사이코의 불평은, 인종주의적 모욕("미친 검둥이 자식")을 서슴지 않으면서 흑인 남성 노숙자를 악의적으로 공격하는 장면으로 이어진다.

그럼에도 불구하고, 나는 베이트먼이 공격자로서 관심을 두는 것은 누군가의 정체성이 아니라고 말하고자 한다. 예컨대, 그가 프레스톤이 "운 좋은 유대인 자식"이라고 불렀던 남자를 참수했을 때, 그것은 결코 증오범죄가 아니다. 만약 그가 어떤 인식 가능한 동기를 가진다면, 그것은 피서 고객을 확보하고자 하는 그의 욕망이다.[28] 그리고 더 일반적으로 《아메리칸 사이코》가 주력하는 차이의 범주들(말하자면, 아르마니와 아르마니 엠포리오의 차이 혹은 바사르Vassar의 "근육질 몸매"와 퀸스Queens의 근육질 몸매의 차이)은 인종적·문화적 차이에 대한 존중이나 적대와는 아무 관련이 없다. 아르마니와 아르마니 엠포리오의 차이는 문화적인 것이 아니라 경제적인 것이고, 바사르의 수녀와 퀸스의 소녀의 차이 역시 경제적인 것이다. 다시 말해, 이 차이는 계급상의 차이다.

《아메리칸 사이코》를 (관습이 아닌) **풍속소설**novel of manners로 확립하는 것은 바로 이러한 문화와 인종이 아닌 돈과 계급에 대한 관심이다. 이 소설은 (에티켓 전문가 주디스 마틴Judith Martin으로부터 권두 인용구를 가져오는 동시에) '여피족yuppie scum'의 식사, 장난감, 그리고 무엇보다 의복들을 기록하고, 베이트먼을 이디스 워튼Edith Wharton(부유한 상류층 태생의 소설

---

28 엘리스는 심지어 베이트먼이 진정으로 인종적 공격처럼 보이는 것(일본인 배달 소년을 공격하는 것)을 범할 때에도 그는 경제적 원인(그의 "내부의 어떤 것을 움직이고, 어떤 것을 터뜨리는" 것은 그의 친구가 "엠파이어스테이트 빌딩과 맨해튼 클럽 넬스"를 구매한 일본인에 대해서 늘어놓는 "장황한 설명"[180]이다)이 있음을 분명히 한다. 그리고 "일본 음식 용기"를 뜯어서 그 내용물을 죽어 가는 사람 위에 쏟아 붓는 베이트먼이 그 음식이 스시와 소바 국수가 아니라 소고기 차우멘과 돼지고기 무슈라는 것을 보았을 때, 그는 "우연히 잘못된 아시아인을 죽였다"(181)라고 말하면서 시체에게 "미안하다"고 사과한다. 클럽 넬스를 구매한 것은 중국인이 아니다.

개의 소설 《순수의 시대The Age of Innocence》(1920)에 나오는 래리 래퍼트 Larry Lefferts의 정당한 상속인으로 확정시킴으로써 스스로 풍속소설임을 선언한다.

워튼의 《순수의 시대》에서 주인공 레퍼트는 "뉴욕의 '형식'에 관한 첫째가는 권위자"로 표현된다. "한 젊은이가 그에 대해 예찬하며 말했다. '야회복을 입을 때, 검정 타이를 매야 하는지 매지 않아야 하는지 알려줄 수 있는 사람은 바로 래리 래퍼트였다.'"[29] 그리고 베이트먼은 "완벽한 세련남," 즉 "벨트를 매는 올바른 방법"(316)과 "타이 클립을 하는 올바른 방법"(160)과 조끼는 어떻게 입어야 하는지에 관한 질문에 답할 수 있는 남자이다. "신체에 꼭 맞게 … 그것(조끼)은 수트 재킷의 허리 단추 바로 위에서 살짝 보여야 한다." 왜냐하면 "조끼의 너무 많은 부분이 보이면, 수트가 너무 꽉 끼고 조이는 듯한 인상을 줄 것이기 때문이다"(87). 《아메리칸 사이코》가 잘 이해하고 있는 것처럼, 이 질문들에 흥미를 느끼는 사람들이 속하는 것은 문화가 아니라 계급이고, 그들을 하나의 집단으로 묶는 것은 돈이다. 베이트먼이 거리의 부랑자들과 "아무 공통점"도 없는 이유는 바로 이 때문이고, "상황이 악화될 때에도"(385) 그가 "한 가지 위안이 되는 생각, 즉 나는 부자이고 수백만의 다른 사람들은 그렇지 않다는 생각을 가질 수 있는"(392) 까닭은 바로 이 때문이다.

《빌러비드》, 《쥐》, 《죽은 자의 연감》과 같은 책들은 정체성으로 조직되는 사회를 상상한다. 이 책들이 저항하는 불의들은 근본적으로 차이

---

29 Edith Wharton, *Novels* (New York: Library of America, 1985), 1021.

에 대한 비존중과 관련된다. 이 소설들은 신체의 죽음(6백만의 유대인들, 6천만 이상의 아프리카계 미국인들, 6천만의 북미 원주민들)을 문화를 위해서 죽는 것, 집단 대학살의 피해자가 되는 것으로 이해한다. 하지만 《아메리칸 사이코》에서 살육된 신체는 문화를 가지지 않는다. 심지어 베이트먼이 가장 선호하는 표적이 되는 집단인 예쁜 '소녀들'도 문화적 집단이 아니다. 여성은 문화가 아니다. 그리고 더욱 일반적으로, 부자와 빈자가 '공통적으로' 가지지 않는 것 역시 문화가 아니다. 그것은 돈이다. 그렇다면 《아메리칸 사이코》를 풍속소설로 규정짓는 것은, 이 소설을 세상은 근본적으로 문화가 아니라 계급으로 조직되고, 사람들의 행위는 그들과 그들이 가진 돈과의 관계(얼마나 많이 혹은 얼마나 오래 소유하는지에 관한 것)를 나타내는 것으로 이해하는 것이다.[30] 에이버리 고든과 크리스토퍼 뉴필드가 《다문화주의의 지도화》에서 주장하는 것처럼, 정체성 소설(**문화소설**)의 유토피아적 이상향은 문화들이 본질적으로 동등한 것으로 이해되는 차이가 존중되는 세상이다. 하지만 계급적 차이는 불평등으로 구성되는 것이므로, **계급소설**(풍속소설)은 원칙적으로 차이를 존중하지 않는다.

이러한 차이는 《아메리칸 사이코》류의 텍스트와 《빌러비드》·《쥐》류의 텍스트에서 세대 간 차이가 전송되는 것을 상상하는 방식에서 가

---

[30] 이런 이유로 《아메리칸 사이코》가 관심을 기하는 유일한 문화는 대중문화이다. 필 콜린스와 휴이 루이스, 그리고 뉴스와 휘트니 휴스턴에 대한 몰두는 돈과 취향과 상관없이 모든 이들이 가질 수 있는 문화에 대한 몰두이다. 엘리스에서 문화는 불평등성의 현실로부터 생산되는 평등성의 환상이다. 그리고 이러한 지속적인 문화의 경제화는 엘리스를 문화를 정체성의 표현으로 읽는 작가들이 아닌 워튼과 시어도어 드라이저와 같은 작가들과 연결시킨다.

장 극명하게 드러난다. 물론 두 종류의 텍스트들 모두에서 세대 간 전송의 장치는 '상속'이다. 하지만 사이코가 부모에게서 물려받는 것은 중계회사인 반면에, 덴버와 아트가 세서와 블라덱에게서 물려받는 것은 정체성이다. 풍속소설에서 상속되는 것은 재산이다. 따라서 《아메리칸 사이코》는 세대 간의 관계를 상상할 필요가 없다. 하지만 《빌러비드》와 《쥐》는 어린 세대가 그들이 누구인지 배울 수 있는 앞선 세대와의 관계와 교육 장면들(노예제와 대학살에 관한 교육)에 크게 관심을 쏟는다. 이처럼 《아메리칸 사이코》와의 대조가 이러한 차이를 뚜렷하게 보여 준다면, 아프리카계 미국인 작가인 **새뮤얼 딜레이니**Samuel Delany의 《**시간과 고통의 게임**The Game of Time and Pain》(《빌러비드》와 동일하게 1987년도에 출간된 소설)은 이를 더욱 뚜렷하게 보여 줄 것이다. 왜냐하면 《시간과 고통의 게임》은 《빌러비드》처럼 노예제에 관한 소설이고, 《쥐》처럼 늙은이가 젊은이에게 말하는 형식을 취하는 소설이기 때문이다.

하지만 《쥐》와 《빌러비드》에서 정체성 교육(과 구성)과 관련된 특징적인 장면이 부모에서 아이로 전해지는 유산의 서사적 전송(《쥐》의 모든 부분은 사실 블라덱이 아트에게 유대인 대학살에 관해 이야기하는 것으로 이루어지고, 《빌러비드》의 상당 부분은 세서가 덴버에게 노예제에 관해 이야기하는 것으로 이루어진다) 대목이라면, 《시간과 고통의 게임》에서는 중년의 고르긱Gorgik(과거 노예였다가 노예제 폐지 반란을 주도한 '해방자')이 나이는 아들뻘 정도로 어리지만 "진정으로 거친" 성관계[31] 상대자가 되는 어린

---

[31]   Samuel R. Delany, *Return to Nevèrÿon* (Hanover, N.H.: Wesleyan University Press, 1994), 19.

소년 우드로그Udrog에게 노예제에 관해 이야기하는 장면이다.

《시간과 고통의 게임》은 '대학살'을 다룬다. 하지만 그것은 문화적 대학살의 노력이 아니라, 단지 고르긱이 노예 생활을 했던 탄광에서 발생한 많은 사람들의 죽음에 지나지 않는다. 고르긱은 이 사건을 지나가는 말로 언급한다. 사실 고르긱이 모리슨처럼 노예들은 "그들의 역사"를 거부당해 왔다고 불평한다고 할지라도, 그는 그 역사를 되찾는 것에 큰 관심이 없다. 대신에 그는 노예들은 '그들의 역사'를 '개인의 역사', 즉 **기억**'이 아닌 '**욕망**'에 정초하는 역사로 대체했다는 사실의 중요성을 강조한다. 그러므로 고르긱과 우드로그를 하나의 집단으로 묶는 것은 '개인적인 것' 그 이상이 되는 역사의 전송(유산의 전송)이 요청하는 효심이 아니라 그들의 공통된 '욕망'인 "진정으로 거친 성관계를 하는 것"이다.

여기서 전송되는 것(하지만 유산은 결코 아니기 때문에 마치 전송되는 듯 보이는 것)은, 딜레이니가 '가학피학증sadomasochism'이라고 칭하는 성적 행위다. 물론 노예제는 이 가학피학증적 행위에서 중요하다. 하지만 노예제의 역사는 중요하지 않고, 모리슨이 그러한 역사에 정박시키는 인종화된 정체성도 중요하지 않다. 부분적으로 이것이 의미하는 바는, 피학대 성애자가 되는 것은 아프리카계 미국인 혹은 유대인이 되는 것과 명백히 다르다는 것이다. 피학대 성애자들은 정체성적 '사람들'이 아니다.[32] 다시 말해, 만약 노예제가 그들에게 중요하다면, 그 중요성은 그들

---

[32] 정체성적 사람들을 모델로 해서 이해될 수 있는 **성적 정체성**을 보여 주는 적절한 후보로 동성애를 꼽을 수 있지만, (내가 〈전-백인의 자서전Autobiography of an Ex-White Man〉에서 주장한 것처럼) 동성애는 궁극적으로 정체성으로 간주될 수 없

의 공유된 과거의 일부가 되는 것에 위치하지 않는다.

소년 우드로그는 결코 노예였던 적이 없다. 우드로그는 부모가 죽임을 당하고 노예로 팔려가게 되었을 때 고르긱의 목에 "타의적으로" "채워지고 잠귀진" "목줄"을 ('거친 성관계'에 중요한 요소이기 때문에) "자의적으로" 한다(32). 하지만 딜레이니의 텍스트가 고르긱 부모의 운명에 특별한 관심을 가지지 않는 것처럼(여기서 다시 한 번 《쥐》, 《빌러비드》와의 대조가 극명하게 이루어진다), 그것은 정체성적 구성원을 모집하는 장치로서의 노예 서사에 특별한 관심을 가지지 않는다. 다시 말해, 요점은 노예제의 역사에 귀를 기울임으로써 우드로그가 자신을 노예제의 상속자로 인식하게 된다는 것이 아니라, 정반대로 우드로그는 대부분의 시간을 고르긱이 이야기를 중단하고 성관계를 시작하기를 바란다는 것이다. 우드로그가 관심을 두는 것은 노예제에 대한 역사가 아니라 노예제에 대한 관념이고, 《시간과 고통의 게임》이 관심을 두는 것은 그러한 관념을 재현하고 수정할 정치적인 동시에 성적인 장치로서의 노예 **목줄**이다.

물론 목줄은 정치적으로 노예화를 의미하고, 딜레이니가 상상하는 네베론Nevèrÿon 노예들의 짧고도 잔혹한 삶에 성적인 요소는 하나도 없다. 하지만 그 목줄 없이는 《시간과 고통의 게임》에도 성적인 요소가 하나도 존재하지 않는다. 왜냐하면 성피학증(이 소설의 성적 지배자)을 가능

고, 여하튼 하나의 특징적인 실천으로서의 동성애는 네베론에 존재하는 것으로 보이지 않는다. 즉, 남성과 관계를 맺는지 아니면 여성과 관계를 맺는지에 관심을 가지는 사람은 아무도 없다. "너에게 그것은 커다란 차이를 만들 수 있다. 하지만 나는 네가 그것은 거의 중요한 차이를 만들지 못한다는 사실을 깨닫게 될 것이라고 생각한다"(175). 하지만 성피학증은 중요한 차이의 대상이 된다.

하게 하는 것은 목줄(한 사람이 다른 사람에게 굴복하는 것의 징표)이기 때문이다. 노예제 없는(한 사람이 다른 사람의 노예가 된다는 관념이 없는) 성피학증은 존재하지 않는다고 할지라도, 노예제 자체에는 성피학증이 존재하지 않는다. 왜냐하면 고르긱을 흥분시키는 것은 포획자가 그의 목에 목줄을 맸다는 사실이 아니라, 자신의 목에 목줄을 매는 '주인'에 대한 쾌락적 상상이기 때문이다.

"나는 네베론 주인들이 내 목에 있는 목줄을 풀 수도 다시 채울 수도 있다는 것을 알았다. 내가 알지 못했던 것은 그들이 그것을 그들 목에 채울 수도 있고 풀 수도 있다는 것이었다"(55). 이 행위들 가운데 첫 번째(고르긱의 목줄을 푸는 주인)는 "인간이 할 수 있는 한 최대한 성적인 함의를 배제하는 행위"(54)다. 두 번째(목줄을 그의 목에 채우는 주인)는 너무도 강력한 '성적 행위'라서 고르긱의 "관절을 축 늘어지게" 만든다. 그리고 스스로 목줄을 채우는 주인이 고르긱을 바라볼 때, 즉 '노예와 주인'이 응시를 교환할 때, 고르긱은 말한다. "나는 나 자신이 되었다"(76).

이러한 자기실현의 순간을 이해하는 하나의 방법은, 여기에 깔린 인종문화적 정체성을 성적 정체성으로 대체하여 보는 것이다. 하지만 문화와 성의 구조적 차이(성피학증의 역사와 전통의 부적절성이나 성피학증에 대한 단순한 고고학적 관심사로 표시되는 차이)가 아니더라도, 들레이니는 고르긱의 흥분이 그 개인의 성적 선호의 발견뿐만 아니라 그러한 선호 사항들을 정치적 입장의 성애화된 형식으로 전개하는 것과 관련이 있음을 명확히 한다. 고르긱은 자신이 '주인'에게 느끼는 '성욕'의 '얼얼함'이 주인들을 죽이고 노예를 해방시킬 때 느끼는 "얼얼함과 동일하다," 즉 그것은 '자유'의 느낌이라고 말한다(62). 그러므로 그가 지닌 성피학증의 의미는 한 부류의(정체성적) 사람들이라는 관념의 부적절성 차원을 넘어선다. 그것은 **"너는 무엇인가"**가 **"너는 무엇을 원하는가"**로 대체되는 차원을 넘어, 내가 원하는 것은 욕망인 동시에 정치적 원칙(즉, 자유에 대한 전념이라는 원칙)이 되는 경지다.

딜레이니가 자유와 동일시하는 것이 피학증적 욕망이라는 사실은, 이 원칙에 완전한 정치적 의미를 부여한다. 만약 노예가 소유되는 사람(그 자신의 자유가 다른 사람에게 속해 있는 사람)이라면, 성피학증자는 자신을 소유하면서 자의적으로 자신의 자유를 포기하는 사람, 즉 자신의 자유를 포기함으로써 자신의 자유를 천명하고 자신의 의지를 표명하는 사람이다. 고르긱은 "내가 목줄을 풀 힘은 내가 원할 때 그것을 다시 채울 자유와 전적으로 관련된다는 것을 깨달았다"(57)고 말한다. 진정한 자유가 그 자유를 포기할 자유까지 포함한다면, 성피학증자에게 자유란 본인의 자유를 다른 곳으로 전달할 수 있는 권리다. 다시 말해, 자유주의적 자본주의의 근원적 자유, 즉 계약의 자유freedom of contract로 이해한다.

애당초 (자허 마조흐Sacher-Masoch의 텍스트에서) 성피학증이 계약과 동일시된 까닭, 그리고 딜레이니의 텍스트에서 목줄을 풀고 채우는 것이 계약, 하나의 '제안'으로 이해되는 까닭은 바로 이 때문이다. 한 남자가 다른 남자에게 말한다. "내가 한 가지 제안을 하지." "목줄을 채워라"(173). 그러면 "원하는 만큼의 돈을 주겠다"(174). 성피학증이 혹자의 자유를 시장으로 가져가는 것과 관련되는 한, 그것은 노예(그의 신체는 그의 주인에게 속한다)를 매춘부(그의 신체는 고객에게 팔린다)로 변경시킴으로써 자유에 대한 전념을 상연한다. 고르긱이 원하는 바는 자신이

"나(고르긱)의 노예가 되는 것"이라는 것을 깨닫기 전에, 우드로그는 성관계를 가진 후에 고르긱이 '동전'을 줄 것이라고 생각한다(18-19).

하지만 성피학증은 자유의 실천으로서의 매춘화를 넘어선다. 매춘화와 관련되는 문제는 한편으로 그것은 성을 자유 시장에 대한 예찬으로 만들지만, 다른 한편으로 그것은 매춘이 아닌 성관계라는 대안, 즉 교환과 계약이 없는 성관계라는 대안에 대한 은연중의 참조를 통한 시장에 대한 지속적인 비판으로 간주된다는 것이다. 다시 말해, 매춘화에서 혹자의 자유를 포기하는 것(즉, 자유 그 자체)은 성애화될 필요가 없다. 매춘부는 매춘 행위에서 그 어떤 쾌락도 얻을 필요가 없다. 그는 쾌락이 아니라 돈을 위해서 자신을 판다. 하지만 성피학증은 다르다. 성피학증에서 계약은 쾌락에 내재적이다. 왜냐하면 여기서 욕망되는 것은 굴복을 선택으로 변경시키는 것이기 때문이다. 매춘부는 자신의 자유를 포기하는 것에서 자유를 행사한다. 하지만 성피학증자는 자유를 포기하는 것에서 자유를 행사할 뿐만 아니라 그것에서 쾌락을 얻는다.

〈가죽 옷을 입은 위협적인 존재: 정치학과 가학피학증에 관한 논평 The Leather Menace: Comments on Politics and S/M〉에서 **게일 루빈**Gayle Rubin은 "우리는 동의를 통해서 가학피학증에 참여할 수 있고, *그리고* 그것은 여전히 흥분을 주는 것일 수 있다"[33]고 말함으로써 이러한 요점을 밝힌다. 하지만 이탤릭체로 강조된 '그리고'란 말에 포함되어 있는 강조는, 루빈이 자유를 상실하는 것에 대한 성피학증자의 동조를 본질적으로 쾌락

---

[33]　Gayle Rubin, "The Leather Menace: Comments on Politics and S/M," in *Coming to Power*, ed. members of SAMOIS (Boston: Alyson Publications, 1987), 220.

에 외재적인 것으로 생각하고 있음을 분명히 나타낸다.

루빈에게, 그리고 1981년에 출간된 선집 《권력 얻기Coming to Power : Writing and Graphics on Lesbian S/M》에 논문을 실은 저자들에게, '성가학피학증'(정확히 말해, 레즈비언 성가학피학증)은 그것이 남성적 억압을 여성에게 재생산한다는 비난에 맞서 "합의된 권력 교환"(30)이라는 주장으로 방어해야만 하는 것이다. "여성에 대한 남성적 폭력"과 "레즈비언 성가학피학증"을 "구분 짓는" 것은, 레즈비언 성가학피학증은 "합의 하에"(37) 이루어진다는 점이다. 어떤 저자도 말했다시피, "상이하고 비非교감적인 맥락에서 억압적이고 모멸적이며 범죄적인 행위들을 합법화하는 것은 바로 이러한 합의의 존재이다"(87).

성가학피학증이 선택되었다는 사실은 그 선택의 합법성을 보장한다. 해방자로서의 고르긱과 노예로서의 고르긱이 서로 다른 것처럼, 레즈비언 성가학피학증 집단(SAMOIS)의 구성원들은 매 맞는 여성들과 다르다. 그리고 성피학증자들의 자유 행사 권리를 부인하려는 사람들에 대한 레즈비언 성가학피학증 집단의 비판은, 매춘부 시장에서 자신들을 팔 권리를 부인하려는 국가의 노력과 더욱 일반적으로 사람들이 원하는 바를 실행하고자 하는 것을 제한하려는 정부의 노력에 대한 비판과 일맥상통한다. "나는 레즈비언들이 누군가로 하여금 어떤 것을 하도록 강제하거나 학대하지 않는 이상, 하고자 하는 바를 하는 것이 괜찮다는 점을 이해했으면 좋겠다"라고 주이시 루시Juicy Lucy는 말한다. 만약 그것이 교감에 근거하는 것이라면, 그것은 범죄가 아니다("성행위 관련 법에서 강간과 성행위를 구분 짓는 것은 합의의 유무이다"(224)).

원하지 않는 여성 노숙자를 보호소에 넣으려는 정부의 시도에 베이트먼과 그의 친구들이 분노하는 것과 동일한 방식으로, 주이시 루시와 그녀의 친구들은 매를 맞고자 하는 여성의 욕망에 제재를 가하려는 국가의 계획에 분노를 느낀다. 그녀는 사실 "길거리에서 지내기를 원한다. … 그리고 우리의 시장은 그녀에 대해 듣고 싶어 하지 않는다. 그는 그 빌어먹을 여자가 하고 싶은 대로 하도록 가만히 내버려 두지 않는다"(6). 그 빌어먹을 여자가 하고 싶은 대로 하도록 두는 것(그녀가 원한다면, 길거리에서 지낼 수 있도록 하는 것)이야말로 레즈비언 성가학피학증 집단, 엘리스, 그리고 딜레이니의 자유주의, 즉 **계약에 대한 전념**의 근본 원칙이다.[34]

하지만 딜레이니의 요점은 단순히 "너는 동의를 통해서 기학피학증에 참여할 수 있고, 그리고 그것은 여전히 흥분을 주는 것일 수 있다"는 것이 아니다. 그의 요점은 네가 합의 하에 그것을 할 때에만 그것은 "흥분을 주는 것"이 될 수 있다는 것, 즉 합의가 바로 흥분을 주는 것이라

---

[34] 물론 칸트적 의미에서 성피학증적 계약, 즉 노예화의 선택은 전혀 계약이 아니라고 주장될 수 있을 것이다. 칸트에 따르면, "권리는 없고 오로지 의무만 있다는 취지를 가지는 계약 혹은 법적 절차를 통해서 자신의 관리를 자발적으로 포기할 수 있는" 사람은 아무도 없다(Kant, *Political Writings*, translated by H. B. Nisbet, edited with an introduction and notes by Hans Reiss [Cambridge: Cambridge University Press, 1991], 75). 이러한 비판에 응대하는 한 가지 방식은, 포스트모던적 성피학증의 주요 특징이 되는 안전어(행위 중단 지시어: "게임이 끝났음을 알리는 어떤 신호에 동의하는 것을 명심하라. 어떤 단어, 어떤 몸짓이면 충분할 것이다"[175])에 몰두하는 것이다. 안전어는 부분적으로 누군가가 원하지 않는 방식으로 다치지 않도록 보호를 제공하는 것이지만, 그것은 또한 의무로부터 권리를 구제하는 역할을 한다. 안전어가 하는 일은 합의의 지속을 보장하는 것이다. 우리는 자유의 순간에 우리 미래의 자유를 포기할 수 없다. 왜냐하면 안전어는 우리에게 우리의 합의를 취소할 기회를 보장하기 때문이다. 안전어는 성피학증을 자유주의의 유토피아적 형식, 모든 종류의 합의가 항상 가능해지는 형식으로 만든다.

는 점이다. 물론 이것은 성피학증이 계약의 자유로써 합법화되고, 피학증적 성행위가 누구나 자유롭게 참여할 수 있는 것이 되어야 한다는 말이 아니다. 오히려 성피학증은 그 자체로 그와 같은 합의한 자유에 대한 사랑이다. 네가 목줄을 채울 때 느끼는 "얼얼함"은 네가 그것을 풀 때 느끼는 "얼얼함과 동일하다". 고르긱은 "어째서 그것을 자유라고 말하지 않는가?"라고 묻는다.

따라서 딜레이니에서 성피학증은 **자유주의**의 성애화된 형식이다. 마치 여기서 딜레이니는 자유주의에 대한 표준적 비판들 가운데 하나, 즉 자유주의는 개인적 선택의 최우선화와 믿음 및 욕망의 개인화를 추구함으로써 시민들에게 그 어떤 애정의 대상도 제공하지 않고, 그들의 충성의 대상이 될 수 있는 그 어떤 공동체적 감각도 제공하지 않으며, 무엇보다 그 어떤 문화도 제공하지 않는다는 비판에 대응하고 있는 것처럼 보인다. 이러한 비판들에 따르면, 어떤 실체적인 선good(선택된 것)에 대한 선택 그 자체의 형식적 우선화는 인간 공동체의 형성에 필요한 적절한 토대를 제공하지 못한다. 그것은 공동체 구성원들이 사랑할 수 있는 어떤 것, 말하자면 문화와 문화적 정체성이 진정 제공할 수 있는 것을 제공하지 못한다. 하지만 선택의 자유에 대한 전념을 성적 피학증으로 바꿔 설명한다면, 이는 형식적인 것을 신체적인 것으로 전환하는 것이다. 여기서 자유주의는 선으로 보이는 것을 우리가 선택할 능력을 보증하는 것이 아니라, 그 자체로 좋은 것이다. 성피학증자는 그가 사랑하는 것을 선택하지 않는다. 그는 선택하는 것을 사랑한다.

이런 관점에서 볼 때, 성피학증은 하나의 문제에 대한 해결책이다. 냉전 기간 동안 자유주의에 대한 대안(공산주의)은 자유를 사랑할 만한 것으로 만들었고, 그것은 적어도 그러한 자유의 행사(사고파는 것)를 이데올로기적으로 의미 있는 행위로 만드는 것으로 생각될 수 있었다. 하지만 이 현상이 9/11 테러 이후 몇 달 동안 잠시 재등장했다고 할지라도 (시민들에게 쇼핑과 휴가를 통해서 테러에 맞서 싸우라는 대통령의 당부 메시지를 통해 나타난 것), 냉전의 종식은 후쿠야마에서 지젝에 이르는 저자들로 하여금 무엇보다 "소비자의 세련된 욕구를 충족시키는 것"에 주안점을 두는 사회를 특징짓는, 후쿠야마가 '지루함'이라는 칭하고 지젝은 "세상을 변화시키려는" 포부의 포기라고 칭한 것에 대해 불평하도록 만들었다. **포스트역사주의 '최후의 남자들'**(과 여자들)은 세상을 변화시키려 하는 대신에, '대의'에 대한 헌신을 "새로운 형식의 성적·정신적·미학적 등 주체적 실천"에 대한 전념으로 대체함으로써 스스로를 변화시키려 한다.

하지만 지젝에 따르면, 심지어 성행위도 그것이 사적인 영역에 머무는 한 좋은 것이 아니다. 지젝은 두 사람이 "강렬하고 만족스러운 개인적인 성적 관계를 갖는 유일한 방법은, 그 두 사람이 그들을 둘러싼 세상을 망각하며 서로의 눈만을 쳐다보는 것이 아니라", "함께 제3의 지점 (즉, 그들이 함께 싸워서 지켜야 할 대의)을 바라보는 것"(85)이다. 물론 여기서 문제는 그러한 대의를 찾는 것이다. 후쿠야마의 요점은 더 이상 대의는 존재하지 않는다는 것이었다(이것이 바로 지젝이 말하는 '오늘날의 탈이데올로기적 시대'를 탈이데올로기적으로 만드는 것이다). 일단 사회주의가 하나의 대의로 간주되는 것을 중지하면, 자유주의 역시 대의가 되는 것을 중단한다. 모든 사람이 이미 자유주의자가 된 마당에 자유주의를 위해 싸우는 것에는 어떠한 영웅적인 요소도 존재하지 않을 것이다. 그런데 딜레이니의 소설 속 성피학증은 자유주의를 다시금 영웅적인 것으로 만든다. 지젝의 연인들이 서로의 눈에서 찾을 수 없는 것을, 딜레이니의 연인들은 자의적인 굴복의 응시의 교환 속에서 찾을 수 있다.

따라서 딜레이니의 소설 속 성피학증은, 지젝의 연인들을 구원하는 동시에 지젝과 후쿠야마가 그리워하는 치열함을 공급하려는 노력으로 이해되어야 한다. '주인'과 '노예', 윗사람과 아랫사람은 사회주의를 필사적으로 찾지 않는다. 그들은 자유주의를 열정적으로 지향한다. 더 추상적으로 말해서, 그들은 그들의 **욕망**을 **정치학**으로 전환시키는 것을 지향한다. 우리가 이미 언급했다시피, 정체성들은 그것들이 믿음을 가질 수 없는 방식으로 욕망을 가진다. 왜냐하면 믿음은 필연적으로 그것을 고수하는 사람을 초월하기 때문이다. 혹자가 어떤 것이 옳다고 믿는 것은, 그것이 모두에게 옳고 고로 단지 우연적으로만 혹자 자신에게 옳은 것이 된다고 믿는 것이다. 따라서 딜레이니의 성피학증자들은 (유대인이나 아프리카계 미국인들과 같은) 정체성적 사람들이 아닐 뿐만 아니라, 또 믿음이라고 재설명되는 욕망으로 그들이 정의되는 이상 주체 위치에 머무르지도 않는다. 다시 말해, 만약 정체성이 주체 위치의 완벽한 승리라면, 그리고 그 주체 위치가 '너는 누구인가'라는 질문뿐만 아니라 '너는 무엇을 원하는가'라는 질문(사실상 '너는 무엇을 믿는가'라는 질문을 제외한 모든 것)으로 정의된다면, 성피학증의 욕망을 **이데올로기**로 다시 설명하는 것은 주체 위치에 대한 가장 핵심적인 대안이 된다. 이 지점에서 딜레이니는 자유주의를 과거의 모습(사회주의에 대한 대안)에서 새로운 모습(정체성에 대한 대안)으로 전환시킴으로써 후쿠야마와 지젝이 그리워하는 치열함을 자유주의에 재주입하는 것처럼 보인다.

이는 토니 모리슨과 아트 슈피겔만과 같은 작가들의 **정체성주의**를 비판하는 전략으로 대단히 효과적이다. 하지만 정치학(적어도 좌파 정치학)으로서는 그리 효과적이지 않다. 계약의 자유를 향한 절대적인 전념은 경제적 불평등에 대한 비판의 근거로 기능하지 못한다. 오히려 그것은 노동과 자본의 불평등이 소멸되는 것으로 상상되는 장치다. 허먼 멜빌Herman Melville의 《**바틀비**Bartleby》가 오래전에 분명히 보여 준 것처럼, 노동자는 자신의 노동을 팔 필요가 없다. 그는 그렇게 하고 싶지가 않다. 물론 이러한 형식적 평등(아무도 팔지 않고 아무도 사지 않는)은 아무 문제 없이 불평등의 형식들과 동반될 것이다. 사실 (명백히 불신되는) 마르크스주의의 관점에서 볼 때, 구입자와 구매자의 계약은 불평등이 재생산되는 기술이다. 만약 자신은 어떤 인종과 문화에 속한다(즉, 정체성을 가진다)는 확신이 사람들로 하여금 그들이 기실 계급에 속한다는 사실이 함의하는 불리한 조건들을 덜 경계하도록 만든다면, 이 계급이 확립되는 기제를 성애화하는 것은 사람들이 속하는 계급(혹은 적어도 그것이 구성하는 사회)을 사회가 의존하는 불평등의 구조보다 조금은 더 매력적으로 보이도록 만들 것이다.

딜레이니가 '성가학피학증'을 '주변적인 것'으로 특징짓는 것과 그가 "중산층 남성 혹은 여성이 낮은 혹은 주변적 계급을 욕망하는 것"[35]이 의미하는 바에 관심을 가지는 것은 여기서 매우 계시적이다. 우선 앞서 봤듯이 자유에 대한 성피학증자의 사랑이 자유주의 사회의 주변부

---

[35] Samuel Delany, *Silent Interviews* (Hanover N.H.: Wesleyan University Press, 1994), 137.

에 놓인다는 것은 말이 되지 않는다. 정반대로 그것은 중심부에 놓이고, 중심부를 주변부로 오인하는 것은 자유주의에 대한 비판으로 상상되는 바를 그것에 대한 예찬으로 변모시킨다. 더 놀라운 점은, 그가 '낮은' 계급을 '주변적' 계급과 동일시한다는 것이다. 여기서 곤란한 점은, 단순히 낮은 계급이 (피학증자 개념처럼) 자본주의에서 전혀 주변적이지 않다(낮은 계급 없는 자본주의도 없다)는 것이 아니다. 오히려 중심과 주변 장치 그 자체를 허용하고, 주변적인 것의 지위를 인정받으려는 그 전념이 문제이다. 의심할 여지없이, 성피학증자들(그들이 요약하는 자유주의와 달리, 그들은 다수가 아니라는 점에서 주변적이다)은 성피학증자로 낙인찍혀서는 안 된다. 그런데 '낮은' 계급의 문제는 낮은 계급으로 낙인찍힌다는 것이 아니다. 불평등의 제거는 단지 주변과 중심의 관계를 재조정하는 문제가 아니다. **불평등** 문제를 해결하는 방법은, 그것을 사랑하는 것을 배우지 않는 것이다.

망각하기 Forgetting

딜레이니의 네베론에서는 참된 성피학증자가 되기 위해 성피학증의 역사를 기억할 필요가 없다. 이 요점은 좀 더 높은 차원에서 추론될 수 있다. 자유를 **사랑하기** 위해 자유의 역사를 알 필요가 없다. 역사가 정체성의 원천으로서 기능할 수 없는 것처럼, 그것은 이데올로기의 원천으로도 기능할 수 없다. 역사는 정체성의 원천이 될 수 없다. 왜냐하면 우리에게 일어나지 않은 것은 우리 역사의 일부로 간주될 수 없기 때문이다.

그리고 그것은 이데올로기의 원천이 될 수도 없다. 믿음은 원천이 아닌 근거를 필요로 하고, 우리의 선조들이 (가령) 사회주의의 우수성을 믿었다는 사실이 우리가 그것을 믿는 것에 대한 합당한 근거가 될 수 없기 때문이다.

물론 우리가 우리의 역사로부터 정체성 혹은 이데올로기를 얻지 못한다는 사실이, 우리가 역사를 갖지 않는다거나 우리가 갖는 역사가 우리와 철저히 무관함을 의미하지는 않는다. 오히려 우리는 완전히 우리 역사의 산물이라는 지각, 우리는 역사적 원인들의 장구한 연쇄의 결과물이라는 지각은 엄연히 존재한다. 예컨대, 우리 부모가 부유하다면 우리가 최고 학교에 간다는 것은 우리에게 중요한 진실이다. 우리 부모가 가난하다면, 우리는 최고 학교에 가지 못한다는 것 또한 우리에게는 중요한 진실이다. 우리 선조가 노예였다는 사실이 우리를 흑인으로 만들지는 못해도, 우리를 가난하게 만들 수는 있다.

그러므로 노예제의 역사에 대한 비교적 최근의 열정적인 관심은, 현재의 우리를 설명하려는 실패한 노력으로뿐만 아니라, 우리가 어떻게 현재의 우리가 되었는지를 설명하려는 더 성공적인 노력으로 이해될 수 있다. 실제로 미국이 노예의 후손들에게 금전적 보상을 해야 한다는, 널리 인정된 논박이 주 내용을 이루는 **랜달 로빈슨**Randall Robinson의 《빚The Debt: What America Owes to Blacks》(2000)과 같은 텍스트는 이 두 가지 견해를 모두 담고 있다. 《빚》은 노예들에게 행해진 과오가 오늘날의 아프리카계 미국인들에게 행해진 과오라는 주장(《빌러비드》처럼 노예제의 역사는 아프리카계 미국인들의 역사라는 생각에 근거)과, 노예들에게 행해진 과오는 비록 그 과거의 노예들이 모두 세상을 떠났다고 할지라도 현재 살아 있는 사람들에게 여전히 영향을 미치고 있다는 주장을 동시에 (다소간 서로 교차될 수 있는 방식으로) 펼친다. 다시 말해, 《빚》은 흑인은 자신이 흑인이라는 사실과 미국에서 흑인에게 자행되어 온 수많은 불의 때문에 금전적 보상을 받아 마땅하다는 견해와, 흑인은 자신이 가난하다는 사실과 그 가난이 선조들에게 자행된 불의의 결과이기 때문에 금전적 보상을 받아 마땅하다는 견해를 동시에 펼친다. 이 두 견해 차이가 무시해도 될 정도로 미미해 보인다고 할지라도(결국 두 종류의 사람들, 즉 아프리카계 미국인과 노예의 후손은 사실상 똑같은 사람들이 아닌가), 어느 주장을 선택하는지에 따라 많은 부분이 달라진다.

우선 인종적 정체성에 대한 권리를 주장하는 것(흑인이기 때문에 보상받을 권리가 있다는 것)은 명백히 《빌러비드》와 같은 역사에 대한 호소가 피하고자 했던 형이상학을 생산한다. 예컨대, 로빈슨이 자신은 1941년에 태어났지만 자신의 "검정 영혼은 그것보다 훨씬 오래되었다"[36]고 선언할 때, 그는 인종적 동일화를 자신이 태어나기 전에 다른 사람들에게 발생한 사건을 자신에게도 실제로 일어난 것으로 이해시키는 기술로 활용한다. 이런 의미에서 가난한 어린 흑인 여성은 미국 역사에 대한 학습에서 모종의 이득을, 즉 "그녀에게 발생한 것"(239)을 배우는 이득을 얻을 수 있다. 따라서 비록 로빈슨이 때로 인종을 단순한 신체적 특징들로 환유한다 할지라도("키가 작은 사람들이 노예가 되고 매질을 당하며 제대로 배우지 못했다면"(77), 그들의 시험 점수는 흑인과 백인의 관계가 그렇듯 키가

---

[36] Robinson, *The Debt*, 13.

큰 사람들보다 훨씬 낮을 것이다), 그는 분명히 흑인이 되는 것이 키가 작은 사람이 되는 것과 동일하다고는 생각하지 않는다. 키가 작은 영혼은 존재하지 않는다. 그리고 그는 "비과학적인 사회적 개념으로서의 인종 개념"에도 회의적이기 때문에,[37] 그에게 남겨지는 것은 신체적 실체가 아닌 형이상학적인 실체로서의 영혼이다.

이러한 **형이상학적 실체**의 이점은 우리에게 발생한 적이 없는 일들이 어떻게 우리 역사의 일부가 될 수 있는지, 즉 그것이 어떻게 우리에게 진정 발생하게 되었는지 혹은 적어도 우리의 영혼에 발생하게 되었는지에 관한 문제를 해결해 준다는 것이다. 그리고 이러한 실체의 단점은, 어째서 인종적 영혼과 같은 것이 존재한다고 믿어야 하는지 아무런 설명도 제공하지 않는다는 것이다. 물론 로빈슨이 영혼을 일종의 은유로 사용했을 수도 있다. 그렇다면《빌러비드》에서 유령과 관련해서 품었던 의문을 다시금 가질 수밖에 없다. 무엇을 위한 은유인가? 영혼은 오늘날의 흑인과 과거의 흑인을 연결하는 은유가 될 수 없다. 왜냐하면 만약 우리

---

[37] 만약 우리가 '흑인은 선조가 흑인인 사람들'이라고 말한다면, 우리는 그들을 흑인으로 만드는 것은 무엇인가라는 문제를 미해결 상태로 남겨 두는 것이다. 아마도 우리는 흑인을 흑인으로 만드는 다른 생리적 요인을 밝힐 필요가 있을 것이다. 하지만 우리가 기본적인 사회구성주의적 관점을 따라 '흑인은 흑인으로 취급되는 사람들'이라고 말하는 것은 명백히 잘못된 것이다. 흑인은 때때로 인간 이하로 취급된다. 이러한 취급이 그들을 인간 이하로 만드는가? 사회구성주의적 관점에서 인종을 설명하는 것에 대한 비판은 Michaels, "Autobiography of an Ex-White Man"을 볼 것. 하지만 나의 요점이 사람들을 무엇으로 취급하는 것이 결코 그 사람들을 그들이 취급되는 것으로 만들 수 없음은 아니라는 점을 지적해 둔다. 예컨대, 추방자는 추방자로 취급되기 때문에 추방자가 된다.

가 생물학적 인종을 믿는다면 그것은 정확히 영혼과 정반대되는 것(신체)이고, 생물학적 인종을 믿지 않는다면 그러한 영혼 자체가 실재하는 것이 될 필요가 있기 때문이다. 결국 영혼은 그 어떤 것에 대한 은유도 되지 않는다.

물론 보상에 대한 주장은 노예제의 유령이나 검정 영혼에 의존할 필요가 없다. 즉, 노예제가 계속 진행되고 있다는 생각이나 노예들에게 발생한 일이 여하튼 오늘날의 흑인들에게도 여전히 일어나고 있다는 주장에 의존할 필요가 없다. 오늘날 미국에서 "인종 간의 사회경제적 격차"는 "노예제의 사회적 약탈에서 비롯된다"(173)는 로빈슨의 완벽히 타당한 주장은 노예들의 후손을 그들의 선조와 동일시하는 인종적 영혼을 필요로 하지 않는다. 노예들이 겪은 경제적 불리함이 그들의 자손에게 전해졌고, 노예들의 자손이 겪은 경제적 불리함(1876~1965년. 공공장소에서 흑백 분리와 차별을 규정한 '짐 크로우Jim Crow 법'으로 유지 및 재생산된 것)이 그들의 자손에게 전해졌음을 우리가 인정하기만 하면 된다. 따라서 오늘날 미국 경제에서 흑인들은 하위 20퍼센트 안에 머문다는 사실은 그 선조들 대다수가 불의의 희생자였다는 사실과 인과적으로 연결된다. 이 대목에서는 노예제의 역사가 합당한 의미에서 현재의 역사가 된다. 아프리카계 미국인들이 어떻게 빈곤층이 되었는지에 관한 역사로서, 왜 미국이 그들에게 금전적 보상을 해야 하는지를 설명해 준다. 오늘날 미국이 아프리카계 미국인들에게 지고 있는 빚은, 그들이 계속되는 불의로 고통 받고 있다는 사실이 아니라(이 빚은 노예제가 폐지되었음에도 불구하고 여전히 지속되고 있는 인종주의 때문이 아니다. 만약 그렇다면 그에 대한 적합한 대응은 빚을 지불하는 것이 아니라 인종주의를 폐지하는 것이 될 것이다), 그들이 과거의 불의로부터 현재 고통을 받고 있다는 사실에 의거한다. 로빈슨이 상상하길, 노예제의 역사는 실패할 운명에 놓인 가난한 어린 흑인 소녀의 역사이다. 노예제는 그 소녀가 어떻게 가난한 아이가 되었는지 그리고 어째서 가난한 상태에 머물러야 하는지를 설명하는 인과적 연쇄 관계에서 중요한 연결 고리가 되기 때문이다.

따라서 금전적 보상 찬성론은 현재가 어떻게 탄생했는지를 설명하기 위해서 과거를 연구하는 것과 연관된다는 점에서 역사적이다. 하지만 그것은 또한 SF 작가 올슨 스콧 카드의 반사실적 역사 혹은 대안적 역사인 《과거 주시: 크리스토퍼 콜럼버스의 속죄Pastwatch: The Redemption of Christopher Columbus》(1996)에서 "역사의 철회"[38]라고 명명한 바와도 중요하게 관련된다. **대안적 역사**는 특정한 사건이 다른 방식으로 전개되었더라면 오늘날 세상은 어떤 모습을 띠게 되었을지를 상상하는 것에 주력하고(만약 히틀러가 유산되어 태어나지 못했다면? 만약 뉴욕 양키스의 내야수 스탈린 카스트로가 자이언츠와 계약을 했다면? 등등), 금전적 보상이라는 생각은 이런 종류의 질문들과 밀접하게 관련된다. 따라서 노예제에 대한 보상을 주장한 변호사 로드 앤서니 기포드Lord Anthony Gifford는 금전적 보상을 안건으로 삼은 제1회 범아프리카 회의에 제출한 문서에서 상설 국제사법법원의 결정을 인용한다. 금전적 보상의 목적은 "가능한 한 최대한" "불법행위의 모든 결과를 무효화하고, 추정컨대 만약 그 불법적 법안이 실행되지 않

---

[38] Orson Scott Card, *Pastwatch: The Redemption of Christopher Columbus* (New York: Tom Doherty Associates, 1996), 28.

았더라면 존재했을 상황을 재확립하는 것"이다.[39] 만약 콜럼버스가 미 대륙을 정복하지 않았다면? 만약 시간을 되돌려서 그와 그가 만난 "인디언들"로 하여금 다른 방식으로 행동하도록 유도할 수 있다면? 만약 노예시장을 형성하고 노예무역을 가능하게 한 조건들을 막을 수 있었다면? 노예제에 대한 금전적 보상은 만약 노예제가 존재하지 않았다면 현재 존재했을 상황을 먼저 상상하고, 그 후 그와 같은 대안적 상황을 재확립하도록 요구한다. 《과거 주시》의 역사가들과 시간 여행자들이 추구하는 바도 정확히 이것이다. 실제 역사가들은 단지 과거의 상황이 어떠했는지를 재구성하고 그것이 어떻게 다른 방식으로 나타나는지를 상상하는 반면에, 과학소설 역사가들은 (《과거 주시》에서는 '진실의 현장Truesite'이라는 기계장치를 통해서) 실제로 과거로 돌아가서 그곳에 존재한 적이 없는 우리를 그곳에 있었을 누군가로 변형시켜 과거 자체를 변형시킨다.

따라서 《과거 주시》와 같은 대안적 역사는 죽은 자와 대화를 하는 스티븐 그린블랫의 기획을 취하는 동시에 거기서 한 단계 더 나아간다. 올슨 스콧 카드 같은 '역사가'들은 죽은 자의 말을 듣는 것보다 죽은 자에게 말을 거는 것에 더 많은 시간을 할애한다. 왜냐하면 그들은 말하기를 통해 과거를 학습할 뿐만 아니라 과거를 변경시킬 수 있기 때문이다. 물론 그린블랫도 이미 그러한 방향으로 나아갔고, 바로 그런 이유로

---

[39] Chorzoi Factory Case, Germany v. Poland, 1928, quoted in Lord Anthony Gifford, "The Legal Basis of the Claims for Reparations" (paper presented at the First Pan-African Conference of Reparations, Ahuja, Federal Republic of Nigeria, April 27-29, 1993).

캐롤린 포터Carolyn Porter 같은 **신역사주의**를 비판하는 이들은 알공킨족 Algonkian Indians〔알공킨어를 쓰는 북아메리카 인디언〕의 "잠재적인 문화적 작인作因" 과 "그들 스스로 말할 수 있는" 능력이 그린블랫의 논의로 "근절되었다" 고 주장하면서 그린블랫을 일종의 "언어적 식민주의자"로 규탄한다.[40] 이러한 규탄의 부당함(그린블랫이 도대체 어떻게 400여 년 전에 죽은 사람들을 침묵하게 만들 수 있는가?)은 그린블랫이 밝힌 그의 소명으로 다소간 완화된다. 그는 "죽은 자와 대화하고자 하는 욕망에서" "시작했다". 그리고 죽은 자의 말을 듣고자 한다면 어쩔 수 없이, 그들을 침묵시켰다는 비난을 감수하는 수밖에 없다. 듣든지 개입하두지 간에, 과거와 현재의 관계에 대한 구상은 그것에 대한 학습 차원을 넘어서는 일이다. 카드의 《과거 주시》에서 시간 여행을 하는 과학자들은 신역사주의와 그 비판자들이 이미 예상한 조건과 금전적 보상운동이 구성될 수 있는 조건을 단지 그대로 드러낼 뿐이다.

물론 금전적 보상운동에서 역사를 철회하는 기술로서 기능하는 것은 (그린블랫의 중산층 샤머니즘이나 올슨 스콧 카드의 "진실의 현장"이 아니라) 돈이다. 하지만 과거와 현재의 관계에 대한 질문들, 특히 만약 우리가 정말로 과거에 노예제를 하지 않았더라면 현재 세상은 어떤 모습일지 묻는 질문들은 여전히 미해결된 채로 중심적인 것으로 남는다. 《과거 주시》는 회귀적으로 노예제를 없애는 것(혹은 과거를 변경시키는 것)의 가장 명백한 결과는 우리가 가진 현재를 없애는 것(노예들의 후손은 존재하

---

[40] Carolyn Porter, "Are We Being Historical Yet?" *South Atlantic Quarterly* 87 (1988): 783.

지 않는다)이라고 주장하고, 역사와 노예제의 유산을 모두 용인할 수 없는 것으로 이해하는 까닭에 소설 속 역사가들은 기꺼이 그러한 조치를 취한다. 하지만 실제 노예의 후손들은 이와는 다르게 생각할 것이다. 옥타비아 버틀러의 처녀작 《혈족Kindred》(1976)에서 여성 주인공은 노예의 후손이자 노예 소유자의 후손이다. 주인공은 장차 자신의 선조가 될 두 인물을 구하기 위해, 즉 처음에는 백인 남성을 구하고 그 후에는 흑인 여성을 구하기 위해 계속해서 과거로 소환되는 인물이다. 만약 그녀가 실패한다면, 그녀가 되돌아올 수 있는 현재는 존재하지 않을 것이다.

금전적 보상의 관점에서 볼 때, 이것은 명백히 회의적인 입장이다. 왜냐하면 이 이야기는 적어도 이 한 명의 노예 후손을, 고난을 견뎌 내는 노예 능력의 수혜자(인 동시에 그 기여자)[41]로 만들기 때문이다. 이는 백인뿐만 아니라 흑인도 노예제 덕분에 더 나은 삶을 살고 있다는 데이비드 호로비츠David Horowitz(미국의 대표적인 우파 논객)의 주장(《흑인들에 대한 금전적 보상이 흑인들에게 나쁜 열 가지 이유Ten Reasons Why Reparations for Blacks Are a Bad Idea for Blacks》에서 제기된 것)의 변형된 형태이다. 왜냐하면 노예제가 없었다면 아프리카계 미국인들은 단지 아프리카인에 지나지 않았을 것이고, 그렇다면 오늘날 심지어 훨씬 더 낮은 1인당 소득을 얻고 있을 것이기 때문이다.[42] 물론 옥타비아 버틀러는 아프리카에 대해 그 어떤 비방

---

[41] 그녀가 주저하는 이유는 전쟁 이전의 메릴랜드로 돌아가서 한 명의 흑인으로서 사는 삶의 위험을 감수해야 하기 때문만이 아니라, 그녀가 자기 삶을 구하기 위해서 구해야 하는 백인 선조가 잔혹하고 부정직한 노예 소유주이기 때문이다.

[42] David Horowitz, "Ten Reasons Why Reparations for Blacks Are a Bad Idea for

도 하지 않는다. 하지만 그녀 역시 노예제가 그것을 경험한 사람들에게 나쁜 것이었던 것만큼 (백인뿐만 아니라) 그 후손들에게는 좋은 것이었다는 생각에 몰두하고 있다. 너의 증조모를 겁탈한 잔혹한 백인 노예 주인을 향한 인과적 고마움은 그를 향한 도덕적 반감을 능가한다.[43]

하지만 호로비츠의 요점(제 존재를 노예제에 빚지고 있는 아프리카계 미국인들이 아프리카인들보다 더 나은 삶을 살고 있다는 주장)은 오늘날 백인들이 실제로 흑인들보다 훨씬 더 나은 삶을 살고 있고, 흑인들의 상대적 불리함은 노예제와 과거의 인종주의에 기인한다는 금전적 보상운동의 핵심 주장을 비껴간다. 호로비츠와 디네시 디수자Dinesh D'Souza와 같은 우파 논객들을 포함하여 그 누구도 미국의 부의 사다리 아래쪽에 흑인들이 몰려 있다는 사실을 부인하지 못한다. 그리고 이 사실을 노예제와 인종주의의 역사에 의지하지 않고서는 설명하기가 쉽지 않다. 심지어 흑인문화의 "병적 측면"을 지적한 디수자의 악명 높은 언급도 이와 같은

Blacks-and Racist Too," *FrontPageMagazine.com.*, january 3, 2001.

[43] 《혈족》에 대한 가장 진중하고 지적이며 비판적인 독해는 아쉬라프 루시디Ashraf Rushdy의 《세대들 기억하기Remembering Generations》(Chapel Hill: University of North Carolina Press, 2001)에서 찾아볼 수 있다. 하지만 루시디는 인종에 관한 오늘날의 통설(그것의 의미는 생물학적인 것이 아니라 사회적인 것이다)을 충실히 따르기 때문에, 소설의 여주인공인 다나Dana가 사람들(심지어 흑인들)이 "나의 선조를 죽이지"(117) 못하도록 하는 것에 몰두하기보다는 "그녀의 생물학적 동족으로부터 그녀 자신을 상징적으로 분리시키는 것"(115)에 몰두해야 한다고 생각한다(*Kindred* [Boston: Beacon Press, 1988]). 루시디는 "과거"가 "변화되기 위해서〔그것과〕대면되어야 한다"(117)고 말하지만, 다나는 과거를 그대로 유지하고 "〔그녀〕가족의 생존과 〔그녀〕자신의 탄생을 보장하기 위해서"(29) 그것과 대면한다.

역사적인 설명에 의지해야 한다.[44] 우리는 아홉 살 흑인 소녀의 가난과 그 문화의 '병적 측면'에 대한 랜달 로빈슨의 전형적인 조치는 실패했다고 비난할 수 있을지 몰라도, 그 소녀에 대해서는 비난할 수 없다. 두 경우 모두 원인은 소녀가 전혀 통제할 수 없는 상황, 소녀가 태어나기 훨씬 전에 있었던 일련의 사건들로 인해서 만들어진 상황이다.

물론 **역사에 대한 철회**를 대단히 매력적으로 만드는 것은 바로 이러한 사실이다. 만약 우리가 노예제가 존재하지 않는 세상을 창조할 수 있고, 이러한 변화의 효과들을 노예의 후손들이 고통받는 불리함에 다소간 집중시킬 수 있다면, "이 나라에서 백인과 흑인 간의 크게 벌어진 경제적 격차"는 사라질 것이다. 그리고 이는 현재 흑인이 미국 인구에서 차지하는 비율(13퍼센트)대로 균형적으로 미국 사회의 모든 계층에서 표시될 것이다. 현재 미국 내 흑인의 가계소득 비율은 1만 5천 달러 이하 인구에 몰려 있지만(20퍼센트), 만약 우리가 노예제와 인종주의의 결과들을 무효화할 수 있다면 이 수치는 13퍼센트로 줄어들 것이다. 그리고 가계소득 7만 5천 달러 이상 인구의 7퍼센트에 불과한 흑인 인구 비율이 13퍼센트까지 늘어날 것이다.[45] 물론 그렇다고 해서 모든 경제적 불평등이 사라지지는 않을 것이다. 하지만 부유층과 빈곤층의 격차는 존속하더라도, 적어도 흑인과 백인 간의 격차는 사라질 것이다. 불평등은 더 이상

---

[44] Dinesh D'Souza, *The End of Racism* (New York: Free Press, 1995), 477.

[45] 이 수치들의 출처는 Table 663, *Money Income of Households-Distribution by Income Level and Selected Characteristics: 1999* of the U.S. Census Bureau's *Statistical Abstract of the United States* (2001)이다.

인종화되지 않을 것이다.

하지만 요점을 이런 식으로 말하는 것(금전적 보상의 목표를 인종 비율에 의거한 부의 재분배로 설명하는 것)은 미국 사회의 경제적 불평등으로 고통 받는 사람들의 피부색과 그것으로부터 이득을 얻는 사람들의 피부색을 재배치할 뿐, 그러한 경제적 불평등 자체는 온전히 내버려 두는 것이다. 이것이 진보적인 조치이냐를 두고는 즉각 반론이 제기될 것이다. 만약 우리가 추구하는 것이 경제적 평등이라면 이는 진보가 아닐 것이다. 하지만 금전적 보상운동의 목표는 단순히 경제적 불평등의 해소가 아니다. 로빈슨 역시 "애석하게도 가난은 항상 존재할 것"이라고 말한다. 보상의 요점은, 가난을 없애는 것이 아니라 "노예제라는 사회적 약탈로 인해" 가난해진 사람들에게 보상하는 것이다. 일단 노예제와 같은 사회적 체계와 그 결과들이 제거되고 나면, 잔존하는 경제적 불평등은 로빈슨이 말하는 것처럼 "애석"하긴 해도 비정의로운 것은 아니다. 다시 말해, 얼마간의 사람들 혹은 훨씬 더 많은 사람들이 여전히 가난해지고 있다고 할지라도, 보상 논리의 관점에서 볼 때 그들의 가난은 그들 자신의 문제라고 우리는 주장할 것이다. 그 가난이 불의不義의 산물이 아닌 이상, 즉 가난해진 사람들이 그들에게 자행되거나 자행되지 않은 것 때문이 아니라 그들 스스로가 이행하거나 이행하지 않은 것 때문에 가난해진 이상, 그 가난은 용인 가능한 것(즉, 보상의 대상이 아닌 것)이다.

친숙한 좌파적 입장은 아닐지라도, 이것은 친숙한 입장이다.[46] 그리

---

[46] 가난한 것이 당연한 이들과 가난한 것이 당연하지 않은 이들을 구분하려는 노력으로 환기되는 (비생물학적) 사회 다원주의는 모든 종류의 불평등을 정당화하는

고 만약 우리가 모든 사람들이 진정 다양한 형태의 성공을 이룰 수 있고 동등한 기회를 가지고 시작하는 세상을 상상할 수 있다면, 이런 입장은 적어도 옹호될 수는 있을 것이다.[47] 만약 금전적 보상이 아프리카계 미국인들에게 이루어진다고 한다면, (보상이 이루어진 후에도) 여전히 가난한 상태에 머무는 아프리카계 미국인은 마땅히 그 가난을 받아들여야 할 것으로 간주될 것이다. 더 일반적으로 말해서, 가난 속에서 자란 아이들이 그 부모들이 비정의로운 사회 체계의 희생자였든 아니든 어떻게 그 가난을 책임져야 할지 알기란 쉽지 않다.

그들의 가난과는 별개로 그들은 동등한 기회를 부여 받아야 하는 것 아닌가? 그들이 원인 제공자가 아니라고 할 때 어째서 그들의 가난함의 원인이 문제가 되어야 하는가? 더 일반적으로, 이 보상 정책은 어째서 아프리카계 미국인들에게만 적용되어야 하는가? 모든 사람의 가난은 어떤 원인의 결과이고, 모든 아이들의 가난은 그 아이들과 전혀 관련 없는 어떤 사건의 결과가 아닌가. 어째서 노예제와 인종 차별은 보상이 되

경악스러운 방안들을 창출할 것이기 때문에, 가난한 것이 당연한 이들은 없어야 한다고 주장하는 것이 더욱 깔끔할 것이다. 일단 우리가 이러한 입장을 채택하면, 즉 일단 우리가 절대적인 평등성에 전념하게 되면, 보상에 대한 모든 질문은 부적절해진다.

[47] 물론 평등한 기회란 무엇인가라는 질문과 성공을 위한 기준은 무엇인가라는 질문은 매우 어렵고 더 많은 논의를 필요로 하는 존 롤스 식의 자유주의를 탈피하는 사안이다. 이 사안에 대한 유용하고 대단히 영향력 있는 논의로는 Amartya Sen, *Inequality Reexamined* (Oxford: Oxford University Press, 1992)을 보고, 이 사안을 다루는 오늘날의 사유에 대한 훌륭한 조사로서는 Alex Callinicos, *Equality* (Cambridge: Cambridge University Press, 2000)을 볼 것.

어야 하고, 자유롭지만 박봉에 시달리는 노동은 보상되지 않아도 되는
가? 더 핵심적으로 말해서, 어째서 어떤 아이들이 다른 아이들에 비해
서 성공의 기회를 덜 가지도록 만드는 사건들에 대한 **특정한 서사와 역사**
가 문제가 되는가? 만약 내가 가난하게 태어났다면, 어째서 나의 아버지
가 착취를 당한 노예였는지 아니면 돈을 물 쓰듯이 쓴 한량이었는지가
중요해지는가? 결국 돈은 나의 문제이지 나의 선조들의 문제가 아니다.
그것은 나의 희생이지 나의 선조들의 희생이 아니다(그들은 이미 죽었다).
보상은 나의 선조가 아닌 나에게 이루어져야 한다.

여기서 요점은 우리가 고려해야 할 역사의 범위가 확장되어야 한다
는 것이 아니다. 오히려 그 누구의 역사도 고려되어서는 안 된다는 것,
즉 불평등에 대한 인정은 그러한 불평등에 대한 역사를 부적절한 것으
로 만들고, 과거의 불의에 대한 질문은 현재의 불의에 대한 질문과 아무
관계가 없다는 것이다. 로빈슨에 따르면, 노예제와 차별의 역사의 전형적
인 피해자인 "아무 책임 없지만" 가난해서 "궁지에 몰리는 아홉 살" 흑
인 소녀가 자신의 가난에 대해서 "아무 책임도" 지지 않는 것은 그녀의
고조부가 사악한 백인 농장주 사이먼 러그리Simon Legree일지라도 마찬
가지다.

모든 아홉 살 소녀는 책임을 질 필요가 없다. 정의로운 사회가 이 소
녀에게 빚진 것은, 이 아이의 선조에게 가했던 과오에 대한 보상이 아니
라 모든 아홉 살 소녀가 동등하게 가져야 하는 기회이다. 따라서 필요한
것은, 어떤 아이가 무슨 이유로 가난해졌는지에 관한 특정한 종류의 설
명이 아니라, 그러한 설명이 무엇이 되었든지 간에 그 아이는 그러한 가
난으로 고통 받을 이유가 없다는 단순한 인정이다. 학교는 노예제의 역

사, 원주민들에게 행해진 과오의 역사, 이민 노동자들에 대한 착취의 역사를 가르치는 것을 중단해야(즉, 학교는 모든 역사를 가르치는 것을 중단해야) 한다. 이러한 역사 교육의 중단은 우리가 그 학교에 다니는 아이들에게 무엇을 빚지고 있는지를 우리 스스로 자각하는 데에는 아무 영향도 미치지 않을 것이다. 아무도 미국 역사에 관해서 알지 못한다면, 이 세상은 약간 더 무식해지겠지만 그렇다고 덜 정의로워지지는 않을 것이다. 다시 말해, 각 학생들의 가난함에는 원인이 있다는 것을 아는 것은 정의를 세우는 데 중요하지만, 그 원인이 무엇인지를 아는 것은 정의를 세우는 데 그리 중요하지 않다.

《빚》은 시작 부분에서 어째서 "아프리카계 미국인은 거의 모든 통계조사에서 미국 주류 사회에 들어오지 못하고 뒤처지는가?"라고 묻고, "이 질문에 대한 대답은 오로지 먼 과거에서만 찾을 수 있다"고 주장한다. 《빚》의 **역사주의**는 무엇보다 현 시대 조건들의 원인에 대한 관심으로 이루어진다. 물론 로빈슨은 어떻게 현재의 조건들이 탄생되었는가라는 본질적으로 학구적인 질문뿐만 아니라, 그러한 조건들의 탄생에 대한 지식이 그 조건들을 어떻게 변화시킬 수 있는지에 관해서도 관심을 기울인다. 이 변화는 적어도 두 가지 형식을 취한다. 자기 지식(인종적 자기 지식과 인종적 영혼, 즉 너의 선조에게 발생한 일을 아는 것은 너에게 발생한 일을 아는 것이다)과 보상(엄격히 말해서, 인종 개념과 관련되지 않는다)이다. 이 두 가지 관심사(**자기 지식으로서의 역사**와 **현재 상황에 대한 인과적 설명으로서의 역사**)는 오늘날 보편적으로 수용되고 있다. 이 두 관심사는 사람들이 '우리 역사를 알지 못하고서는 우리가 누구인지 알 수 없다'고 말할 때, 그리고 '역사는 현재 우리가 누구인지 결정짓는 것'이라고 말할 때, 진정 의미하는 것이다. 하지만 나는 이 두 가지 관심사가 모두 서로 다른 방식으로 부적절하고 그릇되다고 주장해 왔다.

첫 번째(자기 지식으로서의 역사)는 하나의 실수, 즉 우리에게 발생하지 않은 것이 그럼에도 불구하고 우리 역사의 일부로 이해될 수 있다고 생각하는 실수에 토대한다. 하지만 우리에게 발생하지 않은 것을 아는 것은 엄밀히 말해서 자기 지식이 아니고, 다른 사람들에게 발생한 것을 (우리 자신의 역사의 일부로서) 우리 자신에게 발생한 것으로 상상하려는 노력은 인종화된 환상을 필요로 한다. 랜달 로빈슨은 그가 환기하는 인종적 영혼이란 것을 진정 믿는 것인가? 만약 그렇지 않다면, 만약 인종적 영혼이 인종적 신체를 명명하는 또 다른 이름이라면, 그는 나와 동일한 신체를 가진 사람들에게 발생한 것이 어떻게 나에게 발생한 것으로 입력될 수 있는지 설명해야 한다. 혹은 만약 인종적 영혼이 단지 비생물학적인 역사적 연속성에 대한 은유라면, 그는 그 비생물학적인 연속성이란 무엇인지를 설명할 필요가 있다. 다시 말해, 그는 영혼을 필요로 한다.

두 번째 관심사(현재 우리가 누구인지 결정짓는 역사에 관한 관심)는 실수에 토대하지 않는다. 현재 우리가 누구인지 결정짓는 것이 역사라는 것은 진실이다. 하지만 (적어도 우리가 정의를 기회의 균등으로 여긴다면) 그것이 우리 사회를 더욱 정의롭게 만드는 목적을 달성하는 데에는 부적절하다는 것 또한 진실이다.[48] 우리가 불의의 희생자들에게 빚지는 것은 정

---

[48] 이런 이유로 책임성을 이해하는 두 가지 상이한 방식들, 즉 서사에 의존하고 노예제와 같은 과거의 사회적 관습들이 "오늘날의 사회에서 사람들이 얻는 기회들을 결정짓는 데 중요한 물질적 영향을 미치고 있다"(144)는 고찰에 의존하는 방식과,

의로움이지 그들이 어떻게 희생되었는지에 관한 인과적 설명이 아니다. 하지만 만약 우리가 기회의 균등을 정의로 보지 않는다면, 만약 우리가 우리 사회에서 어떤 아홉 살 소녀가 가지는 기회의 수가 다른 아홉 살 소녀가 가지는 기회의 수보다 적다는 것이 불의가 아니라고 생각한다면, 물론 역사는 진정 중요한 것이 될 것이다. 만약 불평등이 정당하게 상속될 수 있다면, 어떤 아이들이 불의의 희생자가 되고 어떤 아이들이 그렇지 않은지 우리에게 말해 줄 수 있는 것은 역사밖에 없기 때문이다. 그러면 역사의 적절한 용법은 불평등을 정당화하는 것이 될 것이다. 하지만 우리가 불평등을 정당화하는 데 관심이 없다면, 기회의 균등은 유산이 아니라 하나의 권리라는 것을 인정한다면, 우리의 불평등이 어떻게 탄생했는지 말해 줄 인과적 설명은 오로지 고고학적인 관심사만으로 이루어질 것이다.

　나는 지금 고고학에 문제가 있다고 말하는 것이 아니다. 고고학주의에 대해 반론을 펼치는 것도 아니다. 나의 요점은 과거에 대한 관심이 현재의 문제들을 분석하거나 다루려는 노력으로 오인되어서는 안 된다는 것이다. 흑인 역사의 달(月)을 축하하는 것과 부를 재분배하는 것은

우리의 의무들을 결정하는 데 "권위의 중심지"(스티븐 냅의 용어)가 되는 것은 과거가 아니라 현재라는 주장에 의존하는 방식을 구분짓는 아쉬라프 루시디의 호소는 부적절하다. 내가 주장해 온 것처럼, 이것은 거짓 대립이다. 현재의 어떤 인물이 과거에 자신이 행하지 않은 것을 책임질 수 있다는 주장은 과거는 현재에 대해서 "설명적 적절성"을 가진다는 사실로부터 도출될 수 있는 것이 아니다(*Literary Interest* [Cambridge, Mass.: Harvard University Press, 1993], 116). 물론 냅은 더 나아가서 현재의 어떤 인물이 과거에 자신이 행한 것에 대해서 (적어도 형이상학적으로) 책임질 수 있다는 주장 또한 비판한다.

서로 별개의 문제이다. 사실 이 둘은 서로 다를 뿐만 아니라 중요한 의미에서 서로 대립된다. 보상과 역사에 대한 예찬은 정체성과 유산 상속에 대한 존중(문화적 상속의 형식을 취하든 금전적 상속의 형식을 취하든, 무엇보다 사유재산에 대한 존중)과 관련된다. 여기서 역사는 평등을 생산하고자 고안된 기술이 아니라 나치 피해자들에 의해 회부된 재판과 동일하게 사람들에게 그들의 소유물을 되돌려 주기 위해서 고안된 기술이다. 하지만 부의 재분배는 상속된 정체성에 대한 무관심 및 상속된 재산에 대한 적대감과 짝을 이루는 소유에 대한 어떤 어떤 근본적인 회의주의와 관련된다.

무의미의 제국

Empires of the Senseless

브렛 이스턴 엘리스의 《글래머라마Glamorama》(1998)의 서두에 나오는 제명에서 아돌프 히틀러는 말한다. "만약 우리가 한 일을 단지 정치적인 것으로 이해한다면, 너는 실수하는 것이다."[1] 하지만 《글래머라마》에서 '우리가 한 일' 혹은 누군가가 한 일을 정치적인 것으로 이해하기란 쉽지 않다. 《글래머라마》는 모델과 테러범들, 즉 모델이자 테러범인 사람들에 관한 소설이고, 그 모델이자 테러범인 사람들이 수행하는 파괴 행위들은 특정한 정치적 계획과는 연관이 없다. 테러범들은 정치학과는 관련성이 전무한 사소한 '파벌들'에 속해 있다.

테러범을 다루는 또 하나의 소설인 돈 드릴로Don De Lillo의 《마오 II Mao II》(1991)에서 테러범들은 적어도 '새로운 공산주의적 요소'를 환기하는 것, 즉 "레바논의 모든 무기들이 이슬람교, 기독교, 혹은 유대교적인 것

---

1   Bret Easton Ellis, *Glamorama* (New York: Vintage, 1998), n.p.

은 아님을 단언하는" 것으로 여겨진다.[2] 하지만 《마오 II》에서조차 공산주의에 대한 호소는 사실상 포스트역사주의적인 향수의 몸짓에 지나지 않는다. 이 소설이 출간될 시점에 레바논은 물론이고 러시아에서도 공산주의자를 찾기란 거의 불가능했다. 이런 측면에서 베이루트와 바그다드뿐 아니라 더블린과 버지니아에도 협력자들을 보유한 테러범들이 등장하는 《글래머라마》는 그들의 종교와 국적에 대한 관심이 아니라 그들의 이데올로기에 대한 관심을 일깨운다.

아마도 이것이 **테러리즘**은 어떤 특정한 정치적 입장과 연결될 수 없다는 엘리스 진술의 요점일 것이다. 이러한 판단이 지나치게 성급해 보인다고 할지라도, 즉 현재 테러 행위를 범하고 있는 사람들이 자신의 테러 행위를 어떤 식별 가능한 정치적 목적과 연결시킬 수 있다고 할지라도, 현재 우리가 펼치는 '테러와의 전쟁'의 대상인 테러범들이 자기 행위의 이유나 목적에 철저히 (그리고 원칙적으로) 무관심하다는 점은 확실하다. 테러와의 전쟁이 전례가 없는 일은 아닐지라도(사실 가난, 범죄, 마약과의 전쟁을 통해 예고되고 준비되었다), 그럼에도 그것은 중요한 의미에서 새로운 것이다. 왜냐하면 **테러와의 전쟁**은 냉전과 같이 어떤 특정 국가와의 전쟁(말하자면, 독일 혹은 일본과의 전쟁)이 아니면서, 냉전과 달리 어떤 이데올로기와의 전쟁(말하자면, 공산주의와의 전쟁)도 아니기 때문이다. 테러리즘은 우리가 그것과 전쟁을 하되 오직 우연적으로만 어떤 특정 국가와 전쟁을 하게 된다는 점에서 공산주의와 유사하다. 냉전에서 러

---

[2] Don De Lillo, *Mao II* (New York: Penguin, 1991), 123, 129.

시아가 적이 되는 것은 오로지 러시아가 공산주의의 장소가 되는 한에서만 그런 것처럼, 아프가니스탄과 같은 국가들이 문제가 되는 것은 오로지 그 국가들이 테러범들의 은신처가 될 때만이다. 하지만 공산주의는 국가와는 우연한 관계로 맺어져도 이데올로기와는 본질적인 관계를 맺는다. 사실 공산주의 자체가 이데올로기다. 반면에 테러리즘은 그렇지 않다. 따라서 '테러범들이 무엇을 믿는가'라는 질문은 그들은 어느 국가에 속하는가라는 질문만큼이나 부적절한 것이 된다.

이러한 믿음의 부적절성은 테러리즘과 테러와의 전쟁을 견고하고도 친숙한 포스트모더니즘적 토대 위에 세운다. 2001년 세계무역센터를 공격한 테러범들이 공산주의자들이었다고 상상해 보라. 그들에 대한 전쟁은 자유주의 자본주의와 사회주의 간의 전쟁, 즉 근본적으로 정치적 의견 불일치로 일어나는 전쟁이 되었을 것이다. 심지어 뉴욕을 공격한 테러범들이 이슬람교도들(우리가 이슬람교의 왜곡된 형태라고 성급하게 말하는 것이 아니라, 정식 이슬람교의 한 형태라고 고려할 수 있는 것)이었다고 상상해 보라. 뒤이은 전쟁은 자유주의와 이슬람교 간의 전쟁이 되었을 것이다. 하지만 미국에서는 아무도 테러와의 전쟁을 이슬람교와의 전쟁으로 이해하지 않는다. 아무도 이슬람교를 여타 종교들과 동일한 것, 즉 공산주의와 같은 일련의 믿음의 집합으로 생각하지 않는다. 우리는 종교를 문화의 관점에서 이해한다. 다시 말해, 우리는 상이한 종교를 가지는 사람들을 거짓된 믿음을 가지는 사람들로 보는 것이 아니라 상이한 **정체성**을 가지는 사람들로 본다.

하나의 믿음으로서의 종교적 믿음(이슬람교를 믿지 않는 사람의 입장에서 볼 때, 이슬람교를 믿는 사람은 오류를 범하고 있다)은 하나의 정체성으로서의 종교로 대체된다. 이런 관점에서 볼 때, 상이한 믿음을 가지는 사람들은 상이한 사람들이 되는 것으로 이해된다.[3] 그들의 종교적 확신은 민족 고유의 요리법이나 언어처럼 그들 문화의 표현으로 다시 설명된다.[4] 언어는 진리도 거짓도 아니다. 만약 우리가 종교를 일종의 언어로 간주한다면, 우리는 종교를 진리도 거짓도 아닌 단지 상이한 것으로 간주하게 될 것이다.

바로 이러한 이유로 9/11 사태 직후 (좌파뿐만 아니라 우파에서도) 친숙하고 위로가 되며 대체로 성공적이었던 조언은 **차이를 존중하라**는 것이었다. (다시 한 번 테러범들이 공산주의자들이었다고 상상해 보라. 과연 그들의 행위가 계속되도록 허용되었을까? 그들의 행위를 허용한다는 것이 이치에 맞기는 하는 것인가?) 그리고 바로 이러한 이유로 테러범들이 (우리의) 차이를 존중하는 데 실패한 사람들이었다는 것은 그들에 대한 (그들의) 정

---

[3] 물론 이러한 설명에 대한 명백한 예외는 자신의 신학은 그를지 몰라도 자신의 이론은 옳다고 생각하는 복음주의 기독교도들일 것이다. 유대교도와 이슬람교도들을 개종시키고자 하는 남부 침례회 연맹의 기획은 비록 그들의 믿음이 부적절하다고 할지라도 믿음을 가진다는 것의 의미를 그들이 정확히 이해하고 있음을 분명히 한다. 부적절하지만 이론적으로는 옹호 가능한 믿음에 정확히 정반대되는 입장은 그들 스스로 기독교적 인종에 속한다고 생각하고, 고로 진정 종교는 정체성이 된다고 생각하는 기독교 정체성주의 운동에 의해서 취해진다.

[4] 혹은 이것은 헌팅턴 식으로 말해서 '**문명**'과 같은 것으로 다시 설명된다. 9/11 이후의 세상을 헌팅턴이 예상한 방식대로 설명하는 이상, 논객들은 그것을 포스트역사주의적인 환상을 체현하는 것으로 설명해야 한다. 앞서 본 것처럼, 문명의 충돌은 이데올로기가 아닌 정체성의 충돌로 이해된다. 하지만 현재의 논의는 정체성들 간의 차이를 가치화하는 것(존재의 상이한 방식들을 가치화하는 것)을 존재 그 자체를 가치화하는 것으로 전환시키는 경향이 있다.

체성에 의거한 존중을 박탈하는 명분이 되었다. 사람들이 무엇을 믿는지에 관한 질문이 부적절해지면 해질수록, 그들이 누구인지에 대한 사실이 중요해진다. 우리가 상이한 믿음에 관한 가치를 거부하면 할수록, 우리는 상이한 정체성들을 환영하게 된다. 따라서 테러범들이 (테러범이 되는 데 그들의 동기는 더 이상 중요하지 않다는 점에서) 그들의 정치학을 등한시할 수 있는 것으로 이해되는 것과 마찬가지로, 그들은 그들의 정체성 또한 등한시할 수 있는 것으로 이해되어야 한다. 그리고 우리가 이슬람교를 (만약 우리가 이슬람교도가 아니라면) 우리에게 거짓된 믿음으로 보이는 것들의 집합이 아니라 하나의 문화로 생각하는 이상, 우리는 우리가 그것을 우리의 존중을 필요로 하는 대상으로 만드는 것과 동일한 방식으로 그것을 (믿음의 체계가 아닌 까닭에) 우리가 찬성하거나 반대하지 않을 뿐만 아니라 (정체성이 아닌 까닭에) 우리가 존중할 필요가 없는 왜곡된 형태로 만들어 낸다. 다시 말해, 테러와의 전쟁은 (십자군전쟁이나 냉전처럼) 이데올로기들 간의 전쟁이 아닌 동시에 정체성들(심지어 문화 정체성들) 간의 전쟁도 아니다.

왜냐하면 후쿠야마가 말한 것처럼 냉전의 종식이 이데올로기적 갈등의 종식이었다면, 그리고 하트와 네그리가 말한 것처럼 제국의 부상이 국가적 갈등의 종식이라면, 오늘날의 **적**은 그것이 무엇이 되었든지 간에 더 이상 이데올로기적인 것이나 국가적인 것이 될 수 없기 때문이다. 바야흐로 적은 일종의 범죄자, 정치적 체제나 국가에 대한 위협을 재현하는 것이 아니라 법에 대한 위협을 재현하는 어떤 것으로 이해되어야 한다. 그가 범죄자로 간주되는 이상, 그는 하나의 국가뿐만 아니라 전 세계를 관장하는 법의 존재를 입증하고, 따라서 세계 시민권의 (비록 아직 구체화되지 않았을지라도 상상될 수 있는) 승리를 입증한다. 이런 관점에서 볼 때, 테러와의 전쟁은 '마약과의 전쟁'이나 '범죄와의 전쟁'과 같은 과거 국내전 형태의 전쟁들의 국제화 혹은 전지구화이다. 테러는 국가적인 것이 아니고, 테러와의 전쟁에서 적은 국가가 아니다. 바로 이런 이유로 모든 국가는 단순히 테러리즘을 부인하는 것만으로 동맹국이 될 수 있다. 바로 이런 이유로 이란 및 북한과 같은 이데올로기적으로 상이한 국가들도 테러리즘을 용인하는 한에 있어서만 우리의 적이 될 수 있다.[5]

이런 의미에서 테러와의 전쟁의 요점은, 서로 갈등하는 이데올로기적 믿음들과 서로 갈등하는 국가적 이해관계들로 나누어지지 않는 세상, 법을 지키는 사람들과 법을 어기는 사람들로 나누어지는 세상을 상상하는 것이다. 달리 말해, 만약 과거에 우리가 우리의 적에게 했던 것이 그들을 패배시키는 것이었다면, 오늘날 우리가 하는 것은 그들을 법에 따라 처벌하는 것(미국인이 클린턴 탄핵 법안과 관련해서 몇 달간 사용했던 술책)이다. 그리고 이런 관점에서 볼 때, 테러범들을 국제재판소에 회부하려는 사람들(인권 존중 좌파)과 그들을 미국 재판소에 회부하려는 사람들(우파) 사이의 논쟁은 (주 법정에 세워야 하는가 아니면 연방법정에 세워야 하는가를 묻는 질문과 동일하게) 단순히 재판 관할권에 대한 것이

---

[5] 부시 행정부가 아랍 국가들의 이라크 공격에 대한 지원을 장려하려는 욕망에도 불구하고, 자살 폭탄 테러에 대한 아리엘 샤론의 대응책에 대한 실질적인 지원을 대단히 신속하게 약속한 것은 이 때문이다. 테러리즘이 적이 되는 이상, 부시 행정부가 실제로 추구하는 목표(가령, 팔레스타인 국가 설립)는 그러한 목표를 이룩하기 위해 사용되는 테러리즘적 수단과의 전쟁보다 중요하지 않다. 목적은 수단을 정당화하지 못할 뿐만 아니라, 수단은 목적을 부적절한 것으로 만든다.

다. 테러범을 국제재판소에 회부하려는 사람들은 포스트역사주의나 제국의 전위주의를 대변한다고 말할 수 있을 것이다. 세계무역센터에 대한 공격을 미국 혹은 자본주의에 대한 공격이 아니라 법 그 자체에 대한 공격으로 간주하는 것이다.

마이클 하트와 **안토니오 네그리**는 이 점을 잘 알고 있다. 그들은 국가 간의 갈등이 부적절해지는 "문명의 … 전체 공간을 둘러싸는 새로운 질서"에서 적敵은 "지극히 평범한 것"(일상적인 경찰 억압의 대상이 되는 것)이 되는 동시에 "절대화되는 것"(윤리적 질서에 대한 절대적 위협이 되는 것)이라고 설명한다.[6] 오늘날 우리가 이것을 표현하는 방식은 지극히 평범한 것으로서의 적은 범죄자이고, 절대화된 것으로서의 적은 '악인evildo-er'이라고 부르는 것이다. 사법적 목적의 실현이라는 관점에서 볼 때 범죄자는 우리가 속하는 동일한 국가에 속하고 죄를 지은 한 명의 사람으로서 우리가 속하는 동일한 '윤리적 질서'에 속하며, 국제법으로 상상되는 윤리의 보편화라는 관점에서 볼 때 윤리적 질서 그 자체에 속한다. 이것이 바로 테러범을 '악인'으로 만드는 것이다. 테러범은 윤리적 질서를 거부한다. 테러범을 범죄자로 이해하는 것이 서로 다른 국가라는 관념을 거부하는 것처럼, 테러범을 악인으로 이해하는 것은 서로 다른 윤리적 체계라는 관념을 거부한다. 따라서 테러와의 전쟁은 (그 가능성의 조건으로서) 전지구적 시민권 개념을 정착시킬 뿐만 아니라, **전지구적 윤리**라는 개념을 정착시킨다. 범죄자는 자신의 행동이 그릇된 것임을 알면서도 그

---

[6] Michael Hardt and Antonio Negri, *Empire* (Cambridge, Mass.: Harvard University Press, 2000), 13.

것을 이행한다. 악인은 자신의 행동이 그릇된 것이기 때문에 그것을 이행한다. 여하튼 악인은 옳은 것을 할 생각이 없다.

《글래머라마》의 테러범들이 새로 가입한 동료에 대해서 가장 좋아하는 점이 그는 "아무런 의도도 가지지 않는다"는 것, 즉 그는 아무런 정치적 믿음도 없다는 것이 되는 것은 바로 이 때문이다. 그들 역시 아무런 의도와 믿음을 가지지 않는다. 그리고 《마오 II》의 소설가와 테러범들이 "사상의 차원에서 서로 어떠한 심원한 의견 차이를 가지지 않는 것"도 바로 이 때문이다. 그들은 모두 아무런 사상도 갖지 않는다. 실제로 **테러리즘 담론**, 더 일반적으로 우리가 **전지구화 담론**이라고 칭하는 것이 특별하게 기여하는 바는, 정치적 믿음과 사상을 부적절하게 만드는 것이자 그것들을 하트와 네그리가 (푸코를 좇아) "**삶정치적인 것**the biopolitical"이라고 부르는 것으로 대체하는 것이다. 하트와 네그리에 따르면, 삶정치적 '투쟁들'은 "삶의 형식에 대한 투쟁들"이고, 삶의 형식에 대한 투쟁은 이데올로기적인 것이라기보다는 "존재론적인 것the ontological"이다. 이 투쟁들은 그 믿음이 무엇이냐는 질문과 하등 관련이 없고, 오로지 그것은 무엇이냐는 질문하고만 전적으로 관련된다.

물론 하트와 네그리에게 제국은 존재론적인 것이고, 제국에 대한 '저항'을 상상하는 데 엘리스나 드릴로, 그리고 조지 W. 부시만큼이나 정치적 대안을 고안하는 것에 대해 회의적이다. 테러와의 전쟁의 요점이 대안적인 윤리-법적 질서는 존재하지 않는다는 것(너는 법을 지키거나 아니면 법을 어긴다)을 주장하는 것이 되는 것과 마찬가지로, 제국의 요점 또한 그것은 "총체적인 것"이라는 것, 즉 제국에 대한 저항은 오로지 부인의 형식("무엇인가에 맞설 의지")만을 취할 수 있다는 것이다. 따라서 정치적 갈등이 옳은 것에 전념하는 두 개의 경쟁하는 진영들 간의 갈등으로 상상되는 반면에, 삶정치적 갈등은 옳은 것에 전념하는 진영과 그렇지 않은 진영 간의 갈등 혹은 옳은 것에 전념하는 진영과 장차 그렇게 하게 될 진영 간의 갈등으로 상상된다. "맞서는 사람들은 … 지속적으로 새로운 신체와 새로운 삶을 형성하고자 시도해야 한다"(214).

이데올로기적 투쟁에서의 승리라는 것은, 우리와 다른 정치경제적 체제에 대한 우리 것의 승리로 상상된다. 그 어떤 새로운 종류의 신체도 요구되지 않는다. 반면에 존재론적 투쟁에서의 승리는 한 신체에 대한 다른 신체의 승리다. 다른 신체가 아닌 신체(고로 심지어 나의 신체) 그 자체에 저항하는 존재론적 투쟁에서의 승리는 '**변화**change', 즉 현재 신체의 파괴와 그것의 어떤 것으로의 '새로운' 변화가 될 것이다(하트와 네그리가 이 주제를 논하는 3페이지에 걸쳐 '새로운'이라는 단어가 약 25차례나 등장한다). 바로 여기서 다른 믿음이 아닌 다른 신체를 갖는 사람들이 머무는 미래의 상이 도출되고, 인조인간의 등장을 향한 희망찬 몸짓으로 완성되는 (비록 그것이 '우화'임을 인정하더라도) 정치과학에서 **정치과학소설**로의 변형이 도출된다. 또한, 바로 여기서 풍속소설인 《글래머라마》가 경고하는, 우리 사회에 이미 정착 중인 (개인 훈련사에서 성형수술 의사에 이르는) 자기 변형술을 기꺼이 이용하려는 사람들이 획득하는 가능성에 대한 낙관적인 평가도 도출된다. 테러 진영 참모들이 모델 빅터Victor를 좋아하게 되는 것은, 그가 아무런 믿음도 갖지 않을 뿐만 아니라 그는 "어떤 일을 시도하는 것도 두려워하지 않"기 때문이다. 테러범 지도자 바비Bobby는 빅터에게 말한다. "모든 사람이 변화를 두려워한다. 하지만 너는 그런 것 같지 않다"(326).

따라서 나치가 하는 일은 "단순히 정치적인 것"으로 이해되어서는 안 된다는 히틀러의 제언은《글래머라마》에서 자신은 "정치적이지 … 않다"는 빅터의 단언으로 반복되고, "모든 사람"은 "정치적이고," "그것은 네가 어찌할 수 없는 것"이라는 바비의 응답으로 반박되기보다는 설명된다. "단순히 정치적인 것"("네가 어찌할 수 없는 것")은 상이한 정치적 입장에 대립하여 하나의 정치적 입장을 취하는 것과 관련된다. 하지만 《글래머라마》와《제국》에서는 그 누구도 이런 방식으로 정치적이지 않다. **네가 어찌할 수 없는 정치학**은 정치적인 것이라기보다는 삶정치적인 것이다. 그것은 **너 자신이 되는 것의 정치학**이고, 그것이 상상하는 혁명은 "너 자신이 아닌 다른 어떤 것"이 되는 것과 관련이 있다.

　　《제국》에서 너 자신이 아닌 다른 것이 되는 것은 '존재론적 변형'의 모델을 토대로 상상되고, 이는 낡은 신체를 새로운 것으로 대체하면서 '정치적인 것'(사람들이 믿는 것)을 "사랑과 욕망의 산출"(사람들이 원하는 것)로 만든다. 이것이 바로 "모든 형이상학적 전통은 이제 완전히 낡은 것이 되었고," 그 "해결책"은 "물질적이고 격정적인" 것이 되어야 한다고 말할 때 의미하는 바이다. 사랑과 욕망에 대한 엘리스의 전념은 그리 순진한 것이 아니다. 모델 겸 테러범인 사람이 말한다. "나는 정말 여러 번 패션쇼에 나갔다. … 하지만 나는 여전히 톱모델이 아니다. 나는 다른 어떤 것을 원했다." 하지만 그 과정은 진화적이고("그리고 바비가 원하는 것이 있었고 … 나는 … 진화했다"), 그 결과는 물질적이고 격정적이다. "요점은 폭탄이고 … 그것이 바로 나의 진술이다." 물론 이것은 엄밀히 말해서 진술이 아니다. 엘리스에서는 아무도 네가 말하는 것에 관심을 두지 않기 때문이다. 너는 어떤 것을 말하지 않는다. "너는 이 세상에 어떤 것을 보여 주고, 이 세상에 보여 줌으로써 네가 가르치려는 바를 말한다."

물론 말하는 것 대신에 보여 주는 것은 소설가에게 지워진 전통적인 책임 중 하나이고, 비록 9/11 테러범의 행위를 "가장 위대한 예술 작품"으로 특징지은 발언이 (독일 작곡가) 칼하인츠 슈톡하우젠Karlheinz Stock-hausen을 큰 곤경에 빠트렸을지라도, "소설가와 테러범을 하나로 묶는 매듭"이라는 생각은 《마오 II》와 더 일반적으로 **테러문학**에서 매우 중요하다. 실제로 돈 드릴로의 소설에 등장하는 소설가는 "한 문화의 내적 삶을 변경시키는" 능력 면에서 테러가 소설을 대체하는 것을 걱정하는 동시에 글쓰기 행위를 하트와 네그리가 삶정치적 행위라고 칭하는 것, 즉 **삶쓰기**biowriting로 이해한다.

텍스트는 "흐릿한 색의 분비물," "페이지에 달라붙은 인간 근육조직 조각들"이다. 페이지에 달라붙은 조직은 물질이다. 그것은 신체의 조직이지 그 재현이 아니다. 재현과 글쓰기의 이러한 분리는 테러문학, 즉 캐시 애커가 글쓰기를 피 흘리기와 동일시하는 《**무의미의 제국**》(1988)과 리처드 파워즈가 "살코기로 만든 단어"를 적용하는 《**어둠을 경작하다**Plowing the Dark》(2000)에 이르는 것들에서 대단히 중요하다.[7] 만약 내가 글을 쓸 때 "나의 피가 너의 얼굴에 발사된다면," 중요한 것은 내가 쓴 단어들이 갖는 의미가 아니라 내 신체의 접촉이다. 캐시 애커 책의 제목이 무의미의 제국이 되는 것은 바로 이 때문이다.[8] 그리고 파워즈 소설의 시인

---

[7] Richard Powers, *Plowing the Dark* (New York: Farrar, Straus and Giroux, 2000), 215.

[8] Kathy Acker, *Empire of the Senseless* (New York: Grove, 1988), 210.

들이 컴퓨터 프로그래머로 변하는 것처럼, 내가 생산한 '이미지들'이 너무도 "현실적이어서" "그것들이 한때 재현했던" 바로 그 대상 자체가 되어 버릴 때, 내가 쓰는 글의 의미는 마찬가지로 부적절해진다. 왜냐하면 "소프트웨어의 도움에 힘입어" "대상과 대상에 대한 묘사는 동일한 것이 되고", 내가 의미하는 바는 항상 즉각적으로 내가 만드는 것으로 대체되기 때문이다. 시 쓰기를 중지하고 그 대신에 **부호 쓰기**를 시작하는 시인은 여전히 시인으로서의 포부, 즉 의미하기보다는 존재하는 어떤 것을 만들고자 하고, 바로 이 시인의 모습이 아무런 믿음도 없는 테러범에 대한 형상이 되는 것은 그 시인이 아무것도 의미하지 않게 될 때뿐이다.

바로 이런 이유로 이 시인은 로티 식 '실용주의자-애국자'의 형상이 된다. 이 인물에게 그가 갖는 믿음들은 비록 그것들이 진리처럼 보이지 않는다고 할지라도, 혹은 정확히 그것들이 진리처럼 보이지 않기 때문에 "기꺼이 목숨을 내놓을 수 있는 것"으로 여겨진다. 근거의 부적절성은 주장하기arguing가 아닌 **행동하기**acting를 요청하고, 테러리즘은 주어지는 모든 근거들을 부적절하게 만드는 것, 로티가 말한바 **근거들**reasons을 **원인들**causes로 변형시키는 것으로 이해되는 정치적 행위를 명명하는 오늘날의 이름이다. 이에 따라 **슬라보예 지젝**이 ("세계무역센터와 펜타곤에 대한 테러 공격 1주년"이 되는 시기에 출간된 《실재의 사막에 오신 것을 환영합니다Welcome to the Desert of the Real!》(2002)에서) '대의'의 중요성만큼이나 '행위'의 중요성을 말하고, '대의'('행위'를 하는 이유)를 원인, 즉 로티가 "우연적인 역사적 환경"이라고 칭하는 것으로 **축소**시킴으로써 그렇게 한다는 것을 알 수 있다.

지젝은 "삶을 살 가치가 있는 것으로 만드는 것은 혹자가 혹자 자신의 삶을 위험에 빠트리면서까지 추구할 어떤 것이 존재한다"는 것이다.
이 '어떤 것'이 정확히 무엇이냐는 지젝에게 부차적인 문제이다. 왜냐하
면 그것이 '자유'로 불리든 '영광'으로 불리든 혹은 '자율성'으로 불리든
지 간에, 그것의 진정한 본질은 특정한 믿음이나 가치가 아니라 **"삶의 넘
침 그 자체"**이기 때문이다.[9] 일단 대의가 삶의 넘침으로 변형되고 나면, 나
의 믿음이 옳은지 그른지, 나의 믿음이 무엇인지는 중요하지 않게 된다.
대의가 무엇인지는 전혀 중요하지 않게 된다. 중요한 것은, 내가 과연 그
것을 위해 죽을 준비가 되어 있느냐는 것이다. 이런 관점에서 볼 때, 테
러범들(특히, 자살폭탄 테러범들)은 선망의 대상이 된다. 왜냐하면 그들은
우리보다 "더 삶의 활기가 넘치기" 때문이다. 그러므로 테러와의 전쟁을
수행하는 방식은, 그들만큼 활기가 넘치는 삶을 사는 것이다. 그러므로
고문은 잘못이라는 신념에도 불구하고, 지젝은 "조직의 비밀을 알고 있
다고 소문나 있고 그의 말 한 마디가 수천 명의 사람들을 구할 수 있는
죄수를 마주했을 때,""상황의 긴급성을 고려해서 그것(고문)을 해야 한
다"(103)고 주장한다.[10]

---

9 Slavoj Žižek, *Welcome to the Desert of the Real!* (London: Verso, 2002), 89.

10 행위에 대한 이와 같은 전념을 위한 이론적 장치는 《우연성, 헤게모니, 보편성》에 실린
지젝의 글이 제공한다. 그는 근본적인 차이가 **"진정한"** 행위와 **"진정하지 않은"** 행위 사
이에 존재한다고 주장한다. "진정한"(고로 진정 혁명적인) 행위는 "단순히 나의 내
적 본성을 표현하거나 현실화하는 것"이 아니라 "내 **정체성의 바로 그 핵심**을 … 재
정의하는 것"이다(124). 진정하지 않은 행위는 단지 "유사-변화"(125)만을 산출한
다. 따라서 진정한 혁명주의자의 특징은 《글래머라마》에서 언급되는 것처럼) 변
화를 두려워하지 않는다는 것이다.

물론 여기서 요점은 로티나 지젝이 테러리즘이나 테러와의 전쟁을 지지한다는 것이 아니다. 오히려 테러리즘이나 테러와의 전쟁이 사유되는 관점은 우리가 옳은 일을 하고 있느냐는 질문이 우리가 **우리 삶을 가장 충만하게 살고 있느냐**는 질문(자살폭탄 테러범만큼 삶의 활기가 넘치는 방식으로 살고 있는가?)으로 재서술되는 관점이자, 텍스트의 의미는 무엇이냐는 질문이 **텍스트는 무엇이냐**는 질문으로 재서술되는 관점이라는 것이다. 다시 말해, 글쓰기는 《제국》에서 정치학이 존재화되는 것과 동일한 방식으로 존재화된다. 사람들의 믿음이 그들의 "필요와 욕망"으로 대체되고, 그들의 사상이 그들의 신체로 대체되는 한, 하트와 네그리가 '재현'이라고 지칭하는 기획은 완전히 부적절해진다. 글쓰기에서 이것이 의미하는 바는 텍스트를 하나의 대상, 즉 (파워즈에서처럼) 재현을 추구하는 대상(살코기로 만들어진 단어)이나 (애커에서처럼) 재현을 대체하는 대상(글쓰기를 대체하는 피 흘림)으로 변형시키는 것에 몰두한다는 것이다. 양쪽 모두 그 요점은, **이해**되어야 할 의미를 **경험**되어야 할 사물 혹은 사건으로 변형시킨다는 것이다.

파워즈가 말하는바 '가죽 지도'가 '가죽'이 되면, 우리에게는 바람이 어느 방향으로 불게 될지 말해 줄 기상 예보관이 필요해지지 않는다. 정치학에서 이것이 의미하는 바는 더 정의로운 사회 대신에 더 새로운 **주체 위치**에 몰두하는 것이다. 사실 지금까지 말한 것은 좌파정치학에서 주체 위치가 의미하는 것이다. 우파는 사회가 어떻게 조직되어야 하는지에 관해 더 나은 생각을 가진 사람이 없다는 사실을 현재 상황이 나아지고 있음을 방증하는 것으로 이해한다. 따라서 좌파는 더 나은 생각에 대한 거부를 더 나은 신체(하트와 네그리가 "새로운 프롤레타리아트"의 "존재론적 구성"라고 말하는 것)에 대한 요구로 메워야 한다. 재현에 대한 문학적 비판이 텍스트의 의미를 텍스트의 존재론(그것은 무엇인가)으로 대체시키는 것처럼, 재현에 대한 정치적 비판은 주체의 믿음을 **주체의 존재론**(우리는 누구인가)으로 대체시킨다.

그렇다면 테러리즘 담론은 이데올로기를 존재론으로 대체하고, 사상에 내재하는 보편성을 신체에 이용 가능한 보편성으로 대체하는 담론이다. 이를 달리 표현하는 하나의 방식은 테러리즘의 담론이 (애커와 하트와 네그리가 '제국'을 과거의 정치적 투쟁들이 부적절해지는 순간으로 이해하는 이상) 제국의 담론이 된다고 말하는 것이다. 애커는 우리는 모두 "세계 시민"이라고 말하고, 하트와 네그리는 우리가 전 세계를 이동하는 우리의 능력을 입증함으로써 "전지구적 시민권"에 대한 요구를 단언할 준비가 되어 있어야 한다고 말한다. 그들에 따르면, 우리가 이 세상 어느 곳에든 갈 수 있는 능력은 (형이상학적인 것과 대립되는) 존재론적 보편성을 향한 첫걸음인 까닭에, "자유롭게 돌아다니는 것은 반제국주의적 존재론의 으뜸가는 윤리적 행위가 된다." 다시 말해, 형이상학적 보편성의 관점에서는 우리가 어디에 있는지가 중요하지 않지만, 하트와 네그리에서는 우리가 어느 곳에든 있을 수 있다는 것이 중요하다. 바로 이것이 정치학의 삶정치학으로의 변환, **우리는 무엇을 믿느냐**는 질문이 **우리는 무엇이냐**는 질문으로 바뀌어야 하는 이유이다. 만약 우리의 믿음이 옳다면 그것은 모든 사람에게 옳은 것이 되어야 한다. 이것이 믿음의 보편성이다. 하지만 지금까지 살펴본 텍스트와 테러리즘에 대응하는 논리에 작동하는 제국 개념의 요점은 사람들이 무엇을 믿느냐는 질문을 부적절하게 만들고, 따라서 '보편적인 것'을 주체의 부적절성이 아닌 전지구적 주체성의 획득으로 재설명한다.

혹자는 들뢰즈Gilles Deleuze와 가타리Pierre-Felix Guattari에서 가져온 관점을 토대로, 하트와 네그리가 '**유목주의**nomadism'와 '**탈영토화**deterritorialization'를 '보편적인 것'의 기술들에 상응하는 것으로 다룬다고 말할지도 모른다. 하지만 들뢰즈와 가타리의 개념들은 보편성에 대한 매우 다른 두 가지 설명이다. 유목주의와 "자유롭게 돌아다닐 권력"은 보편적인 것을 전지구적인 것(즉, 너무 광대해서 그 자체로 모든 곳이 되는 장소 혹은 영역)으로 상상한다. 자유롭게 돌아다니는 것은 "반제국주의적 존재론의 으뜸가는 윤리적 행위"다. 왜냐하면 그것은 그 어떤 주체 위치의 초월도 요구하지 않고 단지 자유롭게 이동할 주체의 능력만을 요구하기 때문이다. 그리고 지역적인 것에 대립되는 전지구적인 것에 몰두하는 것(다양한 민족적·문화적 해방 운동들이 '단지' 지역적인 것에 불과한 것인가에 대한 논쟁을 생각해 볼 수 있다)은 측정에 몰두하는 것, 즉 크기(큰지 작은지)가 문제가 된다는 생각에 몰두하는 것이다. 하지만 탈영토화는 대단히 광대한 어떤 장소와 그곳에 마련되는 주체 위치를 전혀 참조하지 않는 보편성과 관련이 된다.

모든 사람들이 가질 경우에만 보편성을 획득하는 "필요와 욕망들"과 달리, 믿음은 내재적으로 보편적이다. 모든 사람이 믿든 믿지 않든 (만약 그것이 옳다면) 옳은 것이 될 수 있고, 모든 사람이 믿는다고 할지라도 (만약 그것이 그르다면) 그른 것이 될 수 있다. 그리고 《제국》이 요구하는 바는 믿음의 내재적 보편성이 아니라 **욕망의 잠재적 보편성**이다. 따라서 국가적 정체성에 기초하지 않고 공통의 필요와 욕망의 직접적인 조직을 통해서 가능해지는 "세계 노동자들의 연대"에서 정체성에 대한 비판으로 보이는 것은 사실 **정체성의 재위치화**이다. 문제가 되는 것은 이제 독일인이나 영국인의 '필요와 욕망들'이 아니라 노동자들의 '필요와 욕망들'이다. 《제국》은 노동자들이 믿는 것에 호소하는 것이 아니라 그들이 원하는 것에 호소하고, 보편적인 것이 아니라 전지구적이라고 적절하게 불릴 수 있는 것에 호소한다.

물론 보편성을 주디스 버틀러가 '**공통성**commonality'이라고 말하는 것과 동일시하는 사람은 하트와 네그리만이 아니다. 정반대로 해체주의적 deconstructive(혹은 포스트구조주의적poststructuralist) 좌파 진영에서 이루어지는 정체성주의의 특수주의적 성격을 비판하려는 최근의 노력을 구성하는 것 역시 이러한 동일시와 그것이 수반하는 문제들이다. 따라서 〈경쟁하는 보편성들Competing Universalities〉에서 버틀러는 자신의 과업을 "현존하는 운동들에 존재하는 공통성의 토대"를 찾는 한편, 동시에 "초월적인 주장"은 배제하고 그럼으로써 이 운동들 간의 "번역 실천을 확립하는 것"으로 생각한다. 여기서 보편적인 것이라는 관념은 보편적인 언어, 즉 모든 사람들이 말하는 언어라는 관념이고, 번역에 대한 전념은 언어들 간의 차이를 파괴하지 않으면서 그 언어들 간의 연결성을 확립하는 것이다. 이것이 바로 버틀러가 "**다문화주의의 정치학**을 특수성의 정치학으로 축소시키지" 않는 "다문화주의의 형식들과의 능동적 교전"이라고 칭하는 바이다.

하지만 서로 다른 믿음(다른 이데올로기)을 갖는 사람들을 서로 다른 언어를 말하는 사람들로 이해할 수는 없다. 서로 다른 언어를 말하는 사람들은 서로 다른 관심사나 욕망을 가지는 사람들처럼 그 어떤 초월적인 주장도 필요로 하지 않는다. 즉, 그들은 모든 사람들이 그들이 말하는 언어를 말해야 한다고 생각하지 않고, 모든 사람들이 그들이 원하는 것을 원해야 한다고 생각하지 않는다. 하지만 언어나 욕망과는 달리, 모든 믿음은 '초월적인 주장들'과 관련된다. 어떤 것이 옳다는 주장은 (비록 그 주장 자체가 그릇된 것이 될 수 있다고 해도) 모든 사람들이 그것을 믿든 믿지 않든지 간에 항상 그것이 모든 사람들에게 옳다는 주장이다.

따라서 버틀러의 보편주의는 스스로 비판한다고 여기는 **정체성주의**의 변형물에 지나지 않는 **주체 위치에 대한 전념**이다. 결국 내가 사용하는 언어는 나의 신체 구조만큼이나 나 자신에 대한 한 가지 사실이다. 하지만 내가 나의 언어와 신체를 가지고 말하는 것들에 대한 진리(혹은 거짓)는 그것들을 초월한다. 그리고 이러한 믿음의 초월성을 회피하려는 버틀러의 노력, 혹은 이와 동일하게 '형이상학적인 것'을 거부하려는 하트와 네그리의 노력은 그들로 하여금 차이와 정체성에 대한 **포스트역사주의**적인 전념을 거부하는 대신에 수정 및 개선하는 데 몰두하도록 만든다. 실제로 하트와 네그리는 이를 수정 개선했을 뿐만 아니라 확장시킨 것으로 이해될 수 있다. 문제는 '**포스트모더니즘** 작가들'이 좌파들에게 가장 중요한 하나의 정체성, 우리가 항상 가지고 있던 것인 빈자the poor를 등한시했다는 것이다. "모든 시대를 걸쳐서 순수한 차이에 대한 국소화될 수 없는 유일한 '공통의 이름'은 빈자라는 이름이다."

만약 세계주의가 말하는 여행하는 주체들의 가치가 그들은 한 지역에 고립되어 있는 이들보다 육체적·정신적으로 더 넓은 관점을 가지고 사물과 사건을 바라볼 수 있다는 것이라면, 빈자들은 세계주의자들보다 더 성공적으로 여행하는 주체가 될 수 있다. 왜냐하면 그들은 실제로 어디에도 갈 필요가 없기 때문이다. 그들은 이미 모든 곳에 있다. 그리고 그들은 적어도 테러범들만큼 체현하기에 능하다. 사실 그들은 체현하기를 체현한다. 하트와 네그리는 오로지 빈자들만이 "급진적으로 실제적이고 현재적인 존재를 산다"(157)고 말한다. 따라서 비록 다문화주의자들은 빈자들에 주의를 기울이지 않고, 심지어 "주류 마르크스주의"도 빈자들을 "항상 증오해 왔다"고 할지라도, 테러범이 《글래머라마》의 영웅이 되고, 소설가는 《마오 II》의 영웅이 되며, 프로그래머는 《어둠을 경작하다》의 영웅이 되는 것처럼, 빈자는 《제국》의 영웅이 된다.

물론 더 전통적인 **마르크스주의** 혹은 적어도 '주류' 마르크스주의의 관점에서 볼 때, (빈자를 제거하지 않고서) 빈자의 진가를 인정하는 것이 어떻게 진보적인 정치학을 향한 기여로 간주될 수 있는지 알기란 쉽지 않다. 마르크스주의의 관점에서 볼 때, 자본주의는 우리가 빈자를 좋아하든 좋아하지 않든 빈자를 필요로 하고, 자본주의의 종말은 가난의 종말, 즉 부자와 빈자 간 차이의 종말을 의미하는 것으로 간주된다. 따라서 하트와 네그리는 마치 스콧 피츠제럴드에게 헤밍웨이가 했다는 저 유명한 대답("**맞아, 그들은 더 많은 돈을 가지고 있어**")의 요점을 모르는 것처럼 보이고, 따라서 빈자를 우리와 다르게 만드는 것(그들은 가진 돈이 더 적다)을 동화될 수 없는 존재의 '순수한 차이'로 변형시키는 것처럼 보인다. 다시 말해, 그들은 가난을 마치 그것이 하나의 정체성이 되는 양, 혹은 더욱 정확히 말해서 마치 그것이 정체성 그 자체가 되는 양("존재와 자연의 모든 것"(413)) 취급하기 시작한다. 결국 이것이 존재론적 정치학에 대한 그들의 전념이 가져온 결과물이다.

따라서 그들은 포스트모더니즘의 차이의 가치화에 대한 대안을 모색하는 대신에, 그러한 차이의 가치화를 가장 급진적인 형태로 재생산하는 것에 몰두하는 것으로 판명된다. 만약 '포스트모더니즘' 작가들이 인종적·문화적·성적 차이들에만 관심을 기울이고 계급적 차이를 소홀히 했다면, 그 이유는 그들이 계급적 차이(돈 그 자체)는 우리가 존중해야 할 주체 위치의 지위 가운데 하나로 승격되기에 부적절한 것이라고 보았기 때문이다. 다시 말해, '주변화'가 '억압'의 모델이 된다고 생각하는 작가들은 경제적 불평등을 제대로 사유하는 데 실패한다. 왜냐하면 빈자의 문제는 소수자의 문제가 아니고, 억압적 규범(이성애와 달리 평균임금은 규범이 아니다)과의 관계를 통해 접합되는 주체의 문제도 아니기 때문이다. 그리고 빈자는 주변화되지 않기 때문에, 빈자는 "주체에 대한 억압적 정의들"의 피해자가 아니라 자본주의의 피해자이기 때문에, 버틀러 식의 '좌파 정치 기획'에 동참하는 작가들은 **빈자의 문제**를 다소간 묵과하는 경향이 있다. 따라서 하트와 네그리의 커다란 장점은 좌파를 위해서 빈자를 되찾는 것이고, 그들의 위대한 독창성은 가난을 존재화하고 그것을 마치 돈의 부족이 아니라 삶의 한 방식인 양 취급하는 것이다. 그렇다면 성 프란체스코(가톨릭 성인)가 《제국》에 "공산주의적" 영웅으로 등장하는 것은 놀랍지 않다. 그는 가난을 제거하는 기획을 빈자가 되는 기획으로 탈바꿈시킨다.[11]

---

[11] 존 길로리John Guillory는 《문화 자본Cultural Capital》에서 "하나의 긍정적인 하위 계급 정체성을 상정하는 것은 말이 되지 않는다"라고 말한다. 왜냐하면 "그러한 [계급의] 정체성은 박탈의 경험 그 자체에 근거해야 하기" 때문이다(13). 하지만 일단 평등성을 향한 목표가 성인성sainthood을 향한 목표로 재설정되면, 장애물("박탈 그 자체")은 하나의 기회가 된다.

더 정확하게 말해서, 성 프란체스코는 가난을 제거하는 기획을 우리가 스스로를 빈자로 드러내는 기획으로 탈바꿈시킨다. 일단 가난을 동일화의 구조, 즉 돈과의 관계가 아닌 정체성과의 관계로 변형시키기만 하면, 우리는 우리의 문제가 모두 불충분하게 "빈곤하다"는 것이라고 생각할 수 있기 때문이다. 하트와 네그리만큼이나 **동일화**의 통상적 형식들(문화적·국가적·인종적 동일화)에 적대적인 지젝이 "허드슨 강을 따라 조깅하는 뉴욕의 여피족"과 "행복한 시간을 보내지만" "삶 그 자체"를 상실하는 모든 최후의 인간들의 처지를 애석해하면서 하트와 네그리의 존재론적 전념을 재생산하는 것은 바로 이 때문이다(88). 이런 설명들에서 자본주의의 문제는 불평등이 아니라 DVD 플레이어와 티보TIVO[미국 최대 DVR 업체]를 생산하는 것에 놓인다. 그리고 그것의 진정한 희생자는 건강을 유지하고자 삶을 낭비하는 사람들이다. 어쩌면 지젝은 《아메리칸 사이코》를 감상적으로 독해하고 있다고 말할 수도 있을 것이다.

이제 피해자는 베이트먼이다("내가 지금 당장 하고 싶은 것은 운동이다"[300]). 더 일반적으로 말해서, 우리는 우리 자신(중산층이지만 성 프란체스코와 팔레스타인의 자살폭탄 테러범들만큼 활기가 넘치지 않는)이 바로 피해자라고 말할 수 있을 것이다. 심지어 더 일반적으로 말해서(이것은 약간 다른 주제이다), 우리는 오늘날 좌파가 경제적 불평등 문제에 관심을 기울이는 것이 아니라, (인종주의와 동성애자 결혼과 같은) 본질적으로 자유주의적인 문제들에 과도한 관심을 쏟고 있다고 말할 수 있을 것이다.

만약 여기에 더욱 국소적인 정치적 요점이 존재한다면, 그것은 세계무역센터에 대한 공격(테러리즘을 옹호하는 이들과 그것에 반대하는 이들로 정치적 세계를 재정의하는 것)은 이미 발생한 정치적인 것의 존재론화를 오로지 확증하는 일일 뿐이라는 점이다. 비록 수많은 선한 사람들이 그 공격을 (그 누구도 이 공격에 직면해서는 포스트모더니스트로 남을 수 없다고 주장하면서) 포스트모더니즘이라고 불리는 것의 종말을 나타내는 사건으로 설명했다고 할지라도, 진실은 그에 대한 응답이 정확히 포스트모더니즘 혹은 순수 이론적으로 포스트역사주의라고 불릴 수 있는 것의 완벽한 승리를 표시했다는 것이다.

포스트역사주의에서 갈등은 사상들 간의 갈등이 아니라 주체 위치들 간의 갈등, 즉 어떤 존재와 그 존재에 대한 거부 간의 갈등, 변화를 두려워하는 사람들과 변화를 두려워하지 않는 사람들 간의 갈등이다. 이것은 정치학이 아니라 **삶정치학**이다. 애커가 헨리 키신저Henry Kissinger로 하여금 말하게 하는 것처럼, 그것은 "이데올로기적인 것이 아니고"(144), 우리가 이미 목도하기 시작한 것처럼, 그것은 문학 생산에서 일종의 삶쓰기에 필적하는 것이다. 애커의 아보가 《무의미의 제국》을 잉크 대신에 피로 쓰고, "그녀 자신의" 심장을 그리는 "대신에" 그 흔적을 남기는 것은 바로 이 때문이다. 심장을 그리는 것은 그것에 대한 재현이 되는 반면에, 그 흔적을 남기는 것은 그것의 잔존물이 된다. 나의 피로 쓰는 단어들은 나의 현존을 증명하는 것이지 그것을 의미화하는 것이 아니다. 아보가 말하는 것처럼, "심장들"은 "적용될 수 있다". 왜냐하면 그것들은 "아무런 의미도 가지지 않기" 때문이다(204). 그렇다면 이와 관련한 정치적 요점에 동반되는 문학사적 요점은, **무의미의 환상**(의미 없는 글쓰기)은 테러리즘 담론에서 등장하는 혹은 그 담론으로서 등장하는 **제국에 대한 환상**(믿음 없는 정치학)과 함께 발생한다는 것이다. 포스트모더니즘의 역사는 아직 끝나지 않았다.

기표의 형태

2017년 12월 5일 초판 1쇄 발행

지은이 | 월터 벤 마이클스
옮긴이 | 차동호
펴낸이 | 노경인 · 김주영

펴낸곳 | 도서출판 앨피
출판등록 | 2004년 11월 23일 제2011-000087호
주소 | 우)07275 서울시 영등포구 영등포로 5길 19(37-1 동아프라임밸리) 1202-1호
전화 | 02-336-2776   팩스 | 0505-115-0525
전자우편 | lpbook12@naver.com

ISBN 979-11-87430-19-3